Weitere Titel des Autors:

Hexenjäger
Teufelsnetz
Feindesopfer

MAX SEECK
Waiseninsel

MAX SEECK

WAISEN INSEL

THRILLER

Übersetzung aus dem Finnischen von
Gabriele Schrey-Vasara

Lübbe

Die Bastei Lübbe AG verfolgt eine nachhaltige Buchproduktion. Wir verwenden Papiere aus nachhaltiger Forstwirtschaft und verzichten darauf, Bücher einzeln in Folie zu verpacken. Wir stellen unsere Bücher in Deutschland und Europa (EU) her und arbeiten mit den Druckereien kontinuierlich an einer positiven Ökobilanz.

Titel der finnischen Originalausgabe:
»Loukku«

Für die Originalausgabe:
Copyright © 2022 by Max Seeck
Original edition published by Tammi publishers, 2022

German edition published by agreement with
Max Seeck and Elina Ahlback Literary Agency, Helsinki, Finland

Für die deutschsprachige Ausgabe:
Copyright © 2023 by
Bastei Lübbe AG, Schanzenstraße 6–20, 51063 Köln
Textredaktion: Ingola Lammers, München
Umschlaggestaltung: Massimo Peter-Bille
Einband-/Umschlagmotiv: © shutterstock: nblx | photosoft
Satz: hanseatenSatz-bremen, Bremen
Gesetzt aus der Adobe Caslon Pro
Druck und Verarbeitung: GGP Media GmbH, Pößneck

Printed in Germany
ISBN 978-3-7857-2868-0

5 4 3 2 1

Sie finden uns im Internet unter luebbe.de
Bitte beachten Sie auch: lesejury.de

Für Oma Sinikka
(1935-2022)

Die verlorene Zeit fällt mir wieder ein.
Endlich umarmen sich Vater und Sohn.
Mit dem stillen Wissen kommt man leichter davon.
Man fühlt sich klein, will größer sein.
Dann baust du ein Haus, heiratest die Frau.
Bist wieder da, wo die Kinder waren.
Tob da jetzt bloß nicht rum.
Alte Leute werden wieder trotzig.
Akzeptier, was gut ist,
auch wenn das Herz ein bisschen motzt.
Die langen Tage hier ziehen sich, ziehen sich hin.
Bei der Arbeit die alte Platte, hör nicht hin.
Die Zeit vergeht, hinter den Himmel geht sie.
Und eh du es merkst, ist deine vorbei.
Manchen bereitet der Abschied Schmerz.
Vor der Welt zerreißt vor Sehnsucht das Herz.

ASA: DIE LANGEN TAGE HIER

Prolog

29. September 1982

Martin Hedblom faltet die Zeitung zusammen, legt sie auf den Tisch und gähnt. Er hat den Sportteil der *Nya Åland* schon zweimal durchgeblättert, aber die Lektüre war auch diesmal kein besonderer Genuss. Die im vorigen Frühjahr gegründete Lokalzeitung ist zwar mehr nach seinem Geschmack als das Konkurrenzblatt *Tidningen*, aber eine *New York Times* ist auch sie nicht. Martin kratzt mit dem Fingernagel an dem Kringel, den die Kaffeetasse auf der Vorderseite hinterlassen hat, und legt dann die Füße auf den Tisch. Er wirft einen Blick auf die Wanduhr: Gleich wird der Minutenzeiger auf die Zwölf springen, und dann ist es zwei Uhr, was bedeutet, dass erst die Hälfte der Nachtschicht um ist. Er sieht sich selbst in der Glaswand der Kabine und wendet den Blick schnell wieder auf die Zeitung, als wäre ihm sein Spiegelbild zuwider. Es zeigt wahrhaftig nicht denselben Martin, der vor fast vier Jahrzehnten seine Arbeit als Nachtwächter des Kinderheims begonnen hat. Sein Gesicht ist aufgequollen wie Hefeteig, von der Körpermitte ganz zu schweigen. Und auch wenn die Koteletten, die in den Stoppelbart übergehen, immer noch dicht und buschig sind, wächst auf dem Kopf seit Jahren kein einziges Haar mehr.

Martin ist 55, ein schwungloser und träger Junggeselle, der sein Leben lang im selben Winkel von Åland gewohnt hat, abgesehen von einer kurzen Phase, in der er sich als Schlagzeuger erprobte und auf den Fähren nach Schweden auftrat. Nach einer

Weile war er jedoch in den Job zurückgekehrt, den er kannte und der – noch wichtiger – für einen Lahmarsch wie ihn leicht und mühelos genug war. So unverblümt hatte sich sein Vater, ein Professor, ausgedrückt und seinen einzigen Sohn damit leider treffend beschrieben.

Martin trinkt einen Schluck mit Limonade gemischten Schnaps aus seiner grauen Feldflasche und betrachtet die leeren Flure. Alle Kinder schlafen tief und fest in ihren Zimmern, und sein Einsatz wird während der Nacht wohl nicht gebraucht. Er wird ja selten gebraucht, wenn überhaupt jemals. Tatsächlich könnte er an seinem Tisch saufen, so viel er will, oder auch die ganze Nacht schlafen und trotzdem sein Gehalt einstecken, wenn die kommunalen Sozialarschlöcher keine unangemeldeten Inspektionen machen würden. Martin ist schon zwei Mal bei einem Nickerchen erwischt worden, und das nächste Mal könnte fatal sein. So kurz vor dem Rentenalter lohnt es sich einfach nicht mehr, das Risiko einzugehen.

Die Uhr knackt leise und zeigt die volle Stunde an.

Martin wirft einen Blick auf die Schublade, in der unter den Schnellheftern ein Pornoheft liegt. Es kommt ihm immer ein bisschen bedenklich vor, während der Nachtschicht zu wichsen, aber eines der Kinder übernachtet mit Sondererlaubnis bei den Nordins und die anderen drei schlafen in ihren eigenen Zimmern, sodass ihn niemand überraschen kann. Mit dem intimen Moment verbindet sich nämlich nicht der Wunsch, überrascht zu werden, und auch keine andere perverse oder anrüchige Absicht, das redet Martin sich jedenfalls ein. Er möchte nur in Gesellschaft von Desiree West und Laura Sands ein wenig Zeit totschlagen.

Martin öffnet den Gürtel und zieht die Schublade auf. Schon der Gedanke an die Mädchen auf der mittleren Doppelseite hat sein Blut in Wallung gebracht. Heute wird er es ihnen ordentlich besorgen, zumindest in seiner Fantasie. Das Taschentuch hat er auch schon parat …

Aber gerade als seine Finger nach dem Pornoheft greifen, klingelt das schwarze Telefon auf dem Tisch. Martin lässt das Heft los und nimmt schnell den Hörer ab, damit das fordernde Klingeln niemanden im Haus weckt, vor allem jetzt nicht, wo er mit offenem Hosenstall am Tisch sitzt.

»Smörregård barnhem«, meldet er sich heiser und räuspert sich. Mit der freien Hand schnallt er hastig den Gürtel zu, als könnte der Anrufer ihn sehen.

Aus dem Hörer dringen jedoch nur gleichmäßige Atemzüge an sein Ohr.

»Hallo?«, sagt Martin.

Jetzt hört er eine Stimme, die etwas zu trällern scheint. Eine melancholische Melodie, die ihm vage bekannt vorkommt. *Verflucht*. Martin spürt Ärger aufsteigen: Irgendein Arschloch ruft mitten in der Nacht im Kinderheim an, um ihn zu foppen. Es ist natürlich keins der Kinder, denn im ganzen Gebäude gibt es nur zwei Telefone – das eine hält er gerade in der schweißnassen Hand und das andere steht hinter verschlossenen Türen im Dienstzimmer der Heimleiterin Boman. Außerdem hat kein Kind sein Zimmer verlassen, seit das Licht gelöscht wurde, nicht einmal, um aufs Klo zu gehen.

»Wer ist da?«, fragt Martin und macht Anstalten, den Hörer auf die Gabel zu knallen. Die leise Melodie, die der Anrufer singt, hält ihn jedoch zurück. Er hat sie seit Jahrzehnten nicht mehr gehört, erinnert sich aber immer noch genau. *Zugvögel*.

Plötzlich verstummt der Gesang. Martin presst den Plastikhörer immer fester ans Ohr. Die Sprechmuschel riecht nach getrocknetem Schweiß.

»Bist du bereit?«, fragt die Stimme. Sie ist leise und könnte ebenso gut einer Frau wie einem Mann gehören, oder auch einem Mädchen oder Jungen.

»Was? Wozu?«, knurrt Martin und spürt die Angst in seiner Stimme. »Wer ist da?«

Einen Augenblick lang hört er nur ruhige Atemzüge.

»Es ist zwei Uhr«, fährt die flüsternde Stimme fort.

Martin wirft instinktiv einen Blick auf die Uhr.

»Was zum Teufel soll das?«

»Ich warte hier. In einem blauen Mantel. Komm und hol mich«, sagt die Stimme und beginnt dann erneut dieselbe Melodie zu trällern. Einige Sekunden später endet der Anruf mit einem mechanischen Schnalzen, und Martin hört nur noch ein rasches Tuten, das immer noch in seinen Ohren nachklingt, nachdem er den Hörer aufgelegt hat.

Er schiebt die Schreibtischschublade zu. Während er gerade eben noch an das rothaarige Mädchen auf der Doppelseite gedacht hat, an dessen verführerischen Blick, den gewölbten Rücken und die festen Titten, haben jetzt ganz andere Gedanken die Oberhand gewonnen. Kalte Schauder laufen ihm den Rücken hinunter, während er den Blick durch den leeren Flur und über die geschlossenen Türen wandern lässt, hinter denen die Kinder schlafen. Oder jedenfalls schlafen sollten.

Es ist zwei Uhr … In einem blauen Mantel.

Martin beißt die Zähne zusammen und kann sich nur mit Mühe davon abhalten, mit der Faust auf den Tisch zu schlagen. Jede einzelne Tür in dieser verdammten Bruchbude aufzutreten und die Kinder auf den Flur zu kommandieren. Das würde die Leiterin tun. Eines der Kinder muss auf irgendeine Art dahinter stecken. Ein geschmackloser Scherz. Geschmacklos, aber genial beängstigend. Das muss Martin zugeben. Wer immer der kleine Scheißkerl auch ist, Martin wird ihm zeigen, wer Angst hat und vor wem.

Er legt die Finger auf den Hörer. Eine Minute vergeht, aber nichts geschieht. Das Telefon steht stumm auf dem Tisch, als hätte jemand den Stecker gezogen.

Hier bin ich.

Martin denkt an die Worte, die er gerade gehört hat, und

merkt, dass sich die Härchen auf seiner Haut aufgerichtet haben. Das Lied, das der Anrufer geträllert hat, lässt ihn nicht mehr los. *Das kann doch nicht möglich sein.*

Jemand will mir nur Angst einjagen, denkt Martin. Und das ist ihm gelungen, verdammt noch mal.

Trotzdem muss er die Sache überprüfen, er muss nach draußen gehen und einen Blick auf den Bootssteg werfen, sonst geht ihm das Ganze nicht mehr aus dem Kopf. Die Möglichkeit, dass jemand …

Martin nimmt den Schlüsselbund vom Tisch und steht auf. Er geht aus seiner Kabine auf den Flur. Alle Zimmertüren sind geschlossen, auch die Küchentür am Ende des langen Flurs. Die Stille wird nur durch den Herzschlag gebrochen, der in seinen Ohren hämmert.

Seine Schritte hallen dumpf durch den leeren Flur. Martin blickt sich nach allen Seiten um und tritt auf die Treppe. Einige Stufen führen nach unten zu der massiven Tür. Dahinter erstreckt sich der Rasen, und weiter links befinden sich die roten Bootsschuppen und der T-förmige Anleger. Während Martin die kurze Treppe hinuntergeht, überlegt er, ob er vorsichtshalber doch in die Zimmer hätte spähen sollen, um sich zu vergewissern, dass alle drei Kinder wirklich in ihren Betten liegen. Es wäre nicht das erste Mal, dass ein Kind zum Fenster hinausklettert und ausreißt. Für seinen Schabernack hätte der Ausreißer allerdings ein Telefon finden müssen, und davon gibt es auf der Insel nicht viele. Vielleicht eins im Haus der Nordins zwei Kilometer von hier am Südufer der Insel und … *Steckt etwa der kleine Scheißer, der bei den Nordins übernachtet, dahinter …*

Martin öffnet die Tür und geht nach draußen. Nach dem Nieselregen glitzert der Rasen in der Septembernacht, die die Lampen auf dem Hof und der klare Halbmond am Himmel erhellen. Die Plane, die über die an Land geholten, kieloben neben den Bootsschuppen liegenden Ruderboote gebreitet wurde, flattert im Wind, sodass er den Anleger nicht sieht. Martin wischt sich über die nasse Nase und macht sich entschlossen auf den Weg ans Ufer. Bald überläuft ihn wieder eine kalte Welle. Die Silhouette des Kindes, das auf dem Bootssteg steht, zeichnet sich wie ein Schattenriss vor der Mondsichel ab.

Nein, zum Teufel ...

Am liebsten würde Martin auf dem Absatz kehrtmachen, ins Haus zurücklaufen und die Tür verriegeln. Jemanden anrufen und ... Aber wen? Ein Kind, das mitten in der Nacht in einem dünnen Mantel auf dem Bootssteg friert, ist kein Fall für die Polizei, sondern eher für die Sozialbehörden. Und bei genauerem Nachdenken kommt Martin zu dem Schluss, dass die mit dem Gesicht zum Meer stehende Gestalt eins der vier Kinder sein muss, für die er von Amts wegen verantwortlich ist. Er muss seine Arbeit tun und das Kind in Sicherheit bringen. Auch wenn die Situation eine grausige Ähnlichkeit mit einer Geschichte hat, die Martin nur allzu gut kennt. Mit einer Geschichte, die jeder, der in dieser Gegend wohnt, vom Hörensagen kennt oder mit eigenen Augen gesehen hat. Martin ist einer dieser Augenzeugen. Er erinnert sich so genau, als wäre es gestern passiert.

»Hallo?«, sagt er, doch die Gestalt rührt sich nicht. Der Saum des blauen Mantels flattert im Wind. Es muss eins der beiden Mädchen sein ... »Milla, bist du das?«

Martin hält den Atem an, geht weiter und wundert sich selbst über seine Entschlossenheit. Die gerstenbraunen Haare des Mädchens sind zu einem Pferdeschwanz gebunden, der im Wind schaukelt. Es ist ein Mädchen, so muss es sein. Eins der beiden. Milla oder Laura.

Die Umrisse der weniger als anderthalb Meter großen Gestalt werden mit jedem Schritt deutlicher. Der Nacken ist ein wenig schief, der Kopf neigt sich eine Spur nach rechts, steif wie bei einer starren Leiche.

»Laura?«

Das Kind reagiert nicht.

Martin betritt den Anleger und spürt, wie er auf den langen Pontons schwankt. Er spricht lauter und merkt, dass seine Stimme vor Spannung zittert.

»He! Lass den Quatsch! Das ist nicht lustig«, ruft er. Er ist unwillkürlich stehen geblieben. Warum dreht sich das Mädchen nicht um, hört es ihn nicht? Der Wind lässt die Plane über den Ruderbooten knallen. Martins Herz rast.

Vorsichtig nähert er sich dem Mädchen. Der Bootssteg ist wacklig und schwankt unter seinen Schritten wie Floßholz, bereit, ihn in das kalte Wasser zu werfen.

Das passiert nicht wirklich, denkt er und erwägt wieder, sich umzudrehen und wegzulaufen. Denn auch wenn es sich um ein Kind handelt – und es ist ja unverkennbar ein Kind –, ist die Situation irgendwie gruselig. Nicht zuletzt deshalb, weil er irgendwann vor langer Zeit an genau derselben Stelle ein kleines Mädchen gesehen hat. Es stand dort Nacht für Nacht. Und schließlich verschwand es spurlos.

Martin geht weiter, nähert sich der Gestalt und hebt die Hand, um sie zu berühren.

Gerade als er seine Finger auf die Schulter des Mädchens legt, den knochigen Körper an den Fingerspitzen fühlt, spürt er einen heftigen Schmerz am Hals und fällt auf die Knie. Er kann nicht mehr schreien, und keines der Kinder aus dem Smörregård barnhem taucht am Fenster des Hauses auf. Als er auf dem Bootssteg liegt, sieht er die im Wind flatternden gerstenbraunen Haare und das ausdruckslose weiße Gesicht. Dann weichen die nächtliche Meereslandschaft und die Mondsichel völliger Dunkelheit.

1

2020

Das Surren ist so leise, dass es eigentlich nicht stört. Dennoch kann Jessica es nicht überhören.

Die Frau wartet darauf, dass sie spricht, sie wartet schon seit fast einer Minute. Der Gedanke in Jessicas Kopf ist überaus klar, aber es erfordert Mühe, ihn auszusprechen.

»Ich versuche wohl zu sagen, dass ... Ich hatte mein Leben an einem anderen Menschen verankert«, beginnt Jessica und wundert sich über den selbstsicheren Klang ihrer Stimme. »Ich habe es aus der Perspektive eines anderen gesehen. Verstehen Sie?«

Die Frau, die Jessica auf einem beigen Sessel gegenübersitzt, antwortet nicht gleich, sondern nutzt die Stille als Ansporn, den Gedanken weiterzuführen. Sie versteht sich darauf, die Führung zu übernehmen: Die Sitzung scheint vorgegebenen Schrittzeichen zu folgen, statt dass sich auf den Sesseln zwei ebenbürtige Menschen gegenübersitzen, die sich ohne Agenda miteinander unterhalten. Alles ist klinisch und koordiniert, doch Jessica lässt sich davon nicht stören. Sie wusste, worauf sie sich einließ, als sie vor einem Monat mit den Therapiesitzungen begann.

»Bevor ich Erne kennenlernte ... Ich war verloren. Auch wenn ich das damals nicht verstanden habe. Und jetzt ...« Jessicas Stimme stockt plötzlich, gerade so, als dürfte sie nicht mehr sagen. Als würde es ihr jemand verbieten.

Die Frau drängt sie nicht, sondern setzt sich in ihrem Sessel zurecht, fasst den Kugelschreiber fester und knipst die Miene hinein und wieder heraus. Die in kurzen Abständen wiederkehrende Bewegung könnte unter anderen Umständen auf Ruhelosigkeit hindeuten, aber die Psychiaterin wiederholt sie kontrolliert.

Jessica betrachtet die kantigen Fingerknöchel und die hellblau lackierten Fingernägel der Frau. Der Nagellack ist erstaunlich glänzend und deshalb irgendwie anmaßend für eine Fachärztin der Psychiatrie. Vielleicht sollte die Patientin, die in dem Sessel ihr Herz ausschüttet, das Recht haben, etwas Konservativeres zu erwarten. Etwas Dezenteres. Mitfühlenderes. Etwas, das zum Ausdruck bringt, dass die Frau nicht über der Situation steht.

»Jessica?«, sagt die Frau, und Jessica hebt den Blick auf ihr Gesicht.

»Was?«

Jessicas Gedanke ist abgebrochen, vielleicht sucht ihr Gehirn in den visuellen Reizen einen Vorwand, mit dem Sprechen aufzuhören.

Ein sanftes Lächeln legt sich auf das gebräunte Gesicht der Frau.

»Sprechen Sie nur weiter. Sie haben gerade gesagt, Sie waren verloren und jetzt …«

Jessica braucht einen Moment, um ihre Gedanken wieder zu ordnen. Eigentlich will sie der Frau – oder überhaupt irgendwem – ihre Erkenntnis nicht enthüllen, aber gleichzeitig brennt sie darauf, die Schlussfolgerung auszusprechen, die Worte von einer Expertin beurteilen zu lassen. Sie will wissen, ob ihre Dämonen dem aufmerksamen Blick der Psychiaterin ausweichen und sich geschickt verstecken oder ob sie sich auch ihr durch diese plötzliche Erkenntnis offen zeigen.

»Ich habe mein Leben wohl nie gemocht. Oder genauer gesagt, mich selbst. Und dann hatte ich plötzlich jemanden, der mich auf seine Weise bewunderte. Mich liebte. Wie ein Vater seine Tochter. Und das gab meinem Leben einen Sinn«, sagt Jessica und lauscht ihren Worten nach, als würden sie in der Stille widerhallen. Plötzlich überfällt sie Scham. »Ich bin mir nicht ganz sicher, ob es darum geht, dass ich Erne verloren habe. Oder darum, dass ich eine für mich wichtige Perspektive verloren habe. Darum, dass ich nicht nur Erne geliebt habe. Sondern eher mich, so wie Erne mich sah«, fährt sie fort, obwohl die Vernunft ihr rät, zu schweigen.

Die Frau legt ihr Notizbuch auf die Sessellehne und drückt die Fingerspitzen gegeneinander. Ihre Miene ist ernst.

»Meiner Meinung nach haben wir jetzt einen wichtigen Punkt erreicht.«

Jessica kann nicht umhin, aus dem Satz ein riesiges Klischee herauszuhören. Ist das jetzt der Durchbruch, von dem in Fernsehserien immer geredet wird?

»Aber?«, fragt sie.

Die Frau lächelt wie zur Belohnung für die intelligente Frage.

»*Aber* ich mache mir auch ein wenig Sorgen.«

Jessica schüttelt den Kopf, denn sie ist sich nicht sicher, was die Frau meint. Auch wenn sie es ahnt.

»Haben Sie das Gefühl, dass Ihr Leben nach Ernes Tod keinen Sinn mehr hat?«, fragt die Frau. »Ist es mit Erne gestorben?«

Jessica sieht die Frau an, deren Miene Besorgnis verrät. Vielleicht eine rein berufliche Besorgnis, aber immerhin.

Und da Jessica schweigt, fährt die Frau fort: »Haben Sie das Gefühl, dass Sie irgendwann begonnen haben, Ihr Leben nur noch für Erne zu führen?«

Jessica runzelt die Stirn, die aufkommende Übelkeit brennt im Hals. Sie greift nach dem Glas, trinkt einen Schluck von dem zimmerwarmen Wasser und blickt zum Fenster. Die kahlen Äste der großen Eiche schaukeln im Wind, sie krümmen sich wie fleischlose Finger. Die Deckenlampen leuchten schwächer, und im Zimmer wird es immer dunkler. Das Surren nimmt zu, als würde die elektromagnetische Spannung im Raum wachsen.

»Es ist typisch, dass Menschen anderen gefallen wollen, zum Beispiel den eigenen Eltern, und wenn diejenigen, für die man diese Anstrengungen – die manchmal in starkem Widerspruch zum eigenen Selbstbild stehen – unternommen hat, endgültig aus unserem Leben verschwinden ... hinterlässt ihr Tod ein gewaltiges Vakuum. So ein Vakuum enthält außer Sehnsucht auch Sinnlosigkeit. Der Mensch kann oder will nicht mehr nur für sich selbst leben. Bin ich auf der richtigen Spur?«

Jessica antwortet nicht. Sie betrachtet immer noch die draußen tanzenden Zweige und sieht, wie sie durch die weiß gestrichenen Fensterrahmen nach drinnen dringen, ohne die Scheiben zu zerbrechen. Sie schlängeln sich durch das Zimmer, wickeln sich um ihre Knöchel wie glänzende schwarze Schlangen und drücken allmählich immer fester zu.

»Denn wenn das der Fall ist«, fügt die Psychiaterin hinzu, »müssen wir die Sache ernst nehmen.«

Jessica blinzelt ein paarmal, und die Beleuchtung im Zimmer wird wieder normal.

Die Schlangen ziehen sich zurück, verschwinden auf die andere Seite des Fensters und erstarren wieder zu Holz wie in einer umgekehrten Entropie. Einen Augenblick lang wirkt das gelbe Licht im Zimmer blendend hell.

Die Psychiaterin greift wieder nach ihrem Notizbuch und ihrem Stift und schreibt etwas auf. Jessica sieht, wie die Hand der Frau den Stift bewegt, ist sich aber nicht sicher, worum es in dem Text geht. Hat die Frau gerade die Worte *depressiv und möglicherweise selbstzerstörerisch* in ihr ledergebundenes Buch geschrieben? Das wäre eine ziemlich treffende Beschreibung, was wiederum bedeutet, dass die Seelenklempnerin ihre Stundentaxe verdient hat.

»Wer muss?«, fragt Jessica und stellt das Wasserglas auf den

Tisch. Die Übelkeit hat ihren ganzen Körper erfasst, sie wühlt im Magen und brennt in der Speiseröhre. Jessica würde am liebsten zur Toilette rennen und sich übergeben, doch sie beherrscht sich und schluckt ein paarmal.

»Was meinen Sie?«

»Sie haben gesagt, *wir* müssen es ernstnehmen.«

»Sie und ich«, präzisiert die Frau und rückt ihre schmale Brille zurecht. »Wir haben einen Monat lang über vieles gesprochen und einige wichtige Beobachtungen gemacht, aber heute höre ich zum ersten Mal etwas, mit dem wir uns unbedingt ernsthaft befassen müssen. Ich würde es als Hoffnungslosigkeit bezeichnen. Aus diesem seelischen Zustand muss man sich herauskämpfen, auch wenn es nicht ganz leicht ist.«

Draußen im Frost halten die Zweige einen Moment lang still, bis ein laut heulender Windstoß sie wieder zum Leben erweckt. Diesmal stören sie Jessicas Konzentration jedoch nicht.

»Tuula?«, sagt Jessica und merkt, dass der Name in ihren Ohren seltsam klingt. Es ist wohl das erste Mal, dass sie die Psychiaterin beim Vornamen nennt.

»Ja?«

»Allein in den letzten zwei Jahren habe ich ein Dutzend Totschläge und Morde untersucht. Wenn man ein Loch in eine Wand schlägt und dahinter die Leiche einer schönen jungen Frau findet … Oder einen zu Tode gesteinigten Mann sieht, einen zerschlagenen Schädel, den blutige Haare bedecken. Oder wenn man den Fleischgeruch eines lebendig verbrannten Menschen riecht … was einen daran denken lässt, dass irgendwo auf der Welt Hunde lebendig gekocht werden, weil das Adrenalin, das der Schmerz und das Entsetzen freisetzen, ihr Fleisch mürber macht …«

Die Psychiaterin wirkt konsterniert. Wahrscheinlich würde sie Jessica gern bitten aufzuhören, um dem Gespräch einen klareren Rahmen zu geben, doch sie kann ihre Patientin nicht unterbrechen, gerade jetzt nicht, wo sie mehr von sich preisgibt als je zuvor.

»Verstehen Sie, worauf ich hinauswill?«, fragt Jessica und fährt fort, bevor die Frau reagieren kann: »Ich habe nie Hoffnung gehabt. Niemand von uns hat Hoffnung. Aber früher konnte ich damit vielleicht besser umgehen. Ich hatte die Bedeutungslosigkeit meines Lebens akzeptiert.«

Die Psychiaterin schlägt ihr Notizbuch zu und legt es auf den Schoß.

»Jessica. Wir müssen jetzt über die Möglichkeit nachdenken, dass …«

Eine Welle der Übelkeit überrollt Jessica, und sie springt mitten in den Worten der Psychiaterin auf. Der Brechreiz, der schon auf dem Weg nach Katajanokka begonnen und sie während der ganzen Sitzung geplagt hat, wird immer unerträglicher.

»Ich muss gehen.«

»Es ist erst halb«, sagt die Frau verwundert und blickt an Jessica vorbei auf die Wanduhr.

»Sorry. Ich zahle natürlich für die ganze Stunde.«

»So war das nicht …«

»Danke, Tuula.«

Die Psychiaterin wirkt verblüfft, fasst sich aber schnell und fragt:

»Legen wir den nächsten Termin fest?«

Jessica antwortet nicht. Sie wirft einen raschen Blick auf die Zweige der Eiche, die am Fenster kratzen. *Wir sehen uns wohl nicht wieder. Lebwohl.*

2

Jessica hört über das Heulen des Windes hinweg, wie die massive Holztür hinter ihr ins Schloss fällt. Der Himmel über den hohen Häusern an der Kruunuvuorenkatu ist grauweiß. Die nassen Straßenbahnschienen, die die schmale Straße zerschneiden, verkünden dröhnend, dass sich eine Bahn nähert.

Wässrige Schneeflocken heften sich an Jessicas Gesicht, und sie zieht den Schal höher. Ihr Blick fällt auf die kroatische Flagge über der Tür, doch der Mageninhalt, der ihr in die Kehle steigen will, zwingt sie, den Kopf zu senken. Sie atmet die frische Luft durch die Nase ein, in der Hoffnung, dass sie die zunehmende Übelkeit dämpft, aber der schneidende Wind steigert das Brennen, das sie schon auf der Nasenschleimhaut gespürt hat, als sie sich in den Sessel der Psychiaterin setzte.

Jessica weiß, dass sie nicht bis nach Hause durchhält. Sie wirft einen Blick auf die Hauseinfahrt, deren dekoratives Eisentor geöffnet ist. In dem langen Bogengang, der auf den Innenhof führt, ist keine Menschenseele zu sehen. Der Hof ist ihre einzige Hoffnung: Weiter schafft sie es nicht.

Jessica geht mit unsicheren Schritten durch das Tor und will sich gerade noch einmal umsehen, als die Magensäfte mit unbezwingbarer Kraft nach oben sprudeln und auf den Asphalt spritzen.

Sie wischt sich über den Mund, beugt sich vor und erbricht sich erneut.

Auf der Straße rattert die Straßenbahn vorbei. Jessica flucht lautlos, hebt den Kopf und prüft, ob es ihr besser geht. Sie würgt die letzten Reste des Erbrochenen aus dem Hals und spuckt die nach Galle schmeckenden Klumpen auf die Erde.

Dann hört sie platschende Schritte auf dem Hof. Jemand kommt.

Sie richtet sich schnell auf und stützt sich an die Wand, aber der bärtige Mann, der hinter der Teppichstange auftaucht, hat schon mehr als genug gesehen.

»Was geht hier vor?«, fragt der in einen neongelben Overall gekleidete Mann und bleibt in sicherer Entfernung stehen, die Hände in die Seiten gestemmt. Seine Stimme klingt nicht besorgt, sondern eher vorwurfsvoll: Er wirkt wie ein Lehrer, der gerade ein paar Fünfzehnjährige beim Rauchen erwischt hat.

»Wonach sieht es aus?«, gibt Jessica zurück und wischt sich den Mund am Jackenärmel ab.

»Dass du dich nicht schämst.«

»Sorry. Aber ich hab mir die Übelkeit nicht bestellt.«

Der Mann verzieht angewidert das Gesicht, und seine Miene wird noch finsterer.

»Wohnst du überhaupt hier?«, bellt er und greift zu der Schneeschaufel, die an der Wand lehnt. »Ich hab dich noch nie ...«

Jessica wendet sich wortlos ab und will gehen.

»He, antworte gefälligst! Bist du besoffen, verdammt? Den Dreck räumst du selber weg!«

Jessica bleibt am Tor stehen und blickt zurück. Sie hat keinen Grund, störrisch zu reagieren. Im Gegenteil, sie müsste sich jetzt so verhalten, wie es ihren Wertvorstellungen entspricht: sich entschuldigen und erklären, dass ihr einfach schlecht geworden ist. So ist es ja. Natürlich wird sie für die Aufräumarbeit bezahlen, auch mit einem Schmutzaufschlag, wenn sie damit den Zerberus, der sein kleines Reich bewacht, besänftigen kann.

»Scheiße, du bist blau«, stellt der Mann fest und mustert Jessica angewidert von Kopf bis Fuß.

Mit seinem Verhalten schafft der Hausmeister – das ist ja vermutlich der Beruf des diensteifrigen Kerls – eine wacklige Basis für die weitere Dynamik der Begegnung.

»Und wenn?«, sagt Jessica.

Der Mann lacht auf. Der Mund in seinem pockennarbigen Gesicht verzieht sich zu einem schadenfrohen Grinsen.

»Das ist mir egal, aber unseren Hof verschandelst du nicht, verdammt.«

»Es tut mir leid, mir ist schlecht geworden«, sagt Jessica und will weitergehen, aber der Mann gibt nicht nach.

»He, Mädchen«, ruft er. Er ist wieder einen Meter näher gekommen.

Mädchen. Irgendetwas schwappt in Jessicas Innerem über.

Sie dreht sich um und spürt im selben Moment, wie sich die dicken Finger des Mannes um ihr Handgelenk legen.

»Lass mich los«, sagt sie leise, doch der Griff wird noch fester.

Der Mann schiebt sein Gesicht näher heran, als wollte er in ihrem Atem nach Schnapsgeruch fahnden. Offenbar hat er keine Angst vor Bakterien, Jessica hat sich immerhin gerade erst übergeben. Das spöttische Lächeln verrät eine herablassende Lüsternheit, die Jessica längst zu erkennen gelernt hat, die zu ertragen sie aber nie lernen wird.

»Loslassen«, wiederholt sie und versucht sich aus seinem Griff zu befreien.

Der Mann schüttelt den Kopf und hebt die Schaufel.

»Du gehst hier nicht weg, ehe du sauber gemacht hast. Oder soll ich die Polizei rufen?«

»Lass mich los«, fordert Jessica resolut, aber erfolglos. Sie könnte natürlich erklären, dass sie selbst Polizistin ist – der Dienstausweis steckt in ihrer Brieftasche. Doch sie will nicht, dass der Kerl mehr über sie erfährt als nötig.

Der Blick des Mannes bohrt sich tief in Jessicas Augen, die nach den vielen durchwachten Nächten zweifellos gerötet sind. Der Mann hält sie vermutlich für eine verluderte Stadtstreicherin, zumal sie abgelatschte Turnschuhe, einen grauen Collegeanzug und eine schmuddelige schwarze Steppjacke trägt.

»Du verdammte Junkieschlampe. Solche wie dich kenne ich ...«, beginnt der Mann, und in den wenigen Sekunden der Stille, die darauf folgen, flammt in seinen Augen etwas auf: vielleicht Machtgefühl, vielleicht Wut über die unerwartete Situation. Vielleicht auch der Wunsch, das betrunkene Mädchen zu bestrafen. Jessica schmeckt das Erbrochene in ihrem Mund, als sie die dicken Wangen und den rauen Stoppelbart des vierzigjährigen Mannes betrachtet. Seinen triumphierenden Blick.

»Und ich kenne solche wie dich«, sagt Jessica, packt mit der freien Hand den Arm des Mannes und verdreht ihn mit ihrem ganzen Körpergewicht. Nein, sie ist nicht betrunken, sondern durchaus fähig, die Gewaltmaßnahmen einzusetzen, die sie an der Polizeischule gelernt hat.

Der Mann brüllt auf, sackt in die Knie und lässt Jessicas Handgelenk los. Da befreit Jessica seinen Arm aus der schmerzhaften Umdrehung und tritt ihm mit dem Knie gegen die Brust. Der Hausmeister fällt rücklings in den nassen Schnee und flucht.

»Hure ...«, stöhnt er, schnappt nach Luft und versucht aufzustehen, doch Jessica versetzt ihm einen Tritt in die Seite. Dann noch einen zweiten. Ihre Augen trüben sich, sie betrachtet den Mann voller Wut.

»Wenn du mich noch einmal *Hure* nennst ...«, faucht sie und ist sich nicht sicher, ob sie hofft, dass der Mann weiterstrampelt. Denn wenn er ihr noch einmal Anlass gibt, ihn zu treten, wird sie es mit Freuden tun und dem Arschloch dabei womöglich ein paar Rippen brechen.

Aus den Augenwinkeln bemerkt sie eine Bewegung auf einem der Lüftungsbalkone. Sie glaubt zwei Menschen zu sehen, die in ihrem getrübten Blick zu einem Klumpen verschmelzen. *Ich muss hier weg.* Ein Auto rast an der Einfahrt vorbei. Jessica kämpft gegen die Übelkeit an, kehrt aus der Einfahrt in das fahle Tageslicht zurück und geht mit schnellen Schritten den Fußgängerweg entlang. Über dem Park am Ende der Straße ragen die roten Türme, die Kupferdächer und die goldenen Zwiebeln der Uspenski-Kathedrale auf.

Ihr Kopf füllt sich mit einem immer lauter werdenden Rauschen, in das sich die Rufe des Hausmeisters mischen.

Ihr rechter Fuß fühlt sich plötzlich kalt an, und sie merkt, dass sie den Turnschuh irgendwo verloren hat, höchstwahrscheinlich im Hauseingang beim letzten Tritt gegen die Flanke des Hausmeisters. Ein älteres Paar, das ihr entgegenkommt, betrachtet Jessicas ungleichmäßigen Gang und ihren Fuß, den nur ein klatschnasser Strumpf bedeckt. *Geh. Geh weiter. Vergiss den Schuh.*

Sie holt das Handy aus der Tasche, um ein Taxi zu rufen, doch es fällt aus ihrer zitternden Hand auf einen Gullideckel.

Da! Haltet sie an!

Sie hebt das Handy auf und versucht es zu entsperren, aber das Display ist im Schnee nass geworden und ihre Finger sind starr vor Kälte. Nichts passiert.

Aus der Gegenrichtung kommen eine Straßenbahn und eine Autoschlange, an deren Ende ein Streifenwagen dahinzockelt. *Ausgerechnet.*

Jessica beschleunigt das Tempo. Der Streusand sticht durch den nassen Strumpf. Wenn sie es in den Park schafft, kann sie ihre Verfolger vielleicht abhängen.

Polizei!

Die Stimme ist gedämpft, aber als Jessica die Kreuzung an der Satamakatu erreicht, sieht sie, dass das Blaulicht des Streifenwagens, der vor der Hauseinfahrt hält, eingeschaltet wird. Schneeflocken fallen in ihren offenen Mund. Ihr Kinn fühlt sich schwer an, das Atmen bereitet ihr Mühe. Der Kopf tut ihr weh, und ihr wird schwarz vor den Augen.

Ich habe nie Hoffnung gehabt. Niemand von uns hat Hoffnung.

Jessica läuft über die Straße und sucht hinter den Bäumen am Rand des Tove-Jansson-Parks Schutz.

Sie stützt sich mit der Hand an einen Baumstamm und spürt erneut den Zwang, sich zu übergeben.

Während sie sich erbricht, hört sie die näherkommende Sirene des Streifenwagens und sieht, wie das Blaulicht über die dünne Schneedecke auf dem Rasen und die niedrigen Zweige der Bäume streift. Und dann senken sich die Zweige, sie verlieren ihre Form und legen sich biegsam wie Weidenruten über sie.

3

Helena Lappi, genannt Hellu, die Leiterin der Einheit für Schwerverbrechen bei der Helsinkier Polizei, trägt eine gelbe Plastiktüte bei sich, als sie dem in einen Overall gekleideten Polizisten folgt. Während der Fahrt nach Pasila hat sie das Lenkrad krampfhaft umklammert und versucht, sich mit den Atemübungen, die ihre Frau ihr beigebracht hat, zu entspannen. Jetzt ist es wichtiger denn je, die Fassung zu bewahren, obwohl sie auch ohne dieses verdammte Durcheinander mehr als genug zu tun hätte.

Der Polizist öffnet die Zellentür, und Hellu bleibt auf der Schwelle stehen. Sie sieht die auf der Matratze sitzende Frau, das kleine Fenster und die Kloschüssel. Der klaustrophobe Anblick erfüllt sie mit Ekel.

»Gehen wir.« Hellus Stimme ist farblos und dringt in den Raum wie die Kälte aus einer gerade geöffneten Tiefkühltruhe.

»Warum? Ich fühle mich hier ganz wohl«, sagt Jessica.

Hellu seufzt leise und tritt langsam in die Zelle. Der Polizist macht kehrt und lässt die beiden allein.

»Niemi, was zum Teufel soll das jetzt wieder?«, fragt Hellu und lehnt sich an die Wand. In der engen Zelle riecht es überraschenderweise nicht nach Urin, sondern nach WC-Spray mit Eisblumenduft. »Ich bin sofort losgefahren, als ich gehört habe, was passiert ist, aber du hättest der Streife doch sagen können, wer du bist. Dann wäre dir die Zelle wahrscheinlich erspart geblieben, und ich hätte nicht mitten in der Besprechung bei der Zentralkripo losrennen müssen, um dich hier rauszuholen.«

Jessica streicht sich die Haare aus dem Gesicht und blickt auf. Rund um die müden Augen über den hochroten Wangen liegen Reste der Wimperntusche. Hellu hat Jessica noch nie so gesehen, in einer derart entwurzelten und unberechenbaren Verfassung. Jessica wirkt wie eine Wilde, die man gegen ihren Willen aus dem Dschungel in die Stadt verschleppt und hinter Gitter gesperrt hat.

»Hast du getrunken?«, fragt Hellu, obwohl sie diese Frage nicht stellen möchte und obwohl ihr die Möglichkeit nicht besonders wahrscheinlich vorkommt. Jessica hat zweifellos 99 Probleme, aber Rauschmittel gehören, soweit Hellu weiß, nicht dazu.

Sie wirft einen Blick auf die Füße der Kriminalhauptmeisterin, von denen der eine nackt ist und der andere in einem nassen Strumpf steckt. Die Schuhe – oder in diesem Fall wohl nur einer – wurden ordnungsgemäß in Gewahrsam genommen, als Jessica vor einer Stunde in die Zelle gebracht wurde.

»Nein«, antwortet Jessica schließlich. »Ich habe nicht getrunken. Nichts. Jedenfalls keinen Alkohol.«

Hellu hebt die linke Hand und betrachtet ihre Fingernägel, die sie gestern Abend gefeilt hat. Die elektrische Nagelfeile, die ihre Frau gekauft hat, ist wider Erwarten ausgesprochen brauchbar.

»Ein schwungvoller Hausmeister in Katajanokka behauptet, dass du auf dem Innenhof geferkelt und ihn plötzlich angegriffen hast. Passt nicht so ganz zu der stubenreinen und analytischen Jessica Niemi, die mit mir in der Einheit für Schwerverbrechen arbeitet.«

»Ich habe in dem Haus Bekannte besucht.«

»Wen?«

Jessica runzelt die Stirn und sieht einen Augenblick lang so aus, als wollte sie auf den Boden spucken.

»Spielt das eine Rolle?«

Hellu zuckt mit den Schultern, und Jessica fährt fort:

»Als ich ging, wurde mir plötzlich schlecht.«

»Da auf dem Hof?«

Jessica nickt.

»Aber wie ist der Hausmeister …«

»Sagen wir mal, er war nicht ganz unschuldig daran, dass die Situation eskaliert ist.«

Hellu schüttelt seufzend den Kopf. Sie weiß nicht, was sie glauben soll. Wenn sie ehrlich ist, muss sie zugeben, dass eine Frau mit Jessicas Äußerem leichter in unangenehme Situationen mit aufdringlichen Männern gerät als sie selbst. Aber der Hausmeister dürfte kaum versucht haben, Jessica am helllichten Tag auf dem Innenhof zu vergewaltigen.

»Ist er schlimm verletzt?«, fragt Jessica, und jetzt schwingt in ihrer Stimme Reue mit.

Wieder schüttelt Hellu den Kopf.

»Ich habe mit dem Streifenbeamten gesprochen, der dich festgenommen hat, und den Eindruck gewonnen, dass es bei dem Kerl eher an der Einstellung hapert. Bei der Befragung hat er dich unter anderem als *Drogenhure* bezeichnet und so weiter. Normalerweise bräuchte ich dieses Gespräch also gar nicht mit dir zu führen.«

»Aber jetzt musst du es tun?«

»Es gibt zwei Augenzeugen, die ausgesagt haben, dass du den Mann getreten hast, als er schon am Boden lag. Und da du der zufällig vorbeigekommenen Streife nicht sagen wolltest, wer du bist und worum es im Einzelnen ging, blieb ihnen nichts anderes übrig als …«

»Ja, ich weiß«, sagt Jessica und legt die Hände auf den Bauch. »Das war dumm von mir. Ich konnte nicht klar denken.«

Hellu wirft einen Blick zur Seite, stellt fest, dass in der Türöffnung niemand steht, und dämpft ihre Stimme fast zum Flüstern.

»Was ist los, Niemi? Ich mache mir verdammt große Sorgen.«

»Alles wäre bestens, wenn ich in der verfluchten Einfahrt in Ruhe hätte kotzen dürfen.«

»Ich habe das Gefühl, dass noch etwas anderes dahintersteckt. Normalerweise hättest du dich nicht derart provozieren lassen, dass …«

»Er hat mich festgehalten, Hellu«, erwidert Jessica in scharfem Ton und rollt den Ärmel hoch. Am Handgelenk sind jedoch keine blauen Flecken zu sehen, was sie zu ärgern scheint. Vielleicht hat sie gehofft, der Mann hätte deutliche Spuren hinterlassen, die ihre Worte bestätigen.

»Verstehe. Aber ich habe trotzdem das Gefühl, das ist nur die Spitze des Eisbergs. Seit dem Fall Zetterborg lebst du irgendwie in deiner eigenen Welt. Ich brauche die Gewissheit, dass du nicht …«

»Dass ich nicht was?«

»Du weißt, wovon ich spreche, und meine Sorge ist ganz und gar berechtigt.«

Jessica blickt wütend auf die Kamera an der Deckenkante.

»Wir können woanders weiterreden«, sagt Hellu und wirft die Plastiktüte neben der Matratze auf den Boden. »Ich hab dir Turnschuhe mitgebracht, damit du draußen nicht auf einem Bein zu hüpfen brauchst.«

4

Jessica blickt von der Tasse auf, um die sie die Finger gelegt hat. Die hellen Lampen, die im Inneren des gläsernen Bartischs glühen, zwingen sie, die Augen zusammenzukneifen. Das Lokal ist ausgesprochen originell: Am Fenster flimmert eine Leuchtreklame im Yankee-Diner-Stil, um die roten Tische stehen grellgelbe Stühle, und aus den Lautsprechern dröhnt Musik, deren Text unverständlich bleibt, er könnte ebenso gut chinesisch oder rätoromanisch sein. Angesichts des unruhigen Milieus wirkt es ironisch, dass Hellu nur Jessicas sämiges Getränk, das leicht nach Spinat riecht, misstrauisch beäugt.

»Was hast du denn da bestellt?«

»Matcha Latte.«

Hellu verdreht die Augen. Jessica hat nie gelernt, Kaffee zu mögen, und ihr ganzes Erwachsenenleben hindurch Hagebuttentee getrunken, aber nach einem spontanen Experiment vor einigen Wochen ist sie schlagartig ein Fan des grünen japanischen Tees geworden, den man in den traditionellen Cafés der Innenstadt kaum bekommt.

Eine Weile widmen sich beide wortlos ihren Getränken. Dann räuspert Hellu sich vernehmlich, eher um das Schweigen zu brechen, als um die Stimme klar zu machen.

»Ich will nicht so tun, als wären wir beste Freundinnen, Niemi. Und du brauchst dich mir nicht anzuvertrauen. Aber das, worüber wir schon bei dem Fall Yamamoto gesprochen haben ...

Dass ich gewisse Ereignisse aus deiner Vergangenheit wissentlich begraben habe, um unnötige Komplikationen zu vermeiden ...«

»Nicht sehr tief.«

»Bitte?«

»Du hast alles ziemlich schnell wieder ausgegraben, sobald ein bisschen Gegenwind aufkam.«

Hellu wirkt beleidigt. Sie nimmt ihre Brille mit dem dicken blauen Gestell ab und poliert die Gläser mit einem Wildledertuch. Dann setzt sie die Brille wieder auf, legt das Tuch ins Etui und beugt sich vor. »Wenn der Kerl beschließt, die Episode an die große Glocke zu hängen, müssen wir ernsthaft überlegen, ob es besser wäre, dass du eine Weile in den Hintergrund trittst. Es geht um die Glaubwürdigkeit der Mordkommission. Ohne die kann keiner von uns ordentlich arbeiten. Das begreifst du wohl?«

Jessica sieht Hellu lange an. Sie würde gern widersprechen, versteht aber sehr gut, was Hellu meint, und weiß, dass sie einen Fehler gemacht hat.

»Eine leichte Misshandlung ist kein Grund für eine offizielle Anklage«, wendet sie trotzdem ein. Hellus Blick macht ihr klar, dass dieser Punkt nicht relevant ist.

»Aber wenn bei dem Kerl auch nur eine Rippe gebrochen ist, sieht die Sache anders aus. Dann kann man den Vorfall als schwere Misshandlung einstufen, und Anklage wird auch dann erhoben, wenn der Betroffene es nicht verlangt.«

Jessica spürt plötzlich einen Kloß im Hals. Die eventuellen Folgen des Zwischenfalls werden ihr erst jetzt klar, als die Hauptkommissarin ihr die Fakten unter die Nase reibt.

»Und dann kann ich dich ganz einfach nicht für die Ermittlungsarbeit einsetzen, selbst wenn ich es wollte.«

»Aber ...«

»Auch damit würden wir klarkommen, es braucht nur Zeit ... Aber ich komme nicht über dieses größere, fundamentale Problem hinweg. Darüber, dass sich irgendetwas in deinem Leben entscheidend verändert hat. Du benimmst dich in letzter Zeit wirklich seltsam. Ich meine jetzt nicht dein naseweises und mitunter unsoziales Verhalten – das vermisse ich sogar ein bisschen –, sondern etwas Dunkleres. Und da überlege ich natürlich, ob es ein Teil …«

»… meiner Krankheit ist?«

Hellu nickt widerstrebend.

Es folgt eine kurze Feuerpause, in der beide nervös über ihre Tassen streichen.

»Als wir im Dezember zuletzt darüber gesprochen haben, habe ich dich gefragt, ob du Schwierigkeiten hast, zu erkennen, was real ist und was nicht.«

»Und ich habe nein gesagt.«

»Aber du hast diese …«

»Halluzinationen? Visionen? Manchmal«, sagt Jessica, obwohl sie weiß, dass ihr Zustand noch vor ein paar Monaten erheblich besser war als jetzt. Es hat sich tatsächlich etwas verändert. Sie hat ihre tote Mutter, die sie durch ihr ganzes Leben begleitet hat, seit längerer Zeit nicht mehr gesehen, aber stattdessen ist etwas anderes aufgetaucht. Der Wahnsinn – so nennt Jessica ihn selbst – ist urplötzlich und zum ersten Mal völlig unkontrollierbar geworden. Genau davor hat sie sich immer am meisten gefürchtet: dass die Wahnvorstellungen unberechenbar werden. Dass sie sich gegen sie kehren und alles zum Einsturz bringen.

»Ich habe angefangen, mit jemandem zu reden«, sagt Jessica schnell, wie um das Thema zu wechseln, obwohl sie das Gespräch damit näher an den Kern bringt. Hellu scheint jedoch nicht gleich zu verstehen, was sie meint.

»Mit einer Psychiaterin«, präzisiert Jessica.

»Gut«, meint Hellu, nachdem sie die Neuigkeit verdaut hat, wirkt aber nicht erleichtert. »Das kann sicher nichts schaden.«

»Von da kam ich gerade«, fügt Jessica hinzu, obwohl sie nicht weiß, ob diese Information die Lage vielleicht noch verschlimmert.

»Hat die Therapie die physische Übelkeit ausgelöst?«

Jessica sieht Hellu an. Es kommt ihr allmählich so vor, als wäre auch dieses Gespräch eine Art Therapie, als müsste sie von nun an bei jeder Unterhaltung ihrem Gegenüber beweisen, dass sie nicht in eine geschlossene Anstalt gehört.

Jessica wendet den Blick zum Fenster. Sie hat nicht die Absicht, der Hauptkommissarin die Mechanismen ihres Körpers und ihrer Psyche darzulegen, die Koordinaten der psychischen und physischen Schmerzpunkte. Auch wenn es für alle nützlich sein könnte, die Situation zu verstehen. Die Wahrheit ist, dass sie Hellu nicht erklären kann, wie ihr Kopf funktioniert, weil sie es selbst nicht versteht.

Hellu trinkt von ihrem Kaffee und sieht Jessica über den Tassenrand hinweg bedeutungsvoll an.

»Geh nach Hause, Niemi.«

»Warum?«

Hellu stellt die Tasse ab, wirft einen Blick auf ihre Armbanduhr und verschränkt dann die Hände auf dem Tisch.

»In Pasila liegt momentan nichts Wichtiges an.«

»Was? Darf ich erst wieder zur Arbeit kommen, wenn ein Serienmörder frei herumläuft?« Jessica lacht spöttisch auf.

Hellu zieht die Nase kraus. Dann fährt sie sich durch die dunkel nachwachsenden, blondierten Haare und nickt.

»Dann überlege ich es mir noch mal.«

Jessica spürt einen Stich in der Brust. Sie trinkt noch einen Schluck von ihrem Matcha Latte, steht auf und zieht die Jacke über ihren grauen Hoodie.

»Danke für die Schuhe. Ich schicke sie per Post nach Pasila«, sagt sie und geht.

5

Es ist halb sieben, die Sonne ist erst vor einigen Minuten am Horizont versunken und hat die Stadt der künstlichen Beleuchtung überlassen. Auf der Straße poltert ein Schneepflug, obwohl am Nachmittag nur ganz wenig Schnee gefallen ist. Jessica schaltet den Fernseher aus, steht vom Sofa auf und macht Licht im Wohnzimmer. Einen Augenblick lang wirkt der große hohe Raum fremd: Die imposanten Gemälde in ihren vergoldeten Rahmen erinnern an ein Museum. Die weit auseinander stehenden teuren Sessel, das Sofa und der flache Glastisch könnten direkt aus einer italienischen Wohnillustrierten stammen. Jede Einzelheit, bis hin zur Platzierung der Gegenstände, der Holzart des Parketts und dem Farbton der Wände, ist genau durchdacht. Jessica blickt sich um und versucht zu verstehen, wieso sie sich bisher in ihrer massiven Wohnung wohlgefühlt hat, die ihr jetzt merkwürdig leblos und düster vorkommt.

Es klingelt. Als Jessica die Diele erreicht, sieht sie auf dem kleinen Bildschirm das freundliche Gesicht ihres Kollegen Jusuf Pepple. Sie öffnet mit dem Summer die Haustür und lässt ihre Wohnungstür angelehnt. Dann geht sie ins Wohnzimmer zurück und legt sich wieder auf das Sofa. Nach einer Weile rappelt der Aufzug im Treppenhaus, dann sind Schritte zu hören, und schließlich kommt Jusuf mit einem aufgesetzt munteren Gruß herein.

»Hallo«, wiederholt er, diesmal ruhiger, als er den Rundbogen zwischen Diele und Wohnzimmer erreicht hat. Jessica sieht die weiße Papiertüte in seiner Hand. Sie nimmt einen angenehmen Geruch wahr, den sie nicht gleich identifizieren kann.

»Hast du dir Proviant mitgebracht?«

»Nein, das ist für dich«, sagt Jusuf und geht ohne weitere Erklärungen in die Küche.

Jessica hört die Einkaufstüte rascheln, als Jusuf die Lebensmittel in den Kühlschrank legt. Sie weiß, dass er es gut meint, empfindet es aber als verdammt bevormundend, dass er ungebeten für sie eingekauft hat. Als wäre sie eine arm- und beinlose Spinnerin, die in Quarantäne dahinsiecht.

Nach einer Weile wird die Kühlschranktür zugeschlagen, und Jusuf kommt mit nachdenklicher Miene ins Wohnzimmer zurück.

»Danke«, sagt Jessica widerstrebend.

»Ich musste sowieso einkaufen, und …«

»Ja, klar doch.« Jessica lächelt spöttisch und presst dann die Lippen fest zusammen.

Jusuf sieht sich um, als bekäme er nie genug von Jessicas Luxusquartier, von den hohen Räumen, den wertvollen Kunstwerken an den Wänden und der Aussicht über die Dächer von Helsinki. Jessica selbst ist schon seit Jahren blind dafür geworden, doch die dreihundert Quadratmeter große Wohnung ist zweifellos prachtvoll. Seit ihrer Volljährigkeit ist Jessica so wohlhabend, dass sie den Überfluss schon lange als Selbstverständlichkeit empfunden hat. Wenn sie sich dessen bewusst wird, verachtet sie sich selbst. Vor allem fühlt sie sich schuldig, weil es ihr trotz ihres Reichtums seit Langem schlecht geht. Die Millionen, die sie von ihrer Mutter geerbt hat, haben ihre Probleme nicht gelöst, sondern eher verschlimmert. Das Gefühl der Einsamkeit kommt wohl daher, dass sie nicht so ist wie die anderen. Obwohl sie die Rolle der normalen, berufstätigen Kriminalhauptmeisterin spielt. Sie ist ein wandelnder Selbstbetrug.

»Beschissen, was heute früh passiert ist«, sagt Jusuf und setzt sich Jessica gegenüber auf einen Sessel. Seine Miene ist leicht besorgt, aber dahinter ist dennoch die Glut zu spüren, die im Lauf des letzten Monats zu einer Art Markenzeichen geworden ist. Mit seinem breiten Lächeln war er immer schon eine frische und energische Gestalt, aber jetzt scheint er eine ganz neue Ebene erreicht zu haben. Vor allem, weil davor eine lange düstere Phase lag, die durch die Trennung von seiner langjährigen Freundin ausgelöst wurde. In dieser Zeit war Jusuf Kettenraucher und ein fast manischer Gewichtheber. Jetzt haben die Rollen gewechselt: Damals war Jessica diejenige, die sich Sorgen machte.

»Du siehst verliebt aus«, sagt Jessica.

Jusuf senkt den Blick auf seine Füße wie ein Teenager, dem die Bemerkung peinlich ist.

»So«, brummt er.

»Vielleicht sollte ich das auch.«

»Was?«

»Mich verlieben.«

Jusuf sieht aus, als wüsste er nicht, was er erwidern soll. Das Lächeln verschwindet so schnell von seinem Gesicht, wie es aufgetaucht ist. Jessica setzt sich auf und spürt immer noch den würzigen Geruch in der Nase, obwohl die Einkäufe längst im Kühlschrank liegen. Dann begreift sie: Jusuf hat ein neues Rasierwasser. Natürlich. Sie erkennt Orangenblüten, Honig und Geranium, eine Kombination, der sie zwar schon begegnet ist, aber nie auf Jusufs Haut.

»Du findest jemanden, wenn du nur willst«, sagt Jusuf schließlich und trommelt mit den Fingerspitzen auf die Sessellehne.

»Das war nur ein Witz, Jusuf. Im Moment brauche ich nichts und niemanden«, erwidert Jessica. Sie merkt, dass sie sowohl Jusuf als auch sich selbst belügt.

»Ja, ich dachte auch nicht, dass du …«, beginnt Jusuf und streicht sich mit dem Zeigefinger über die Augenbraue.

»Bist du nur gekommen, um mir Essen zu bringen?«

Jusufs Miene verdüstert sich schlagartig, als hätte er sich plötzlich an etwas Unangenehmes erinnert. Er holt sein Handy aus der Tasche und entsperrt es.

»Du hast mit Hellu gesprochen«, stellt Jessica fest. Jusuf nickt, den Blick auf das Handy geheftet.

Jetzt erkennt Jessica, dass bei dem Duft, den Jusuf in die Wohnung gebracht hat, noch etwas anderes eine Rolle spielt als das neue Rasierwasser. Es fehlt der stechende Geruch einer gerade gerauchten Zigarette. Jessica brennt darauf, nachzufragen, sich zu erkundigen, ob Jusuf beschlossen hat, mit dem Rauchen aufzuhören, begreift aber, dass sie dann auch fragen müsste, was ihn zu dieser Entscheidung bewogen hat. Und das ist etwas, worüber sie nicht reden will. Nicht ausgerechnet jetzt. Vielleicht nie. Sie kennt die Antwort schon. Die Umstellung der Lebensweise bedeutet, dass Jusuf die Beziehung mit Tanja ernst nimmt.

»Hat sie angerufen?«, fragt Jusuf. »Hast du noch mal mit ihr gesprochen?«

»Sie hat es versucht, aber ich war zu müde, um mich zu melden.«

»Du weißt es also noch nicht?«

»Was weiß ich nicht?«

Jessica erkennt an der Körpersprache ihres Kollegen, dass die schlechtesten Nachrichten erst noch kommen.

»Was, Jusuf?«

Jusuf reicht ihr das Handy langsam, als wolle er das Unvermeidliche möglichst lange hinauszögern. Jessicas Fingerspitzen streifen sein Handgelenk.

Auf dem Display sieht sie das Logo von YouTube.

Ihr Herz setzt einen Schlag aus.

»Scheiße«, flucht Jessica so leise, dass Jusuf es kaum hört.

Auf dem Freeze Frame erkennt sie die dunkelgrün verputzten Wände, die stählerne Teppichstange und das offene Eisentor. Den Mann im neongelben Overall. Die Frau in Collegehose und Steppjacke, die sich über das feucht schimmernde Kopfsteinpflaster beugt. Unter dem Video prangt der Text: *Der freie Tag einer Kriminalbeamtin.*

»Jemand hat vom Lüftungsbalkon aus gefilmt«, erklärt Jusuf.

»Der freie Tag einer Kriminalbeamtin? Woher wissen die, dass ...«

»Scheißpech, der eine Augenzeuge ist Freelancer beim Abendblatt. Er hat dich wohl erkannt und sich mit ein paar Anrufen vergewissert«, sagt Jusuf und schaltet das Display aus.

»Verdammter Mist«, stöhnt Jessica und vergräbt das Gesicht in den Händen. Ihr Herz rast und ihre Fingerspitzen prickeln heftig. Eine Serie von Zufällen und falschen Entscheidungen haben sie zu einer viral aktiven Irren gemacht, zur öffentlich bekannten Verrückten, die nicht nur in den aufziehenden Shitstorm gerät, sondern auch vom Dienst suspendiert wird.

»Was passiert jetzt?«, fragt sie und reibt sich die Stirn.

»Solche Storys sind schnell wieder vergessen«, tröstet Jusuf. »Der Typ hat offenbar keine Verletzungen erlitten, und man sieht ja auf dem Video, dass er dich provoziert hat. Er hält dich am Handgelenk fest und ...«

»Aber man sieht auch, wie ich mitten am Tag in seinem Revier kotze. Und bestimmt auch, wie ich ihn drei Mal trete. Das letzte Mal, als er schon auf der Erde liegt«, seufzt Jessica. »Außerdem ist auf der Aufnahme sicher nicht zu hören, dass er mich als Hure beschimpft.«

»Stimmt«, sagt Jusuf. »Deshalb müssen wir eine Weile warten, bis sich die Aufregung gelegt hat.«

Jessica hebt langsam das Gesicht und sieht Jusuf an, als wäre das Ganze allein seine Schuld. Und in gewisser Weise war er ja tatsächlich der Auslöser, wenn auch indirekt und völlig unbeabsichtigt. Im Nachhinein betrachtet hat Jessicas Abstieg begonnen, als der Fall Zetterborg gelöst war und Jusuf zu seiner Verabredung mit der hübschen Technikerin des kriminaltechnischen Labors ging. Als Jessica damals allein in ihrer leeren Wohnung stand, hat sie etwas erkannt, was ihr bis dahin nie in den Sinn gekommen war: Jusuf ist nicht nur ein vertrauter Freund und Kollege, sondern viel mehr. Das hatte Jessica nur nie begriffen. In ihrer Vorstellung waren sie wie Fox Mulder und Dana Scully in Akte X, ein Duo, das weder die Voraussetzungen noch den geringsten Wunsch nach einem Verhältnis hat, das die Grenzen einer platonischen Beziehung überschreitet. Doch nun verstand sie plötzlich, dass sie unbewusst immer mit dem Gedanken gespielt hatte, irgendwann könnte zwischen ihnen etwas passieren, sogar während Jusufs voriger Beziehung. Und jetzt, wo Jusuf bis über beide Ohren in eine Tatortermittlerin verliebt ist, erscheint es sehr unwahrscheinlich, dass etwas passieren wird. Wird ihre Freundschaft so weiterbestehen wie bisher, wenn keine tiefere Beziehung mehr möglich ist? War die Lebensbedingung ihrer Freundschaft immer eine gewisse Spannung: die Hintertür zu etwas Romantischem?

Der Abend nach der Festnahme von Zetterborgs Mörder hatte bei Jessica ein totales Einsamkeitsgefühl ausgelöst. Plötzlich fühlte sie sich wie eine Eisscholle, die auf dem offenen Meer dahintreibt und allmählich schmilzt, bis sie ganz verschwindet, ohne dass irgendwer es merkt. Vielleicht hat gerade dieses Gefühl ihre Halluzinationen gespeist, sie immer tiefer auf die andere Seite geführt, wo die Wirklichkeit sich allmählich verzerrt.

»Du wirst bestimmt wütend, wenn ich das sage, Jessi ...«, beginnt Jusuf, und Jessica hat keinen Grund, an seinen Worten zu zweifeln. »Aber ich schlage vor, dass du eine Weile verreist. Egal wohin. Du könntest um die Welt reisen, auf Bali surfen, ein oder zwei Monate in der größten Suite des Burj Al Arab wohnen.« Jusuf lacht auf. »Du könntest versuchen, deine finanzielle Unabhängigkeit endlich mal zu genießen. Niemand braucht davon zu wissen. Du könntest tun, was immer du willst …«

»Mir ist ein bisschen schlecht«, sagt Jessica und steht vom Sofa auf. Jusuf sieht sie verdutzt an. »Ich lege mich kurz hin, wenn du nichts dagegen hast.«

Jessica geht in die Küche und schaltet den Wasserkocher ein. Die leere Papiertüte liegt mitten auf der Arbeitsfläche, was sie plötzlich maßlos ärgert. Sie holt einen Porzellanbecher aus dem Geschirrschrank. Jusuf folgt ihr in die Küche und redet weiter, als hätte Jessica ihn nicht unterbrochen.

»Im Ernst, Jessi. Was fängst du mit dem Geld an, wenn du nichts damit anfängst? Kapierst du, dass für dich der Himmel die Grenze ist …«

»Jusuf!« Jessica schlägt so fest auf die granitene Arbeitsfläche, dass ihr die Hand wehtut. Dann dreht sie sich zu dem Mann um, dessen lebhaft gestikulierenden Hände mitten in der Bewegung erstarrt sind, als hätte man sie per Fernbedienung angehalten.

»Du weißt einen Scheißdreck von meinem Himmel und meinen Grenzen!«

Jusuf sieht sie entgeistert an.

»Beruhige dich doch. Ich versuche nur zu sagen, dass …«

Jessica greift nach dem Becher und schleudert ihn mit solcher Kraft an die Wand, dass die Scherben durch den ganzen Raum fliegen. Jusuf legt schützend die Hände vors Gesicht und flucht laut.

»Warum kannst du nicht einfach gehen?«, schreit Jessica, tritt einen Schritt näher, packt Jusuf am Nacken und küsst ihn, legt die Stirn gegen seine und atmet schwer. Nach einigen Sekunden löst Jusuf sich aus ihrem Griff und weicht einen Schritt zurück.

»Jessica, was …«

Jessica spürt, wie ihr eine Träne in den Mundwinkel rinnt. Sie hat Jusuf noch nie so entgeistert gesehen, der Kuss hat ihm die Sprache verschlagen. Endlich einmal.

»Entschuldige«, flüstert Jessica und wischt sich mit dem Kragen ihres weiten T-Shirts über die Augen. »Geh jetzt.«

»Jessica ...«

»Geh!«, faucht Jessica und schubst Jusuf gegen die Brust, nicht, um ihm wehzutun, sondern um die unerträgliche Situation zu beenden. Um diesen perfekten Rasierwasserduft aus ihrer Wohnung zu vertreiben.

Jusuf hebt die Hände, er will offensichtlich etwas sagen, sucht nach einem Grund zu bleiben oder Jessica mitzunehmen. Aber Jessicas unmissverständliche Körpersprache lässt keinen Verhandlungsspielraum. Ihr Finger zeigt auf die Wohnungstür.

»Geh jetzt, bitte«, flüstert sie. Jusuf sieht sie noch einmal an, mit einem Blick, der ein ganzes Leben von unerzählten Geschichten enthält. Dann wischt er sich über die Lippen und wendet sich ab. Als die Tür hinter ihm zufällt, öffnet Jessica den Schrank und holt einen neuen Becher heraus. Eine Weile lehnt sie sich an die Arbeitsfläche und lauscht, ob es klingelt. Ob Jusuf so hartnäckig ist, dass er zurückkommt? Als nichts geschieht, lässt sie ihren Tränen freien Lauf.

6

Gestern habe ich am Fuß eines Baums ein Vogelnest und daneben ein Kiefernkreuzschnabeljunges gefunden. Es hatte den Fall des Nestes unversehrt überstanden, aber aus irgendeinem Grund waren seine Eltern nicht geblieben, um aufzupassen, wie ihr Nachwuchs in der kalten und gefährlichen Umgebung zurechtkommt. Das hilflose, flugunfähige Geschöpf war also zum einsamen Überlebenskampf auf dieser abgelegenen Insel verurteilt, in deren dichte Wälder die Frühjahrssonne noch lange nicht dringen wird. Ich wusste, dass der Vogel ohne meine Hilfe nicht überleben wird. Und deshalb habe ich ihn an einen Ort gebracht, wo er in Sicherheit und vor den Augen feindlicher Wesen verborgen ist.

Er ist erst seit einem Tag in der Werkstatt, aber ich finde, dass er schon neue Kraft gewonnen hat. Ich werde ihn füttern und pflegen, bis er stark genug ist und seine Flügel ihn tragen. Wenn er davongeflogen ist, kommt er vielleicht ab und zu zurück, aus Dankbarkeit für meine Fürsorge. Dafür, dass ich ihn vor dem sicheren Tod gerettet habe.

Ich habe den Vogel Toivo genannt. Anders als das kleine Mädchen, das vor langer Zeit auf dieser Insel gewohnt hat, wird Toivo eines Tages wegfliegen und ein neues Zuhause finden.

7

Das ohrenbetäubende Heulen des Nebelhorns dringt in Jessicas Schlaf. Die verworrenen Ereignisse und verschwommenen Personen ihres Traums weichen allmählich, und die Wirklichkeit übernimmt die Herrschaft. Jessica öffnet die Augen, blickt durch das nach Osten gehende Fenster und sieht, dass die Sonne schon aufgegangen ist: Sie steht niedrig am weißen Himmel, leuchtet fahl wie eine schwache Glühbirne hinter Backpapier. Jessica runzelt die Stirn und blickt sich um. Wie jeden Morgen, wenn sie in diesem Bett aufwacht. Auch heute braucht sie einen Moment, um das kleine, gemütliche Zimmer zu erfassen und sich zu erinnern, wo sie ist: weit weg von zu Hause, weit außerhalb der von schmutzigem Schnee gefärbten Stadt, in der die Verbrechen nicht aufhören. Vom pulsierenden Helsinki trennen sie Tausende kleine Inseln und das von langsam schmelzenden Eisschollen gefleckte Meer, über das sie vor einigen Tagen mit dem Schiff nach Mariehamn und dann mit einem kleineren Boot auf die Insel Smörregård am südöstlichsten Winkel der Inselgruppe Åland gekommen ist. An einen Ort, wo sich die idyllischen Schären und das wilde, offene Meer begegnen.

Jessica schließt die Augen wieder, sie will noch nicht aufwachen.

Wach auf, Jessica. Solange du hier bist, musst du morgens aufstehen.

Jessica reißt die Augen auf. Von irgendwoher kommt das Geräusch einer Motorsäge. Sie setzt sich im Bett auf. Im Mund spürt sie einen säuerlich stechenden Geschmack. Ihr Kopf fühlt sich schwer an, als wäre er voller Flüssigkeit.

Das alte, allerdings kürzlich renovierte Zimmer riecht nach Teer und altem Holz. Die durch die Wolkendecke scheinende Sonne wirft ihr Licht auf das Rokokosofa mit dem geblümten Polster, das an der hellblauen Wand gegenüber vom Bett steht. Auf dem schön geschnitzten Couchtisch ruhen ein aufgeschlagenes Buch, eine halbleere Wasserflasche und eine offene Pillendose.

Jessica legt die Hand auf ihre schweißfeuchte Stirn.

Drei Pillen. Nur drei.

Sie hatte am Abend überlegt, mehrere zu nehmen. Vielleicht eine Handvoll. Dann wäre sie vielleicht nicht von dem verdammten Nebelhorn erwacht, das jeden Morgen exakt zur selben Zeit erschallt, als wäre es seine einzige Aufgabe, die Bewohner des Gasthofs auf möglichst unangenehme Weise zu wecken.

Nehmen Sie anfangs eine pro Tag, später bei Bedarf zwei. Erhöhen Sie die Dosis nicht auf eigene Faust.

Die Psychiaterin hatte ihr gegen die Schlaflosigkeit zuerst ein moderneres Medikament angeboten, das keine unermessliche Morgenmüdigkeit auslöst, dann aber zugegeben, dass die herkömmlicheren Benzodiazepine wahrscheinlich am effektivsten gegen Jessicas Problem helfen würden. Jessica wollte in erster Linie ein Mittel gegen ihre Schlaflosigkeit, erhoffte sich aber auch Erleichterung für ihre ständig wachsende Beklemmung. Natürlich muss man mit Benzodiazepinen besonders vorsichtig sein, nicht zuletzt deshalb, weil sie leichter als andere Schlafmittel zu Abhängigkeit führen. Die Benzos, wie sie von vielen zwangloser genannt werden, sind Jessica durch ihre berufliche Tätigkeit bekannt. Ihr Missbrauch ist weit verbreitet, und auf den Straßen von Helsinki werden die Pillen fast an jeder Ecke verkauft. Für Jessica ist die Kur, die Tuula ihr verschrieben hat, jedoch die erste Begegnung mit dieser Medikamentengruppe. Wie ist sie bisher ohne ausgekommen?

Jessica hört, wie irgendwo eine Tür geschlossen wird. Dann dringen leise Worte an ihre Ohren. Sie stellt die Füße vorsichtig auf den weißen Wollteppich, der dem Aussehen nach handgewebt und mindestens ein Jahrhundert alt ist. Der Fußboden knarrt, als sie aufsteht, die lackierten Planken federn unter den Fußsohlen. An der Decke rauscht das Wasserrohr.

Jessica tritt ans Fenster, zieht die weiße Spitzengardine zur Seite und dehnt langsam den steifen Nacken.

Über den Hof geht Astrid Nordin, die Besitzerin des Gasthofs. Sie hält eine Motorsäge in der linken Hand und marschiert zielstrebig auf das steinige Ufer zu. Die Frau ist allem Anschein nach schon über achtzig, hält sich aber erstaunlich gerade und bewegt sich flink. Astrids Mund bewegt sich unaufhörlich, aber Jessica hört nicht, was sie sagt, und weiß auch nicht, mit wem sie spricht. Gleich darauf erscheint in ihrem Blickfeld ein stämmiger, bärtiger Mann, der eine Kiste trägt. Als Jessica vor einigen Tagen im Gasthof eintraf, hat er sich als Astrids Sohn Åke vorgestellt.

Jessica zieht die Gardine zu und setzt sich auf das Sofa. Die Müdigkeit kehrt wie eine Sturzwelle in ihre Glieder zurück.

Sie betrachtet die Pillendose und versucht sich an die letzten Stunden des gestrigen Tages zu erinnern, aber das Einzige, was ihr in den Sinn kommt, sind die Träume. Dagegen ist alles, was am Abend geschehen ist, das Buch über römische Philosophie, in dem sie gelesen, und das Abendessen, das sie im Speisesaal zu sich genommen hat, wie ausgelöscht.

Eine Weile betrachtet Jessica das gerahmte Poster an der Wand, das einen hohen rotweißen Leuchtturm zeigt. Es ist ein ziemliches Schärenklischee, hat aber eine unerklärlich beruhigende Wirkung.

Sie lässt den Kopf langsam gegen die Rückenlehne sinken,

ihre Augen fallen wie von selbst zu, die Geräusche von draußen werden leiser.

Da klopft es.

»Ja?« Jessica schreckt auf und legt die Hand auf die Brust, wie um sich zu vergewissern, dass sie das zwei Nummern zu große T-Shirt anhat. Als Astrid vor ein paar Tagen ins Zimmer gestürmt war, um zu putzen, konnte Jessica gerade noch ein Handtuch um ihren nackten Körper wickeln.

»Sind Sie wach?«, fragt eine Stimme auf Schwedisch.

»Ja«, antwortet Jessica verärgert, steht auf und wankt zur Tür. Ihre Schritte sind unsicher, das Klopfen hat sie so erschreckt, dass ihr Herz rast.

Sie dreht den Türknopf, öffnet die Tür einen Spaltbreit und blickt der alten Frau, die etwas kleiner ist als sie, kurz in die Augen. Astrid trägt einen Pullover, eine Wathose und kniehohe gelbe Gummistiefel. Wie jeden Tag wandert Jessicas Blick zu Astrids runzligem Hals, den irgendein dunkler Hautausschlag bedeckt. Wie eine ausgeprägte Psoriasis oder eine schwere Brandverletzung.

»Guten Morgen«, sagt Jessica.

»Guten Morgen«, erwidert die Frau mit ruhiger Selbstsicherheit.

»Ist etwas?« Jessica legt eine Hand vor den Mund und gähnt.

»Nein. Sie haben doch selbst gebeten ...«

»Zu klopfen?«

»Sie zu wecken, wenn Sie bis neun Uhr nicht aufgestanden sind«, entgegnet Astrid stirnrunzelnd. Und als Jessica genauer nachdenkt, erinnert sie sich, dass sie das tatsächlich gleich nach dem Abendessen getan hat. *Die verdammten Pillen.*

»Entschuldigung«, sagt Jessica beschwichtigend. »Ich bin noch ein bisschen dösig.«

»Soll ich die Laken wechseln?«, fragt Astrid, und Jessica denkt unwillkürlich, dass die Frau nur darauf aus ist, in das Zimmer zu schauen, nachzusehen, ob Injektionsnadeln oder leere Schnapsflaschen unter dem Bett liegen. Dass es ihr im Moment nicht besonders gut geht, sehen ihr wohl auch diejenigen an, die sie nicht von früher kennen. Die schmuddelige Kleidung, das ungeschminkte Gesicht, die gewaltigen Tränensäcke und die ziellosen Wanderungen rund um die Insel vermitteln vielleicht das Bild eines Menschen, bei dem nicht alles im Lot ist. Und so einen zweifelhaften Typ möchte wohl niemand beherbergen, nicht einmal für Geld.

»Nein, danke«, antwortet Jessica und bemüht sich zu lächeln. »Morgen. Vielleicht.«

Astrid mustert sie eine Weile wie eine besorgte Großmutter. Eine Großmutter, die kein besonders enges Verhältnis zu ihrer Enkelin hat, aber immerhin blutsverwandt ist und sich verpflichtet fühlt, nachzufragen und sich Sorgen zu machen, obwohl sich beider Wege schon vor langer Zeit getrennt haben.

»Das Frühstück ist fertig«, sagt sie dann und macht auf dem Absatz kehrt.

»Danke«, ruft Jessica und blickt ihr nach. Es ist erstaunlich, dass eine Frau in Astrids Alter immer noch stark genug ist, um Holz zu hacken. Die knirschenden Sohlen ihrer Gummistiefel hinterlassen Sägespäne auf dem schwarzen Teppichboden. Jessica lächelt unwillkürlich. In einigen Stunden saugt Astrid vermutlich selbst den Fußboden im Flur pieksauber, was die Mentalität der Schärenbewohner gut widerspiegelt. Im einen Moment macht man alles dreckig, und im nächsten schrubbt man es blitzblank.

Jessica schließt die Tür und dehnt die Arme. Eigentlich ist Frühstück gar keine schlechte Idee.

8

Die zweistöckige Holzvilla ist nur einen Steinwurf von dem zu Wohnzwecken umgebauten Kuhstall entfernt, aber Jessica hat trotzdem eine dicke Daunenjacke über ihr T-Shirt gezogen. In den Tagen, die sie bisher auf der Insel verbracht hat, hat sie mehrmals festgestellt, dass es in den Schären trotz einiger Plusgrade eisig kalt ist. Die Kälte dringt bis in die Knochen und ins Mark und straft diejenigen, die sie unterschätzen und sich zu sorglos kleiden, mit harter Hand.

Der heftige Wind bringt das Seil an der mitten auf dem Rasen stehenden Fahnenstange zum Klingen, als wäre es die Saite einer riesigen Bassgitarre. Hinter dem Sandweg, der den Rasen umrahmt, plätschern die von den vielen kleinen Schäreninseln gezähmten Wellen an das felsige Ufer der Lagune. Als Verlängerung der ins Meer ragenden Felsen wurden rote Bootsschuppen gebaut, die halb auf festem Boden stehen, halb auf Holzpfeilern im Wasser. Die Umgebung ist in ihrer Kargheit schön, so wie die Inseln, an die Jessica sich aus ihrer Kindheit erinnert, als ihre Familie im Urlaub aus den USA nach Finnland kam und lange Bootstouren in den Schären vor Turku unternahm. Jessica erinnert sich, wie ihr Vater das Boot in einer zufällig ausgewählten Bucht verankerte und sie im flachen Uferwasser schwimmen lernte, während Toffe neben ihr mit Schwimmringen planschte. Sie erinnert sich an den Sonnenuntergang, der den Himmel vergoldete, und an ihre Mutter, die auf dem Bootssteg saß und ihre

Rolle übte. Im Herbst würde ein wichtiger Film gedreht, sagte ihre Mutter. Der wichtigste und größte in ihrer bisherigen Karriere. Jessica weiß nicht, wie der Film geworden ist oder ob er überhaupt gedreht wurde, bevor ihre Mutter starb.

»God morgon!«

Eine dröhnende Männerstimme reißt Jessica aus ihren Gedanken, als sie zum Hauptgebäude kommt.

Åke Nordin steht gebückt an der Hausecke und legt Fische aus einem Eimer in eine mit Eisklumpen bestückte weiße Styroporkiste. Er lächelt freundlich hinter seinem rötlichen Bart.

»Guten Morgen«, antwortet Jessica auf Schwedisch.

»Astrid hat ein bisschen gezögert, Sie zu wecken«, fährt der Mann fort. Sein Dialekt ist stark ausgeprägt, aber nicht so schwer verständlich wie zum Beispiel in Närpiö oder anderen Orten in Ostbottnien, wo sogar Jessica, deren zweite Muttersprache Schwedisch ist, Schwierigkeiten hat, die Einheimischen zu verstehen, geschweige denn, sich verständlich zu machen.

»Nur gut, dass sie es getan hat«, antwortet Jessica. Der Wind wird heftiger, und sie ist sich nicht sicher, ob ihre Worte an die Ohren des Mannes dringen. Das Seil an der Fahnenstange produziert ein paar gespenstische Töne und beruhigt sich, als der Wind nachlässt. Jessica wirft einen Blick an den Himmel. Die Sonne, die Anfang der Woche so schön geschienen hat, wird sich einige Tage nicht blicken lassen, stand im Wetterbericht in der Zeitung. Für morgen ist der heftigste Sturm des Frühjahrs angesagt.

»Müßiggang ist eine gute Sache«, erklärt Åke gut gelaunt und macht ein paar langsame Schritte zu Jessica hin, die Fischkiste auf den Armen. »Den Menschen geht es gut, wenn sie über ihre Zeit bestimmen können.«

Jessica kratzt sich belustigt am Kopf. Der Mann mit dem dichten Bart ist um die fünfzig und untersetzt. Er hat kräftige, lange Arme, aber seine Schultern sind schmal und fallen schräg ab wie bei einer Bierflasche. In seinem ausdrucksvollen Gesicht tritt die Stirn hervor, die sich immer wieder in Falten legt, und wenn er lächelt, verengen sich seine schmalen, leuchtend blauen Augen zu einem Strich. Er erinnert Jessica an den allgemein beliebten Musiker Gösta Sundqvist, der an einem Herzinfarkt gestorben ist.

»Na, in dem Bereich tue ich mein Bestes«, antwortet Jessica und blickt wieder an den grauen Himmel.

»Genießen Sie Ihr Frühstück«, sagt Åke lächelnd, bevor er sich auf den Weg zum Bootsschuppen macht.

Jessica sieht ihm eine Weile nach, dann holt sie ihr Handy aus der Jackentasche. Keine Textnachrichten, keine Anrufe. Sie versucht eine Nachrichtenwebsite zu öffnen, doch dafür reicht das Mobilnetz nicht aus. Tatsächlich bekommt das Handy nur gelegentlich Verbindung zum 4G-Netz und aus irgendeinem Grund am seltensten gerade im Gebiet der Villa Smörregård, wo man sie am ehesten brauchen würde. Andererseits hat Jessica sich vielleicht gerade danach gesehnt: nach einer völligen Abkoppelung von allem. Keine Anrufe, kein Internet, keine Mails. Deren Abwesenheit bedeutet Freiheit.

Jessica steckt das Handy wieder ein. Auf dem Weg zur Haustür bemerkt sie eine dunkle Gestalt, die am letzten Fenster in der oberen Etage vorbeihuscht. Vielleicht sind außer ihr und dem schwedischen Ehepaar neue Gäste angekommen. Die weiße Spitzengardine schwingt hin und her, und aus irgendeinem Grund überkommt Jessica das seltsame Gefühl, dass oben am Fenster jemand gestanden und sie beobachtet hat.

»Hat das Frühstück geschmeckt?« Astrid ist mit einem Tablett am Tisch aufgetaucht. Die Kuckucksuhr an der Wand gibt einen Ton von sich, der eher an eine kaputte Sprungfedermatratze erinnert als an den aus Kinderliedern bekannten Vogel.

»Ja, danke«, antwortet Jessica und lehnt sich instinktiv zurück, als Astrid die Brotkrümel vom Tischtuch wischt und das benutzte Geschirr auf das Tablett stellt. Jessica hatte sich am Büffet Rührei und ein Schärenbrot mit Seemaräne geholt und ihren Teller im Nu geleert. Sie trinkt noch einen Schluck Kaffee. Ausnahmsweise hat sie heute keine Lust auf Hagebuttentee, sie braucht Koffein, um sich auf den Beinen zu halten.

Jessica mustert Astrid. Sie hat den Eindruck, dass die alte Frau sie anders ansieht als bisher, als wäre irgendetwas nicht in Ordnung. Ist am Abend vielleicht etwas passiert, woran sie sich nicht erinnert? Hat sie wieder jemanden geschlagen?

»Ich war total übermüdet«, sagt Jessica, um die Stille zu unterbrechen oder eher, um ihre Benommenheit zu erklären.

Da setzt Astrid sich ganz unerwartet ihr gegenüber an den Tisch.

Jessica blickt sich um, aber außer ihnen ist niemand im Speisesaal. Das schwedische Ehepaar, das gerade noch am Ecktisch gesessen hat, ist verschwunden, ohne dass sie es gemerkt hat.

»Dafür braucht man sich nicht zu genieren. Im Urlaub darf man doch ausschlafen, du meine Güte«, sagt Astrid mit rätselhafter Miene. »Nicht wahr? Sie sind doch im Urlaub?«

Jessica streicht unsicher über ihre Kaffeetasse. Bisher haben die Besitzer des Gasthofs sie ungestört tun lassen, was sie wollte. Essen, über die Uferfelsen wandern, träumerisch auf das Meer blicken. Den halben Tag schlafen.

»Ja«, antwortet sie. »Im Urlaub.«

»Genau«, sagt Astrid und vergewissert sich nun ihrerseits mit einem Blick über die Schulter, dass sie allein im Raum sind. Am Fenster huscht Åke in Holzfällerjacke und roter Mütze vorbei.

»Wissen Sie, bei uns geht es im Frühjahr ziemlich ruhig zu. Einzelne Gäste kommen und gehen, aber es kommt selten vor, dass jemand ein Zimmer für einen ganzen Monat reserviert«, fährt Astrid fort und schüttet die Brotkrumen, die sie vom Tisch gesammelt hat, auf einen leeren Teller. Jessica presst die Fingernägel gegen das Tischtuch. Sie ist bewusst ein Risiko eingegangen, als sie für ihren Erholungsurlaub diesen Ort ausgesucht hat: einen entlegenen Winkel, wo sie mit Sicherheit nicht auf Bekannte stößt, andererseits aber unweigerlich unter die Lupe genommen wird. Ebenso gut hätte sie (wie Jusuf vorgeschlagen hat) eine Suite im Hotel Burj Al Arab reservieren und in der gesichtslosen Masse westlicher Touristen untertauchen können. Sie hätte auch eine Hütte auf einer einsamen Insel mieten (oder kaufen) können, mitten im Nirgendwo, an einem Ort, wo die auf den Uferfelsen in der Sonne badenden Robben ihre einzigen Gesprächspartner wären. Doch sie hat sich für einen Kompromiss entschieden und diesen Gasthof auf der kleinen, abgelegenen Insel Smörregård in Åland als Zufluchtsort gewählt.

»Ich will nicht aufdringlich sein«, fährt Astrid vorsichtig fort, obwohl sie offenbar vorhat, genau das zu sein: aufdringlich. Jessicas Blick verirrt sich wieder auf den runzligen Hals, der aus dem Pullover der alten Frau hervorlugt. »Aber darf ich fragen, ob Sie *die* Jessica Niemi sind? Die Kriminalpolizistin aus Helsinki?«

Jessicas Herz macht einen Sprung. Sie sieht der Frau in die Augen. *Verdammt*. Das Internet ist eine Erfindung sondergleichen. Sie hätte sich doch in einer Wanderhütte tief im Urho-Kekkonen-Nationalpark verschanzen oder sich ins Ausland verdrücken sollen, irgendwohin, wo das Video von der gewalttätigen Polizistin keinen interessiert.

Jessica bringt kein Wort heraus, aber auf Astrids Gesicht hat sich bereits ein süßliches Lächeln gelegt.

»Wie spannend«, sagt Astrid, beugt sich vor und drückt Jessicas freie Hand. »Åke ist gestern darauf gekommen.«

»Bei YouTube?«, fragt Jessica bedrückt, doch Astrid scheint nicht zu verstehen, wovon sie spricht.

»Åke liebt Leuchttürme. Er sammelt alles, was mit ihnen zu tun hat. Das haben Sie vielleicht schon gemerkt«, erklärt Astrid und lacht so hell, dass man sie für viel jünger halten könnte.

»Der Leuchtturm von Söderskär ist grandios. Von dem haben wir allerdings kein Bild.«

Jessica sieht die Frau an. Ihre Finger, die sich um die Kaffeetasse klammern, entspannen sich ein wenig.

Söderskär. Astrid spricht vom Fall Yamamoto.

Jessica spürt, wie sich ihr ganzer Körper vor Erleichterung lockert, obwohl sie nicht weiß, worauf das Gespräch hinausläuft.

»Ich bin jetzt vielleicht ein bisschen indiskret, aber …«

»Ja. Ich war bei den Ermittlungen im Fall von Söderskär dabei«, sagt Jessica schnell und setzt die Kaffeetasse an den Mund. Der letzte Rest ist schon kalt geworden, schmeckt aber eigentlich gar nicht schlecht.

»Wow! Åke war damals ganz aus dem Häuschen, unglaublich, dass ein Leuchtturm im Mittelpunkt einer so schrecklichen Geschichte stand. Kurz vor Neujahr hat die Presse in Åland viel darüber berichtet, und Ihr Foto war mehrmals in der Zeitung. Der Fall ist mir in Erinnerung geblieben, weil ich ein waschechter Krimifan bin. Von Mordmysterien kann ich nicht genug bekommen. Und außerdem, weil …«

Astrid verstummt, um ihre Augen bilden sich Lachfältchen und ihr Gesicht rötet sich kaum merklich.

»Weil?«

»Entschuldigen Sie, dass ich das sage … Weil ich fand, dass Sie für eine Mordermittlerin so unglaublich gut aussehen«, sagt Astrid mit einer verlegenen Handbewegung. Ihr Blick schweift einen Moment durch den Raum und kehrt dann zu Jessica zurück, die sich auf einmal seltsam ungemütlich fühlt.

Jessica wirft einen verstohlenen Blick auf ihre Uhr. Es wäre wohl an der Zeit, sich zu bedanken und zu ihrer täglichen Wanderung aufzubrechen. Vielleicht sollte sie anschließend ihre Koffer packen und die Insel verlassen. Es ist nur eine Frage der Zeit, wann die Frau, die sie offenbar nicht nur wegen ihres Berufs, sondern auch wegen ihres Aussehens anhimmelt, den wahren Grund für ihren *Urlaub* entdeckt.

»Danke für das Frühstück«, sagt Jessica und bemüht sich, nicht unfreundlich zu klingen. »Ich sollte jetzt wohl aufbrechen und ein bisschen frische Luft schnappen.«

»Davon gibt es hier ja reichlich«, antwortet Astrid. Sie setzt eine übertrieben untröstliche Miene auf. »Entschuldigung, ich war hoffentlich nicht zu aufdringlich. Åke hat Ihren Laptop gesehen und vermutet, dass Sie hier sind, um einen Kriminalroman zu schreiben. Dafür hätten Sie bestimmt viele Ideen.«

Jessica will die Vermutung sofort torpedieren, doch dann begreift sie, dass es gar nicht so schlecht ist, wenn Astrid und ihr Sohn bei ihrer Theorie bleiben, statt aktiv über den wahren Grund für Jessicas Besuch nachzudenken. Schon eine Klatschbase genügt oft, um die ganze Umgebung zu vergiften, aber zwei Schnüffler im selben Haushalt sind fast so bedrohlich wie eine Wasserstoffbombe.

»Åke ist offenbar selbst ein guter Detektiv«, sagt Jessica absichtlich geheimnisvoll. Die Wirtin des Gasthofs reagiert mit mädchenhafter Begeisterung.

»Ach, wie spannend«, ruft sie und zupft aufgeregt am Kragen ihres Norwegerpullovers. »Hoffentlich spielt der Krimi in Åland. Vielleicht sogar in diesem Gasthof!«

Jessica zuckt die Achseln, fasst mit den Fingern nach einem imaginären Reißverschluss und zieht ihn über ihrem Mund zu. Astrid tut es ihr lachend gleich. Dann steht Jessica auf und sieht, dass sich ein kleines Motorboot mit Stoffdach dem Anleger nähert. Åke, der dem Boot entgegengeeilt ist, fängt das Tau auf, das ihm zugeworfen wird, und bindet es an den Poller. Das Boot hält, und Åke hilft einer zerbrechlichen Gestalt auf den Anleger.

»Hatten Sie nicht gesagt, bei Ihnen ginge es ruhig zu?«, fragt Jessica, während sie die Jacke anzieht.

Astrid tritt ans Fenster, blickt eine Weile zum Ufer und dreht sich dann zu Jessica um.

»Die Zugvögel«, sagt sie.

»Bitte?«

»So nennen sie sich«, erklärt Astrid und deutet mit dem Kopf auf die alten Leute, die vom Boot auf den Anleger steigen. »Sie treffen sich jedes Jahr hier. Noch vor zehn Jahren haben sie fast alle Zimmer reserviert. Jetzt haben die meisten von ihnen das Zeitliche gesegnet, sie brauchen nur noch drei Zimmer. Hier im Hauptgebäude, für jeden eins.«

Sie wirkt wehmütig, als sie sich die Hände an einer weißen Serviette abwischt.

»Ich sollte ihnen wohl mit dem Gepäck helfen«, murmelt sie und wendet den glasigen Blick zum Fenster. Dann scheint sie aus ihren Gedanken zu erwachen und holt tief Luft.

»Also dann. Es war nett, mit Ihnen zu plaudern«, sagt sie. »Und machen Sie sich keine Sorgen. Wir erzählen Ihr Geheimnis nicht weiter.«

9

Jessica geht durch die leere Diele des Hauptgebäudes in das gemütlich eingerichtete, nach Rauch riechende Kaminzimmer, an dessen Ende, neben der aus großen Steinen gemauerten Feuerstelle, sich ein zweiter Ausgang befindet. Sie zieht es vor, nicht den Haupteingang zu benutzen, denn zumindest vorläufig möchte sie den neuen Gästen nicht über den Weg laufen. Jessica ist zwar schon ein paarmal durch das Kaminzimmer gegangen, achtet aber erst jetzt auf die Bilder an den Wänden. Die Gemälde zeigen sturmumtoste Klippen, und fast auf jedem prangt ein Leuchtturm. *Jeder hat seine Leidenschaft.* Rechts vom Kamin steht ein massives Bücherregal, aus dem Jessica sich gestern Abend wahllos eine Urlaubslektüre geliehen hat.

Jessica steigt die vom Frost rissig gewordene Vortreppe hinunter. Der böige Wind fährt ihr durch die Haare, und sie setzt schnell die Mütze auf. Während sie auf das Stallgebäude zugeht, blickt sie verstohlen zum Ufer. Die alten Leute haben sich zwischen den Bootsschuppen versammelt, um die Besitzer des Gasthofs zu begrüßen.

Aus irgendeinem Grund denkt Jessica beim Anblick der Neuankömmlinge an ihre finnlandschwedische Familie. An ihre Mutter, die Schauspielerin, die immer tiefer in ihrer Manie versank. An ihren melancholischen Vater, der sich seine Machtlosigkeit gegenüber der Krankheit seiner Frau eingestehen musste. An ihren kleinen Bruder Toffe, der nie etwas anderes werden durfte als ein unschuldiger kleiner Mensch, ein braunäugiger Blondschopf, für den zu sorgen Jessica geschworen hatte, was auch immer geschah. An ihre stark parfümierte Tante Tina, die immer schöne Worte gemacht, aber im Ernstfall nichts für sie getan hat.

Seit sie Abstand von ihrer Arbeit und von Helsinki genommen hat, denkt Jessica oft an ihre Mutter und hat begonnen, deren Leben und Tod in einem ganz neuen Licht zu sehen. Erst kürzlich hat sie verstanden, dass die Krankheit im Leben ihrer Mutter immer präsent war: Sie hat die Mutter zu einer hervorragenden Schauspielerin gemacht, so wie sie Jessica später zu einer glänzenden Ermittlerin werden ließ. Jessica hat begriffen, dass sie beide sich ihrer Probleme bewusst waren, sie gehegt und gleichzeitig wissentlich auf eine Behandlung verzichtet haben. Statt zu versuchen, ihre Gehirnchemie durch Medikamente zu verändern, haben sie beide die Krankheit zu ihrer Kraftquelle gemacht, jede auf ihre Art.

Bei dieser Gleichung gibt es jedoch ein fundamentales Problem: Eine unbehandelte Schizophrenie mag im Hinblick auf die Kreativität ein guter Knecht sein, aber sie ist zugleich ein äußerst schlechter Herr. Dass die Krankheit ihrer Mutter ungestört schwelen und sich verschlimmern durfte, wurde ihrer Familie schließlich zum Verhängnis, als die Mutter im Bann ihrer Manie das Auto auf die Gegenspur lenkte. In der Sekunde, als der Pkw auf der Landstraße oberhalb des Stadtteils Marina Del Ray von einem Lastzug zerdrückt wurde, hörte ihre ganze Familie auf zu existieren.

Und doch hat die Mutter Jessica bis in die jüngste Zeit begleitet. Jessica sehnt sich immer noch nach den Momenten, in denen sie nachts wach wurde, weil ihre Mutter sie an der Schulter berührte. Nach dem vom zerdrückten Blech zerstörten Gesicht, nach dem blutroten Gemisch von Fleisch, Gewebe und Knochen. Sie hat das Gespenst ihrer Mutter so lange mit sich herumgetragen, dass sein plötzliches Verschwinden ihr wie ein schmerzhafter Verrat erschien. Vielleicht war auch ihrer Mutter etwas Ähnliches passiert. Vielleicht hatte auch sie plötzlich etwas verloren, was ihre Verrücktheit irgendwie erträglich gemacht hatte. Für Jessica war dieses Etwas ihre Mutter selbst gewesen. Nicht der lebendige, bildschöne und charismatische Filmstar, sondern der schlimm zugerichtete Überrest eines menschlichen Körpers, den die Feuerwehrleute an jenem schönen Morgen am vierten Mai 1993 auf dem Lincoln Boulevard aus dem Autowrack geborgen haben.

Ihre Mutter war siebenunddreißig, als sie starb. Jessica hätte wohl schon früher verstehen müssen, dass sich spätestens dann, wenn sie selbst dieses Alter erreicht, alles unausweichlich dem Ende nähert. Dass sie ihre Krankheit nicht für immer beherrschen kann. Dass sie ganz einfach rechtzeitig Schluss machen muss, bevor jemand anderes zu leiden hat. Sie muss klüger sein als ihre Mutter.

Als sie über den Rasen geht, fühlt Jessica sich ruhig, friedlicher als seit Langem; sie hat wohl ihre Entscheidung getroffen. Sie greift nach der Türklinke und wirft noch einen letzten Blick ans Ufer. Eine der alten Personen hat sich zu ihr umgedreht. Selbst aus der Ferne ist zu sehen, dass der Blick der Frau hasserfüllt ist.

10

Jessica zieht einen Pullover unter die Jacke und eine wasserdichte Regenhose über die Collegehose. Dann schlüpft sie in ihre Wanderschuhe mit den festen Sohlen und nimmt Wollhandschuhe mit.

»Guten Tag«, sagt eine heisere Stimme auf Finnisch, als Jessica die Tür zum Stallgebäude schließt. Sie zuckt zusammen. Neben dem Standaschenbecher steht eine gebeugte Gestalt.

»Hallo«, antwortet Jessica mit einem flüchtigen Lächeln.

Die alte Frau, die sich auf einen verchromten Spazierstock stützt, ist für die asketische Umgebung geradezu festlich gekleidet. Ihr zarter Körper steckt in einem teuer aussehenden Wollmantel, und um den Hals hat sie einen beigefarbenen Kamelhaarschal gewickelt. Der von Falten umrahmte Mund lächelt nicht zurück. Das Gesicht der Frau erinnert an einen Adler, ihre kleinen Augen stehen ein wenig schräg und betrachten Jessica herablassend.

»Gefällt Ihnen das Zimmer?«, fragt die Frau trocken und geht langsam an Jessicas Zimmerfenster. Jessica wirft einen Blick darauf; zum Glück hat sie die Vorhänge zugezogen, sonst würde die alte Frau vermutlich missbilligend das ungemachte Bett und die auf dem Boden verstreuten Kleidungsstücke mustern. So kommt es Jessica jedenfalls vor: dass die Frau zum Stall gekommen ist, um eine Art Inspektion durchzuführen.

»Fünfundzwanzig Jahre habe ich in diesem Zimmer geschlafen«, fährt die Frau fort, und Jessica sieht, wie ihre Finger den Ledergriff des Spazierstocks umklammern. »Aber jetzt war es für Sie reserviert.«

»Es war nicht meine Absicht, Ihnen das Zimmer wegzunehmen«, antwortet Jessica. Nun legt sich der Anflug eines Lächelns auf das Gesicht der Frau.

»Alles ist Åkes Schuld, er ist hergekommen, um seiner Mutter zu helfen, bringt aber nur alles durcheinander«, knurrt die alte Frau und klopft mit ihrem Stock so heftig gegen den Sockel des Holzhauses, als wollte sie seine Festigkeit prüfen. Sie lässt Jessica nicht aus den Augen, als würde das heikle Gespräch gerade erst beginnen.

»Wenn ich es richtig verstehe, besuchen Sie die Insel jedes Jahr«, sagt Jessica und steckt die Hände in die Taschen. Es widerstrebt ihr, die alte Frau an ihrem Zimmerfenster zurückzulassen. Womöglich hat sie immer noch einen Zimmerschlüssel.

»Woraus schließen Sie das?«

»Fünfundzwanzig Jahre, in diesem Zimmer«, präzisiert Jessica. Einen Augenblick lang sieht die Frau aus, als wäre sie bei einer Lüge ertappt worden. Dann stiehlt sich ein boshaftes Lächeln auf ihr hartes Gesicht.

»Sie wissen schon alles«, sagt die Alte.

Jessica sieht sie verwundert an.

»Jetzt verstehe ich nicht ganz.«

Die alte Frau schüttelt den Kopf und nickt dann zum Hauptgebäude hin.

»Das alte Papageienweib hat bestimmt schon gesungen«, sagt sie. »Sie kann keine Geheimnisse für sich behalten.«

Sie tritt ein paar Schritte näher, ihre hellblauen Augen starren Jessica stechend an. Ihr Atem riecht nach Pfefferminz. Die zum Zopf geflochtenen grauen Haare sehen so dicht und kräftig aus, dass Jessica sie für eine Perücke hält.

»Wenn Sie also Geheimnisse auf diese Insel mitgebracht haben, rate ich Ihnen, sie für sich zu bewahren«, flüstert die Frau und geht resolut zum Hauptgebäude zurück.

11

Jessica geht über den Hof ans Ufer und steigt auf den flachen Felsenvorsprung zwischen den Bootsschuppen und dem Anleger. Unten auf dem Felsen liegen drei vertäute, umgedrehte Ruderboote, an denen die Lenzstopfen fehlen.

In einigen hundert Meter Entfernung fährt ein Fischerboot vorbei. Die Wellen, die es aufgeworfen hat, haben das Ufer schon erreicht und lecken an den Felsen zu Jessicas Füßen. Das Meer ist größtenteils eisfrei, hier und da treiben trügerisch aussehende Eisschollen, die kaum ein kleines Tier tragen würden, geschweige denn einen Menschen. Zwischen den beiden nächsten Inseln schimmert das offene Meer, so erscheint es Jessicas ungeübtem Auge jedenfalls. In Wahrheit finden zwischen den beiden Inseln und dem Horizont wohl noch einige der fast siebentausend zu Åland gehörenden Inseln Platz.

Jessica streicht eine unter der Mütze hervorlugende Haarsträhne hinter das Ohr und schließt die Augen. Die frische Luft scheint eine Endorphinwelle durch ihren Körper zu schicken. Seit Beginn ihres Aufenthalts in Smörregård sind die plötzlich auftretenden Übelkeitsanfälle eher schwach, also trifft vielleicht zu, was ihr verstorbener Freund und Vorgesetzter Erne einmal gesagt hat: Die Schären kurieren Leib und Seele besser als der fähigste Psychiater oder das wirksamste Antibiotikum.

Der Gedanke bringt sie zum Lächeln. In Gedanken hört sie den estnischen Akzent und sieht das narbige Fuchsgesicht, die aggressiv wuchernden grauen Barthaare, die vor keiner Rasierklinge kapitulierten, sondern innerhalb einiger Stunden nachwuchsen. Seit ihrer Ankunft in Smörregård hat sie oft an Erne gedacht: Bald ist der erste Jahrestag seines Todes. Der näher rückende Gedenktag hat dazu geführt, dass Jessica den Mann heftiger vermisst als je zuvor. Erne war ihr Leuchtturm, der ihr half, in der Finsternis zu navigieren. Oder vielleicht eher ein Anker, der Jessica auch dann auf dem Boden hielt, wenn sie sich aus der Realität zu lösen drohte. Erne war eine Vaterfigur, die Jessicas Vertrauen nie enttäuscht hat. Er wäre zweifellos für sie in den Tod gegangen, wenn eine solch dramatische Lösung nötig gewesen wäre.

Jessica ist sich allerdings nicht sicher, ob Erne die richtige Person war, um für die heilende Wirkung der Schären zu sprechen. Der alte Dickschädel war zwar in einem kleinen Fischerdorf auf der Insel Saaremaa, die damals zur Sowjetrepublik Estland gehörte, geboren und aufgewachsen, aber seine Lebensweise war alles andere als gesund. Er hatte seinen eigenen Worten nach schon als Teenager geraucht wie ein Schlot und getrunken wie ein gestandener Mann. Mit Anfang zwanzig war Erne auf der Suche nach Arbeit über den Finnischen Meerbusen nach Finnland gezogen, hatte bald die finnische Staatsbürgerschaft erhalten und war über einige Umwege Polizist geworden. Seinen fremden Akzent hatte er nie abgelegt – zum Glück, denn er machte den ohnehin teddybärhaften Mann noch leichter ansprechbar. Seine Empfindsamkeit forderte jedoch ihren Tribut: Ernes jahrzehntelange Trinkerei war unter seinen Kollegen ein öffentliches Geheimnis, doch zu seinen Ehren musste gesagt werden, dass er nie betrunken zur Arbeit erschien und seine Probleme nicht an seinen Untergebenen ausließ. Erne war ein so genannter *handlungsfähiger Alkoholiker*. Und obendrein der netteste und gutherzigste Mensch, dem Jessica je begegnet ist.

Erne war Jessicas Ein und Alles, obwohl er mitunter bevormundend war und sie mit seinen Predigten zur Wut brachte. Ironischerweise hat Jessica nach Ernes Tod festgestellt, dass sie gerade den Wesenszügen und Manierismen am meisten nachtrauert, die sie zu seinen Lebzeiten am meisten geärgert hatten. Der Lungenkrebs, der sich auf die inneren Organe und die Lymphdrüsen ausgebreitet hatte, brachte ihn nur ein paar Monate nach der Diagnose ins Grab. Jessica hatte den geschiedenen und alleinstehenden Erne bei sich aufgenommen, ihn gebadet und gefüttert. Ihm seine Medikamente gegeben und ihn im Bett zugedeckt. Seine Nägel geschnitten und ihm, als das Ende kam, über die Haare gestrichen. Ernes erwachsene Söhne, die ihrem Vater aus dem einen oder anderen Grund nicht besonders nahestanden, hatten es dann aber nicht versäumt, zur Erbteilung zu erscheinen. Jessica erinnert sich, dass sie nach deren Abschluss gegangen war, ohne den beiden die Hand zu geben.

Der getreue Leser.

Jessica spürt einen Kloß im Hals, als sie an die Rede denkt, die sie für Ernes Trauerfeier geschrieben hat. Erne wollte sie vor seinem Tod hören, und Jessica hat sie ihm vorgelesen. Beim Zuhören weinte Erne heftig und ließ Jessica schwören, dass sie zurechtkommen würde. Jessica hat es ihm versprochen. Und jetzt ist sie doch im Begriff, aufzugeben.

»Entschuldigung.«

Jessica schreckt aus ihren Gedanken auf, als sie die Stimme hinter sich hört. Sie dreht sich um und sieht Åke in seiner schwarz-rot karierten Jacke mit erhobenem Arm auf sie zukommen.

Verdammt, flucht sie lautlos und wischt sich mit dem Ärmel über die vor Rührung feucht gewordenen Augen.

Åke nähert sich mit zügigen Schritten und lächelt über das ganze Gesicht.

»Ich habe es Astrid ja gleich gesagt«, ruft er aus einigen Metern Entfernung. »Ich habe es geahnt, hol's der Teufel.«

Jessica beschließt, das Gerücht, das sich offenbar blitzschnell verbreitet hat, mit einem Lächeln zu quittieren.

»Ich wollte nur sagen, falls Sie etwas brauchen … Egal was …«, sagt Åke, von einem Bein aufs andere tretend. »Du meine Güte, Astrid liebt Krimis über alles.«

»Okay«, antwortet Jessica, obwohl sie nicht versteht, wie der Mann ihr dabei helfen könnte, einen Krimi zu schreiben. Einen Krimi, den es gar nicht gibt und den sie nicht einmal plant.

»Ich meine … Auch hier passiert manches. Falls Sie ein Thema für Ihr Buch brauchen«, fährt Åke fort und blickt über die Schulter zum Hauptgebäude, als wäre es die Wiege eines großen Mysteriums.

Jessica lächelt unwillkürlich über Åkes Worte: *Auch hier passiert manches.* Nachdem sie im Lauf eines einzigen Kalenderjahres Kultmorde, skrupellosen Menschenhandel und den Fall eines in seiner eigenen Wohnung ermordeten Unternehmensleiters untersucht hat, ist sie sich ziemlich sicher, dass Åke ihr keine großartige Inspirationsquelle für einen Krimi zu bieten hätte. Wenn sie denn einen schreiben würde.

»Braucht Astrid wohl Hilfe mit den Zugvögeln?«, fragt sie, um den Mann auf taktvolle Weise loszuwerden.

Åke richtet den Blick wieder auf Jessica und wirkt nun irgendwie geheimnisvoll, als hätte Jessica eine unsichtbare Grenze überschritten, indem sie den Namen der Gruppe erwähnt hat.

»Astrid hat Ihnen also davon erzählt«, sagt er, wischt sich mit dem Noppenhandschuh über den Mund und fügt etwas leiser hinzu: »Von den Zugvögeln.«

»Eigentlich nicht. Nur dass sie jedes Jahr herkommen.«

»Und hat sie Ihnen von dem Mädchen im blauen Mantel erzählt?«

Jessica schüttelt den Kopf. Åkes freundliches Gesicht glüht geradezu vor Eifer. Das breite Lächeln legt seine schiefen Zähne frei, die der Kautabak am unteren Rand gelb gefärbt hat.

»Das wäre wahrhaftig Stoff für einen Krimi«, erklärt er, doch in dem Moment übertönt Astrids Stimme das Rauschen des Windes. Sie ruft nach ihrem Sohn.

»Sie kommen doch zum Abendessen? Am Kaminfeuer ist die Geschichte sowieso spannender«, sagt Åke noch, bevor er sich auf den Weg zum Hauptgebäude macht.

»Mal sehen«, antwortet Jessica und winkt dem Mann nach, der inzwischen bereits bei den Bootsschuppen angelangt ist. Eigentlich hat sie geplant, in der Abenddunkelheit mit der Stirnlampe einen Spaziergang am Nordufer der Insel zu machen, anschließend heiß zu duschen, allein in ihrem Zimmer einen Teller Lachssuppe zu essen und dabei zu lesen. Als Nachtisch könnte sie sich Benzos gönnen, je nach Stimmung ein paar Pillen oder eine ganze Packung. Aber wer weiß, vielleicht setzt sie sich doch an den Kamin und hört sich die lokale Legende an, die einen solchen Eifer auf Åkes Gesicht gezaubert hat.

12

Ein tiefhängender Fichtenzweig kratzt Jessica an der Wange, sodass sie vor Schmerz aufstöhnt. Über die Insel schlängelt sich zwar ein Sandweg, aber sie hat beschlossen, zur Abwechslung geradewegs durch den Wald zu gehen. Der Wald ist dicht, und die in Augenhöhe zur Seite ragenden Zweige sind wie Bajonette, die nur darauf warten, dass Jessica in sie hineinläuft. Hier und da bilden die großen Nadelbäume dunkle Schattenzonen, wie geschaffen für die Nester und Verstecke von Tieren.

Jessica blickt vom Boden auf. Vor ihr erhebt sich ein etwas höherer Felsen, an dessen Rand waagerecht gekrümmte Kiefern stehen. Die Stelle ist ein miserabler Nährboden für Nadelbäume. Als Jessica weitergeht, glitschen Kiefernzapfen unter ihren Wanderschuhen. Unter dem schmelzenden Schnee und Eis steigen ein modriger, harziger Geruch und vom feuchten Dunst getragene Gase auf, die das Tauwetter aus der Erde freisetzt. Der Felsen ist glatt, und Jessica rutscht mehrmals beinahe aus, bevor sie oben ankommt.

In seltenen Momenten, wenn ihre Sinne in der reinen Natur zur Ruhe gekommen sind, hat sie begonnen, über die Endgültigkeit ihrer Entscheidung nachzudenken. Wäre es möglich, noch einmal neu anzufangen, auf andere Art und an einem anderen Ort? Könnte sie allein in einer kleinen Schärenhütte glücklich sein, wo sie beobachtet, wie das Meer im Herbst immer aggressiver und dunkler wird, bis es schließlich zufriert und die kleinen

Felsen, Wellen, Schaumkronen am Ufer einschließt? Würde die asketische Abgeschiedenheit ihren rastlosen Geist beruhigen oder sie endgültig in den Wahnsinn stoßen?

Als sie den steilen Felsabhang hinuntersteigt, sieht sie weiter weg zwischen den Bäumen etwas, das die sanfte Harmonie des Waldes zu stören scheint. Einige Minuten später erreicht sie den Rand einer von Gras überwucherten Sandfläche und stellt fest, dass es ein weißes Steinhaus ist. Sie geht näher heran und legt eine Hand an den ungleichmäßigen und stellenweise rissigen Verputz.

Das Haus ist auf karge Weise schön: Es ist flach, nur einstöckig, zugleich aber erstaunlich lang. Sein Sockel ist aus gewaltigen Steinblöcken gemauert, es wirkt wie eine weiß getünchte Kaserne. Vier steinerne Treppenstufen führen zur Eingangstür aus Holz. Zwei der zehn Fensterscheiben an der Fassade sind zerbrochen, und der Wind peitscht die verschimmelten Vorhänge. Das Haus steht offensichtlich schon seit langer Zeit leer. Es zu renovieren, wäre keine ganz leichte Aufgabe.

Und doch hat irgendetwas Jessicas Interesse geweckt. Vielleicht ist es die Aussicht auf den Bootssteg und das offene Meer, die sich von dem Gebäude aus eröffnet und die ganz anders ist als im idyllischen Südteil der Insel. Eintönig und trostlos.

Jessica hätte die Möglichkeit, ein Grundstück wie dieses zu kaufen. Zu tun, was sie will.

Sie könnte ein neues Haus bauen lassen, wo und wie auch immer.

Plötzlich frischt der Wind auf und lässt ihr Halstuch unruhig flattern. Hinter dem hin und her wehenden Tuch scheint das Gebäude zum Leben zu erwachen. Oder es hat eher den Anschein, als wäre im Gebäude irgendetwas am Leben. Plötzlich hat Jessica das Gefühl, dass hinter den zerbrochenen Fenstern in dem dunklen Raum jemand steht und sie beobachtet. Es läuft ihr kalt den Rücken herunter.

Jessica zieht das Tuch fester um ihren Hals und macht sich auf den Rückweg. Doch tief in ihrem Inneren nagt das widerwärtige Gefühl, dass sie nicht allein ist.

13

Toivo frisst nicht mehr. Ich habe in der Stadt Vogelfutter gekauft, aber das ist dem wählerischen Vogeljungen nicht gut genug. Ich verstehe nicht, warum es nicht bereit ist, an dem simplen Plan mitzuwirken, der ihm das Leben retten würde. Vielleicht möchte es Regenwürmer, aber die verstecken sich um diese Jahreszeit noch tief unter der gefrorenen Bodenschicht, und man kann sie nicht einfach so aus der Erde graben.

Toivo sieht krank und schmächtig aus, aber sein Blick ist alles andere als kraftlos. Er hockt in seinem Karton und starrt mich aus seinen kleinen schwarzen Augen an, als wäre ich schwachsinnig. Er durchschaut mich. Er weiß, dass ich die Situation nicht unter Kontrolle habe. Vielleicht hat er entschieden, dass es besser ist zu verhungern, als vor meinen Augen zu wachsen. Ich habe Lust, das undankbare Geschöpf zu bestrafen. Anders als bisher schalte ich heute Abend das Licht aus, als ich die Werkstatt verlasse. Vielleicht bringt ihn die totale Dunkelheit zur Vernunft.

14

Jessica bleibt an der Tür stehen und betrachtet den in gedämpftes Licht getauchten Speisesaal. Die langen, stellenweise krummen Deckenplanken und die dicken Balken, die sie tragen. Die blauweißroten Flickenteppiche, von denen mindestens fünf oder sechs auf dem dunkelroten Fußboden liegen. Die an den Fensterscheiben befestigten kleinen roten Herzen, die vermutlich dort zurückgeblieben sind, um auf das nächste Weihnachtsfest zu warten. Auf die runden Holztische wurden heute Abend weiße Spitzentischdecken gelegt, und auf jedem Tisch flackert eine weiße Kerze auf einer leeren Weinflasche. An einem Tisch ganz hinten im Raum sitzen drei zerbrechliche Gestalten, die Jessica keine Aufmerksamkeit zu schenken scheinen. Die alten Leute haben sich feingemacht, der Mann trägt einen dunklen Anzug, die Frauen stecken in Festkleidern, die vor einigen Jahrzehnten Mode waren. Allem Anschein nach ist die Frau, die mit dem Rücken zur Tür sitzt, diejenige, die Jessica am Morgen vor ihrem Fenster angetroffen hat.

Wenn Sie Geheimnisse auf diese Insel mitgebracht haben, rate ich Ihnen, sie für sich zu bewahren.

Irgendetwas an der Stimmung im Speisesaal lässt Jessica ihre Entscheidung bereuen. Sie hätte ihr Quartier doch nicht verlassen und sich hierherschleppen sollen. Ein Abendessen am weiß gedeckten Tisch in Gesellschaft unbekannter Menschen verlockt sie im Moment ganz und gar nicht.

Aber als sie gerade kehrtmachen will, spürt sie eine Hand auf ihrer Schulter und zuckt zusammen.

»Schön, dass Sie gekommen sind!«

Astrids Finger drücken ganz genau so auf ihren Schultermuskel, wie es die knochigen Finger ihrer Mutter so oft in ihren Träumen getan haben. Jessica schaudert.

»Ja«, bringt sie heraus und merkt jetzt, dass Astrids Stimme die Aufmerksamkeit der alten Leute geweckt hat. Die Zugvögel sehen sie an und wirken nicht besonders erfreut, wenn man vom dünnen Lächeln des alten Mannes absieht. Jessica nickt grüßend und wendet dann den Blick ab wie ein kleines Kind, das Angst davor hat, mit fremden Erwachsenen zu sprechen.

»Bitte, nehmen Sie Platz«, sagt Astrid und rückt einen Stuhl an dem Tisch zurecht, der am nächsten bei der Tür zur Diele steht. Und zugleich so weit entfernt vom Tisch der Zugvögel wie nur möglich. Zum Glück.

»Danke«, antwortet Jessica, während Astrid den Stuhl zurechtschiebt und die Speisekarte auf den Tisch legt. Dann beugt Astrid sich zu Jessica hin und flüstert: »Lassen wir sie eine Weile in der Vergangenheit schwelgen. Beim Nachtisch können wir die Tische dann zusammenrücken.«

»Danke«, sagt Jessica wieder, obwohl sie sich ziemlich sicher ist, dass sie nicht zum Nachtisch bleiben wird. Erst recht nicht, wenn sie ihn in Gesellschaft der Adlerfrau und ihrer mindestens ebenso steif wirkenden Bekannten verspeisen muss.

Seufzend überfliegt Jessica das in wirrer Schönschrift auf gelblich weiße Pappe geschriebene Menü, das im Vergleich zu den bisherigen Abenden auffallend festlich ist.

Kartoffel-Lauchsuppe mit Kräuteröl
&
*Äländisches Rinderfilet vom Grill mit
milder Cognac- und Pfeffersauce*
&
*Brauner Zuckerkuchen mit Vanille- und Buttercreme,
in Vanille marinierten Moltebeeren und Vanilleeis*

Ein ziemlicher Qualitätssprung für einen Freitagabend, denkt Jessica. Vom Kartoffel-Lachs-Auflauf zum Rinderfilet.

Bisher gab es einfache Hausmannskost, die allerdings wirklich schmackhaft war. Entweder ist das Menü freitags immer besonders oder aber – was wahrscheinlicher ist – Astrid und Åke wollen die Zugvögel verwöhnen, die sich für das Abendessen in Schale geworfen hatten.

Astrid stellt eine Wasserkaraffe und ein Glas auf den Tisch und empfiehlt Jessica zur Vorspeise ein Glas trockenen Weißwein. Jessica zögert kurz, denkt an Tuulas Worte über die Zusammenwirkung von Alkohol und Schlafmitteln, stimmt dann aber zu. Im selben Moment betritt das etwa vierzigjährige schwedische Ehepaar den Speisesaal. Jessica hat beiläufig gehört, dass die beiden aus Kalmar kommen und einige Tage auf der Insel verbringen wollen, um anschließend nach Helsinki zu reisen, falls die ständig schwieriger werdende Pandemiesituation es zulässt. Astrid führt sie an einen der beiden freien Fenstertische.

Der Mann nickt Jessica grüßend zu, nimmt Platz und rollt die Hemdsärmel hoch. Während Astrid den beiden das Menü erläutert, mustert Jessica den Mann. Er hat ein männlich kantiges Kinn, von Gel glänzende Haare und einen kurzen Dreitagebart. Die kräftigen Handgelenke und Arme sprechen für einen Beruf, der körperliche Arbeit verlangt, aber die Hände sind gut gepflegt. Allem Anschein nach verdient der Mann trotz seiner muskulösen Erscheinung seinen Lebensunterhalt mit irgendeiner langweiligen Innenarbeit. Die blonde, langhaarige Frau wiederum sieht sehr gut aus, doch ihre eckigen Bewegungen verraten Unruhe. Unter der schönen Oberfläche scheint ein unsicheres und furchtsames Herz zu schlagen. Alles in allem ein attraktives Paar, das allerdings nicht besonders verliebt wirkt. In den Minuten, seit die Schweden im Speisesaal Platz genommen haben, haben sie sich noch kein Mal angesehen. Es handelt sich wohl um das Paradox der Paarung: Je länger die Menschen zusammenleben, desto weiter entfernen sie sich voneinander. Ihre Blicke gehen aneinander vorbei, auf das Smartphone, auf die Landschaft hinter dem Fenster, wenn sie sich in die Augen sehen müssten. Vielleicht sollte man gerade deshalb mit Menschen, die einem wichtig sind, nie eine Zweierbeziehung eingehen. Im besten Fall wäre das eine monate-, vielleicht sogar jahrelange Reise in den Himmel, aber irgendwann müsste man doch wieder auf die Erde zurück und sich daran gewöhnen, dass die Verzauberung und Verliebtheit, die rauschhaften Gefühle des Anfangs nie mehr zurückkehren. Ist das die Liebe? Wäre es so gekommen, wenn Jessica es irgendwann gewagt hätte, sich Jusuf anzuvertrauen? Wenn sie begriffen hätte, dass sie ihr Schweigen zutiefst bereuen würde.

Das Klirren der Bestecke hat aufgehört, im Speisesaal ist es still. Jessica hört, wie Astrid in der Küche niest und die Tür der Spülmaschine sich schmatzend öffnet.

Sie trinkt ihren Wein aus und stellt das Glas neben den leeren Teller.

Während des Abendessens hat sie sich fast die ganze Zeit auf ihr Handy konzentriert, obwohl die Nachrichten-Apps der Tageszeitungen bei dem miserablen Netz kaum funktionieren. Ab und zu erscheint ein Balken am oberen Rand, und sie kann eine einzelne Nachricht hochladen, aber damit hat es sich. Textnachrichten hat sie immer noch nicht bekommen, keine einzige.

Aber von wem auch? Vielleicht allenfalls von Hellu, die bei ihrer letzten Begegnung aus unerfindlichen Gründen ehrlich besorgt wirkte. Allerdings gilt ihre Sorge zweifellos eher dem Ruf ihres Teams und ihrem eigenen Prestige als Jessicas Gesundheit. Dagegen hat Jessica vor ihrer Abreise Jusuf per WhatsApp-Nachricht nachdrücklich gebeten, sie während ihrer Reise nicht zu stören, und erklärt, die bewusst gewählte Distanz von Helsinki, von ihrer Arbeit und ihrem Alltag würde sonst ihre Wirkung verfehlen. Jusuf hat versprochen, keine Verbindung aufzunehmen, solange Jessica nicht selbst die Initiative ergreift. Und daran hat er sich gehalten, verdammt noch mal. In der knappen Woche, die Jessica bisher in Smörregård verbracht hat, war sie mehr als einmal in Versuchung, Jusuf eine Nachricht zu schicken. Ihn vielleicht sogar anzurufen. Aber wozu? Um ihn zu fragen, was es bei ihm Neues gibt, obwohl sie die ehrliche Antwort gar nicht hören will – sein verlegenes Gemurmel über Tanja und darüber, dass sie sich schon die Flugverbindungen nach Barcelona ansehen, für nächsten Sommer, wenn man wieder ungehindert reisen darf? *Ach, wie schön, da gibt es tolle Strände und Restaurants. Genießt es. Vergesst nicht, oft zu vögeln.*

Jessica schaltet das Display aus, drückt den Rücken gegen die Stuhllehne und legt die Hände auf den Bauch. Das seltsame Gefühl im Magen lässt ihr keine Ruhe. Es ist, als hätte sie Hunger, obwohl die Portionen ziemlich groß waren.

»Darf es Nachtisch sein?«, fragt Astrid, die aus der Küche in den Speisesaal zurückgekommen ist, und macht sich daran, das Geschirr abzuräumen. Das Angebot ist verlockend, aber Jessica hat wirklich keine Lust, neue Bekanntschaften zu schließen und zu plaudern. In den Tagen auf der Insel hat sie sich an Stille gewöhnt.

»Danke, aber ich glaube, ich gehe jetzt schlafen«, antwortet Jessica mit einem verstohlenen Blick zu dem Tisch, an dem die alten Leute sitzen. Sie reden so leise, dass sie kaum hören kann, worum es bei dem Gespräch geht. Und warum sollte sie es überhaupt hören? Hat die Neigung der Wirtsleute, ihre Nase in alles zu stecken, auch sie angesteckt? Die Bemerkung der adlernasigen Frau am Morgen bedeutet doch praktisch, dass jeder sich nur um seine eigenen Angelegenheiten kümmern sollte.

»Sind Sie ganz sicher?«, fragt Astrid und setzt sich an Jessicas Tisch. Jessica starrt sie verwundert an. Unfassbar. Darf sie nicht einmal für die Dauer einer einzigen Mahlzeit für sich sein? Plötzlich sehnt Jessica sich nach Helsinki, nach dem Trubel der großen Stadt, wo niemand jemals allein ist, wo die Gäste aber ungestört im Restaurant sitzen können, ohne dass die Bedienung ihnen ständig auf die Pelle rückt.

»Ich dachte nur, es wäre vielleicht schön für Sie, die neuen Gäste kennenzulernen. Sie haben so interessante Geschichten. Solche, die sogar jemanden wie Sie beeindrucken«, erklärt Astrid und zieht den Ärmel ihres Pullovers nach unten, als wollte sie ihre Armbanduhr verstecken.

»Sogar jemanden wie mich?«

»Ja. Eine Polizistin aus der großen Welt.«

Jessica schüttelt den Kopf.

»Nein, danke. Ich möchte nicht unsozial klingen, aber ich bin wohl ... genau das.«

»Unsozial?« Astrid lacht auf.

»Ja«, sagt Jessica. »Ich bin gern allein. Vor allem im Urlaub.«

»Verstehe«, antwortet Astrid und reibt sich die runzlige Wange. Im Kerzenlicht erinnern die dicken blauen Adern auf ihrem Handrücken an unter der Haut gefangene Würmer. Plötzlich sieht es so aus, als würden sie sich bewegen. Jessica wendet den Blick ab und wischt sich die Hand an der Serviette ab.

»Elisabeth hat erzählt, dass Sie sich schon kennengelernt haben«, sagt Astrid eilig, als würde sie verzweifelt versuchen, das Gespräch aufrechtzuerhalten.

Jessica faltet die Serviette zusammen, legt sie auf den Tisch und wirft einen Blick auf den Nacken der Frau, die hinten im Speisesaal sitzt.

»Elisabeth? Ich habe sie heute früh getroffen, als sie durch die Stallfenster gespäht hat. Ihren Namen hat sie allerdings nicht genannt.«

Astrid wirkt nicht überrascht. Sie winkt ab.

»Elisabeth ist eine ungewöhnliche Frau«, sagt sie, lacht in die Faust und fügt hinzu: »Und gerade so, wie Sie sich selbst beschrieben haben: Sie ist eine Spur unsozial. Im eigentlichen Wortsinn. Aber sehr nett, wenn man sie kennenlernt. Ich nenne sie Diesel.«

»Diesel?«

»Ja, weil ein Dieselmotor langsam warm wird, aber ...«

»Schon verstanden«, sagt Jessica und presst die Lippen zusammen. Sie könnte erwähnen, dass diese ungewöhnliche, unsoziale, aber bei näherer Bekanntschaft nette Dieselfrau Astrid weniger schmeichelhaft beschrieben hat. *Ein Papageienweib, das alles ausplaudert.*

Jessica blickt durch die offene Tür in die Diele, von der man direkt in das Kaminzimmer sieht. Åke kniet vor dem Kamin und macht Feuer. Jessica denkt an das Gespräch, das sie am Ufer mit ihm geführt hat.

»Wer war das Mädchen mit dem blauen Mantel?«, fragt sie. Astrids Miene verdüstert sich. Sie blickt verstohlen zum Tisch der alten Leute hinüber, wie um sich zu vergewissern, dass niemand ihr Gespräch mit anhört.

»Nur ein Fabelwesen«, sagt sie leise und streicht über die Weinflasche mit der halb abgebrannten Kerze. »Ein örtlicher Mythos, eine erdichtete Legende, die die Fischer sich seit Generationen erzählen.«

»Hat sie irgendetwas mit ...«, beginnt Jessica und nickt zu den alten Leuten hinüber. Der alte Mann hustet plötzlich, als würde er an seinem Essen ersticken.

Astrid wartet, bis der Hustenanfall nachlässt, und vergewissert sich mit einem raschen Blick, dass niemand in Lebensgefahr schwebt. Dann nickt sie.

»In gewisser Weise.«

»Inwiefern?«, erkundigt sich Jessica. Sie staunt selbst über ihre Frage. Ihr berufliches Interesse, das wochenlang geschlummert hat, ist plötzlich wieder erwacht. Astrid sieht sie an, als befände sie sich in einem Verhör und wolle der Polizei nicht verraten, was sie weiß. Dann stellt sie das Wein- und das Wasserglas auf den leeren Teller.

»Entschuldigen Sie mich bitte. Ich muss den Festgästen jetzt den Nachtisch servieren«, erklärt sie, steht auf und nimmt das Geschirr vom Tisch. Im Vorbeigehen legt sie Jessica kurz die freie Hand auf die Schulter, bevor sie ihren Weg in die Küche fortsetzt.

Jessica betrachtet durch die beiden offenen Türen Åke, der das gerade angezündete Feuer zu bewundern scheint, und erinnert sich an das, was er am Morgen gesagt hat: *Am Kaminfeuer ist die Geschichte sowieso spannender.*

15

Jessica dreht den Wasserhahn zu und betrachtet sich eine Weile im Spiegel über dem Waschbecken. Dann trocknet sie ihre Hände und hängt das Handtuch wieder an den Haken. Die blau gekachelten Wände sind voll von Gemälden und alten, größtenteils schwarzweißen Fotos. Die Fotos zeigen die Schären, die Villa Smörregård und ihre Ufer und Ländereien. Ein Stoffbild ist mit einem schwedischsprachigen Text bestickt: *Frei ist nicht der, der tut, was er will, sondern der, der seine Pflicht gewählt hat. – Seneca.* Jessica denkt an das Buch auf dem Sofatisch in ihrem Zimmer, das sie aus dem Regal im Kaminzimmer geliehen hat. Sie glaubt sich zu erinnern, dass Seneca der Verfasser war.

Jessica sieht sich weitere Fotos an: Auf den meisten erkennt sie Astrid, deren schmales Gesicht, die kerzengerade Haltung und die dunkle Stelle am Hals unverkennbar sind, unabhängig davon, wann die Aufnahme gemacht wurde. Auf einem Bild steht die junge Astrid vor dem Hauptgebäude, eine Schaufel wie ein Gewehr über die Schulter gelegt, die Finger zum soldatischen Gruß an der Stirn. Am unteren Rand steht in schöner Handschrift *Smörregård, Sommer 1958*. Das Foto wurde also vor mehr als sechzig Jahren gemacht. Wie alt ist die Frau eigentlich, überlegt Jessica und merkt im selben Moment, dass vor der Tür Schritte zu hören sind.

Sie schrickt auf, als die Klinke heruntergedrückt wird und die altersschwache Tür in den Angeln knirscht.

»Einen Moment«, ruft sie und wirft noch einen schnellen Blick in den Spiegel.

Die Klinke bewegt sich jedoch weiter, sie hebt und senkt sich knarrend, als würde jemand mit aller Gewalt versuchen, die Tür zu öffnen.

»Besetzt. Ich komme gleich«, sagt Jessica verwundert und betrachtet die rastlose Bewegung der Klinke. *Was zum Teufel soll das?*

Sobald Jessica den Riegel öffnet, wird die Tür sperrangelweit aufgerissen. Davor steht eine verrunzelte, misstrauisch dreinblickende alte Frau in Festkleidung. Es ist Elisabeth, die Jessica verächtlich ansieht.

Für einen flüchtigen Moment erwartet Jessica eine Entschuldigung, ein bedauerndes Lächeln oder wenigstens eine überraschte Miene.

»Ich muss dahin«, ist alles, was Elisabeth sagt. Sie sieht wütend aus. Jessica verlässt das kleine Kabuff und macht ihr Platz.

»Natürlich«, lacht Jessica, während die alte Frau sich an ihr vorbeidrängt und hastig die Tür hinter sich zuzieht.

Wirklich ein ganz spezielles Geschöpf. Zum Glück hat Jessica den Nachtisch und Astrids Versuch, ein Gespräch zwischen allen Gästen anzuregen, abgewehrt. Was wäre dabei wohl herausgekommen?

Jessica wirft einen Blick in den Speisesaal und geht dann ins Kaminzimmer, wo Åke den Fußboden vor der Feuerstelle fegt. Im Kamin knistert das Feuer, die Flammen lecken an den kreuzweise aufgestapelten dicken Holzscheiten. Oben auf dem Kamin stehen ein ausgestopfter Albatros und einige gerahmte Fotos.

»Astrid hat gesagt, dass Sie Leuchttürme mögen«, ruft Jessica an der Tür und geht dann näher an das Feuer heran. Als sie die Wärme auf ihrer Haut spürt, wird ihr bewusst, wie kühl es im Speisesaal war.

Åke dreht sich ruckartig um, als hätten Jessicas Worte ihn aus tiefen Gedanken gerissen. Dann legt sich das vertraute freundliche Lächeln auf sein bärtiges Gesicht. Er nickt und bedeutet Jessica, sich in den Sessel am Kamin zu setzen.

»Mögen Sie ein Glas Calvados? Oder Whisky?«, fragt er und geht zur gegenüberliegenden Wand, wo eine Vitrine voller brauner Flaschen steht. »Auf Kosten des Hauses.«

Jessica nickt und lässt sich in den Sessel fallen.

»Gern, irgendetwas Rauchiges«, sagt sie und denkt wieder an Erne, der auf torfige Islay-Whiskys schwor und auch Jessica in deren Geheimnisse eingeweiht hat.

»Das sollen Sie haben.« Åke nimmt eine grüne Flasche mit einem großen, dunkelbraunen Etikett aus der Vitrine. Er zieht den Naturkorken heraus, dann hört Jessica ein zweimaliges kurzes Gluckern, als er den Whisky eingießt.

Gleich darauf reicht er Jessica ein Glas und setzt sich in einen der drei Sessel vor dem Kamin. Er hebt sein Glas, kostet und verzieht genüsslich das Gesicht. Entweder, weil er den Whiskygeschmack liebt, oder einfach deshalb, weil das Ethanol bei der Berührung mit der Mundschleimhaut sich sofort auf das zentrale Nervensystem auswirkt. Oder aus beiden Gründen. Alkoholismus und Hedonismus schließen sich nicht gegenseitig aus. Das hat Ernes Fall gezeigt.

»Leuchttürme«, beginnt Åke nachdenklich. »Für mich symbolisieren sie Seelenruhe und Gelassenheit. Sie ragen in majestätischer Einsamkeit zum Himmel auf. Sie sind immer bereit, anderen den Weg zu weisen und die Stürme der Weltmeere entgegenzunehmen.«

»Sehr poetisch«, meint Jessica und kostet von ihrem Whisky. Der Rauchgeschmack überrascht ihre Geschmacksnerven, sie schluckt und räuspert sich.

»Von Poesie verstehe ich nicht viel, aber in der Seelenruhe kristallisiert sich der Stoizismus, den ich zutiefst bewundere«, erklärt Åke.

Jessica sieht ihn an und wirkt offenbar leicht überrascht, denn er schmunzelt.

»Ich ahne, was Sie jetzt denken: Was weiß der Wirt eines Gasthofs von Philosophie? Aber so bin ich nun mal. Die Philosophie ist meine große Liebe und meine Leidenschaft, ich habe sie mehr als zehn Jahre lang an der Universität Umeå in Schweden gelehrt.«

»Tatsächlich?«, fragt Jessica. Åke nickt, den Blick auf die Flammen gerichtet. Seine blauen Augen sehen melancholisch aus und zugleich irgendwie unschuldig, wie die eines kleinen Kindes.

»Alles hat seine Zeit. Die Leidenschaft wurde zur Tretmühle, und zum Schluss habe ich nur noch überlegt, ob bei dem obligatorischen Kurs über die Geschichte der Philosophie irgendetwas bei den Studierenden hängenbleibt. Allmählich war ich mehr und mehr derselben Meinung wie Arthur Schopenhauer, der eine zynische Einstellung zur Pädagogik hatte. Er hat irgendwann einmal treffend gesagt, wenn Erziehung und Zurechtweisung irgendeinen Nutzen hätten, wäre aus Senecas Schüler nie der Kaiser Nero geworden. Ein guter Lehrer müsste fähig sein, seinem Schüler Neigungen auszutreiben, die anderen schaden können.«

Jessica lächelt. Sie hofft, dass das Gespräch bald auf das Mädchen im blauen Mantel kommt, will Åke, der gerade über sehr persönliche Dinge spricht, jedoch nicht drängen.

Sie zeigt mit dem Daumen über ihre Schulter zur Türöffnung.

»Ich habe auf der Toilette einen Denkspruch von Seneca gesehen. Und hier gibt es auch ein Buch ...«

»Mehr als nur eins«, lacht Åke.

»Letters from a Stoic? Das habe ich gestern aus dem Regal genommen.«

Åke sieht Jessica an wie ein Lehrer, der auf seine Schülerin stolz ist.

»Wenn Ihnen das Schreiben Zeit zum Lesen lässt, empfehle ich Ihnen, es gründlich zu studieren. Ein sehr inspirierendes Werk«, erklärt er und schwenkt sein Glas.

»Wann sind Sie zurückgekommen?«

Åke räuspert sich. Er hebt das Glas hoch, sodass die Flammen mit dem Kristall spielen und kleine gelbe Strahlen auf sein Gesicht werfen.

»Als ich fünfzig wurde, habe ich endlich verstanden, dass ich sterblich bin, und darüber nachgedacht, ob ich mein Leben so geführt habe, wie ich es wollte. Seneca hätte mir vermutlich gesagt, je weniger Tage einem bleiben, desto klüger muss man sie verbringen. Desto wertvoller sind sie«, sagt er, trinkt wieder einen Schluck Whisky und lacht dann freudlos auf. »Oder das Pflichtgefühl hat mich zurückgeführt.«

Jessica sieht ihn fragend an.

»Mein Vater ist im letzten Sommer gestorben, und Astrid ist schon vierundachtzig… Sie hätte es nicht geschafft, den Gasthof allein weiterzuführen.«

»Mein Beileid.«

Åke sieht Jessica an, als wüsste er nicht, was sie meint. Dann nickt er fast unmerklich.

»Danke. Wir standen uns nicht besonders nahe. Ich bin nach Hause zurückgekommen, um meiner Mutter zu helfen. Und diese Entscheidung habe ich kein einziges Mal bereut. Ich bin wahrscheinlich nie wirklich von hier weggegangen, habe es nicht geschafft, die Nabelschnur zu durchtrennen. Die Schären sind mein Zuhause.«

»Das verstehe ich gut.« Jessica wirft einen Blick auf ihre Uhr.

»Meine Mutter ist allerdings hart im Nehmen. Ihrer Meinung nach wäre sie auch ohne mich zurechtgekommen. Wussten Sie, dass sie Ärztin ist?«

»Nein«, antwortet Jessica und ist wieder überrascht. Aus irgendeinem Grund hat sie sich vorgestellt, dass Mutter und Sohn immer schon ein einfaches Leben auf der Insel geführt haben, ein Leben, in dem leere Gästezimmer, eine schlechte Himbeerernte und die Krebspest, die die Krebssaison im Herbst beeinträchtigt, die Tiefpunkte des Alltags waren. Sie schämt sich für ihre Vorurteile und hat den Verdacht, dass sie auf ihre elitäre Kindheit zurückgehen, in der zwischen Menschen in akademischen Berufen und solchen, die körperliche Arbeit leisten, eine scharfe Grenze gezogen wurde.

»*Der Engel des Lebens*, so wurde sie bei der Arbeit genannt. Astrid hat bis 1997 in der Zentralklinik von Åland als Fachärztin für Geburtshilfe gearbeitet, dann wurde sie pensioniert und hat meinem Vater im Gasthof geholfen.«

»Inspirierend«, sagt Jessica. »Ein rollender Stein setzt kein Moos an.«

»Genau. Astrid ist eine Musterschülerin des Stoizismus.«

Jessica könnte sich näher nach Astrid und ihrer Laufbahn als Ärztin erkundigen, nach Åkes Vater oder nach Åkes Zeit in Schweden, danach, wie er gleichgültigen Studierenden die Grundlagen der Philosophie beigebracht hat. Aber sie ist müde und brennt darauf, nach all dem Hin und Her endlich zu erfahren, worum es bei der Geschichte von dem Mädchen im blauen Mantel geht.

»Apropos Leuchttürme, Astrid hat gesagt, dass Sie den Fall Söderskär kennen«, sagt sie und schlägt die Beine übereinander. Vielleicht führt diese Überleitung sie zur Sache, ohne dass sie zu neugierig wirkt.

Åke hebt sein Glas und blickt durch es hindurch in die Glut. Dann nickt er und sieht Jessica stolz lächelnd an.

»Ich habe Sie sofort erkannt.«

»Ich wusste gar nicht, dass sogar hier über den Fall der Manga-Liga berichtet wurde.«

Åke wirkt überrascht.

»Natürlich wurde darüber berichtet. Aber eigentlich bin ich

darauf gestoßen, weil wir junge Leute als Gäste hatten, die in den sozialen Medien dieser jungen Frau gefolgt sind ... Die dann später tot aufgefunden wurde. Auf ihrem Account war nämlich ein Bild von dem Leuchtturm von Söderskär ... Der ist in seiner Schönheit ja eine Klasse für sich. Vor einigen Jahren gab es dort auch eine Kunstausstellung mit Mumin-Werken von Tove Jansson.«

»Ach, das wusste ich nicht«, sagt Jessica und spürt, dass sich ihr Körper in der Wärme des Kaminfeuers entspannt hat. Jetzt muss sie bald zur Sache kommen, bevor die Müdigkeit ihre Neugier besiegt.

Åke nickt und dreht das Glas in der Hand. Jessica trinkt noch einen Schluck Whisky. Der Geschmack ruft ihr die regnerischen Abende an einem Fenstertisch im Restaurant Manala ins Gedächtnis, Ernes nach Zigaretten riechenden Atem und seine rissigen Fingerknöchel, die er nie eingecremt hat, obwohl sie ihm zigmal dazu geraten hat.

»Sie haben heute Morgen gesagt, die Geschichte von dem Mädchen im blauen Mantel wäre am Kaminfeuer spannender«, sagt sie rasch, um der plötzlich lebendig gewordenen Erinnerung zu entfliehen.

Åke räuspert sich.

»Eigentlich ist die Geschichte immer spannend, egal, wo man sie erzählt. Astrid hält sie allerdings nur für eine Spukgeschichte.«

Jessica blickt über die Schulter zum Speisesaal und überlegt, ob Astrid ahnt, worüber am Kamin gesprochen wird.

»Ist sie das?«

»Das müssen Sie selbst entscheiden.«

»Ich bin ganz Ohr«, sagt Jessica und fügt im Ton einer eifrigen Reporterin hinzu: »Wer war das Mädchen im blauen Mantel?«

Åke streicht über die hölzerne Armlehne des Sessels, in die

der Kopf eines brüllenden Löwen geschnitzt ist. Schließlich beginnt er: »Bei Ihren Spaziergängen haben Sie sicher das steinerne Haus und den alten Anleger im Nordteil der Insel gesehen.«

Jessica nickt.

»In den letzten Jahren verfällt das Haus leider zusehends, aber noch um die Mitte der 1980er Jahre war dort das einzige Kinderheim von Åland. Seitdem hat es meistens leer gestanden. Vor ungefähr zehn Jahren hat die Gemeinde den Strom abgeschaltet, und seitdem schimmelt es vor sich hin.«

Während Jessica Åkes Worten lauscht, betrachtet sie das Feuer, hört die Holzscheite knacken und sieht die Funken, die aufstieben wie Feuerkäfer und im Nu verschwinden.

»Aber um die Geschichte des Mädchens im blauen Mantel zu verstehen, muss man weit zurückgehen, bis in das Jahr 1946.«

»Was ist damals passiert?«

»Die Zugvögel«, sagt Åke. Seine Augen sind plötzlich voller Trauer. Nun erinnert sich Jessica, dass Astrid vorhin widerstrebend zugegeben hat, dass die alten Leute etwas mit der Geschichte zu tun haben.

»Ich weiß nicht, wie gut Sie über die Ereignisse in der Kriegszeit informiert sind. Es geht jedenfalls um die sogenannten Kriegskinder. Im Winter- und im Fortsetzungskrieg wurden ungefähr 80.000 Kinder aus Finnland in Sicherheit gebracht. Die meisten wurden nach Schweden geschickt, der Rest nach Norwegen und Dänemark.«

»Davon habe ich gehört«, antwortet Jessica, obwohl sie sich ihrer dürftigen Geschichtskenntnis schämt.

»Nach Kriegsende ist die Mehrheit der Kinder nach Finnland zurückgekommen, aber ziemlich viele – schätzungsweise jedes vierte – sind bei ihren Gastfamilien geblieben. Viele Eltern waren im Krieg gestorben, und die Kinder hatten kein Zuhause, in das sie zurückkehren konnten«, erklärt Åke und stellt sein Glas auf die Armlehne. Er kratzt sich eine Weile den Bart, bevor er fortfährt: »In einer so großen Schar von Kindern findet man alle möglichen Schicksale. Viele hatten Glück, die Glücklichsten kamen aus einem Kaff an der Ostgrenze in eine reiche Gegend in Stockholm, wo man abends Swing hörte und exotische Früchte aß. Andere hatten natürlich Schwierigkeiten, sich in ihren Pflegefamilien einzuleben, es gab weniger angenehme Verhältnisse, Hänseleien, mitunter sogar Gewalt – seelische oder körperliche ... Probleme traten vor allem in der Phase auf, als die Kinder nach Finnland zurückgeschickt wurden, wo ihnen unter Umständen alles ganz fremd geworden war – bis hin zu den leiblichen Eltern und der eigenen Muttersprache. Einige Kinder wurden gegen ihren Willen nach Hause gebracht. Es muss für alle Beteiligten furchtbar gewesen sein.«

»Was haben die Zugvögel damit zu tun?«, fragt Jessica und schämt sich für ihre Ungeduld.

»Die Zugvögel waren eine neunköpfige Kindergruppe, die im August 1946, mehr als ein Jahr nach dem Ende des Lapplandkrieges, im Stockholmer Freihafen ein Schiff bestiegen haben, das sie nach Mariehamn auf Åland brachte. Dort sollten ihre Eltern sie erwarten. Deren Schiff war jedoch in einem Sturm untergegangen, und alle sind ertrunken, einschließlich der Besatzung. Man war also urplötzlich in der Situation, dass niemand auf die Kinder wartete, als sie in Mariehamn ankamen.«

»Furchtbar«, murmelt Jessica. Ihr ist auf einmal kalt. Sie denkt an den Verkehrsunfall, der ihrer Familie zum Schicksal wurde, erinnert sich, wie sie als kleines Mädchen im Krankenhaus lag, schwer verletzt. Verwaist. Allein.

»Nicht alle konnten nach Schweden zurückgeschickt werden. Es war eine komplizierte Sache. In Mariehamn wurde beschlossen, die Kinder, die keine nahen Verwandten in Finnland hatten, vorläufig in Åland unterzubringen, bis man eine Lösung fand.«

»Und die Kinder wurden auf diese Insel gebracht?«

»Sie wurden zuerst in einem alten Lagergebäude in Fagerkulla einquartiert, aber nach einiger Zeit brach dort ein Feuer aus, und sie wurden hierher auf die Insel Smörregård gebracht. Hier hat sich eine Krankenschwester namens Monica Boman um sie gekümmert, die später Leiterin des Kinderheims wurde. Die Lösung war keineswegs optimal, aber man hatte immerhin die Absicht, gut für die Kinder zu sorgen.«

»Man hatte die Absicht, gut für sie zu sorgen?« Jessica rutscht auf ihrem Sessel nach vorn.

Åke leert sein Glas und sieht sie verdattert an.

»Das klingt gerade so, als wäre der hehre Plan misslungen«, erklärt Jessica.

Åke seufzt.

»Letzten Endes waren hier acht Kinder untergebracht: fünf Mädchen und drei Jungen, zwischen acht und dreizehn Jahre alt. Sie haben die Zeit totgeschlagen und auf die Nachricht gewartet, wer sie abholen würde und ob sie weiter nach Finnland reisen würden oder womöglich zurück nach Schweden. Man nannte sie Zugvögel, weil man sicher war, dass sie vor Anbruch des Winters davonziehen würden. Drei von den acht leben noch, sie sitzen jetzt da drüben im Speisesaal und genießen das leckere Dessert, das Sie aus irgendeinem Grund verschmäht haben. Warum übrigens?« Åke lächelt, vermutlich, um die Stimmung zu lockern. »Astrids Zuckerkuchen zergeht geradezu auf der Zunge.«

»Die Zugvögel«, wispert Jessica und blickt durch die Diele in den Speisesaal.

Åke nickt.

»Irgendwie war es für sie alle die Zeit des Erwachsenwerdens. Das hat sie seitdem verbunden. Was da drüben stattfindet, ist eine Art Klassentreffen. Sie kommen jedes Jahr her und versammeln sich zu einer Gedenkstunde am Nordufer, wo sie vor vierundsiebzig Jahren einige Monate verbracht haben.«

»Monate? Man hat also für alle Kinder ein neues Zuhause gefunden?«

»Bis Anfang Dezember waren sieben Kinder abgeholt worden«, sagt Åke.

»Alle bis auf eins?«

Åke starrt mit ernster Miene auf sein leeres Glas.

»Maija Ruusunen. Ein neunjähriges Mädchen, das die Evakuierung in ein fremdes Land und zu fremden Menschen offenbar schlimmer traumatisiert hatte als die anderen. Maija hatte Probleme, schwere Probleme. Schon vor dem Krieg hatte sie ihre Mutter verloren. Sie hat sich nicht in die Gruppe eingefügt, nicht mit den anderen gespielt. Es war geradezu eine Ironie des Schicksals, dass ausgerechnet Maija das letzte Kind auf Smörregård war.«

Jessica schluckt schwer.

»Was ist aus ihr geworden?«

»Das weiß niemand so genau. Aber aus dem, was sie hier auf der Insel getan hat, ist die Legende entstanden, die bis heute fortlebt. Es fing schon an, als auch die anderen Kinder noch im Kinderheim wohnten«, sagt Åke. »Maija ist nachts aus ihrem Zimmer entwischt und ans Ende des Anlegers gegangen.«

Jessica merkt, dass sich die Härchen an ihren Armen aufrichten. Ihr ist plötzlich kalt.

»Maija war das Mädchen im blauen Mantel«, flüstert sie, und Åke nickt.

»Und das ist sie immer noch, wenn man die hiesigen Seeleute fragt«, sagt er, steht auf und greift nach Jessicas Glas. »Ich schenke uns mal nach, dann erzähle ich Ihnen den Rest der Geschichte.«

16

Jessica betrachtet ihr leeres Glas und wundert sich, dass der Whisky ganz unbemerkt durch ihre Kehle geflossen ist. Sie war so sehr in Åkes Erzählung versunken, dass sie getrunken hat, ohne sich dessen bewusst zu sein.

»Und das geschah jede Nacht«, sagt Åke und füllt ihr Glas mit der braunen Flüssigkeit. »Jede Nacht um Punkt zwei Uhr verließ Maija ihr Zimmer, zog sich den Mantel an und ging ans Ende des Anlegers. Da stand sie dann und starrte auf das offene Meer.«

»Aber warum?«

Åke zuckt die Achseln und setzt sich in seinen Sessel.

»Man nahm an, dass sie von dem ganzen Hin und Her wirr im Kopf geworden war. Heutzutage glaubt man ja, dass Kinder schon durch Kleinigkeiten traumatisiert werden können: In der Schule soll man keine Mumin-Bücher lesen, weil Morra so furchterregend ist, und im Geschichtsunterricht dürfte man nicht über Kriege und den Holocaust sprechen, weil das Thema die jungen Gemüter zu sehr bedrückt«, brummt Åke. Dann nimmt er ein Holzscheit aus dem gusseisernen Ständer und wirft es geübt in den Kamin. Es knallt ein paarmal laut, dann rauscht das Feuer wieder gleichmäßig.

»Jede Nacht«, wiederholt er leise, und seine Augen wirken im Licht der Flammen plötzlich feucht. »Maija stand dort auf dem Anleger, bis der Nachtwächter sie mit Gewalt ins Haus holte.«

»Sie haben gesagt, dass Maija das letzte Kind war. Dass alle anderen ein neues Zuhause gefunden haben.«

»Einige sind nach Schweden zurückgekehrt, zu den Familien, bei denen sie schon während des Krieges gewohnt hatten. Aber für Maija wollte sich kein Platz finden. Deshalb begannen die Behörden, eine Adoption in die Wege zu leiten. Nach dem Krieg gab es jedoch Hunderte, wenn nicht sogar Tausende solcher Fälle, und die Bürokratie war langsam. Außerdem ...«

»Was?«, fragt Jessica, der Åkes Kunstpause zu lange dauert.

»Ein Hindernis war, dass man Maija für geisteskrank hielt. Sie hatte offenbar eine seltsame Neigung, Dinge in Brand zu setzen. Und spätestens, dass sie mitten in der Nacht auf dem Anleger stand, fanden alle verdammt furchterregend. Ich bekomme schon eine Gänsehaut, wenn ich nur davon erzähle.« Åke lacht freudlos auf: »Die Menschen hatten damals ohnehin genug Probleme, und niemand wollte ein verrücktes Mädchen bei sich aufnehmen. *Damaged goods*, wie man in England sagt.«

Jessica merkt, dass sie ihr Glas fester umklammert, als Åke das Wort *verrückt* ausspricht. Dass das Mädchen monatelang in jeder Nacht dasselbe Ritual wiederholte, ist kein Grund, es für verrückt zu halten. Das weiß Jessica nur zu gut. Die Welt ist nicht schwarzweiß. Jessica verspürt Sympathie für Maija, die einmal auf dieser Insel gewohnt hat. Aufgrund dessen, was Åke über die mehr als siebzig Jahre zurückliegenden Ereignisse erzählt hat, glaubt sie, das Mädchen zu verstehen.

Im Speisesaal ertönt plötzlich ein schwedischsprachiges Lied. Es ist melancholisch und hat keine Ähnlichkeit mit traditionellen Schnapsliedern. Jessica sieht Åke an, der sanft lächelt.

»Dieses Kirchenlied ist eine der Traditionen«, flüstert er. »Sie haben es gesungen, als sie auf der Insel wohnten. Man erzählt sich, dass die Leiterin des Kinderheims sehr religiös war. Und es ist ja auch ein schönes Lied. Astrid hat es mir früher als Wiegenlied gesungen.«

Jessica stellt ihr leeres Glas auf den Tisch und lauscht dem wehmütigen Gesang. Die Melodie ist ihr unbekannt, erinnert sie aber an ein altes finnisches Weihnachtslied.

»Wie geht die Geschichte aus?«, fragt sie ungeduldig, als die Zugvögel die zweite Strophe anstimmen.

»Soweit ich weiß, hat man irgendwann nicht mehr versucht, Maija an ihrem seltsamen Ritual zu hindern. So sicher, wie morgens die Sonne aufgeht, stand das Mädchen nachts auf dem Anleger und starrte auf das Meer. Und dann ist Maija eines Nachts völlig unerwartet verschwunden.«

»Verschwunden?«

»Eines Morgens war sie weg. Und eins der Ruderboote ebenfalls«, sagt Åke, hüstelt und fährt fort: »Der Geschichte nach war es am Abend windstill und für Anfang Dezember relativ warm. Aber in den frühen Morgenstunden brach ein heftiges Unwetter los. Es ist also denkbar, dass Maija es geschafft hat, aufs offene Meer zu rudern, und dort von dem Sturm überrascht wurde. Andererseits ist es auch möglich, dass sich das Boot im Sturm losgerissen hat und Maija nichts damit zu tun hatte.«

»Und danach wurde sie nie mehr gesehen?«

Åke schüttelt den Kopf.

Jessica spürt Übelkeit aufsteigen.

»Ist es möglich, dass Maija nicht allein weggefahren ist? Dass jemand sie geholt hat?«

Åke sieht Jessica eine Weile fragend an und zuckt dann die Schultern.

»Wenn man bedenkt, dass das Ruderboot fehlte und niemand anders von der Insel verschwunden war ... Die Möglichkeit hat wohl niemand ernsthaft in Betracht gezogen. Außerdem hatte Maija niemanden mehr, der sie hätte holen können. Möchten Sie noch einen Whisky?« Åkes Frage zerbricht den Zauber, den die Geschichte geschaffen hat.

»Nein, danke«, antwortet Jessica rasch und wirft einen Blick auf die Uhr. Åke sieht aus, als wolle er aufstehen, bleibt aber sitzen, als hätte das Erzählen ihm alle Kraft geraubt.

»Wirklich eine traurige Geschichte«, sagt Jessica und legt die Hände auf den Bauch. Der Weißwein und der Whisky haben sie schläfrig gemacht.

»Ein Teil von mir möchte glauben, dass Maija es auf das Festland geschafft hat. Und dass sie irgendwo ein glückliches Leben führen durfte.«

»Aber eins verstehe ich nicht ganz«, sagt Jessica.

»Was denn?«

»Warum hat Astrid gesagt, es wäre eine Spukgeschichte?«

»Weil die Geschichte nicht mit Maijas Verschwinden endet«, antwortet Åke geheimnisvoll.

Jessica setzt sich zurecht und blickt über die Schulter in den Speisesaal, wo der Chor der heiseren Stimmen die dritte Strophe anstimmt. Gleichzeitig sieht sie durch das Fenster, dass die Außenbeleuchtung vor dem Haus angeht, etwas oder jemand hat den Bewegungsmelder geweckt.

»Nach Maijas Verschwinden stand das Gebäude einige Jahre leer, aber dann wurde dort ganz offiziell ein Kinderheim gegründet. Das Smörregård barnhem. Es gab nie eine größere Menge Kinder und Jugendliche, aber meines Wissens war das Kinderheim noch bis 1986 in Betrieb. Dann wurde es endgültig geschlossen, weil kein Bedarf mehr bestand. Die Legende von dem Mädchen im blauen Mantel lebte beim Personal und bei den Kindern fort, solange das Heim existierte. Im Zimmer sechs wurde nie mehr jemand einquartiert, es war eine Art Horrorkabinett und blieb unverändert erhalten. Nicht zu Maijas Gedenken, sondern eher deshalb, weil kein Kind dort wohnen wollte. Jahrzehntelang erzählte man sich Geschichten über das Mädchen am Ende des Anlegers. Viele Insassen des Kinderheims behaupteten, sie wären nachts wachgeworden und hätten das Mädchen auf dem Anleger gesehen. Und diese Wahrnehmungen beschränkten sich nicht auf die Kinder, sondern über die kleine Maija tuschelten auch Fischer und Seeleute, die nachts eine kleine Gestalt an den felsigen Ufern von Smörregård gesehen haben wollten«, sagt Åke und beugt sich zu Jessica hin.

»Klingt nach einer klassischen Geschichte, oder? Das Ungeheuer von Loch Ness, der Yeti, die Seejungfrauen, der längst unter der Erde liegende Elvis im Supermarkt. Und so weiter.«

»Zweifellos.«

»Als würde das Gespenst des im Meer ertrunkenen kleinen Mädchens wieder und wieder auf dem Anleger herumspuken«, sagt Åke und holt losen Kautabak und einen Dosierer aus Metall aus der Tasche. »Deshalb spricht Astrid von einer Spukgeschichte.« Åke füllt die Tabakkanone mit nikotingesättigten Krumen und knallt die Ladung routiniert unter seine Oberlippe. »Und dann ist da noch ...«

Ein Räuspern an der Tür unterbricht Åke mitten im Satz.

»Kommst du bitte helfen, Åke«, sagt Astrids Stimme.

Jessica dreht sich zu der Frau um und überlegt, wie lange sie wohl an der Tür gestanden und ihrem Sohn zugehört hat.

Astrid wirkt säuerlich, als hätte sie der Erzählung ganz bewusst ein Ende gesetzt.

Åke erhebt sich mühsam von seinem Sessel. Jetzt merkt Jessica, dass er wacklig auf den Beinen ist. Wahrscheinlich hat er schon lange vor dem Abendessen zu trinken begonnen.

»Das war's«, sagt Åke und klopft Jessica im Vorbeigehen auf die Schulter.

Der Geruch des Kaminfeuers und die Wärme, die es ausstrahlt, sind anheimelnd, können die Gänsehaut auf Jessicas Armen aber nicht vertreiben.

17

Das Licht der Stirnlampe durchschneidet die fast vollständige Dunkelheit, als Jessica den Sandweg am Ufer entlanggeht. Vom Gasthof zum Nordteil der Insel sind es auf diesem Weg ungefähr zwei Kilometer, die Jessica trotz des starken Gegenwindes in zwanzig Minuten zurückgelegt hat.

Sie steckt eine Hand in die Jackentasche und schiebt die Finger zwischen die Pillen, die darin liegen. Sie bedeuten für sie den Weg in die Freiheit, in den tiefen, endgültigen Schlaf, in dem ihr Geist endlich Frieden findet. Den Weg an einen Ort, an den die Halluzinationen ihr nicht folgen. Der Tod ist eine hauchdünne Chance auf ein Wiedersehen mit den Menschen, die sie liebt und die schon vor ihr aus dieser Welt gegangen sind. Wenn sie will, könnte Jessica die von Halluzinationen gefärbte Einsamkeit beenden, die sie wegzuschieben versucht hat, indem sie brutale Morde untersucht hat und in die gnadenlose Welt böser Menschen und ihrer unmenschlichen Taten eingetaucht ist. Sie ist schon lange vor sich selbst geflohen, an einen Ort, wo Entsetzen, Verzweiflung und Zynismus keine Grenzen kennen. In diese Welt ist Jessica unter Ernes Anleitung gelangt, weil sie wohl ihre eigene Bluttat sühnen und gleichzeitig alles tun wollte, damit böse Menschen nicht frei herumlaufen können. Damit keine einzige junge Frau mehr von einem sadistischen Psychopathen vergewaltigt wird, jedenfalls nicht, wenn Jessica Wachtdienst hat.

Jetzt hat jedoch das Mädchen im blauen Mantel ihr Interesse geweckt und die selbstzerstörerischen Gedanken verdrängt, und Jessica ist sich nicht sicher, ob das gut ist. Sie weiß nämlich, dass Erleichterung ein vorübergehender Zustand ist und das Unausweichliche nur verzögert.

Zwischen den kümmerlichen Bäumen auf den Felsen sieht sie nun die westliche Giebelseite des einstöckigen Hauses und die zerbrochenen Fenster. Das weiße Gebäude des Kinderheims sticht aus der Dunkelheit hervor. Jessica verlässt den Weg, steigt auf einen Felsen an seinem Rand und bewundert die im Mondlicht badende Schärenlandschaft. Anders als die Aussicht vom Ufer des Gasthofs, die Dutzende bewohnter Inseln sprenkeln, reicht die Meereslandschaft im nördlichen Teil von Smörregård bis weit hinaus auf die offene See. Am Rand des Blickfelds schimmern kleinere Inseln und Klippen, doch sie können die Wellen, die vom offenen Meer gegen die Uferfelsen schlagen, nicht zähmen. Auf dem rastlos brausenden Wasser bilden sich weiße Schaumkronen, und der Mond, der zwischen den Wolken hervorlugt, versucht eine Brücke in die nächste Welt zu schlagen.

Die Menschen hatten damals ohnehin genug Probleme, und niemand wollte ein verrücktes Mädchen bei sich aufnehmen.

Ich bin gerade so ein Mädchen, denkt Jessica, während sie auf das schwarze Meer starrt, und die Erkenntnis schneidet ihr ins Herz. Sie ist ebenso verrückt wie ihre Mutter, das hat man ihr bestimmt schon als kleines Mädchen angesehen. Tante Tina muss es gewusst haben, als sie beschloss, Jessica nicht zu adoptieren. Zum Glück hatte es die Niemis gegeben, den Bruder ihres Vaters und dessen Frau. Sie waren mutig genug gewesen, die Verantwortung für Jessica zu übernehmen, obwohl sie im schlimmsten Fall eine wandelnde Zeitbombe sein konnte, wie ihre Mutter. Ein Mensch, der fähig war, seine eigene Familie zu töten.

Jessica steigt vorsichtig von dem rutschigen Felsen und

macht sich auf den Weg zu dem Haus, das am Waldrand steht, etwa hundert Meter vom Ufer entfernt. Zwischen den dichten Bäumen ist eine Überlandleitung zu sehen, die das Gebäude früher mit Strom versorgt hat.

Dem harten Fels folgt weicherer Erdboden, als Jessica durch den Wald zu dem überwucherten Sandplatz vor dem Gebäude geht. Der Nieselregen, der schon seit Tagen anhält, lässt die Dunkelheit glitzern, als wäre die Natur bei dem Versuch, aus dem Frost einen neuen Frühling aufzubauen, ins Schwitzen geraten. Das weiße Gebäude mit seinen schwarzen Fenstern sieht bedrohlich aus, wie ein Tierschädel. Jessica wirft einen Blick auf das Fenster, hinter dem sie am Tag eine Bewegung zu sehen geglaubt hat. Jetzt nimmt sie jedoch nichts wahr.

Jessica wendet den Blick von dem Haus auf den T-förmigen Anleger.

Warum wolltest du auf den Anleger, Maija? Warum genau um zwei Uhr?

Neben dem Anleger steht ein baufälliger Bootsschuppen, dessen eine Ecke an der Uferseite ins Wasser abgesackt ist. Links von dem Anleger, der seine besten Tage ebenfalls hinter sich hat, erhebt sich ein sanft ansteigender Fels, der stellenweise einige Meter hochragt, bis ihn der Wald verschluckt.

Ein Windstoß lässt die Baumwipfel am Waldrand rauschen. Die Natur erwacht in dieser schwarzen Nacht zum Leben, an einem Ort, den ein normaler Mensch wohl unbehaglich nennen würde. Abstoßend. Irgendwie gruselig. Aber gerade so etwas findet Jessica schön.

Und dann …

Da ist sie. Das Mädchen steht am Ende des Anlegers, mit dem Rücken zum Haus, und starrt aufs Meer.

Jessica macht einen Schritt, dann noch einen. Sie geht auf den Anleger zu, auf das Mädchen, das in dieser eiskalten Nacht nur einen dünnen blauen Mantel über dem Schlafanzug trägt.

Das Licht des Halbmonds fällt auf die im Wind tanzenden Haare des Mädchens, sie sind lockig und gerstenfarbig, wie bei einem Pferd.

Was machst du, Schätzchen?

Einen Augenblick lang glaubt Jessica die Stimme ihrer Mutter zu hören. *Schätzchen.* So hat sie niemand mehr angesprochen, seit ihre Mutter beschlossen hat, aus ihren Träumen zu verschwinden.

Ist dir nicht kalt, Schätzchen?

Die Fragen wirken wie eine Einladung, sie lassen Jessica zu dem Anleger gehen.

Vielleicht hat ihre Mutter eine neue Gestalt angenommen, vielleicht ist das Mädchen auf dem Anleger nicht die vor langer Zeit verschwundene Maija, sondern Jessicas Mutter.

Jessica nähert sich dem Anleger. Sie tritt auf die morschen Bretter, die sich unter ihren Füßen biegen. Vom Meer ist Geschrei zu hören, und sie sieht Vogelsilhouetten am dunkelblauen Horizont.

Schätzchen.

Jessica bleibt hinter dem Mädchen stehen. Sie erwartet, die Finger ihrer Mutter auf ihrer Schulter zu spüren, doch nichts geschieht. Eine Weile betrachtet sie die hellbraunen Haare des kleinen Mädchens, die unter der Baskenmütze schaukeln wie Grashalme auf der Weide.

Jessica wischt sich die Tränen von den Wangen. Ihre Lippen zittern, das Weinen schnürt ihr den Hals zu. Sie ist sich nicht sicher, ob sie Maijas Gesicht sehen will, ob sie wirklich sehen will, wie das Mädchen, das jahrzehntelang im Meer gelegen hat, jetzt aussieht. Dann müsste sie versuchen zu verstehen, wie ein so unschuldiges Geschöpf einen so entsetzlichen Anblick bieten kann, was für eine Welt so etwas geschehen lässt.

Da dreht sich das Mädchen langsam um, als hätte es Jessicas Gedanken gelesen.

Doch entgegen Jessicas Befürchtung ist Maija nicht tot. Ihr Gesicht ist unversehrt, ihr Blick entschlossen. Die Sommersprossen rund um ihre Nase wirken im Halbdunkel wie blasse Schatten. Maija ist schön, das schönste kleine Mädchen, das Jessica je gesehen hat.

Nicht weinen, Mama. Papa kommt bald, sagt Maija.

Dann wendet sie den Blick wieder auf das Meer.

Und da trifft es Jessica wie ein Schlag ins Zwerchfell.

Sie sackt auf die Knie.

Die Wahrheit macht sich als Schmerz in der Brust bemerkbar. Ihre Mutter kommt nicht zurück. Nie mehr.

Aber Jessica hat das Mädchen Schätzchen genannt.

Und das Mädchen hat sie Mama genannt.

Etwas Unwiderrufliches ist geschehen. Oder wird bald geschehen.

Als Jessicas Atem sich nach einer Weile beruhigt und sie von den Planken des baufälligen Anlegers aufblickt, ist das Mädchen verschwunden. Es gibt nur ein unendlich großes schwarzes Feld, dessen Wellen unzählige Geheimnisse bergen.

18

Als Jessica ins Bett geht, nimmt sie keine einzige Schlaftablette.

Sie schläft mühelos ein und hat einen Traum, in dem sie in einem blau gekachelten Badezimmer ihr Spiegelbild betrachtet. Im Traum drückt jemand fordernd die Klinke herunter, wieder und wieder, und Jessica fürchtet, dass sie bald abbricht. Sie öffnet die Tür nicht, denn sie weiß, dass dahinter die alte Frau steht, deren runzliges Gesicht blass und deren Blick stechend ist wie bei einem Adler auf der Jagd. Bald darauf hört sie das melancholische Lied, das die Zugvögel am Tisch singen, wo sie Hand in Hand sitzen.

Das Kirchenlied ist eine der Traditionen, flüstert Åkes Stimme. Sein bärtiges Gesicht ist ernst, aber freundlich.

Von irgendwoher kommt Astrids Lachen. Dann verwandelt sich der Badezimmerspiegel in ein Fenster. Jessica sieht Astrid mitten auf dem Hof im strömenden Regen. Sie scheint über die Erde zu gleiten. Astrid holt die Fahne von der Stange, rollt sie zusammen und dreht sich zum Fenster um. Sie legt einen Finger auf die Lippen. Jessica beugt sich vor, um durch den Spiegel zu schauen, verliert das Gleichgewicht und rutscht ins Uferwasser. Sie sieht den nassen Saum ihres Nachthemds und ihre weißen Füße im Wasser. Den roten Bootsschuppen und den auf Pontons schaukelnden Anleger. Hört das Plätschern der Wellen. Sieht einen Schal auf dem Wasser schwimmen.

Nicht weinen, Mama. Papa kommt bald.

Plötzlich ist Jessica wieder in dem blauen Badezimmer. Das Rütteln an der Klinke wird heftiger. Sie hört die alte Frau hinter der Tür fauchen. Das Lied im Speisesaal ertönt lauter.

Hat das Papageienweib wieder geplaudert? Kra kra kra.

Jessica betet darum, dass irgendwer sie rettet.

Da geht die Tür auf, und im Türspalt erscheinen zwei runzlige Hände. Jessica schreit gellend auf und kauert sich in die Ecke des Raums. Doch die Hände strecken sich fordernd nach ihr aus und packen sie bei den Haaren. Die schwarzen Augen der alten Frau lodern vor Wut, sie reißt den Mund auf, und ihre scharfen Zähne bohren sich in Jessicas Fleisch.

Mein Beileid, Jessica.

19

Toivo ist gestorben. Ich habe ihn heute früh reglos zusammengekauert in seiner Schachtel gefunden. Sein kleiner Schnabel war geöffnet, als hätte er in der Nacht seine letzten Worte in die Dunkelheit der Werkstatt geflüstert. Ich fühle mich schuldig, weil ich ihn nicht besser pflegen konnte, weil er in meiner Obhut nur wenige Tage überlebt hat. Wäre es besser gewesen, ihn da zu lassen, wo ich ihn gefunden habe? Vielleicht war er gar nicht verwaist, sondern hatte sich nur kurz von seinen Eltern verlaufen.

Ich betrachte den toten Vogel. Sein Blick ist leer, die Verachtung, die noch gestern Abend in seinen kleinen Augen lag, ist verschwunden. Ich spüre das Bedürfnis, zu weinen. Aber das kann ich nicht. Ich will es nicht. Ich habe schon genug geweint. Und nie um mich selbst.

Toivos früh zu Ende gegangenes Leben hat meine Gedanken geklärt, es hat alles leichter gemacht.

Es ist Zeit, alles zum Abschluss zu bringen.

Der Tod ist nach Smörregård zurückgekehrt.

20

Jessica schreckt aus dem Schlaf und braucht einen Moment, um zu erkennen, wo sie ist. Ihre Zehen fühlen sich unangenehm feucht an, und sie merkt, dass sie ihre nassen Schuhe anhat. Sie ist voll bekleidet ins Bett gefallen. Jessica setzt sich auf. Sie fühlt sich schläfrig, aber kein bisschen benommen.

Die Sonne ist aufgegangen, durch die Vorhänge dringt graublaues Licht herein. Als Jessica aufsteht, fühlt sie sich leicht, ihr Gemüt ist seit langer Zeit so ruhig, dass sie beinahe lächeln muss. Sie erinnert sich lebhaft an die Ereignisse des gestrigen Abends, an Åkes fesselnde Erzählung von der kleinen Maija und an das Mädchen auf dem Anleger.

Diesmal war ihre Sinnestäuschung kontrolliert gewesen, sie war etwas, wonach Jessica sich eigens auf die Suche begeben hatte. Aber sie hat keine Lösung für das Rätsel des Mädchens im blauen Mantel gebracht. Natürlich nicht. Wie hätte Jessica es denn auch lösen können, indem sie einfach nur dahin ging, wo das Mädchen vor Jahrzehnten nachts anzutreffen war?

Plötzlich ist Jessica gerührt, sie erinnert sich, dass sie das Mädchen als Schätzchen angesprochen hat. Und was hat das Mädchen zu ihr gesagt?

Nicht weinen, Mama. Papa kommt bald.

Jessica reibt sich die Augen, dann zieht sie die nassen Schuhe und Strümpfe aus. Ihr ist klar, dass ihre Halluzinationen nichts mit der Wirklichkeit zu tun haben. Auch wenn sie ihr im Lauf der Jahre nützliche Erkenntnisse beschert haben, sind sie doch nur Produkte ihrer Psyche, und die Worte, die Jessica gestern Abend gehört hat, waren genau das: eine vom Sinn für Dramatik gefärbte Sinnestäuschung.

Jessica gähnt und nimmt Senecas Werk vom Nachttisch. Åke ist ganz offensichtlich fasziniert von dem Thema, was nicht nur aus seinen Worten hervorgeht, sondern auch daraus, dass viele Stellen im Buch angestrichen sind. *Schwierigkeiten stärken den Geist wie Arbeit den Körper* ist mit einem gelben Textmarker und mit einem Ausrufezeichen am Rand hervorgehoben. Ebenso auf der nächsten Seite *Warum über das Meer klagen, wenn ihr wieder auf seinen Wellen reitet?* Jessica schlägt das Buch zu und überlegt, was wohl aus ihr geworden wäre, wenn sie Erne nicht als Neunzehnjährige in Venedig kennengelernt hätte. Wäre sie trotzdem Polizistin geworden oder vielleicht Lehrerin, Business Controller oder gar Philosophin? Hätte sie überhaupt jemals gearbeitet, wenn sie nicht ihre Berufung gefunden hätte? Oder hätte sie sich inmitten ihres Reichtums mit Alkohol oder Medikamenten ins Grab gebracht, einsam und deprimiert, von ihren Dämonen getrieben? Diese Möglichkeit klingt in Anbetracht der Umstände wahrscheinlicher.

Fuck my perfect life.

Jessica greift nach ihrer Wasserflasche, trinkt sie aus und beschließt, sich ein kräftiges Frühstück zu gönnen.

Als Jessica aus dem Haus tritt, stößt sie auf den schwedischen Mann, der in dickem Wintermantel und Sandalen an der Tür des Stallgebäudes steht und raucht.

Jessica wünscht ihm einen guten Morgen, und er erwidert ihren Gruß. Die åländische Flagge, die gestern Abend noch an der Fahnenstange gehangen hat, ist nicht mehr da. Der Himmel ist grau, der Wind eiskalt.

»Haben Sie es schon gehört?«

»Was gehört?«, fragt Jessica mit einem Blick auf ihr Spiegelbild im Fenster.

»Am anderen Ufer«, sagt der Mann und zeigt mit der Hand, in der er die Zigarette hält, nach Norden. »Die Seenotrettung ist dort. Und die Polizei offenbar auch.«

»Was ist passiert?« Jessica zieht den Reißverschluss ihrer Jacke höher, um sich vor dem Wind zu schützen.

»Irgendetwas Schlimmes«, antwortet der Mann, zieht noch einmal an seiner Zigarette und drückt sie dann in dem Standaschenbecher aus. »Die Wirtsleute waren ziemlich aus der Fassung. Es schickt sich wohl nicht, hinzugehen und zu gaffen.«

»Vielleicht brauchen sie dort Hilfe«, meint Jessica und geht zu dem Sandweg, der durch den Wald führt.

Als Jessica sich dem Anleger nähert, sieht sie zwei Sanitäter im Overall des Rettungsdienstes am Ufer stehen, eine Frau und einen Mann. Die Frau telefoniert, der Mann spricht mit Astrid und Åke. Alle blicken ernst drein. Und dann fällt Jessicas Blick auf eine menschliche Gestalt, die am Ufer liegt und deren Füße unter der schwarzen Plane hervorragen.

»Was ist passiert?«, fragt Jessica, als sie näher herangekommen ist, obwohl ihr die Frage überflüssig erscheint. Am Ufer liegt ein toter Mensch, sie hätte sich also wohl anders ausdrücken sollen. Die Anwesenden sind jedoch zu konzentriert oder zu fassungslos, um zu antworten. Schließlich senkt der Sanitäter, der mit Astrid und Åke gesprochen hat, den Blick. Er hat offenbar gesagt, was er zu sagen hatte, und kommt nun langsam auf Jessica zu.

»Sie sollten zum Gasthof zurückgehen«, sagt er. »Die Polizei ist schon alarmiert.«

»Ich bin Polizistin«, erwidert Jessica, doch der Mann scheint ihr nicht zu glauben, vielleicht mindert der finnlandschwedische Tonfall ihre Glaubwürdigkeit. »In Helsinki«, fügt sie hinzu und späht an dem Sanitäter vorbei zu der Leiche.

Der etwa dreißigjährige Mann sieht sie vielsagend an. Er hat ein attraktives, glattrasiertes Gesicht und ist kräftig gebaut.

»Wir warten auf die hiesige Polizei«, erklärt er, während seine Kollegin ihr Telefonat beendet. Natürlich. In ihrem Beruf hat Jessica immer wieder Neugierige aus der Umgebung eines Unfall- oder Tatorts vertrieben, und nun ist sie selbst so eine Person.

»Selbstverständlich«, antwortet sie und versteht selbst nicht, warum sie gesagt hat, dass sie Polizistin ist. Wahrscheinlich aus alter Gewohnheit. Außerdem wird es wohl ohnehin publik, wenn die Polizei eintrifft oder Astrid und Åke den Mund aufmachen.

Jessica tritt ein paar Schritte zurück und betrachtet die im Wind flatternde Plane, die knapp außer Reichweite der Wellen ist. Das unermessliche Meer wirkt unruhig, gerade so, als wüsste die Natur von der Tragödie, die sich auf der Insel ereignet hat.

Bald taucht hinter den Felsen ein blauweißes Polizeiboot auf, das sein Tempo drosselt, als es sich dem Ufer nähert. Jessica betrachtet seinen Bug, die Bahn, die er ins Wasser zieht und die in seitlich wegrollende Wellen zerfällt. Das felsige Ufer, an dem die Bäume zu dem mit verschiedenen Grautönen spielenden Himmel aufragen. Den Anleger, der sich ins Meer schiebt. Jessicas Gedanken wandern zu dem Mädchen im blauen Mantel, das sein Schicksal selbst in die Hand genommen hat, indem es von dieser Insel wegruderte. Vielleicht hat das Mädchen zuerst die Südspitze von Smörregård umrundet und ist dann weitergefahren, zu einer der vielen hundert Inseln, die den Horizont in allen Himmelsrichtungen füllen, nur nicht hier im Norden. Aber in dem Fall wäre es früher oder später gefunden worden …

»Es ist Elisabeth.« Astrid steht plötzlich neben Jessica und reißt sie aus ihren Gedanken.

»Elisabeth?«, wiederholt Jessica. Astrids Augen sind gerötet, ihre grauen Haare hängen unter der blauen Mütze hervor. Während Jessica sich bisher über ihre jugendliche Erscheinung gewundert hat, wirkt sie jetzt älter, als sie ist.

Astrid nickt, streckt die Hand aus und streicht über Jessicas Arm, wie um sie zu wärmen.

»Einer der Zugvögel«, sagt sie.

Natürlich, denkt Jessica. So muss es sein. Außer ihr selbst, den Zugvögeln, den Wirtsleuten und dem schwedischen Ehepaar ist ja vermutlich niemand auf der Insel.

»Was ist passiert?«, fragt Jessica nach einer Weile.

»Das weiß niemand«, antwortet Astrid. »Ich habe sie vor anderthalb Stunden im Wasser gefunden, als …«

Sie schlägt die Hand vor den Mund und schüttelt den Kopf.

»Ich verstehe nicht, was Elisabeth … Warum sie hierhergegangen ist … allein.«

»Ein Kreislaufkollaps vielleicht«, schlägt Jessica vor, obwohl sie weiß, dass Astrids Frage damit nicht beantwortet ist. Ein Anfall erklärt nicht, warum die alte Frau zwei Kilometer über die Insel gewandert ist, nur um bei dem Anleger am Ufer des verlassenen Waisenhauses zu ertrinken.

Jessica betrachtet das Polizeiboot, das sich dem Anleger nähert, und lässt den Blick dann über den morschen Bootsschuppen, das Waisenhaus und den Sandplatz davor schweifen. Plötzlich überkommt sie das seltsame Gefühl, dass sie irgendetwas weiß, woran sie sich nicht erinnert, dass sie in der Nacht etwas gesehen hat, obwohl sie glaubte, fest geschlafen zu haben. *Verflucht*, sie bringt Realität und Fantasiegebilde durcheinander. Das ist seit Langem nicht mehr vorgekommen, und es macht die Welt um sie herum unkontrollierbar und beängstigend. Sie muss unbedingt ihre Medikamente nehmen, trotz der unangenehmen Nebenwirkungen.

»Ich gehe zum Gasthof«, erklärt sie. »Sagen Sie mir Bescheid, wenn ich irgendwie helfen kann.«

Astrid nickt, und Jessica kehrt auf den Waldweg zurück. Als

sie an dem weißen Steingebäude vorbeikommt, betrachtet sie die zerbrochenen Fenster und die schimmelfleckigen Vorhänge. Sie stellt sich vor, wie Maija in ihrem Zimmer sitzt und auf das Meer starrt, das nach ihr ruft. Und zum ersten Mal erscheint ihr Maijas Gestalt Angst erregend.

21

1946

Die Strahlen der frühherbstlichen Abendsonne dringen durch die Vorhänge und wärmen Maijas Arme. Maija blickt zum Fenster hinaus, sieht die über dem Anleger kreisenden, laut kreischenden Möwen und lächelt vor sich hin. *Ihr lärmt die ganze Zeit, Tag für Tag.*

Sie rückt die Schere zwischen den Fingern zurecht und dreht mit der anderen Hand die Illustrierte, um die Umrisse der Papierpuppe besser zu treffen.

»Was machst du denn da?«, fragt das große Mädchen, das in Maijas Zimmer platzt. Beth hat ihre goldblonden Haare zu zwei Zöpfen geflochten und an die Enden Schleifen gebunden.

Maija wirft einen Blick über die Schulter, gibt aber keine Antwort. In Beths Schlepptau kommt die pausbäckige Elsa herein, deren einzige Aufgabe es zu sein scheint, Beth zu folgen. Pat und Patachon, so würde Maijas Vater die beiden wohl nennen. Die Namen stammen aus einem dänischen Film, den sie sich vor dem Fortsetzungskrieg gemeinsam angesehen haben. Maija war damals erst fünf und erinnert sich deshalb nicht an den Film. Ihr Vater hat ihr jedoch regelmäßig nach Schweden geschrieben und in seinen Briefen genau ausgemalt, was sie vor dem Krieg getan haben und wieder tun würden, wenn der Krieg endlich vorbei war und seine Tochter zu ihm nach Finnland zurückkehren konnte.

»Du kannst auch die Schere drehen«, kichert Beth. »Dann brauchst du die Zeitung nicht kreisen zu lassen.«

Maija weiß, dass Beth recht hat. Beth hat meistens recht. Nicht immer, aber meistens. Sie ist dreizehn und die Älteste in der Gruppe. Und im Gegensatz zu allen anderen gleicht Beth mit ihren voll entwickelten Brüsten und den breiten Hüften eher einer jungen Frau als einem kleinen Mädchen. Maija wiederum ist mit ihren neun Jahren jetzt die Jüngste im Kinderheim, nachdem die noch jüngere Annikki vorige Woche in ein neues Zuhause geholt wurde.

Maija hat jedoch nicht vor, irgendetwas auf eine bestimmte Art zu tun, nur weil es die richtigere Art wäre. Ihr ist jede Art recht, die Zeit auf der Insel totzuschlagen. Auf dieser Insel, wo die Natur und das Wetter von Woche zu Woche unfreundlicher werden. Das Laub ist abgefallen und zu einer feuchten, gelben Masse geworden, die sich an die Schuhsohlen heftet, wenn man durch den Wald geht. Der Wind weht so heftig, dass es manchmal schwierig ist, die Worte der anderen zu hören, selbst wenn sie laut rufen. Und die Sonne, die noch bei ihrer Ankunft auf der Insel jeden Tag ihre Gesichter gestreichelt hat, hüllt sich immer öfter in eine graue Vermummung, die ihren gelblichen Glanz fahl macht. Nur deshalb, weil die Sonne gerade jetzt vor Anbruch der Dunkelheit hinter den Wolken hervorspäht, ist Maija vom Bett aufgestanden, um ihre Bastelarbeit am Fenster fortzusetzen.

»Ist die taub geworden?«, fragt Elsa und setzt sich auf die Fensterbank. Maija betrachtet das rundliche Mädchen, das seine in Wollsocken steckenden Beine schwenkt. Der linke Fuß trifft Maijas Schreibtisch, dessen Wackeln das Ausschneiden erschwert. Elsa tritt nicht trotzdem gegen den Tisch, sondern gerade deshalb.

»Ich weiß nicht. Bist du taub? Maijaaa«, ruft Beth ganz nah an Maijas Ohr.

»Warum willst du nicht reden?«, löchert Elsa. Die Tritte gegen den Tisch werden heftiger.

Maija spürt das übliche würgende Gefühl im Magen. Sie möchte ihre Ruhe haben, für sich allein basteln, ungestört von den anderen. Warum lassen die Mädchen das nicht zu? Sie legt die Schere auf den Tisch und blickt zum Fenster hinaus.

»Warum nicht?«, erkundigt sich Beth mit einer Stimme, die freundlich klingt, es aber nicht ist. Was hier abläuft, ist ein Verhör, das die Position der beiden Quälgeister stärken und ihnen das Gefühl geben soll, Herrinnen der Lage zu sein.

Maija hat fast drei Jahre in Schweden gelebt, länger als irgendeines der anderen Kinder hier. Sie hat alle Briefe ihres Vaters gelesen und aufbewahrt, hat sie beantwortet, so gut sie konnte, aber erst als sie vor zwei Monaten die Heimreise antrat, ist ihr bewusst geworden, dass sie seit Jahren nicht mehr Finnisch gesprochen hat. Es ist immer noch ihre Muttersprache, doch es fällt ihr schwer, sie laut zu sprechen. Als würden die Sprechmuskeln Widerstand leisten, wenn sie vorhat, etwas zu sagen. Ab und zu versucht sie, abends allein in ihrem Zimmer Finnisch zu sprechen: laut aus den finnischsprachigen Illustrierten und Abenteuerbüchern zu lesen, die vom Festland ins Kinderheim geschickt worden sind. Ihrer Meinung nach hört sie sich albern an, gerade so wie der taube Nachbarsjunge in der Vikingagatan. Der Junge war nett, klang aber wie ein Seehund. Folglich ist es besser zu schweigen, als Beth und ihrer dicken Waffenträgerin, deren Füße wieder und wieder an den Tisch klopfen, einen weiteren Anlass zum Spott zu liefern.

»Na, dann nicht. Du musst es nicht erzählen«, sagt Beth überraschend und streicht mit der flachen Hand über Maijas Haare. »Du hast übrigens schöne Haare. Eine tolle Farbe.«

Elsa kichert, doch Beth bringt sie mit einem scharfen Blick zum Schweigen.

»Was lachst du, Haxe?«

»Ich dachte ...«

»Ich meine es ernst«, erklärt Beth, fasst Maija sanft am Kinn und dreht ihr Gesicht vorsichtig zu sich hin. »Du hast wunderschöne Haare. Und ein niedliches Gesicht.«

Maija will ihren Blick abwenden, aber Beth lässt sie nicht los. Maija weiß, dass sie sich nicht aus ihrem Griff befreien kann, ohne sich wehzutun.

»So ein hübsches Mädchen könnte hier viele Freunde haben«, sagt Beth, und Maija sieht aus den Augenwinkeln, dass Elsa den Blick gesenkt hat. Sie schlenkert auch nicht mehr mit den Beinen, es ist, als hätte Beth ihr irgendwie wortlos befohlen, damit aufzuhören. Was geht hier vor? Maija hat noch nie gehört, dass Beth Elsa Haxe nennt, was alle anderen ständig tun.

»Wir beide«, sagt Beth und lässt Maija endlich los. »Auch wir könnten Freundinnen sein. Beste Freundinnen. *Fattar du?*«

Maija nickt, obwohl sie nicht weiß, worauf das Gespräch hinausläuft. Sie blickt auf den Papierbadeanzug, von dem nur noch eine Ecke an der Illustrierten hängt. Wenn sie die abgeschnitten hat, kann sie den Mannequins auf der mittleren Seite alle Kleidungsstücke anlegen.

»Ich hab gehört, dass du morgen nicht mit uns in die Stadt fährst.«

Maija nickt. Niemand wird gezwungen, an den Tagesausflügen nach Mariehamn teilzunehmen, allerdings fahren alle außer ihr immer begeistert mit. Für die anderen ist es der Höhepunkt des Monats.

»Dann brauchst du sicher nichts von deinem Taschengeld«, sagt Beth, und jetzt blickt Elsa vom Fußboden auf, als hätte sie den Zweck des grotesken Schauspiels endlich verstanden. Maijas Magen verkrampft sich.

»Du könntest mir wieder ein bisschen leihen«, fährt Beth fort. Sie verzieht den Mund zu einem Lächeln, das nicht bis zu den Augen reicht. »Ich zahl es dir natürlich bald zurück.«

Wer's glaubt. Maija weiß, dass sie keinen Pfennig mehr wiedersehen würde. Wie denn auch, allmählich gehen sie ja alle ihrer eigenen Wege. Würde Beth etwa Maijas neue Adresse ausfindig machen und ihr die Münzen per Post schicken? Sicher nicht.

Maija schüttelt den Kopf. Sie merkt, dass ihre Hände zittern, und greift nach der Schere, um ihre Angst zu verbergen.

»Denn was macht man mit Geld, wenn man nichts damit macht?« Beth lacht auf und wird blitzschnell ernst. »Wo ist dein Sparschwein?«

Elsa grinst triumphierend, tritt noch einmal kräftig gegen Maijas Schreibtisch und springt von der Fensterbank.

»Wo ist es, hübsches Mädchen?«, fragt sie, während Beth gähnend und ihre langen Arme reckend in die Mitte des Zimmers geht.

»Wo …«, hebt Elsa wieder an, doch Beth schüttelt den Kopf und legt einen Finger vor die Lippen.

»Wir sind keine Räuber«, sagt sie und winkt Elsa, ihr zu folgen. »Komm, Haxe. Und wie gesagt, kleine Maija, ich will dein Taschengeld nur *leihen*. Nicht stehlen. Das ist ein Riesenunterschied. Also erwarte ich, dass du deine Scherflein freiwillig in mein Zimmer bringst. Rechtzeitig vor dem Ausflug morgen.«

Elsa lacht los. Nun sieht sie nicht nur wie ein Ferkel aus, sondern hört sich mit ihrem grunzenden Lachen auch so an.

Maija spürt, wie die Wut in ihrem Inneren wächst.

»Nicht wahr? Ich möchte mir so gern einen neuen Lippenstift kaufen, und wenn ich den nicht bekomme … kriege ich richtig schlechte Laune, stimmt's, Elsa?«

»Ja, du wirst eine ganz böse Hexe«, kichert Elsa.

Dann verschwinden die beiden auf dem Flur und lassen die Tür weit offen. Maija blickt auf die Illustrierte und sieht, dass sie den einen Träger des Badeanzugs durchgeschnitten hat.

22

In der Nacht träumt Maija wieder dasselbe. In ihrem Traum singen die Heimkinder das Lied, zu dem die Leiterin sie jeden Abend zwingt. Maija weigert sich mitzusingen, und die Leiterin packt sie an den Haaren. Aber Maija weiß, dass sie auch künftig das Gebrüll der Leiterin und die Schläge mit dem Zeigestock auf die Finger wählen wird. Die Beschimpfungen und Drohungen. An den Haaren gezogen zu werden und Kopfnüsse zu ernten. In das verdammte Kirchenlied wird sie nie einstimmen.

Stattdessen steht Maija aus ihrem Bett auf, wirft einen Blick aus dem Fenster und stürmt voller Begeisterung auf den Hof. Sie rennt über den Rasen zum Seeufer und spürt den frischen Morgentau an ihren nackten Füßen. Aus dem Schornstein der Sauna steigt Rauch auf, dessen anheimelnder Geruch sich überall ausbreitet. Die Tür der Ufersauna knarrt, als Maijas Vater auf den Vorbau tritt und sich die Hände an einem schmutzigen Handtuch abwischt, als würde das etwas nutzen. Seine Hände sehen immer so schwarz aus wie das Handtuch und umgekehrt.

Zuerst schwimmen und dann in die Sauna.

Maija zieht das Hemd aus und läuft ins Wasser, obwohl die Sauna noch längst nicht heiß ist. Am flachen Ufer ist der Grund schlammig, und die Zehen versinken in dem weichen Schlick. Auf den Seerosenblättern hocken schläfrige Libellen, und die Wasserläufer hüpfen so graziös über das Wasser, dass ihre kleinen Beine kaum nass werden. Zum Schilf watet Maija nicht, dort schwimmen große Fische und schon der Gedanke, dass schleimige Schuppen ihre Haut berühren, ist ihr zuwider. Oder noch schlimmer: Womöglich würde ein großer Fisch nach ihr schnappen, nur um klarzustellen, dass das Schilf sein Revier ist und nicht das der Menschen.

Pass auf! Ein großer Hecht!, ruft ihr Vater, und Maija kreischt entsetzt auf.

Sie watet hastig zurück an Land, obwohl sie ahnt, dass ihr Vater sie nur aufzieht.

Er lacht, nimmt ein sauberes Handtuch vom Haken, geht in die Hocke und legt es um sie.

Das Handtuch, das in seiner Hand winzig aussah, reicht aus, um ihren ganzen Körper zu bedecken.

Natürlich, Maija ist ja noch klein, erst fünf, und der Vater ist in ihren Augen ein Riese mit gewaltigen Händen und breiten Schultern.

Gerade jetzt ist alles gut, und sie wünscht sich, dass der Traum nie aufhört.

Plötzlich dringt ein leiser Schrei an ihre Ohren, der nicht in ihren Traum gehört. Maija schreckt aus dem Schlaf, öffnet die Augen und sieht sich um. Sie ist nicht mehr in Kakskerta, dem Ort ihrer Kindheit, sondern auf dem kargen Fleck mitten im Meer, wo der Wind am Blechdach rüttelt. Einen Augenblick lang glaubt sie, dass sie sich das Geräusch nur eingebildet hat. Vielleicht hat sie ihren immer wiederkehrenden Traum mit einem vom See auffliegenden Kranich gefärbt, oder …

Sei leise.

Nein.

Maija setzt sich auf und schwingt die Beine aus dem Bett. Kraniche sprechen nicht, nicht einmal in ihren Träumen, die ihre Fantasie manchmal allzu sehr ausschmückt.

Die Stimmen kommen aus dem Flur hinter der Tür, und sie

gehören einem Mann und einer Frau. Einem Mädchen und einem Jungen.

Dann hört Maija ihn wieder, den gleichen Schrei, doch nun erkennt sie, dass es sich um ein seltsames Lachen handelt, das tief aus dem Bauch kommt, unkontrollierbar wie bei einem Tier.

Maija steht langsam auf und schleicht zur Tür. Als sie vorsichtig ein Ohr daran legt, hört sie, dass das unterdrückte Lachen weitergeht.

Sie öffnet die Tür einen Spaltbreit, leise und behutsam, damit sie nicht knarrt. Der Flur ist leer, aber in der Wachstube beim Eingang bewegt sich etwas. Eine dunkle Gestalt presst sich an den Körper von Martin, der erst vor einigen Wochen als Nachtwächter angefangen hat. Auf dem Tisch in seinem Kabuff brennt eine Tischlampe, die eigentlich nichts beleuchtet, sondern höchstens ein wenig gelbe Farbe in die Dunkelheit wirft.

»Hat dir das Geschenk gefallen?«, fragt Martin leise.

»Ich liebe es. Komm.«

»Ich kann nicht.«

»Gehen wir rudern«, sagt die Frauenstimme. Die blonden Haare schwingen hin und her, als die Frau den Kopf zurückwirft.

»Ich bin im Dienst, falls dir das entgangen ist.«

»Das hat dich letztes Mal auch nicht gestört«, erwidert die Frau und dreht den Kopf. Jetzt sieht Maija sie im Profil und begreift, dass sie gar keine Frau ist, sondern nur ein Mädchen. Ein langer, magerer Arm legt sich um Martins Hals, dann küssen sich die beiden lange und hingebungsvoll. Elisabeth hat ihre Zöpfe aufgeflochten und ihre Haare gebürstet. Die Locken schaukeln auf Martins Schultern.

»Was soll denn passieren? Die Schäfchen können nicht weglaufen. Wir sind hier auf einer Insel, Martin«, sagt Beth, als ihre Lippen sich voneinander lösen.

»Du bist dreizehn«, stöhnt Martin. »Ich kann schwer in die Klemme geraten.«

Beth schweigt eine Weile, dann stößt sie den Mann so heftig gegen die Brust, dass er beinahe das Gleichgewicht verliert. Maija hält den Atem an. Die Vernunft befiehlt ihr, die Tür zu schließen und in die Federn zu kriechen, doch ihre Beine verweigern den Gehorsam. So etwas hat sie noch nie gesehen, sie kann die elektrische Spannung fast riechen.

»Hältst du mich für ein Kind?«, faucht Beth. »Du bist ja selbst erst ... zwanzig?«

»Neunzehn.«

»Bestimmt hast du in meinem Alter noch mit Tannenzapfenkühen gespielt, Martin«, sagt Beth so leise, dass sie kaum zu hören ist. Dann greift sie nach Martins Hand und drückt sie resolut gegen ihre Brüste.

»Na?«, fragt sie. »Hat ein Kind so was?«

Martin lacht auf wie ein unsicherer Schuljunge.

»Na siehst du. Komm mit mir rudern, Martin. Bald ist es zu kalt dafür. Und wer weiß, vielleicht bin ich bald gar nicht mehr hier. Dann tut es dir leid um die verpasste Chance.«

Die beiden küssen sich wieder leidenschaftlich. Maijas Wangen glühen. Als sie von einem Bein auf das andere wechselt, bewegt sich die Tür und knarrt unheilverkündend. Martin schiebt Beth zurück und dreht den Kopf zu dem Geräusch hin. Eine kalte Welle überläuft Maija, sie hält die Luft an. Zum Glück ist es auf dem Flur so dunkel, dass Martin sie durch den Türspalt nicht sehen kann.

Trotzdem kommt es ihr einen Moment lang so vor, als würde Martin ihr direkt in die Augen blicken. Sie ist starr vor Entsetzen, aber nichts geschieht.

»Hast du das gehört?«, fragt Martin, doch Beth legt den Kopf an seine Brust.

»Da ist niemand«, sagt sie schwer atmend.

Maija zieht die Tür so leise zu, wie sie nur kann, schleicht zu ihrem Bett und kriecht unter die Decke. Sie rechnet damit, dass auf dem Steinfußboden im Flur Schritte dröhnen, dass die Tür aufgeht, dass sie den Lichtkegel von Martins Periskoplampe sieht. *Was spionierst du hier herum, Mädchen?*

Doch nichts geschieht. Im Haus herrscht wieder völlige Stille.

Maija liegt noch lange wach und überlegt, wie sich so ein Kuss wohl anfühlt.

23

Am nächsten Morgen wacht Maija auf, weil jemand an die Tür klopft. Schnell zieht sie die Bettdecke höher. In diesem Haus lassen sich die Türen nicht abschließen, weder von innen noch von außen. Das Kinderheim ist kein Gefängnis, andererseits müssen die Erwachsenen die Zimmer betreten können, wenn nötig. Darüber können sich weder Maija noch die anderen Kinder beschweren: Es ist geradezu ein Luxus, dass jedes Kind ein eigenes Zimmer hat. In vielen Waisenhäusern (so hat Armas aus dem Nachbarzimmer dieses Haus von Anfang an genannt) wohnt man viel enger, man schläft in Etagenbetten in großen Schlafsälen. Die Leiterin hat auch oft gesagt, dass die Zugvögel trotz der traurigen Ereignisse ausgesprochen privilegiert sind. Sie haben ein Dach über dem Kopf und bekommen zu essen und brauchen dafür nicht einmal zu arbeiten. Sie müssen sich nur vorbildlich benehmen, ihr Zimmer sauber halten und jeden Morgen ihr Bett machen. Und natürlich die Bibel lesen und das verdammte Kirchenlied singen.

Maija will gerade aufstehen, als die Tür geöffnet wird. Als Erstes sieht sie dunkelgrüne Wollsocken, nackte Waden und Knie und einen bis zum Oberschenkel reichenden weißen Rock. Den Oberkörper umhüllt eine kurzärmlige, geblümte Bluse mit einer Schleife am Revers. Beth ist unglaublich schön, aber besonders beeindruckt ist Maija von dem dunkelroten Lippenstift, der den Mund in Beths blassem Gesicht leuchten lässt.

»Wie gefällt es dir?«, fragt Beth und schließt die Tür hinter sich. Sie stützt die Hände in die Hüften und wirbelt herum wie ein Mannequin. Ihre Kleidung ist schön, aber offensichtlich schon von mehreren hübschen Mädchen getragen worden. Der weiße Rock ist an vielen Stellen geflickt, aber wer achtet schon auf so etwas. Der Lippenstift ist nicht mit Maijas Geld gekauft, Beth muss ihn irgendwo anders bekommen haben, denn der Ausflug nach Mariehamn findet erst heute statt.

Maija lächelt unsicher und nickt. Sie reibt sich die Augen und blickt auf den Wecker auf ihrem Nachttisch. Es ist fünf vor sieben. Der Wecker ist der einzige Gegenstand, den Maija all die Jahre mit sich getragen hat, seit sie Finnland verlassen hat. Es ist eine französische Uhr und offenbar viel älter als sie selbst. Neben den Briefen ihres Vaters ist der Wecker Maijas größter Schatz, und da Beth sich in letzter Zeit immer drohender verhält, hat Maija mehr und mehr Angst, dass er ihr gestohlen wird. In der Stadt könnte man ihn wahrscheinlich gegen ein ganz neues Kleid oder Schuhe eintauschen, und der Gedanke ist bestimmt verlockend für ein Mädchen wie Beth. Für ein Mädchen, das nur an sich selbst denkt.

»Hast du letzte Nacht gut geschlafen?«, fragt Beth, geht zu Maijas Bett und setzt sich ans Fußende. Der Rock steht ihr erstaunlich gut, die Haut an ihren nackten Beinen glänzt wie das Blech eines frisch gewachsten Autos. Ihre Haare hat sie oben auf dem Kopf zu einer Lockenwolke zusammengebunden, die an das Fell eines Pudels erinnert. Wie sie da auf dem Bett sitzt, hat sie eine verblüffende Ähnlichkeit mit Betty Grabble, die Maija auf einem großen Farbfoto gesehen hat, in Stöckelschuhen und einer ähnlichen Kombination von Rock und Bluse. In Maijas eigenen Zeitschriften finden sich solche Fotos zwar nicht, dafür aber in denen, die die Kinder in Martins Schreibtischschublade entdeckt haben.

Jedenfalls ist Beth an diesem Morgen so schön, dass sie bestimmt schon beim ersten Hahnenschrei aufgestanden ist, um vor dem Frühstück mit ihrer Frisur fertig zu werden.

»Na?«, fragt Beth und klopft Maija auf den Knöchel. »Hast du gut geschlafen?«

Maija nickt erneut und brummt zustimmend. Beth reißt die Augen weit auf und lächelt verschmitzt.

»Oho. Das Mädchen spricht ja«, sagt sie, und Maija nickt wieder. »Oder jedenfalls beinahe.«

Maija spielt mit dem Gedanken, etwas zu sagen, nach langer Zeit etwas auf Finnisch von sich zu geben. Richtige Worte, etwas anderes als nur *mmm* oder *ja*. Irgendetwas an Beths bezaubernder Erscheinung macht ihr Mut, mit ihren langen Armen und Beinen sieht Beth wie eine Erwachsene aus. Aber als Maija gerade den Mund aufmachen will, verschwindet das Lächeln von Beths Gesicht und stattdessen erscheint der bekannte, Angst einflößende Blick, der Maija an einen niederträchtigen, mitleidlosen Raubvogel denken lässt.

»Ich hab das Gefühl, dass dich letzte Nacht irgendwas wachgehalten hat«, fährt Beth fort, und Maijas Herz setzt einen Schlag aus. *Beth weiß es. Martin hat sie doch im Türspalt gesehen.*

»Vielleicht musstest du Pipi machen«, sagt Beth, tastet unter der Decke nach Maijas nacktem Knöchel und umfasst ihn behutsam. »Oder vielleicht wolltest du mal sehen, was wir Erwachsenen nachts treiben.«

Maija schluckt so vernehmlich, dass Beth es nicht überhören kann. Das Wort *Erwachsene* stößt ihr auf. Elisabeth ist zwar groß, schön und näher am Frausein als irgendein anderes Mädchen im Kinderheim, aber erwachsen ist sie wahrhaftig nicht. Noch lange nicht.

»So oder so, ich bin hier, um nachzusehen, ob bei dir alles in Ordnung ist. Und da du offenbar endlich anfängst zu reden, ist es vielleicht ganz gut, dass ich gekommen bin. Wer weiß, was für Märchen du erfindest, wenn du so richtig gesprächig wirst.«

Und nun fühlt Maija die Fingernägel an ihrem Knöchel.

»Verstehst du mich, kleine Maija?«

Der Griff wird härter und Maija spürt einen stechenden Schmerz. Beths Fingernägel bohren sich in ihre Haut, es tut fürchterlich weh.

»Ja«, sagt Maija schnell und nickt wie ein vorwärtseilendes Huhn. Eine Träne will ihr ins Auge steigen, sie wischt sich vorsichtshalber über den Augenwinkel, damit Beth sie nicht bemerkt. *Nicht weinen, Pandabär.*

Da lächelt Beth auf einmal wieder und lässt den Knöchel los. Sie lehnt sich zurück und legt den Kopf an die Wand. Maija sieht kaum wahrnehmbare blaue Flecken an ihrem Hals. Sie sieht sie, weil Beth es so will. Beth will ihr zeigen, dass sie kein Kind mehr ist. Dann zieht Beth eine kleine Metalldose aus dem Rockbund, die ein paar Zigaretten und eine schmale Streichholzschachtel enthält. Sie steckt sich eine Zigarette zwischen die Lippen und reißt ein Streichholz an.

Maija spürt, wie Panik ihren ganzen Körper erfasst. Rauchen ist den Kindern strengstens verboten, neben Alkohol und Unsittlichkeit ist es eine der Untaten, die mit einer Tracht Prügel oder noch Schlimmerem bestraft werden. Und jetzt qualmt Beth in ihrem Zimmer und bläst den Rauch zur Decke hoch.

Beth lässt den Rauch langsam aus ihren Nasenlöchern ziehen und schnippt die Asche unverfroren auf den Fußboden. Nach einigen theatralischen Zügen drückt sie die Zigarette zwischen den Backsteinen der Wand aus und steht auf. Die halb aufgerauchte Kippe fällt auf den Boden.

»Oho. Was ist denn das?«, fragt Beth plötzlich. Sie hat die Hand schon nach der Türklinke ausgestreckt.

Maijas Herz schlägt immer heftiger. Sie weiß genau, was Beth meint, obwohl sie nicht sofort in die Richtung blickt, in die Beth zeigt. Die Metallkassette ist normalerweise unter dem Bett versteckt, aber gestern Abend hat Maija sie auf dem Schreibtisch vergessen, nachdem sie bei Kerzenlicht die Briefe gelesen hat. Beth darf die Briefe nie zu Gesicht bekommen. Schon jetzt hat Maija Schwierigkeiten, sich in die Gruppe einzufügen, sie ist schon jetzt eine seltsame Außenseiterin, neben die sich im Speisesaal niemand setzen will. Aber wenn Beth in die Kassette spähen und die Briefe finden würde, die Maija im Lauf der Jahre von ihrem Vater bekommen hat, und dazu noch das Tagebuch, das sie in den letzten Wochen besonders eifrig geführt hat, wäre sie endgültig als Närrin abgestempelt. In diesem Haus hält man nichts davon, in der Vergangenheit zu schwelgen. Sie sind Waisen, und die kommen in der Welt nicht zurecht, wenn sie Heulsusen sind. Weinen gehört in die Kindheit, in die Zeit vor Schweden. Insofern hat Beth wohl recht. Sie ist kein Kind mehr. Sie alle sind keine Kinder mehr.

Beth lässt den Blick zwischen der Kassette und Maija hin und her wandern. Dann öffnet sie die Tür.

»Siehst du? Wir alle haben Geheimnisse«, sagt sie, zwinkert Maija zu und verzieht sich auf den Flur.

Maija verspürt grenzenlose Erleichterung. In aller Eile öffnet sie das Fenster und wirft die stinkende Kippe möglichst weit hinaus.

24

Es ist herbstlich kühl, doch der Wind ist nicht allzu schneidend, und auch die Sonne scheint am fast wolkenlosen Himmel. Maija zieht ihren blauen Mantel an, den einzigen, den sie besitzt. Er ist nicht besonders warm, aber als die Sundbergs sie in Uppsala auf die Heimreise geschickt haben, wussten sie nicht, dass sie ihr Kleidung für den Herbst und womöglich sogar für den Winter hätten mitgeben müssen. Maija hätte inzwischen ja längst bei ihrem Vater in Kakskerta sein sollen.
Ich komme dir entgegen, Pandabär.
Maija geht durch den dichten Nadelwald, spürt den weichen Waldboden unter ihren Füßen und hört, wie die Flechten, die nach einigen regenlosen Tagen härter geworden sind, unter den Schuhsohlen knirschen. Sie klettert auf einen Felsen, der im Wald aufragt. Auf der moosbewachsenen Fläche liegen dünne Kiefernstämme, deren Rinde sich teilweise abgeschält hat. Bockkäferlarven haben Muster in die kahlen Stellen gefressen. Oben angekommen, bleibt Maija stehen und blickt nach Westen, zum Ufer und zu der Schärenlandschaft, die sich dahinter erstreckt. Wenn sie hier steht, glaubt sie manchmal, sich aus ihrer frühen Kindheit an einen ähnlichen Horizont zu erinnern, der sich ganz in der Nähe ihres Zuhauses auftat. Sie ist sich nicht sicher, ob die Erinnerungsbilder erst später entstanden sind, aus den ausführlichen Schilderungen in den Briefen ihres Vaters. Er hat oft über den See Kakskerranjärvi geschrieben, an dessen Ufer

ihr Haus steht, und erzählt, ihr Zuhause sei auch insofern etwas Besonderes, als das Seeufer nur anderthalb Kilometer vom Meer entfernt ist. Daraus hat er sein eigenes Sprichwort gebildet: Das Haus der Ruusunens ist da, wo sich Süßwasser und Salzwasser begegnen. In diesem Satz kristallisiert sich seiner Meinung nach ihr ganzes Leben. Es ist nicht immer leicht, aber auch schwere Zeiten gehen irgendwann zu Ende.

Dann sind wir wieder zusammen, Pandabär.

In dem Punkt hat ihr Vater sich geirrt. Statt dass am Ende alles gut ausging, ist es nur noch komplizierter geworden. Maija erstickt fast vor Trauer und Wut, wenn sie auch nur daran denkt: Ihr Vater hat den Krieg lebend und unversehrt überstanden, nur um in einem Sturm zu ertrinken, zu einer Jahreszeit, in der man erwartet, dass das Meer die Reisenden ruhig und gastfreundlich behandelt.

Maija setzt ihren Spaziergang durch den Wald fort, bis sie einen schmalen Sandweg erreicht. So weit nach Süden ist sie noch nie gewandert, und sie weiß nicht, wie viel Zeit vergangen ist. Vor der Andacht und dem Abendessen, das um halb sieben im Speisesaal serviert wird, muss sie wieder in ihrem Zimmer sein.

Maija geht am Rand des Sandwegs entlang. Der Wald um sie herum lichtet sich, und bald sieht sie die Uferlinie und dahinter die wie Perlen an einer Kette aufgereihten Inseln. Die Landschaft ist ganz anders als das offene Meer, das man von den Fenstern des Waisenhauses aus sieht. Maija denkt, dass sie lieber hier wohnen würde, wo man vom Fenster aus noch etwas anderes sehen würde als das wild wogende Meer. Das gelblich verfärbte Laub der Bäume auf den gegenüberliegenden Inseln beruhigt sie irgendwie. Wenn das Schiff, auf dem ihr Vater aus Turku anreiste, an einer Stelle wie dieser gekentert wäre, hätte er es vielleicht geschafft, zur nächsten Insel zu schwimmen, und wäre am Leben geblieben.

Zwischen den Bäumen schimmert eine rote Wand, vor dem

dunklen Himmel zeichnet sich ein Schornstein ab, aus dem Rauch aufsteigt. Maija wagt sich näher heran und sieht nun das Gutshaus in seiner ganzen Pracht, den grünen Rasen vor dem Gebäude, die Beerensträucher, die Apfelbäume, den riesigen Kuhstall und die Holzschuppen am Ufer. Dieses Haus ist viel schöner als das, in dem die Zugvögel in den letzten Wochen gewohnt haben.

Plötzlich geht die Tür auf, und jemand erscheint auf der Vortreppe. Maija erschrickt, tritt einen Schritt zurück und fällt der Länge nach in das trockene Laub. Dann steht sie schnell auf und ergreift die Flucht. Im Laufen hört sie, dass der Mann ihr etwas nachruft. Sie beschleunigt ihre Schritte und hält erst vor dem Waisenhaus an. Die Worte des Mannes, der auf der Veranda aufgetaucht ist, dröhnen ihr auf dem ganzen Weg in den Ohren. *Hab keine Angst, kleines Mädchen.*

25

Als Maija über den Hof geht, sieht sie, dass sich in ihrem Zimmer jemand bewegt. Die letzten Strahlen der Abendsonne spiegeln sich jedoch so in der Fensterscheibe, dass sie nicht erkennen kann, ob es eins der Kinder ist oder etwa die Heimleiterin Boman.

Sie rennt los, steigt die Vortreppe hoch und zieht die schwere Holztür auf. Ihr linker Knöchel tut weh, sie hat ihn sich im Wald verstaucht. Maija betritt den Flur und hört, dass sich eine Tür schließt, sieht aber niemanden. In Armas' Zimmer schleifen Stuhlbeine über den Boden.

Maija eilt ans Ende des Flurs und wirft einen Blick auf die Wachstube, in der tagsüber niemand sitzt. Der Nachtwächter kommt jeden Abend um neun Uhr, dann müssen alle bettfertig sein und im Haus werden die Lampen gelöscht.

Maija öffnet die Tür zu ihrem Zimmer, doch es ist leer. Der stechende Geruch einer gerade gerauchten Zigarette und die immer noch glühende Kippe auf dem Boden verraten jedoch, dass gerade eben jemand hier war. Maija drückt die Kippe mit der Schuhspitze aus, wirft sie in den Papierkorb und öffnet das Fenster, um frische Luft hereinzulassen.

Ihre Hände zittern vor Aufregung. *Was will die verdammte Beth denn noch?* Maija hat doch versprochen, keinem von dem nächtlichen Getändel zwischen Beth und dem Nachtwächter zu erzählen. Fürchtet Beth, kein neues Zuhause zu finden, wenn die Menschen erfahren, was sie nachts mit diesem Mann treibt? Oder hat der Mann am meisten Angst? Die Leiterin würde es bestimmt nicht gutheißen, dass er mit einem Kind herummacht.

In dem Moment erinnert Maija sich an die Briefe.

Ihr Herz setzt einen Schlag aus, als sie zum Bett rennt, sich davor auf den Boden legt und den Arm darunterschiebt, immer weiter, bis ganz hinten an die Wand. Sie spürt die Kassette an den Fingerspitzen und seufzt erleichtert auf. Dann legt sie ihre Finger um den Messinggriff und öffnet den Deckel. Die Briefe ihres Vaters sind an ihrem Platz, ebenso ihr Tagebuch, Gottseidank. Aber Maija kennt Beths Schliche, garantiert hat Beth nach der Kassette gesucht. Vielleicht hatte sie nur zu wenig Zeit. Das ist Maijas Glück. Aber es ist sonnenklar, dass Beth nicht aufgibt, bis sie gefunden hat, was sie sucht. Maija muss etwas tun, sie muss die Kassette irgendwo verstecken und erst wieder zurückholen, wenn Beth endlich verschwunden ist. Aus irgendeinem Grund ist sie sicher, dass Beth früher ein neues Zuhause finden wird als sie selbst.

26

Nachdem es im Waisenhaus still geworden ist, öffnet Maija ihr Zimmerfenster und beugt sich vor, um nach unten zu schauen. Die Fallhöhe erscheint ihr groß, obwohl das Haus einstöckig ist. Maija hebt die Kassette auf die Fensterbank und öffnet sie. Sie wirft einen letzten Blick auf den Stapel, der aus Dutzenden Briefbögen besteht. Die teilweise vergilbten Bögen enthalten so viel Gefühl. Die ersten Briefe hat ihr Vater aus Kakskerta geschickt, aber später hat er aus der Kaserne und von der Front geschrieben. Auf einigen steht neben seiner Unterschrift ein Ortsname, auf anderen nur *hier irgendwo*. Die Briefe sind mit Liebe, Schweiß und Tränen gesättigt. Manchmal ist die Handschrift gleichmäßig, doch in einigen Briefen glaubt Maija Momente zu erkennen, in denen ihr Vater Angst gehabt hat. Er selbst hat nie angedeutet, dass er sich fürchtet. Dass sie sich vielleicht nie wiedersehen werden. Aber nachdem Maija die Briefe wieder und wieder gelesen hat, ist ihr klar geworden, dass ihr Vater sie vor der furchtbaren Wahrheit schützen wollte. Maija legt die Finger an die Lippen und drückt dann einen Kuss auf den obersten Brief.

Wir sehen uns bald wieder, Pandabär.
Bis bald, Vati.

Solange die Briefe existieren, ist ihr Vater bei ihr.

Maija blickt erneut zum Fenster hinaus, um sich zu vergewissern, dass dort draußen niemand ist. Die Bahn ist frei.

Sie schließt die Kassette und umwickelt sie mit einer dicken Schnur, die sie in der Küche gefunden hat. Maija fürchtet, dass die Schnur reißt, doch es gelingt ihr, die schwere Kassette unbeschädigt bis auf die Grasfläche herunterzulassen. Dann klettert sie rückwärts durch das Fenster und stellt die Fußspitzen auf den Rand des Sockels. Der ungleichmäßige Verputz kratzt ihr die Knie auf, Maija verzieht vor Schmerz das Gesicht und lässt das Fensterbrett los. Laut dröhnend landen ihre Füße auf der Erde. Der verletzte Knöchel schmerzt heftig. Sie bleibt eine Weile hocken, voller Angst, dass hinter den Fenstern Licht angeht und die Tür geöffnet wird. Dass Martin angelaufen kommt, brüllt und sie an den Haaren zieht. Doch nichts geschieht. Maija klemmt sich die Kassette unter den Arm, knipst die Taschenlampe an, die sie aus der Schublade des Nachtwächters stibitzt hat, und geht am Haus entlang zu dem dahinterliegenden Wald.

An der Ecke der Hauswand ist ein Gestell befestigt, an dem Hacken, eine Mistgabel und eine Schaufel hängen. Maija nimmt die Schaufel mit und stapft zwischen zwei großen Felsen in den Wald. Die niedrighängenden, feuchten Fichtenzweige streifen ihr Gesicht, als sie tiefer in den Wald vordringt, zu einer Stelle, von der sie weiß, dass der Erdboden dort weich ist. Ihr Blick fällt auf einen Felsblock, der mit seiner verblüffend glatten Oberfläche an ein halbes Hühnerei erinnert. Maija packt die Schaufel und stößt die Spitze in die Erde. Im Graben ist sie geübt, denn in Uppsala war sie für die Gartenarbeit zuständig.

Außerdem erfordert die Kassette keine besonders große Grube. Schon bald legt Maija sie vorsichtig hinein.

Ich komme wieder, flüstert sie auf Schwedisch und so leise, dass nicht einmal der dunkle Wald um sie herum es hört. Sie fühlt sich unendlich traurig, als ihr bewusst wird, dass sie die Briefe eine Weile nicht lesen kann.

»Hallo? Maija?«

Maija stockt der Atem. Das Licht einer Taschenlampe fährt über die Baumwurzeln in der Nähe des Hauses. Schnell knipst Maija ihre eigene Lampe aus und häuft in aller Eile mit den Händen Erde über die Kassette. Ihre Augen haben sich noch nicht an die Dunkelheit gewöhnt, alles ist schwarz.

»Ich höre dich!«, fährt die Stimme fort. Sie gehört Martin, der offenbar gemerkt hat, dass Maija aus dem Fenster geklettert ist. Maija tritt die Erde fest und schiebt hastig nasse Blätter darauf. Sie weiß, dass sie erwischt wird, das ist unausweichlich, aber es darf auf keinen Fall hier geschehen. Martin darf sie nicht mit der Schaufel bei dem Versteck finden. Die Schaufel in der Hand, rennt sie zum Ufer. Die Dunkelheit kennt keine Gnade, Maija fällt hin, der Griff der Schaufel schlägt gegen ihr Zwerchfell und nimmt ihr den Atem. Sie unterdrückt ein Schluchzen und beißt die Zähne zusammen, steht auf und stürzt bald wieder. Die Taschenlampe gleitet ihr aus der Hand, und sie tastet vergeblich nach ihr.

»Komm her, verdammt!«

Schließlich erreicht Maija den Sandplatz. Sie tritt zwischen den Bäumen hervor, das Licht der Taschenlampe blendet sie.

»Maija, verdammt!«

Martin geht auf Maija zu, der Sand knirscht unter seinen festen Schritten. Er packt Maija am Arm und zieht sie zum Haus. Sie stolpert hinter ihm her und schreit vor Schmerz auf, als die Schaufel gegen ihr Schienbein schlägt.

»Was zum Teufel tust du hier draußen, mitten in der Nacht? Mit der Schaufel?«, fragt der Nachtwächter nervös, er schreit fast. Maija sieht, dass hinter den Fenstern Licht angeht, erst an einem, dann am nächsten. Der Zwischenfall hat die anderen Bewohner geweckt.

»Antworte gefälligst!«, brüllt Martin, bleibt stehen und reißt ihr die Schaufel aus der Hand. Er betrachtet die Erdklumpen am Schaufelblatt und Maijas schmutzige Hände. Martin ist zwar dumm, aber nicht so dumm, dass er diese einfache Gleichung nicht lösen könnte. Er richtet den Blick auf den Wald.

»Was hast du da gemacht?«, fragt er. »Hast du gegraben?«

Maija gibt keine Antwort. Sie würde auch dann nicht antworten, wenn sie es könnte.

»Sprich, du Miststück!« Martin tritt einen Schritt näher.

Maija schließt die Augen. Vielleicht wird der Mann sie schlagen oder ihr zumindest eine knallen, wie die Leiterin, als Maija sich geweigert hat zu singen. In Uppsala hat sie sich manchmal gewünscht, Ohrfeigen zu bekommen. Sie hätte gern gespürt, dass ihre neuen Eltern wenigstens so viel Interesse für sie aufbrachten, dass sie sich die Mühe machten, sie zu züchtigen. Aber sie bekam nur verdrossene Blicke und den Befehl, an die Arbeit zu gehen. *Man sieht dir an, dass du keine Sundberg bist.*

»*Jag vet om dig och Elisabeth*«, sagt Maija und unterdrückt ihr Schluchzen. Sie will, dass Martin wütend wird und sie schlägt. Ebenso gut kann er sie umbringen, sie hat keinen Grund mehr, zu leben.

Einige unendlich langsame Sekunden vergehen.

Martin schlägt sie jedoch nicht. Er blickt zum Waisenhaus und holt tief Luft. Seine Augen sind voller Wut.

»Wenn du keine Probleme willst, hältst du den Mund«, sagt er leise auf Schwedisch.

Maija schüttelt heftig den Kopf. Ihre Hände zittern.

Martin packt sie hinten am Nachthemd, wirft die Schaufel auf die Erde und schleift Maija zum Haus. Das Nachthemd reißt am Ausschnitt, und der Stoff drückt gegen ihren Hals.

Als sie bei der Tür ankommen, blickt Maija zu dem Fenster neben der Küche auf. Beth hat ihr lachendes Gesicht an die Scheibe gedrückt und lässt einen Finger an ihrer Schläfe kreisen. Ihre Lippen bilden ein Wort, das Maija in diesem Haus schon öfter zu hören bekommen hat. *Verrückt.*

27

Maija steht am Fenster und beobachtet, wie Eila einem korpulenten Paar zum Anleger folgt. Sie denkt bei sich, dass der Mann und die Frau während des Krieges wohl anderen etwas weggegessen haben, um nicht abzumagern.

Den Gerüchten nach ist Eilas neues Zuhause in Tammirinne am Ufer des Flusses Vantaanjoki, auf dem Land, aber gleichzeitig ganz nah bei der Hauptstadt.

Maija ist übel. Ihre Stirn ist schweißnass. Sie hat Kopfschmerzen, und trotz der Wollsocken und der zweifachen Kleidung friert sie ständig. Schon seit vier Tagen nimmt sie nicht am Unterricht teil, sondern liegt nur im Bett und starrt an die Decke.

Es klopft. Gleich darauf wird die Tür geöffnet, und Martin steht auf der Schwelle. Er trägt nicht seine helle, militärisch wirkende Uniform, sondern eine unten ausgestellte Hose und ein zerknittertes Hemd mit einem Ölfleck am Bauch.

»Darf ich kurz reinkommen?«, fragt Martin ruhig und tritt ein, ohne die Antwort abzuwarten. Er geht an den Schreibtisch und setzt sich. Maija spürt, dass ihre Ohren glühen, sie ist den Tränen nahe. Bestimmt ist Martin gekommen, um ihr eine Tracht Prügel zu verpassen. Allerdings sieht er bei Tageslicht irgendwie schüchtern und harmlos aus. Und außerdem jünger, als er ist. Die blonden Locken fallen ihm über die Augen, und seine Wangen sind gerötet, als wäre er gelaufen.

»Ja, also«, beginnt Martin zögernd, »ich möchte mich entschuldigen, weil ich neulich auf dem Sandplatz so grob war. Aber du weißt doch, dass man nicht mitten in der Nacht zum Fenster rausklettern darf.«

Maija nickt unsicher. Sie lehnt sich mit dem Rücken gegen die Wand und zieht die Decke fester um sich.

»Nachts trage ich die Verantwortung für euch. Da verliert man leicht die Beherrschung, wenn jemand sich nicht an die Regeln hält. Das verstehst du doch, Maija?«

Maija nickt wieder.

»Gut«, sagt Martin und kaut auf der Unterlippe.

Maija erwartet, dass er etwas über Beth sagt und darüber, was in der Wachstube passiert ist, doch stattdessen klatscht er sich auf die Beine und steht auf, als gäbe es nichts mehr zu bereden.

»Ach ja«, sagt er und greift in die Hosentasche. »Für dich ist ein Brief gekommen.«

Maijas Herz setzt einen Schlag aus. *Ein Brief?*

»Vorausgesetzt …« Martin runzelt spaßhaft die Stirn, »… dass Eure Hoheit die Prinzessin Maija Ruusunen ist.«

Maijas Hände sind feucht geworden. Martin reicht ihr einen weißen Briefumschlag, auf den mit Schreibmaschine ihr Name geschrieben ist.

»Na dann, einen schönen Tag noch«, wünscht er, öffnet die Tür und verschwindet.

Es dauert eine Weile, bis Maija sich traut, den Blick von der Tür zu lösen. Sie hört die Schritte des Mannes auf dem Flur widerhallen. Dann fällt die schwere Haustür zu. Maija springt aus dem Bett, eilt ans Fenster und sieht Martin zu dem Anleger gehen, an dem die dreimal täglich ankommende Fähre schaukelt.

Ihr Herz rast, und es kommt ihr vor, als würde das Fieber weiter steigen.

Prinzessin Maija Ruusunen.

Nur ein Mensch nennt sie so. Nur ein Mensch hat ihr jemals Briefe geschickt. Aber es ist doch nicht möglich. Absolut nicht.

Maija nimmt die Schere vom Tisch und schlitzt den Umschlag auf. Der auf einen weißen Briefbogen getippte Text verschwimmt ihr vor den Augen, sie muss genau hinsehen, um ihn zu entziffern. Ihre Hände zittern so sehr, dass das Papier raschelt. Maija liest den Brief und betrachtet die Unterschrift, die von ihren Tränen genässt wird.

28

2020

Die Haustür des Hauptgebäudes hat ein rundes Fenster, das an eine Schiffskajüte erinnert. Zu beiden Seiten der Tür sind breite Tröge an die Wand gedübelt, in die Astrid zweifellos Blumen pflanzt, sobald es Frühling wird. Ein wenig weiter weg, in der Nähe der Werkstatt an der Ecke des Hauptgebäudes, steht eine Tonne, die das Regenwasser auffängt.

Jessica betritt das Haus, bleibt kurz in der Diele stehen und blickt durch die Türöffnung in das Kaminzimmer. Im Kamin brennt kein Feuer, seine warme Glut ist kühlem Halbdunkel gewichen. Jessica starrt auf die leere Feuerstätte: Sie spürt den rauchigen Whisky im Mund und hört Åkes Worte.

Astrid hält sie für eine Spukgeschichte.

Wie in aller Welt ist es dazu gekommen, wieder einmal? Der Tod folgt Jessica selbst dann, wenn sie Urlaub hat.

Jessica schlüpft in den Speisesaal und setzt sich an einen Fenstertisch. Astrid hat das Frühstücksbüffet mit den üblichen Delikatessen gefüllt: Aufschnitt, Obst, Käse, ein halbes Dutzend verschiedene Sorten Fisch und ein Topf mit Butter verfeinertes Getreideporridge. Doch Jessica hat keinen Hunger. Sie erinnert sich an ihren nächtlichen Spaziergang im Norden der Insel. An das verlassene Waisenhaus. An das Mädchen auf dem Anleger, an die gerstenfarbigen Haare unter der weißen Baskenmütze.

»Es ist Elisabeth.« Eine heisere Stimme reißt Jessica aus ihren Gedanken.

Der alte Mann steht an der offenen Tür. Er lehnt sich an den Türrahmen, obwohl er einen Spazierstock in der linken Hand hält. Sein runzliges Gesicht ist schmal, die Augen liegen tief in den Höhlen, und sein Kopf ist fast kahl. Sein Äußeres erinnert an das berühmte Gemälde von Edvard Munch, es fehlt nur noch, dass aus dem offenen Mund ein Schrei käme.

»Bitte?«, fragt Jessica, obwohl sie weiß, was er meint.

Der alte Mann kommt schräg nach vorn gebeugt näher, die Hand mit dem Spazierstock ausgestreckt. Als hätte der Stock es eilig, den Mann zu bewegen und nicht umgekehrt. Der Rücken ist so krumm, dass es aussieht, als würde der Mann auf seine Schuhspitzen spähen.

»Der Zirkus ist auf der Insel angekommen«, sagt er. »Und Elisabeth steht im Mittelpunkt. Wieder einmal.«

Jessica nickt nur, denn sie weiß nicht, was sie darauf erwidern soll. Sie überlegt, ob sie dem alten Mann, der sich so mühsam bewegt, helfen müsste, sich hinzusetzen. Ihr kommt Erne in den Sinn, der bis zum Schluss an seiner Selbstständigkeit festhielt, und sie beschließt, dem Mann keine Hilfe anzubieten. Er wird schon darum bitten, wenn er sie braucht.

»Armas Pohjanpalo«, stellt sich der Mann vor, zieht einen Stuhl vom Nachbartisch heran und setzt sich.

»Jessica Niemi, sehr angenehm.«

»Jessica«, sagt Armas freundlich, schüttelt dann den Kopf und blickt wehmütig zum Fenster hinaus. »Ich fürchte, über unserer ersten Begegnung hängt eine pechschwarze Wolke.«

»Da haben Sie wohl recht.«

»Åke hat mir die traurige Nachricht überbracht, aber nicht erzählt, was genau passiert ist.«

Jessica verschränkt die Arme vor der Brust und lehnt sich zurück, während der Mann an ihr vorbei durch das Fenster schaut. In Anbetracht der Situation verhält Armas sich merkwürdig gefasst, auch wenn auf seinem Gesicht Trauer liegt.

»Wissen Sie, was ihr zugestoßen ist?«

»Nein«, antwortet Jessica. Sie weiß nicht genau, warum sie das Bedürfnis hat, einen erwachsenen Menschen vor der Wahrheit zu schützen. »Sie ist wohl ertrunken.«

Armas senkt den Blick auf den Tisch, schluckt zweimal und nickt dann.

»Na so was.«

Jessica wirft einen raschen Blick auf seine Kleidung: saubere Lederschuhe, Samthose und ein dunkelblauer Pullover, unter dem ein weißer Hemdkragen hervorschaut. Sein Aufzug ist nicht festlich, aber auffällig korrekt für das Frühstück in einem einfachen Gasthof. Vielleicht ist es nur ein kultureller Generationsunterschied. Jessica selbst trägt in Smörregård lockere, bequeme Hauskleidung, denn auf der Insel, deren Bewohner sich kleiden wie norwegische Walfänger, hat sie einfach keine Lust, sich um ihr Äußeres zu kümmern.

»Mein Beileid«, sagt sie.

»Danke«, antwortet der Mann und macht sich auf den Weg zum Büffet. Jessica hat einen Augenblick lang den Eindruck, dass er die wenigen Meter müheloser zurücklegt als zuvor, doch dann wird sein Rücken wieder krumm.

Die Kuckucksuhr schlägt die halbe Stunde, aber Armas achtet nicht darauf. Es kann natürlich sein, dass er müde ist, doch sein Verhalten ist irgendwie seltsam. Wenn Jessicas Jugendfreund tot am Ufer läge, wäre sie um jeden Preis hingeeilt. Aber Armas schaufelt sich gebeizte Maräne auf den Teller, als wäre nichts geschehen.

»Um welche Zeit haben Sie Elisabeth gestern Abend zuletzt gesehen?«, fragt Jessica. Armas zuckt zusammen.

»Bitte?«, sagt er heiser und runzelt die Stirn. Er holt röchelnd Luft. Dann kommt er mit dem Teller an den Tisch zurück und setzt sich.

Jessica ist von ihrer Frage selbst überrascht, es ist diesmal nicht ihre Aufgabe, Erkundigungen einzuziehen. Tatsächlich sollte sie unbedingt die Finger von der Sache lassen, rasch frühstücken und dann in ihrem Zimmer warten, bis die Polizei bei ihr anklopft.

»Ich dachte nur …«, fährt sie trotzdem fort, »erinnern Sie sich, ob sie nach dem Abendessen in ihr Zimmer gegangen ist?«

Armas reibt sich die Fingerknöchel und scheint über die Antwort nachzudenken. Dann schüttelt er den Kopf.

»Ich bin als Erster nach oben gegangen. Fast gleich nach dem Dessert, gegen zehn Uhr«, sagt er. Offenbar findet er Jessicas Frage nicht verwunderlich. »Die Mädchen sind noch geblieben und haben miteinander geplaudert.«

Jessica nickt. Es ist also theoretisch möglich, dass Elisabeth vor ihrem Tod nicht mehr in ihr Zimmer gegangen ist oder sich zumindest nicht schlafen gelegt hat. Andererseits lässt sich das bestimmt auch aus der Kleidung schließen, in der ihre Leiche gefunden wurde. Wenn Jessica nur an die Polizeiberichte käme …

Nein. Nein. Nein. Hör auf!

Jessica schließt die Augen. Sie ist im Moment keine Polizistin. Es ist nicht ihre Aufgabe zu klären, ob die alte Frau im Abendkleid oder im Schlafanzug ertrunken ist.

»Astrid hat erzählt, dass Sie Mordermittlerin sind«, sagt Armas plötzlich, als hätte er Jessicas Gedanken gelesen.

Jessica lächelt freudlos, in ihrem Inneren brodelt es. Elisabeth hatte recht, die Wirtin kann offenbar nicht den Mund halten. Oder betraf ihr Verschwiegenheitsgelöbnis nur das angebliche Krimiprojekt?

»In Helsinki, ja«, antwortet Jessica. »Aber hier nicht.«

Armas verzieht den Mund und nickt.

Jessica fühlt sich, als würde jemand mit dem Finger gegen ihren Unterleib drücken, der Geruch nach rohem Fisch schwebt durch den Raum und steigt ihr in die Nase. Sie steht auf, geht ans Büffet und nimmt einen Apfel aus dem Obstkorb. Vielleicht verschwindet die Übelkeit, wenn sie etwas Frisches isst.

»Es passiert wieder.«

Jessica schrickt auf und dreht sich zu dem alten Mann um. Das Obstbesteck fällt klappernd auf den Boden.

»Was?«

Der alte Mann gibt keine Antwort, sondern starrt nur auf das Meer. Offenbar hat Armas Pohjanpalo doch die Fassung verloren, seine Worte scheinen nichts zu bedeuten.

»Wie gesagt, mein Beileid zum Tod Ihrer Bekannten«, sagt Jessica und geht an dem Stuhl des Alten vorbei, spürt aber plötzlich einen entschlossenen Griff um ihr Handgelenk. Sie sieht nach unten und begegnet dem Blick des Mannes, der verblüffend unerschütterlich geworden ist.

»Hören Sie«, sagt Armas, und Jessica bemerkt eine Träne in seinem Augenwinkel. Die Finger seiner freien Hand zittern. »Ich habe es gesehen.«

»Was?«

Armas schluckt, er spricht im Flüsterton weiter.

»Von meinem Zimmer aus überblickt man den ganzen Hof, zwischen den Apfelbäumen sieht man bis zu den Bootsschuppen.«

Jessica würde sich am liebsten aus seinem Griff losreißen, es wäre zweifellos leicht, doch die Finger an ihrem Handgelenk sind eher ein verzweifelter Hilferuf als eine ernsthafte Bedrohung.

»Was haben Sie gesehen?«

Armas leckt die Träne ab, die inzwischen bis zum Mund gerollt ist. Seine Augen röten sich, seine Zahnprothese wird sichtbar, als er voller Abscheu das Gesicht verzieht.

»Maija. Maija hat in der Nacht mitten auf dem Hof gestanden. Und ich bin mir sicher, dass sie Beth umgebracht hat.«

29

Jessica stürmt in ihr Zimmer, schließt die Tür hinter sich und rennt ins Bad. Sie klappt den Klodeckel auf und kniet sich vor die Schüssel. Der Druck im Unterleib ist noch stärker geworden, ihre Beine fühlen sich kraftlos an. Aus der Speiseröhre kommt jedoch nur Luft. Jessica hüstelt ein paarmal und überlegt, ob sie sich die Finger in den Hals stecken soll, um den Brechreiz in Gang zu setzen.

Maija hat in der Nacht mitten auf dem Hof gestanden. Und ich bin mir sicher, dass sie Beth umgebracht hat.

Sie gibt erst einmal auf, hebt den Kopf, sammelt den Speichel in ihrer Kehle und spuckt ihn aus. Dann sackt sie gegen die Wand und zieht die Knie an. Ist auch der alte Mann verrückt geworden? Oder hat er tatsächlich in der letzten Nacht Maija auf dem Hof gesehen? Und wenn es so ist, war das, was Jessica gestern gesehen hat, doch keine Halluzination? Vielleicht stand doch jemand am Anleger. Jemand, der etwas mit Elisabeths Ertrinken zu tun hat.

Da klopft es. Jessica hievt sich auf die Beine.

Sie öffnet die Tür und sieht sich einem etwa fünfzigjährigen Mann in einer dicken, dunkelblauen Segeljacke gegenüber. Er hat dicke Wangen, einen unverhältnismäßig kleinen Mund und auffällig blaue Augen. Auf seinem Gesicht wuchert ein Dreitagebart.

»Polizei, guten Morgen«, sagt der Mann auf Schwedisch. Er

hat die Mütze abgenommen, seine dichten Haare kleben an der nassen Stirn.

»Guten Morgen«, antwortet Jessica.

»Sie sprechen Schwedisch, habe ich gehört«, sagt der Mann und Jessica nickt. »Ich heiße Johan Karlsson, ich bin Kriminalkommissar«, fährt er fort und verstummt dann plötzlich, als hätte er etwas Wichtiges vergessen. »Tja, Sie wissen offenbar schon, was passiert ist?«

Jessica nickt wieder, sie beginnt in ihrer Jacke zu schwitzen.

»Können wir uns draußen unterhalten?«

Karlsson antwortet nicht sofort, sondern lässt den Blick durch Jessicas Zimmer schweifen, als hätte sie dort etwas verborgen. Dann nickt er und geht durch die kleine Diele zur Haustür.

»Ein sehr bedauerlicher Fall«, sagt er, während er Stift und Notizblock aus der Brusttasche seiner Jacke zieht.

Jessica nickt und folgt ihm nach draußen in den kalten Wind.

Sie verschränkt die Arme vor der Brust und betrachtet die Fahnenstange, das Hauptgebäude und die im Wind tanzenden Äste der Apfelbäume.

Johan Karlsson fragt Jessica nach ihrem Namen, ihrer Anschrift und ihrer Telefonnummer. Jessica nennt als Adresse ihre Einzimmerwohnung in Töölö.

»Zweck der Reise?«

Die Frage ist idiotisch, und Jessica fühlt sich versucht, eine schlagfertige Bemerkung über die jährliche Robbenkonferenz auf Smörregård zu machen.

»Urlaub«, antwortet sie dann doch nur ausdruckslos, aus Respekt vor dem Ernst der Lage und der ins Boot gehobenen Toten.

»Ich habe gehört, dass Sie Polizistin sind.«

Jessica flucht insgeheim über Astrids Geschwätzigkeit.

»Hier spricht sich aber alles schnell herum.«

»Ich habe es von den Notrettern gehört«, erklärt Karlsson und holt eine Zigarettenschachtel aus der Tasche. Er entnimmt ihr jedoch keine Zigarette, sondern scheint nur nachzuzählen, wie viele er noch hat.

Jessica kommt sich dumm vor. Tatsächlich, aus irgendeinem Grund hat sie am Ufer ja selbst sofort gesagt, dass sie Polizistin ist, was sie noch am Tag zuvor um jeden Preis geheim halten wollte. Vielleicht hat sie aus reinem Pflichtgefühl gehandelt, so wie es Ärzte im Flugzeug tun, wenn ein Mitreisender einen Anfall bekommt. Allerdings hatte die Offenbarung in ihrem Fall keinen nennenswerten Nutzen.

»Haben Sie in der Nacht irgendetwas Besonderes gesehen oder gehört?«, fragt Karlsson und steckt die Zigarettenschachtel in die Hosentasche.

Jessica schüttelt den Kopf. Sie ist sich nicht sicher, um welche Zeit sie von ihrem Spaziergang in den Nordteil der Insel zurückgekommen ist. Ihre Erinnerungen an den Abend sind verschwommen, in ihrem letzten Erinnerungsbild sieht sie das Mädchen im blauen Mantel am Anleger stehen. Doch das will sie Karlsson nicht erzählen.

»Sind Sie Frau Salmi gestern begegnet?«

»Wir haben uns beim Abendessen gesehen, aber da haben wir uns nicht unterhalten.«

»*Da* nicht?«, hakt Karlsson nach und blickt von seinem Notizblock auf.

Jessica starrt ihn an. Obwohl sie Dutzende teils schwierige Vernehmungen geführt hat, hilft ihr diese Erfahrung offenbar nicht, sich in der Rolle des Gegenparts zu behaupten. Aber was spielt das für eine Rolle? Dies hier ist keine Vernehmung, sondern die Befragung einer eventuellen Augenzeugin, und sie hat nichts zu verbergen. Warum fühlt sie sich plötzlich so bedrängt?

»Na ja ... Die Frau war gestern früh gleich nach ihrer Ankunft kurz hier. Sie hat gesagt, sie hätte früher in dem Zimmer gewohnt, in dem ich jetzt untergebracht bin«, berichtet Jessica.

»Wir haben übrigens genau an dieser Stelle gestanden. Und dann ist sie weitergegangen.«

Karlsson nickt und macht sich irgendeine Notiz. Jessica könnte ihm von dem seltsamen Benehmen der Frau erzählen, von ihrer Antipathie gegen die Wirtin und deren Sohn und von dem, was Elisabeth zu ihr gesagt hat: *Wenn Sie Geheimnisse auf diese Insel mitgebracht haben, rate ich Ihnen, sie für sich zu bewahren.* Eine innere Stimme sagt ihr jedoch, dass die Sache entweder nicht relevant ist oder im Gegenteil allzu viel bedeutet und Jessica in den Fall hineinzieht. So oder so, sie wird diesen Teil des Gesprächs für sich behalten.

»Um welche Zeit sind Sie schlafen gegangen?«, fragt Karlsson, und Jessica kneift die Augen zusammen.

»Besteht Verdacht auf ein Verbrechen?«

Karlsson räuspert sich.

»Ja, Sie sind Polizistin. Kein Zweifel«, sagt er und steckt den Stift in die Tasche, als hätte er beschlossen, den Rest des Gesprächs in seinem Gedächtnis zu speichern. »Aber es wäre schön, wenn Sie meine Fragen beantworten, statt Gegenfragen zu stellen.«

Jessica merkt, dass die Wärme aus seinem Blick verschwunden ist.

»Natürlich«, sagt sie und überlegt, ob sie nicht doch ganz ehrlich sein soll: Wäre es besser, Karlsson zu erzählen, dass sie nach dem Abendessen noch einen langen Spaziergang ans andere Ende der Insel gemacht hat und erst spät in der Nacht in ihr Zimmer zurückgekehrt ist? Wird die Polizei ohnehin davon erfahren? Gibt es in der Umgebung eine Wildkamera? Vielleicht hat das schwedische Paar im Nachbarzimmer sie bei ihrer Rückkehr gesehen oder gehört und auf die Uhr geschaut. Oder jemand hat sie von einem der Fenster im Hauptgebäude aus gesehen. Spielt das eine Rolle? Man darf schließlich über die Insel wandern, auch mitten in der Nacht. Doch Jessica spürt plötzlich ein Ziehen im Magen, als ihr bewusst wird, dass sie sich wirklich nicht an ihre Rückkehr in das Stallgebäude erinnert. Sie hat keine Ahnung, wie spät es war, und theoretisch kann es sein, dass sie noch anderswo herumgewandert und womöglich jemandem begegnet ist. Vielleicht sogar Elisabeth.

»Also?«, unterbricht Karlsson ihre Überlegungen.

Jessica dehnt den Nacken und schließt die Augen.

»Ich versuche gerade, mich zu erinnern«, murmelt sie. Die Übelkeit wird wieder stärker. »Ich war nach dem Abendessen noch spazieren, aber ich erinnere mich nicht, wann ich in mein Zimmer zurückgekommen bin. Es tut mir leid.«

Johan Karlsson schaut sich um, als wolle er sich vergewissern, dass sie auf einer Insel sind, obendrein auf einer ziemlich kleinen.

»Wie lange waren Sie unterwegs? Eine Viertelstunde? Eine Stunde?«

Jessica zuckt die Achseln.

»Wo sind Sie gewandert?«

Jessica weiß, dass sie sich von den Fragen nicht provozieren lassen darf, aber der Kommissar erweckt den Eindruck, dass er versucht, Jessica in die Ecke zu treiben und bei einer Lüge zu ertappen.

»Hier und da. Spielt das eine Rolle?«

»Ja, und das wissen Sie, Kriminalhauptmeisterin«, antwortet Karlsson.

In Jessicas Kopf pocht es, sie hat zwar gesagt, dass sie Polizistin ist, hat aber ihren Rang in der Einheit für Schwerverbrechen bei der Helsinkier Polizei nicht erwähnt. Karlsson hat also irgendwo Informationen über sie eingeholt. Vielleicht hat er sogar das verdammte Video gesehen und hält sie deshalb für verdächtig.

»Ich dachte, die Frau wäre ertrunken«, sagt sie in der Hoffnung, mehr zu erfahren.

»Das hoffe ich auch. Danke. Ich befrage noch die anderen

Gäste. Bitte teilen Sie uns mit, wenn Sie vorhaben, Åland zu verlassen«, entgegnet Karlsson und senkt den Kopf zu einer Art Verbeugung. Sie gehen zurück in den Flur, Jessica öffnet ihre Zimmertür und hört noch, wie Karlsson bei dem schwedischen Paar anklopft.

30

Jessica wirft sich auf ihr Bett und schließt die Augen. Sie hört gedämpfte Stimmen aus dem Nachbarzimmer, wo Karlsson dem schwedischen Paar vermutlich dieselben Fragen stellt, die sie gerade beantwortet hat. Es erscheint ihr seltsam, dass sie erst jetzt zum ersten Mal Geräusche aus dem Nebenzimmer wahrnimmt. Sie hat schon fünf Tage in ihrem Zimmer verbracht und nebenan noch nie etwas gehört. Kein Gepolter, keine Gespräche, geschweige denn Sexgeräusche. Vielleicht war sie so tief in ihrer eigenen Welt versunken, so benommen von den starken Medikamenten, dass sie einfach nicht darauf geachtet hat, was hinter der Wand vor sich ging. Oder ihre schwedischen Zimmernachbarn machen eine ausgedehnte Sendepause. In den Flitterwochen sind sie allem Anschein nach nicht.

Jessicas Augenlider werden schwer, und sie beginnt in den Schlaf zu driften, sie sieht ihr fernes Spiegelbild auf einer dunkelgrünen Wasserfläche. Sie riecht die Feuchtigkeit der schmalen Gassen von Venedig, den Gestank des schmutzigen Wassers und der Gullys und den Geruch nach gebratenen Fischen, der aus den Küchenfenstern zieht. Sie spürt die Liebe, die starken Finger an ihren Pobacken. Den Mann, der immer tiefer in sie eindringt. Heftiger, schneller, seine Finger um ihren Nacken. Die Schläge auf ihre Taille. Den brennenden Schmerz im Rücken. Jessica öffnet die Balkontür und hört, wie der Mann vom Bett aufsteht und im Wohnzimmer auf seiner Geige übt. Jessicas Rücken schmerzt, der Druck im Unterleib wird mit jedem Schritt schlimmer. Sie tastet mit dem Finger über ihre geschwollene Lippe, aus der immer noch Blut tropft. *Wie dumm bist du eigentlich.* Sie hätte wissen müssen, dass sie den Mann nicht stören darf, nicht, wenn er übt.

In dem Moment klopft es an der Tür.

Jessica schreckt aus dem Halbschlaf.

Ein zweites Klopfen. Ein drittes.

Scheiße, was will der billige Kommissar-Beck-Abklatsch denn noch?

Jessica springt aus dem Bett und geht zur Tür. Dahinter steht jedoch nicht der åländische Kriminalkommissar, sondern Astrid Nordin. Ihr Gesicht ist blass und ernst.

»Entschuldigung, dass ich störe.«

Jessica würde ihr am liebsten die Tür vor der Nase zuschlagen, doch nach den Ereignissen gehört es sich wohl, Solidarität mit der Wirtin zu zeigen.

»Sie stören nicht«, antwortet sie widerstrebend und zwingt sich, zu lächeln.

»Darf ich … hereinkommen?«, fragt Astrid und drängt sich an Jessica vorbei ins Zimmer, ohne auf Antwort zu warten. »Es ist so schrecklich, Jessica. Einfach schrecklich.«

»Zweifellos«, sagt Jessica, während Astrid sich auf das ungemachte Bett setzt und die Knöchel darunter kreuzt.

»Elisabeth ist offenbar nicht am Morgen ertrunken, sondern schon in der Nacht. Sie hatte das schwarze Kleid an … und eine Wunde an der Stirn.«

Jessica bindet ihre Haare zum Pferdeschwanz und setzt sich auf die hölzerne Fensterbank. Über die Schulter wirft sie einen Blick nach draußen. Åke steht am Ufer, die Arme in die Seiten gestützt, und beobachtet, wie das Boot der Notrettung zweihundert Meter vom Ufer entfernt vorbeifährt und Kurs auf die mit Seezeichen markierte Durchfahrt zwischen zwei Inseln nimmt.

»Furchtbar«, sagt Jessica und versucht gar nicht erst, erschüttert zu wirken. Natürlich ist sie verwundert, andererseits erscheint ihr in letzter Zeit nichts mehr zu seltsam.

»Verstehen Sie wirklich, wie furchtbar es ist?«, fährt Astrid fort. »Wenn Elisabeth sich nicht selbst beim Sturz verletzt hat, dann muss ihr jemand anders die Wunde zugefügt haben. Und dieser Jemand kann ja wohl nur ein Bewohner des Gasthofs sein.«

»Astrid, bitte«, sagt Jessica. »Vielleicht sollten Sie den Dingen nicht vorgreifen. Es kann trotz allem ein Unfall sein.«

Astrid sieht sie verwundert an.

»Åke hat es Ihnen also nicht erzählt?«

»Was denn?«, fragt Jessica und hört die Frustration in ihrer Stimme. »Glauben Sie, das Ganze hätte irgendwas mit einem kleinen Mädchen aus den 1940er Jahren zu tun? Ich dachte, Sie hielten die Geschichte für ein Schauermärchen …«

»Hören Sie, Jessica. Es ist nicht das erste Mal, dass so etwas passiert.«

»Was?«

»Auf dieser Insel sind schon früher Menschen gestorben. Genau auf dieselbe Art, bei dem Anleger am Waisenhaus«, erklärt Astrid und stößt Luft aus wie ein Dampfkochtopf. »Es ist lange her. Aber Elisabeths Tod hält sich an dasselbe Muster.«

»Okay«, sagt Jessica. »Aber Sie glauben doch nicht im Ernst, das Mädchen im blauen Mantel …«

»Stellen wir eins klar, Jessica«, fällt Astrid ihr resolut ins Wort. »Die Geschichte von dem ertrunkenen Mädchen, das wieder und wieder zum Anleger zurückkommt, ohne einen Tag zu altern, ist Quatsch, daran besteht kein Zweifel. Aber die Todesfälle Anfang der 1980er Jahre sind wirklich passiert. Ich habe sie mit eigenen Augen gesehen. Verstehen Sie, Jessica? Ich erinnere mich, als wären sie gestern passiert. Und Elisabeths Fall ist in jeder Einzelheit eine Wiederholung.«

Jessica steht von der Fensterbank auf und stellt sich ein paarmal auf die Zehen, um ihre Waden zum Leben zu erwecken. Bei der Bewegung knacksen ihre Knie. Sie betrachtet Astrids ängstliches Gesicht und denkt unwillkürlich, dass ihre Miene dieselbe ist wie bei Armas vorhin im Speisesaal. Sollte Jessica Wasser auf die Mühle gießen und Astrid erzählen, was Armas gesehen haben will? Das würde die Frau zweifellos völlig aus der Fassung bringen, auch wenn der über achtzigjährige Armas bestimmt nur geträumt oder einfach Gespenster gesehen hat.

»Hören Sie«, sagt Jessica und setzt sich auf den Stuhl neben dem Bett. Sie greift sanft nach Astrids Hand und drückt sie. »Die Polizei untersucht den Fall. Ich glaube nicht, dass Sie sich Sorgen machen müssen. Warum hätte irgendwer Elisabeth Schaden zufügen wollen?«

»Ich weiß es nicht«, antwortet Astrid ernst. Dann hellt sich ihr Gesicht auf, und sie fasst mit der freien Hand nach Jessicas Handgelenk.

»Aber … Sie könnten doch … Sie verstehen sich bestimmt besser darauf, solche Fälle zu lösen als die Hiesigen, die haben ja kaum Erfahrung mit Mordfällen.« Nun begreift Jessica, dass Astrid nicht in ihr Zimmer gekommen ist, um ihr Herz auszuschütten, sondern eher, weil sie sie um Hilfe bitten will.

»Nein.« Jessica schüttelt den Kopf.

Astrid sieht sie flehend an. Ihr Blick ist irgendwie traurig. Plötzlich surrt es in Jessicas Ohren, das Surren wird immer lauter, bis es in ihren Schläfen sticht, als hätte ein Blitz ihren Kopf getroffen. Jessica schließt kurz die Augen, und als sie sie wieder öffnet, sitzt Elisabeth vor ihr auf dem Bett. Ihre Augen sind alles andere als traurig, sie sind erbarmungslos wie bei einem Adler, der seine Beute belauert.

Hat das Papageienweib wieder geplaudert?

»Ich weiß, was mit Ihnen los ist, Jessica.« Jessica sieht immer noch Elisabeths Gesicht vor sich, doch die Stimme gehört Astrid.

»Entschuldigung«, sagt Jessica und verzieht das Gesicht. Der Schmerz zieht sich vom Hinterkopf bis zur Stirn. Sie blinzelt mehrmals und spürt, wie Astrids Finger sich um ihre legen.

»Haben Sie gehört, Jessica?«

»Ich möchte allein sein«, sagt Jessica und zeigt auf die Tür. »Bitte. Es geht mir nicht gut.«

»Aber …«

»Astrid! Bitte!«, faucht Jessica und steht auf. Das Zimmer scheint sich zu drehen. »Ich möchte allein sein.«

Sie kneift die Augen zu und wankt zum Bett. Dann hört sie, wie die Tür geht und Astrid das Zimmer verlässt.

31

Ich habe Toivo in der Nacht hinter dem Stall begraben.

Ich war nicht fähig, einen kleinen Vogel am Leben zu halten, aber ich war fähig, einen Menschen zu töten.

Tatsächlich war ich erstaunt, mit welcher Kraft ich deinen betäubten Körper in das Wasser gedrückt und dich gezwungen habe, das Lebenselixier einzuatmen. Es ist faszinierend, dass Wasser für das Leben unentbehrlich und gleichzeitig fatal ist.

Ich empfinde kein Mitleid mehr. Ich habe das Töten mehr genossen als früher. Am liebsten hätte ich meine Fingernägel in dein Fleisch gebohrt und gesehen, wie das Blut durch die runzlige Haut spritzt. Ich wollte dir den Schädel einschlagen, hören, wie der Stein gegen den Knochen hämmert. Sehen, wie die glimmende Furcht in deinen Augen erlischt und sich in völlige Leere verwandelt, wenn deine Hirnschale zerreißt und alle geistige Tätigkeit schlagartig endet.

Ein Schlag auf den Kopf ist jedoch eine zu schnelle Art, diese Welt zu verlassen. Ertrinken dagegen ist am qualvollsten. Und deshalb habe ich darauf verzichtet, meinen neuen Gelüsten nachzugeben.

Noch einer. Dann bin ich fertig.

32

Aus dem leichten Nieseln ist ein Platzregen geworden, der rhythmisch auf das Blechdach des Stallgebäudes hämmert. Auch ohne hinzusehen kann man sich leicht vorstellen, wie der Regen am Fenster ungleichmäßige Rinnsale bildet. Alle Geräusche sind klar und deutlich, Jessicas Sinne sind aufs Äußerste gespannt.

Sie spürt eine Berührung am Knöchel.

Jessi.

Mühsam schlägt Jessica ihre schweren Augenlider auf. Am Fußende ihres Bettes sitzt ein Mann, genau an der Stelle, wo Astrid gerade noch gesessen hat.

Was machst du bloß?

Anfangs sieht Jessica nur seinen Rücken, doch dann riecht sie die gerade gerauchte Zigarette, deren stechender Geruch keinen Irrtum zulässt. Eine estnische Rumba.

Jessica setzt sich auf. In ihren Schläfen beginnt es wieder zu hämmern.

Erne blickt sich um und schüttelt den Kopf.

Die Bude erinnert bedenklich an Murano. An das Hotelzimmer, aus dem ich dich vor langer Zeit geholt habe.

»Aha«, seufzt Jessica abschätzig, obwohl sie weiß, dass der alte Dickkopf recht hat.

Bist du dabei aufzugeben?

»Meinst du das im Ernst?«

Erne nickt und hält sich die Faust vor den Mund, ein heftiger Hustenanfall lässt ihm die Worte im Hals stecken bleiben.

»Vielleicht gebe ich auf. Und das sollte keinen mehr interessieren«, erklärt Jessica.

Erne sieht sie beleidigt an.

Und Jusuf? Und Rasmus?

»Die kommen ohne mich klar.«

Du hast es versprochen, Jessi. Du hast mir versprochen durchzuhalten.

»Ich habe nicht gelogen. Ich habe mich geirrt«, sagt Jessica, dreht das Gesicht zum Fenster und betrachtet den Regen, der gegen die Scheibe peitscht.

Und Maija?

»Was ist mit Maija?«

Alles auf dieser Insel hat mit Maija zu tun. Auch Elisabeths Tod. Und du weißt es, Jessi. Um das zu wissen, braucht man nicht die beste Mordermittlerin Finnlands zu sein. Obwohl du genau das bist. Ob du willst oder nicht.

»Gerade jetzt bin ich gar nichts.«

Erne erhebt sich mühsam vom Bett.

Das scheinst du dir ja dauernd einzureden. Aber du bist immer Ermittlerin. Solange du lebst.

»Ich bin nicht in Ordnung.«

Das warst du doch nie, sagt Erne und lacht gutmütig auf. *Ruh dich eine Weile aus. Und dann findest du heraus, was in diesem verdammten Winkel vor sich geht.*

Erne küsst seine Fingerspitzen und legt sie an Jessicas Stirn.

Alles kommt in Ordnung, Jessi.

Jessica spürt, wie der Zigarettengeruch sich verzieht, und als sie die Augen wieder öffnet, wirkt alles noch komplizierter als zuvor.

33

Der Flur in der oberen Etage des Hauptgebäudes ist schmaler, als man annehmen würde. Der lange Flickenteppich, der den Fußboden fast völlig bedeckt, ist hubbelig, und die Dielenbretter knarren bei jedem Schritt. Vor dem großen Ölgemälde, das den Flur beherrscht, steht eine hohe Stehlampe, die ihren Strom aus einer wackligen Steckdose ganz unten an der Wand bezieht. Die Luft ist stickig, als wären die Fenster hier oben lange nicht mehr geöffnet worden.

In der Mitte des Flurs, an dessen Wänden beige Tapeten mit Ankermuster hängen, bleibt Jessica stehen, legt die Fingerknöchel an die hellblaue Tür, zögert kurz und klopft dann leise an. Zuerst rührt sich nichts, dann sind träge Schritte zu hören, der Spazierstock pocht auf den Fußboden.

»Wer ist da?«, fragt eine brüchige Stimme.

»Jessica«, sagt Jessica, und als der alte Mann nicht gleich antwortet, fügt sie hinzu: »Wir haben uns beim Frühstück unterhalten.«

Einige Sekunden vergehen, dann geht die Tür auf, allerdings nur einen Spaltbreit, als wäre eine unsichtbare Kette vorgelegt.

»Haben Sie einen Moment Zeit?« Jessica öffnet den Reißverschluss ihrer Jacke und strafft sich. Nach kurzem Nachdenken nickt der Mann und lässt sie ein.

Jessica stellt fest, dass Armas' Zimmer kleiner ist als ihres. Die miefige Luft riecht nach Altenheim. Das Zimmer ist nur schwach beleuchtet, die Deckenlampe ist nicht eingeschaltet. Am Fenster brummt eine aus dem Winterschlaf erwachte Fliege, die einen Weg in die Freiheit sucht. Im Fernsehen läuft ein schwedischsprachiges Quiz, dessen Moderator orange gefärbte Haut und irritierend weiße Hollywood-Zähne hat.

Jessica geht ans Fenster, scheucht die benommene Fliege weg und zieht den weißen Vorhang ein Stück zur Seite. Wie Armas erzählt hat, sieht man vom Fenster aus den ganzen Hof und das Ufer mit den Bootsschuppen. Die Äste der Apfelbäume an beiden Seiten des Gebäudes behindern die Sicht nicht.

»Hat die Polizei mit Ihnen gesprochen?«, fragt Jessica, immer noch aus dem Fenster blickend.

»Ja.«

»Ich habe darüber nachgedacht, was Sie im Speisesaal gesagt haben«, seufzt Jessica und dreht sich zu Armas um. Er setzt sich mühsam auf den Sessel und schaltet den Fernseher aus. »Dass Sie in der Nacht Maija gesehen haben.«

Armas nickt gewichtig und betrachtet die Fernbedienung, als wäre sie verhext. Er ist offensichtlich erschüttert, als er den Namen des Mädchens hört.

»Ich wüsste gern, wen oder was Sie mit *Maija* gemeint haben.« Jessica holt einen kleinen Notizblock und einen Stift aus der Tasche. Wenn sie schon ihre eigenen Ermittlungen anstellt, kann sie es auch gründlich tun.

Armas wirkt beleidigt, als hätte Jessica ihm gerade vorgeworfen zu lügen.

»Wen ich gemeint habe? Ich habe doch gesagt, es war Maija. Ganz eindeutig.«

Jessica lehnt sich seufzend an die Fensterbank. Der Mann ist alt, er nuschelt ein wenig, vielleicht lähmt irgendeine Krankheit seine Muskeln. Aber senil ist er nicht, sein Blick ist scharf, und seine Worte klingen genau durchdacht.

»Aber wir beide wissen, dass das unmöglich ist«, sagt Jessica ruhig und hört sich wohl ungewollt so an, als würde sie den Mann nicht für rechtsfähig halten.

»Sprechen Sie nur für sich selbst. Ich weiß, was ich gesehen habe«, erwidert Armas und klammert die rechte Hand um die Sessellehne. Er presst den kleinen Mund zu einem dünnen Strich zusammen. Der Adamsapfel an seinem faltigen Hals hüpft auf und ab, als er schluckt.

»Ich behaupte nicht, dass es eine Halluzination war«, erklärt Jessica und lächelt innerlich. Sie ist wirklich nicht die Richtige, um über Halluzinationen zu sprechen. Oder bei genauerem Nachdenken ist sie genau die Richtige, nach all den Jahren weiß sie mehr über Halluzinationen als die meisten anderen Menschen. »Ich glaube, dass Sie etwas gesehen haben, was an ein Kind erinnern mochte, aber das kleine Mädchen, von dem Sie wohl sprechen, ist vor vierundsiebzig Jahren spurlos verschwunden. Das verstehen Sie doch?«

Armas presst die schmalen Lippen zusammen und schnauft leise wie ein kurzschnäuziger Hund.

»Es war ein Kind, zum Teufel«, schnaubt er und ballt die Fäuste.

»Sie verbürgen sich also dafür, dass Sie einen kleinen Menschen gesehen haben?«

Armas nickt.

»In einem blauen Mantel«, fügt er hinzu.

»Und das Kind stand auf dem Hof?«

»Ja. Das habe ich Ihnen doch schon gesagt.«

»Dieser Polizist, der alle möglichen Fragen stellt. Karlsson … Haben Sie ihm das alles erzählt?«

»Nein.«

»Warum nicht?«

Armas starrt Jessica an, als wäre die Frage völlig absurd.

»Weil man mich für verrückt halten würde«, sagt er dann und lässt einen Finger an seiner Schläfe kreisen.

»Wenn Sie Karlsson namentlich von Maija erzählt hätten, dann ja, *man* würde Sie für verrückt halten. Aber ein Kind – irgendein Kind – zu sehen, wäre nicht seltsam«, erwidert Jessica und reibt sich die Stirn. »Selbst wenn es mitten in der Nacht war und auf der Insel eigentlich niemand sein sollte, der jünger ist als ich.«

Jessica geht ein paar Schritte näher heran und hockt sich neben dem Sessel des Mannes hin. Dass er so verbissen reagiert, weckt die Frage, ob hinter seinem Verhalten noch etwas anderes steckt als die nächtliche Wahrnehmung.

»Armas, bitte«, sagt sie und sucht Blickkontakt. »Es geht noch um etwas anderes als um den blauen Mantel und das Kind, nicht wahr?«

»Wie meinen Sie das?«

»Irgendetwas lässt Sie glauben, dass gerade Maija hier sein muss. Etwas, das Sie davon überzeugt hat, dass gerade Maijas Geist Elisabeth in der letzten Nacht getötet hat.«

Armas schließt die Augen, und als er sie wieder öffnet, sieht Jessica, dass sie wild glühen.

34

1946

Maija wirft einen Blick auf den Wecker. Es ist zehn vor zwei. Sie hat noch kein Auge zugetan und will es auch nicht, denn sonst würde sie wahrscheinlich die ganze Nacht durchschlafen und erst am Morgen aufwachen. Und dann würde ihr Vater vergeblich kommen. Den Wecker zu stellen, hat sie nicht gewagt, denn sein Klingeln würde bestimmt das ganze Kinderheim aufwecken. Sie hat alles Mögliche ausprobiert, das Ding in eine Decke gewickelt und unter ihr Kissen gelegt, Watte zwischen die Klingeln gesteckt, aber nichts hat geholfen: Die Uhr weckt unter allen Umständen. Es ist eine schöne Uhr, an der Rückseite hat Maijas Vater ein Datum und eine Widmung eingraviert.

Maija blickt zum Fenster hinaus und zieht die Stiefel an. Vielleicht geschieht es heute. Vorgestern ist ihr Vater nicht ans Ufer gekommen. Und gestern auch nicht. Aber Maija ist zuversichtlich. Man darf nie ungeduldig sein oder die Flinte ins Korn werfen. Das hat ihr Vater in seinem Brief ja geschrieben: *Beim Warten wird einem die Zeit lang, aber die Geduld wird belohnt.*

Sie schlüpft in den Mantel und setzt die weiße Baskenmütze auf. Wie in den vorigen Nächten öffnet sie leise das Fenster und schiebt es vorsichtig auf. Die in der Feuchtigkeit geschwollenen Holzteile reiben sich aneinander, aber Maija hat so oft geübt, dass die Operation fast geräuschlos abläuft. Sie wirft einen schnellen Blick auf die Tür und lauscht auf Schritte im Flur. Noch kann sie ins Bett springen und behaupten, sie hätte das

Fenster nur aufgemacht, um ihr Zimmer zu lüften. Es ist jedoch nichts zu hören. Maija klettert aus dem Fenster und benutzt den Sockel als Trittbrett, wie in den vorigen Nächten, springt diesmal aber ein bisschen weiter, sodass ihre Füße nicht auf dem Kopfsteinpflaster, sondern auf dem Rasen landen.

Vom Meer weht ein feuchter, kalter Wind. In dieser Nacht haben die dunklen Wolken den Mond verschluckt. Maija macht sich auf den Weg zu dem Anleger hinter dem hohen Bootsschuppen. Als sie ihn endlich erblickt, schnürt die Enttäuschung ihr den Hals zu. Nein, ihr Vater ist noch nicht dort. Aber andererseits ist es gerade erst zwei Uhr.

Als Maija die ersten Schritte auf dem Anleger macht, fliegt ein Schwarm Wasservögel aus dem Schilf auf und nimmt laut schnatternd Kurs auf den Wald. Maijas Herz klopft heftig. Hoffentlich haben die Vögel niemanden geweckt. Sie geht weiter, der schmale Anleger schaukelt unter den weichen Stiefelsohlen, aus dem trüben Wasser kommt ein dumpfes Geräusch.

Maija zieht den Mantel fester um sich. Ihr Atem dampft in der dunklen Nacht. Die Wellen, die getreulich der Windrichtung folgen, ziehen wie ein endloses Band am Anleger vorbei. Das Wasser wirkt trügerisch und kalt. Maija hat einen dicken Pullover unter den Mantel gezogen, denn in den vorigen Nächten hat sie beim Warten auf ihren Vater gefroren. Ich habe schon Schlimmeres erlebt, denkt sie. Bald ist alles besser, wenn sie nur von dieser gottverdammten Insel wegkommt. Weg von Beth und den anderen. Irgendwohin, wo sie sich nicht zu fürchten braucht und wieder sie selbst sein kann. Maija weiß nicht, mit was für einem Boot ihr Vater kommt. Eigentlich weiß sie nicht einmal genau, wie er aussieht. Hat er seinen dichten Bart abrasiert, ist er in den Kriegsjahren stark abgemagert? Er hat ihr in seinen Briefen viele Fotos geschickt, aber kein einziges von sich selbst. Vielleicht gibt es dafür einen Grund. Doch Maija kennt den Grund nicht. Sie weiß auch nicht, warum ihr Vater sie mitten in der Nacht holen muss. Aber das spielt keine Rolle. Die Hauptsache ist, dass er kommt.

In dem Moment hört Maija, wie ihr Name gerufen wird. Es ist eine Männerstimme, aber sie begreift sofort, dass es nicht die Stimme ihres Vaters ist. Sie erinnert sich, wie seine Stimme klingt, jedenfalls glaubt sie sich zu erinnern. Die Stimme ihres Vaters ist warm, ganz anders das heisere, betrunkene Brabbeln, das jetzt an ihre Ohren dringt.

»Was zum Teufel treibst du da?«

Maija blickt sich nach der Stimme um. Auf dem Hof steht ein dicker Mann in einem schwarzen Mantel. Es ist Herman, der zweite der beiden Nachtwächter, die abwechselnd Dienst haben.

»He, hörst du mich? Was tust du hier draußen mitten in der Nacht?«

Der Mann macht sich auf den Weg zum Anleger.

Maija antwortet nicht. Sie weiß, dass der Mann sie gleich an der Schulter packt. Vielleicht zieht er ihr die Ohren lang und schleift sie zurück ins Haus. Aber bevor es so weit ist, wendet sie die Augen noch einmal aufs Meer, starrt auf das dunkel wogende Wasser und hofft, wenigstens einen kurzen Blick auf ihren Vater zu erhaschen, der versprochen hat zu kommen.

Es tut mir leid, Vati, ich komme morgen wieder.

35

Armas Pohjanpalo faltet das Hemd und die Kniehose zusammen, legt sie zuoberst in den kleinen Koffer und schließt ihn. Die Kartoffelsuppe, die er zu Mittag gegessen hat, ist unter dem Brustbein stecken geblieben, wo sie als warmer Klumpen zu spüren ist. Seine Handflächen schwitzen, und im Magen flattert ein ganzer Schwarm Schmetterlinge. Bald ist es drei Uhr, dann bringt ihn jemand aus dem Kinderheim nach Mariehamn, wo die ihn erwarten.

Die. Sie. Die Mönkkönens. Eine neue Familie. Eine neue Mutter, ein neuer Vater. Drei neue Schwestern und ein erwachsener Bruder. Nach all diesen Wochen bekommt er endlich ein neues Zuhause in Katinen, das irgendwo bei Hämeenlinna liegt, wie die Leiterin Boman gesagt hat. Aber eigentlich ist es ihm egal, wo das neue Zuhause ist, Hauptsache, dass er aus Smörregård weg darf. Armas setzt sich aufs Bett und stöhnt vor Schmerz. Sein Hintern ist immer noch voll von schmerzhaften Striemen. Die Leiterin hat Armas erwischt, als er heimlich die Mädchen in der Sauna beobachtet hat, aber statt ihn selbst zu bestrafen, hat sie diese Aufgabe Martin übertragen, und der hat sich bei seinen Schlägen nicht zurückgehalten.

Im Flur ist lautes Gelächter zu hören. Die Mädchen aus den Zimmern fünf und drei treiben dort ihren Spaß: Beth und ihre treue Waffenträgerin Haxe. Armas war anfangs in Beth verschossen, hat dann aber eine bittere Enttäuschung erlebt, als er gemerkt hat, dass er in ihren Augen nur ein halbwüchsiger Jammerlappen ist. *Wach auf, du Blödmann. Glaubst du im Ernst, ich würde mich für so ein Würstchen interessieren?*

Beth sieht aus und klingt wie eine Erwachsene, ist aber total kindisch und gemein. Ganz zu schweigen von ihrer molligen Gefährtin Elsa, die alle Haxe nennen, woran sie sich aber nicht zu stören scheint. Die beiden haben Armas in die Zange genommen, ihn aber in Ruhe gelassen, nachdem er ihnen einen Gefallen getan hat. Etwas, woran er nicht mehr denken mag. Und bald braucht er sich auch nicht mehr daran zu erinnern.

Der Herbsttag ist sonnig, und Armas zieht den Vorhang zu. Der letzte Tag, denkt er. Die letzte Stunde. Dann beginnt das Leben wieder. Ein neues Leben. Keine Kirchenlieder mehr, keine Boman, die ihn an den Haaren zieht, keine Prügel von Martin, nicht mehr stundenlang in der Ecke stehen.

Das Lachen der Mädchen schallt durch den Flur und geht dann in leises Gemurmel über, als die beiden Beths Zimmer erreichen, das neben seinem liegt. Manchmal hockt Armas sich auf den Boden, löst ein Stück von der Fußleiste, gräbt das zu einer feuchten Masse gewordene Sägemehl heraus und drückt das Ohr an die von Mäusen angenagte Zwischenwand. Dann hört er, was die Mädchen tuscheln, vor allem, wenn sie auf Beths Bett sitzen und sich an die Wand lehnen. Einmal hat Armas aus Beths Zimmer etwas gehört, was er bestimmt nie jemandem erzählen wird. Außer Beth war auch Martin im Zimmer, und dort waren das rhythmische Knarren des Betts, das schwere Keuchen des Mannes und Beths unterdrücktes Stöhnen zu hören.

Zeig ihn mir...

Armas hört Haxes Stimme, dann Gekicher.

Er kniet sich aus einer plötzlichen Laune heraus auf den Boden, erledigt die nötigen Vorbereitungen für das Lauschen und hält den Atem an, um das Gespräch der Mädchen noch ein letztes Mal zu hören, bevor er die Insel verlässt.

Den hab ich doch nicht, Dummkopf, Maija hat ihn.
Die wundern sich alle, warum sie immer da steht. Und ich hab mich auch gewundert.
Na, jetzt weißt du es.
Hast du den Brief geschrieben?
Nein ... Martin hat zu Hause in Listerby eine alte Remington.
Wie kann sie so bescheuert sein, zu glauben ... Maijas Vater ist doch tot!
Psst!
Nee, wirklich. Sie ist doch blöd, wenn sie den Brief für echt hält. Wie bist du auf die Idee gekommen?
Na, als ich ihre Briefe gekriegt habe ... Du erzählst keinem davon, Haxe.
Natürlich nicht.
Armas hört die Mädchen nicht mehr, sie sind vielleicht vom Bett aufgestanden oder haben einfach aufgehört zu reden. Er wartet eine Weile, ob das Gespräch weitergeht, und merkt dabei, dass ihm die Augen zufallen. Er ist wahnsinnig müde. Die bevorstehende Abreise hat ihn so aufgeregt, dass er die ganze Nacht kein Auge zugetan hat. Er ist aufgestanden und hat am Fenster gewartet, hat noch ein letztes Mal beobachtet, wie Maija aus ihrem Fenster geklettert ist und stundenlang am Anleger gestanden hat, wie sie es schon seit Wochen tut. So gruselig dieses Ritual auch ist, Armas wird es vermissen. Er wird das verrückte Mädchen vermissen, das nie spricht und dessen Haare gerstenfarbig sind.

Armas nimmt die Feuchtigkeit der verschimmelten Wand und den Geruch des Mäusekots wahr. Die Sonne, die zwischen den Vorhängen ins Zimmer lugt, wärmt seine Wange. Er schließt die Augen und sinkt schnell in Schlaf.

36

Armas schreckt aus dem Schlaf, als jemand die Tür öffnet. Es ist Fräulein Boman, die sofort beginnt, ihm wegen der abgerissenen Fußleiste und der Isoliermasse auf dem Boden die Leviten zu lesen.

»Entschuldigung«, sagt Armas und reibt sich die Augen. »Das war schon kaputt …«

»Was in aller Welt soll das, Armas? Du kannst von Glück sagen, dass du erwartet wirst … Sonst müsstest du den Schaden selbst reparieren«, sagt die Leiterin, packt ihn an der Schulter und befiehlt ihm, seinen Koffer mitzunehmen, der am Fenster steht.

Armas hat keine Uhr in seinem Zimmer, aber der Stand der Sonne deutet darauf hin, dass er mehr als zwei Stunden geschlafen hat. Seine Gedanken treiben immer noch in dem verworrenen, ereignisreichen Traum, in dem er auf einem riesigen Segelschiff nach Amerika fuhr, mit seinem Vater und seiner Mutter und Maija und … Während Armas zu dem Koffer geht, hört er die Leiterin immer noch über die abgerissene Fußleiste lamentieren.

Maija.

Was Beth und Haxe vorhin gesagt haben, denkt Armas und bleibt abrupt stehen. *Verdammt. So muss es sein. Wenn das stimmt, dann …*

Armas dreht sich um, weicht der überraschten Leiterin aus und stürmt aus dem Zimmer.

»Maija!«, ruft Armas, als er an Beths Zimmer vorbeikommt. Er reißt die Tür zum nächsten Zimmer auf.

»Maija!«

Das Zimmer ist leer.

Was soll das, Armas!

Die fordernde Stimme der Leiterin schallt durch den Flur, als spräche sie in ein Megaphon.

Armas weiß, dass er keine zweite Chance bekommen wird, mit Maija zu sprechen. Er hat sich schon beim Frühstück von den anderen Kindern verabschiedet, bevor sie zum Aufräumen in ihre Zimmer geschickt wurden. Armas rennt ans Fenster, drückt die Stirn an die Scheibe und sucht mit dem Blick nach Maija.

Er hört, wie hinter ihm die Tür geht, der schwere Atem und die tiefe Stimme der Leiterin füllen das Zimmer.

»Armas Pohjanpalo! Bist du verrückt geworden?«

Und jetzt sieht Armas Maija. Sie sitzt in ihrem blauen Mantel unmittelbar am Ufer links neben dem Bootsschuppen und blickt aufs Meer. Armas öffnet schnell das Fenster, klettert hindurch und landet unkontrolliert auf dem Kopfsteinpflaster am Haus. Beim Aufprall verstaucht er sich den Knöchel und heult vor Schmerz auf.

»Maija! Ich muss dir was sagen!«, ruft er zum Ufer hin, und jetzt wendet das Mädchen ihm den Blick zu.

Armas hinkt über den Sandplatz auf den Felsen zu, auf dem Maija sitzt. Kurz darauf hört er, wie die Haustür geöffnet wird und die Leiterin wütend nach ihm ruft.

»Maija! Es ist Beth! Und Haxe!«

Der verstauchte Knöchel schmerzt bei jedem Schritt. Maija macht keine Anstalten, aufzustehen oder Armas entgegenzugehen. Die Leiterin ist ihm auf den Fersen und wird ihn zweifellos einholen, bevor er Maija erreicht.

»Und Martin! Sie führen dich an der Nase herum!«, ruft Armas und merkt, dass er zum ersten Mal seit langer Zeit Finnisch spricht. Vielleicht um sicherzustellen, dass Maija ihn wirklich versteht, vielleicht, weil er heute nach Finnland fahren wird.

Jetzt steht Maija auf und sieht Armas an, als hätten seine Worte keinerlei Bedeutung. Ihre Miene ist ausdruckslos. Der Wind spielt mit ihren offenen Haaren.

»Dein Vater kommt nicht zum Anleger!«, sagt Armas und spürt im selben Moment, wie raue Fingerspitzen ihn am Ohrläppchen packen. Der Griff ist fest, und Armas schreit vor Schmerz, als die Leiterin ihn zu sich reißt.

»Was soll das, Armas Pohjanpalo?«

»Sie haben den Brief geschrieben, Fräulein«, sagt Armas und sieht Maija an, die immer noch auf dem Felsen steht.

»Was redest du da? Welchen Brief?«

»Der Nachtwächter. Und Elisabeth.«

Die Leiterin lässt sein Ohr los.

»Ich weiß nicht, wovon du sprichst, mein Junge, aber du stellst meine Geduld auf eine harte Probe.«

Armas atmet schwer, er bringt kein Wort mehr heraus. Die Leiterin zeigt auf Martin, der auf dem Sandweg am Waldrand steht.

»Martin hat freundlicherweise versprochen, dich nach Mariehamn zu bringen«, fährt Fräulein Boman seufzend fort. »Ich verstehe ja, dass es schwierig ist. Der Abschied. Es ist ja für uns alle ...«

Die Leiterin wischt Schuppen von Armas' Pullover.

»Aber es tut nur einmal weh.«

Nachdem Armas seinen Koffer geholt hat, wirft er noch einen letzten Blick ans Ufer, sieht Maija aber nicht mehr. Vielleicht ist seine Botschaft trotz allem angekommen. Maija zu warnen, ist das Geringste, was er tun kann. Denn er hat das ganze Durcheinander wohl selbst in Gang gesetzt.

37

2020

Es fällt Jessica schwer, sich einzugestehen, dass der Geruch, der in Armas' Zimmer hängt, ihr Angst macht. Er erinnert sie an die Vergänglichkeit aller Dinge: an das unermüdliche Ticken der Uhr, das Alter und den unausweichlichen Tod. Und daran, dass der Mund, der die Geschichte des kleinen Jungen erzählt hat, einem mehr als achtzigjährigen Mann gehört. Daran, dass jeder sein Leben nur geliehen hat. Und dennoch war sie noch gestern Abend sicher, dass sie es freiwillig aufgeben will.

»Es ist lange her«, sagt Armas, als hätte er ihre Gedanken gelesen. »Aber ich erinnere mich an den Tag, als wäre es gestern gewesen.«

Jessica kommen die Worte in den Sinn, die sie am Anleger gehört hat: *Nicht weinen, Mama. Papa kommt bald.* Ein unwirkliches Gefühl überkommt sie.

»Maija glaubte also, ihr Vater würde sie in der Nacht am Anleger abholen.«

Armas nickt. Jessica weiß nicht recht, was sie von der Geschichte des alten Mannes halten soll. Wenn sie wahr ist, war der Streich, der vor langer Zeit im Waisenhaus gespielt wurde, eine schreiende Ungerechtigkeit. Was jetzt wie ein infamer Betrug erscheint, war jedoch eine grausame Fopperei unter Kindern. Dennoch verspürt Jessica so etwas wie Befriedigung darüber, dass Elisabeth bekommen hat, was sie verdient. Der Quälgeist hat ein beschissenes Ende gefunden. Das einzige

Problem bei dieser Gleichung ist, dass es keine Gespenster gibt. Selbst Jessica, die ihr ganzes erwachsenes Leben lang unter psychischen Problemen und Halluzinationen gelitten hat, weiß das ganz genau.

Erst jetzt kommt ihr der Gedanke, dass derjenige, der Elisabeth in der letzten Nacht ermordet hat, auch anderen gefährlich werden kann.

»Und Keule?«, fragt sie.

Armas sieht sie verdutzt an. Dann begreift er und fragt zurück:

»Haxe?«

»Genau. Haxe. Ist sie die dritte in Ihrer Zugvögel-Gruppe?«

Armas schüttelt den Kopf.

»Haxe ... ich meine Elsa Lehtinen ist schon vor langer Zeit gestorben. Vor fünfundzwanzig Jahren... Damals hatten wir mit dieser Tradition gerade erst angefangen.«

»Wie ist sie gestorben?«

»Sie war schwer krank. Als wir uns hier zum ersten Mal wieder getroffen haben, machte sie wohl gerade irgendeine Krebstherapie durch. Aber wenn ich mich recht erinnere, hatte sie einen tödlichen Unfall.«

»Wissen Sie Genaueres darüber?«

»Es ist irgendwo im Ausland passiert, in Spanien oder Frankreich. Aber wie gesagt, auch das ist lange her, und wir standen uns nicht besonders nahe. Nach dem Herbst 1946 bin ich Elsa nur ein einziges Mal begegnet, und zwar hier im Gasthof im Frühjahr 1994. Im Sommer ist Elsa dann gestorben.«

»Fällt Ihnen zu dem Treffen 1994 sonst noch etwas Besonderes ein?«, fragt Jessica und lässt ihre Fingerknöchel knacksen. Jusuf würde wohl genau das tun, wenn er jetzt hier wäre.

»Nein ...«, beginnt Armas, merkt aber gleich, dass er voreilig war. »Oder doch, Astrid hat sich an dem Wochenende um den Haushalt gekümmert. Ihr Mann Hans-Peter war verreist.«

»War das irgendwie ungewöhnlich?«

»Damals hat Hans-Peter mit zwei Angestellten den Gasthof betrieben, Astrid hat als Ärztin lange Schichten in der Klinik gemacht. Auch an den Wochenenden. Ich glaube, sie wurde erst 1997 oder 1998 pensioniert, danach hat sie angefangen, ihrem Mann zu helfen, und sich um die Gäste gekümmert.«

Jessica schreibt *Astrid 1994* auf ihren Block und darunter *Elsa Lehtinen*. Sie muss Elsas Todesursache überprüfen. Nach dem, was Armas erzählt hat, trug die 1994 verstorbene Elsa fast ebenso viel Schuld an den Ereignissen wie Elisabeth.

Armas hievt sich aus dem Sessel und geht ans Fenster. Jessica runzelt die Stirn. Der Spazierstock, auf den der alte Mann sich stützt, wenn er unter Menschen geht, lehnt vergessen am Sessel.

»Hat das dritte Mitglied Ihrer Gruppe etwas mit der Geschichte zu tun?«, fragt Jessica. Sie wartet gespannt auf Armas' Antwort.

»Nein, ich glaube nicht. Eila war von der Insel schon in ihr neues Zuhause gezogen, bevor alles anfing, und sie hatte wohl nie etwas mit Beth oder Haxe zu tun.«

Jessica sieht Armas an und kommt auf ihren vorigen Gedanken zurück.

»Und Sie? Haben Sie Grund, sich um Ihre Sicherheit zu sorgen?«

Armas denkt eine Weile nach. Dann schüttelt er den Kopf.

»Nein. Ich habe ja versucht, Maija zu warnen.«

»Mit anderen Worten«, beginnt Jessica ruhig und denkt daran, dass auch Armas, wie alle anderen auf der Insel, bis zum Beweis des Gegenteils unter Verdacht steht, »Maija würde es nicht für nötig halten, irgendeinem anderen auf dieser Insel wehzutun?«

Armas sieht sie fast dankbar an, gerade so, als würde die Erwähnung von Maijas Namen bedeuten, dass Jessica glaubt, dass er das Mädchen im blauen Mantel gesehen hat. Dann verdüstert sich seine Miene. Er zuckt die Achseln, als wäre das, was er sagen will, völlig gleichgültig.

»Der Nachtwächter und die Leiterin sind schon tot. Wenn noch jemand sterben musste, dann war es Beth.«

38

Jessica schließt die Tür zu Armas' Zimmer und wartet darauf, dass ihr Atem sich beruhigt. Jetzt versteht sie, warum das Ereignis Astrid so aus der Fassung gebracht hat: Alle, die am Ufer des Waisenheims tot aufgefunden wurden, spielen eine zentrale Rolle in Maijas Geschichte. Vorausgesetzt natürlich, dass Armas die Wahrheit sagt.

Sie muss herausfinden, was Elsa Lehtinen 1994 zugestoßen ist.

Falls es sich um eine Serie handelt, ist es durchaus möglich und sogar wahrscheinlich, dass sie nicht drei, sondern vier Morde umfasst. Jessica weiß, dass von Serienmördern begangene Verbrechen statistisch äußerst selten sind, besonders in den skandinavischen Ländern. Aber fremd ist ihr das Phänomen nicht. Sie hat an zahlreichen Kursen der Zentralkripo teilgenommen, die auf den Lehren des legendären FBI-Profilers John E. Douglas aufgebaut waren. Demnach hören Serienmörder mit ihren Taten in der Regel erst auf, wenn sie sterben oder ins Gefängnis kommen (nicht unbedingt für die Morde, die sie begangen haben). In selteneren Fällen treibt den Serienmörder das Bedürfnis, bestimmte Personen zu eliminieren, dann hört er erst auf, wenn das letzte Zielobjekt tot ist. Und deshalb ist bei der Untersuchung solcher Fälle die wichtigste Frage immer, ob es noch weitere Opfer geben kann.

Jessica überlegt kurz, ob sie an die Nachbartür klopfen soll, hinter der Eila Kantelinen einquartiert ist. Sie spürt jedoch plötzlich wieder Übelkeit aufsteigen und geht zur Treppe. Unten angekommen, sieht sie Johan Karlsson mit Astrid und Åke im Speisesaal sitzen, an dem Tisch, an dem die Zugvögel gestern zu Abend gegessen haben.

Karlsson sieht gerade in dem Moment zur Treppe, als Jessica die letzte Stufe erreicht, und wirft ihr einen bedeutsamen Blick zu.

»Entschuldigung«, ruft er, während Astrid ihm aus einer Kupferkanne Kaffee eingießt. »Jessica, richtig? Könnten Sie kurz herkommen …«

Jessica bleibt zwischen den Türen zum Speisesaal und zum Kaminzimmer stehen und blickt auf ihre Armbanduhr, als hätte sie Besseres zu tun. In Wahrheit braucht sie nur frische Luft – vielleicht würde ein kurzer Spaziergang den neuerlichen Übelkeitsanfall vertreiben.

»Womit kann ich helfen?«, fragt sie, die Hände tief in den Jackentaschen vergraben. Sie marschiert in den Speisesaal, zieht einen Stuhl zurecht und setzt sich unaufgefordert hin.

Karlsson hat seine dicke Jacke ausgezogen. Darunter trägt er ein schlecht sitzendes schwarzes Hemd, der Polizeiausweis hängt um seinen Hals. Er wirkt nervöser als zuvor und irgendwie unlustig. Tatsächlich hat Karlsson, wie er da beim Kaffee sitzt, eine überraschende Ähnlichkeit mit einem Helsinkier Kriminalermittler, der schon so viel Scheiße gesehen hat, dass ihn nichts mehr überrascht. Dennoch fällt es Jessica schwer, ihn ernst zu nehmen.

»Haben Sie mit den Gästen im Obergeschoss gesprochen?«, fragt Karlsson ruhig und hebt die Kaffeetasse an den Mund. Sein kleiner Finger spreizt sich kurz ab, wird aber schnell wieder nach unten gebogen.

»Hör mal, Johan«, versucht Astrid sich einzumischen, doch Karlsson bringt sie mit erhobenem Zeigefinger zum Schweigen.

Es entgeht Jessica nicht, dass die Dynamik zwischen den beiden seltsam geradlinig ist. Gerade so, als würden sie sich näher kennen. Johan Karlsson wischt sich den Mund an einer Serviette ab und setzt sich bequemer hin. Seine Miene ist süßlich und selbstgefällig. Doch Jessica ist überzeugt, dass der Mann eher versucht, durch sein arrogantes Benehmen seine Unsicherheit zu kompensieren.

»Die Wirtsleute machen sich verständlicherweise Sorgen um das Wohlergehen ihrer Gäste, aber ich hoffe trotzdem, dass Sie meine Frage beantworten«, sagt er.

»Ich hatte ein Gespräch.«

»Mit beiden? Sowohl mit Eila als auch …« Karlsson verzieht das Gesicht, offenbar über den Geschmack des Kaffees, denn er stellt die Tasse auf den Tisch und gibt reichlich Milch hinein.

»Nur mit Armas.«

»Warum?«, fragt Karlsson. Astrid und Åke tauschen wieder einen gequälten Blick.

»Warum nur mit Armas?«, gibt Jessica zurück. Ein Lächeln fliegt über Karlssons Gesicht.

»Nein. Warum überhaupt mit irgendwem?« Karlsson greift nach einem Löffel und schaufelt eine doppelte Portion Zucker in seine Tasse. Jessica denkt unwillkürlich, dass sein Getränk nur noch sehr wenig mit Kaffee zu tun hat.

Astrid hebt die Hand und will gerade etwas sagen, da klopft Karlsson mit dem Löffel an die Tasse, als würde er einen Trinkspruch ankündigen.

»Entschuldigung, es war nicht meine Absicht, unfreundlich zu sein«, sagt er. »Aber wir stecken hier ganz offensichtlich in einer Mordermittlung, und ich möchte sicherstellen, dass alle, auch die eventuellen Augenzeugen, den Dienstweg kennen.«

»Ich wusste nicht, dass wir einen Dienstweg einhalten müssen.«

Johan Karlsson trommelt auf die Tischplatte.

»Genau das ist der Punkt. Dafür müssten Sie auf Åland polizeiliche Vollmachten besitzen.«

Jessicas Fingerspitzen prickeln vor Wut.

»Dann würde ich gern wieder das fortsetzen, wofür ich bezahlt habe.«

»Und was ist das?«

»Urlaub machen.«

Karlsson lacht auf, aber seine Miene ist alles andere als fröhlich.

»Nur zu.«

Jessica zwingt sich zu lächeln.

»Es tut mir wirklich leid, Astrid. Und Åke. Es ist ja eine schreckliche Situation«, sagt sie, steht auf und verlässt den Raum.

Draußen hat es wieder angefangen zu nieseln. Jessica zieht die Kapuze über den Kopf und macht sich auf den Weg zum Stallgebäude.

Nach einigen Schritten hört sie, wie hinter ihr die Tür geht. Ihr kommen die Ereignisse in Katajanokka in den Sinn, der schlecht riechende Atem des übereifrigen Hausmeisters, und sie stellt sich darauf ein, die Hand des Mannes auf ihrer Schulter zu spüren. Ihr Gehirn schaltet schon vorsorglich auf die *fight or flight*-Position.

»Niemi«, sagt der Mann aus einigen Metern Entfernung, und Jessica bleibt stehen.

Karlsson ist ohne Mantel aus dem Haus gekommen, hat unten an der Haustreppe Halt gemacht und eine Zigarette und Streichhölzer hervorgeholt. Er reißt ein Streichholz an und schafft es, die Zigarette trotz des starken Windes beim ersten Versuch anzuzünden.

»Wissen Sie, es hat mich immer schon gestört, mit Niemi angesprochen zu werden«, sagt Jessica.

Karlsson bringt die Zigarette zum Glühen, während das Streichholz von allein erlischt. Er tritt einen Schritt auf Jessica zu.

»Ich möchte mich entschuldigen. Wir hatten keinen guten Start«, sagt er mit gesenktem Blick, wodurch sich Jessicas Reptiliengehirn beruhigt. Sie fühlt sich weniger bedroht, da die Aufmerksamkeit des Mannes, der ihr gegenübersteht, nicht hundertprozentig auf sie gerichtet ist. Dasselbe gilt für romantische Begegnungen mit Männern, für Situationen, in denen sie jemanden im Laden, auf dem Tanzboden, in einer Bar kennengelernt hat. Ein zu intensiver und entschlossener Blick bedeutet Gefahr. Jessica will nicht markiert werden. Augen, die ihr Gesicht und ihren Körper abschätzen, bedeuten schon seit Langem Schmerz, seit der Zeit in Venedig.

»Ich hätte Sie da drinnen nicht so überfallen dürfen. Vor den Wirtsleuten. Tut mir leid«, fährt Karlsson fort und betrachtet die Zigarette zwischen seinen Fingern wie ein unbekanntes Objekt. »Für die beiden ist es auch nicht leicht.«

»Okay«, sagt Jessica. Sie blickt ans Ufer und sieht vor der gegenüberliegenden Insel das Polizeiboot, das auf dem Weg zum Festland ist. »Ihr Boot ist schon abgefahren?«

»Ich werde später abgeholt.«

»Sie sind jetzt der Ermittler in diesem Fall?«

Karlsson nickt.

»Sehen Sie, was mich vorhin gestört hat, ist, dass Armas Pohjanpalo sich geweigert hat, mit mir zu sprechen.«

»Vielleicht hatte er nichts zu erzählen.«

Karlsson lächelt wieder, womöglich noch spöttischer als zuvor.

»Tja«, sagt er und pustet einen fast perfekten Rauchkringel in die Luft. »Allerdings haben Sie ganze fünfzehn Minuten in seinem Zimmer verbracht.«

»Hat Åke Ihnen seine Stoppuhr geliehen?«

»Jetzt verstehe ich«, grinst Karlsson. »Sie haben Witze erzählt, und Armas hat gelacht.«

»Lachen ist gesund.«

»Wenn man nicht daran stirbt. Wie Elisabeth?«

»Hat sie sich totgelacht?«

»In dem Fall wären Sie sicherlich nicht die Schuldige.«

»Was wollen Sie eigentlich, Karlsson?«

Das Lächeln verschwindet vom Gesicht des Mannes, und seine Augen werden zu schmalen Strichen.

»Als ich versucht habe, Armas zu befragen, hat er sich erkundigt, ob ich mit Ihnen gesprochen habe.«

Jessica spürt einen Stich in der Brust. Warum hat der alte Mann sie markiert und zu Karlssons Zielscheibe gemacht?

»Dann kamen Sie und ... ich habe mitbekommen, dass Sie ziemlich lange bei ihm waren. Da braucht man nicht der Superstar Jessica Niemi aus der Hauptstadt zu sein, um misstrauisch zu werden«, sagt Karlsson, die Zigarette im Mundwinkel. »Das Rätsel des verschlossenen Raums. Eine abgelegene Insel. Acht Personen: zwei Wirtsleute, sechs Gäste. Einer der Gäste stirbt, nach den Kopfwunden zu schließen, infolge einer Gewalttat. Wie auf Bestellung verbringt auf der Insel die bekannteste Kriminalermittlerin des Landes ihren Urlaub und will aus irgendeinem Grund den Fall auf eigene Faust untersuchen. Das ist ja wie eine Mischung aus Agatha Christies besten Werken: Zehn kleine Negerlein und Miss Marple, die zufällig im Hotel ist, als der Mord geschieht.«

»Und dann gab's keines mehr.«

»Wie bitte?«, fragt Karlsson.

»Das ist der ursprüngliche und heutige Titel von Christies Buch.«

Karlsson zieht kurz an seiner Zigarette und lächelt spöttisch.

»Richtig, heutzutage muss man ja korrekt sein. Man darf nicht mehr Neger sagen.«

»Bereitet es Ihnen Schwierigkeiten, sich korrekt auszudrücken?«

Karlsson schüttelt den Kopf, die Hand mit der Zigarette immer noch vor dem Gesicht.

»Schwierigkeiten bereitet mir eher die Vorstellung, dass die Miss Marple dieser Geschichte so lange im Zimmer eines alten Mannes namens Armas war und ich glauben soll, dass die beiden sich im Fernsehen das Glücksrad angesehen haben.«

»Na, ich weiß nicht, der TV-Empfang auf den Schären ist nicht so toll.«

»Haben Sie ein Witzebuch zum Frühstück vertilgt?«

»Vielleicht hat Armas Trost gebraucht.«

»In dem Fall haben Sie wertvolle Arbeit geleistet, Niemi. Vor allem, wenn man bedenkt, dass Sie den Mann nicht kannten und vorher nie ein Wort mit ihm gewechselt hatten.«

Jessica schüttelt belustigt den Kopf.

»Ich dachte, Sie wollten sich entschuldigen. *Wir hatten keinen guten Start* und so weiter.«

»Das wollte ich auch. Und mein Benehmen erklären. Ich setze nämlich niemandem ohne Grund zu. Ob Sie es glauben oder nicht, für einen Bauerntrampel von den Schären habe ich ein ganz gutes Radar. Das schlägt Alarm, wenn jemand Mist redet. Und wenn der Zeiger auf Rot steht – so wie jetzt –, vergesse ich manchmal, nett zu sein.«

»Wie schön.« Jessica wendet sich ab, um zu gehen.

»Wir waren mit Helsinki in Verbindung«, sagt Karlsson. Jessica bleibt stehen. Ihre Stirn schmerzt, und sie schließt die Augen. Der verdammte Schnüffler, spätestens jetzt erfahren Hellu und die anderen, wo sie sich aufhält.

»Ich weiß, dass Sie keinen Urlaub machen wollten. Aber Sie hatten keine Wahl, weil Sie nicht mehr arbeiten konnten.«

»Was zum Teufel ist Ihr Problem, Karlsson? Ihre Art, eine Kriminalpolizistin aus der Hauptstadt auf Åland willkommen zu heißen, ist nicht besonders kollegial.«

»Am Ufer wurde etwas gefunden«, antwortet Karlsson ruhig, lässt die Kippe auf den Kies fallen und tritt sie aus. »Nahe bei Elisabeth. Ein Schal. Soweit ich weiß, gehört er Ihnen.«

Jessica spürt, wie der Schmerz an ihrer Stirn zunimmt. Sie begreift gar nichts mehr. Wie soll der Schal ans Ufer gekommen sein? Es sei denn … er wäre gestern Abend heruntergefallen, als sie Maija am Anleger gesehen hat.

»Haben Sie allen Ernstes den Verdacht, dass … ich die Frau getötet habe?«, fragt Jessica leise. Sie kann ihre Wut nur mühsam beherrschen.

Karlsson schaut zum Himmel auf, als wollte er sein ganzes Blickfeld mit einer grauen Wolkendecke füllen.

»Ich weiß es nicht, Niemi. Aber hier geht etwas verdammt Seltsames vor sich«, sagt er und wendet sich ab, um ins Haus zurückzugehen. »Und übrigens, es wäre gut, wenn vorläufig alle auf der Insel bleiben. Bis sich die Sache klärt.« Karlsson schwenkt grüßend den Zeigefinger und verschwindet im Gasthaus.

39

Jessica kehrt in ihr Zimmer zurück und blickt sich unruhig um. Der Schal, der an einem Haken neben der Tür hing, ist spurlos verschwunden. Sie setzt sich, greift nach der Pillendose auf dem Couchtisch und kippt den Inhalt in ihre Hand. Dreizehn Tabletten sind übrig. Von ursprünglich hundert. Erst nach einer Weile erinnert sich Jessica, dass der größte Teil der Tabletten immer noch in ihrer Jackentasche steckt. Jetzt erscheint es ihr absurd, dass sie gestern Abend die Pillen mitgenommen hat, als hätte sie tatsächlich vorgehabt, sich am Anleger des Waisenhauses das Leben zu nehmen. Vielleicht war ihr das für einen flüchtigen Moment als realistische Alternative erschienen. Sich hinzusetzen, an einen Baum zu lehnen und die Augen zu schließen. Beim Gesang der Vögel und dem Rauschen des Windes einzuschlafen.

Aber wenn das, was sie für einen Traum gehalten hat, wahr ist? Vielleicht hat sie ihren Wirklichkeitssinn endgültig verloren. Jessica schließt die Augen und versucht sich an irgendetwas zu erinnern, was am Nordufer geschehen ist, nachdem sie das Mädchen in dem blauen Mantel getroffen hat. An irgendeine kleine Einzelheit, die ihr Aufschluss über den Zeitablauf, über die Reihenfolge der Ereignisse geben könnte. Aber wo Erinnerungsbilder sein sollten, ist nur Dunkelheit.

Jessica versucht, tief einzuatmen. Ein leises Schluchzen, das erstickte Weinen der Frau im Nachbarzimmer unterbricht die

Stille. Dann spricht der Mann mit ruhiger Stimme, aber Jessica kann seine Worte nicht verstehen. Sie denkt an Armas, der auf dem Fußboden lag und das Ohr an die dünne Wand drückte.

Was hat Armas zum Schluss gesagt? *Der Nachtwächter und die Leiterin sind schon tot. Wenn noch jemand sterben musste, dann war es Beth.* Jessica stützt die Ellbogen auf die Knie und schiebt ihre Finger in die Haare. Wenn die Ereignisse im Waisenhaus weniger lange zurücklägen, vielleicht ein Jahr oder auch zehn, würde die Geschichte eventuell Sinn ergeben. Aber Maija wäre jetzt wohl 83, wenn sie noch am Leben wäre. Was theoretisch wohl möglich ist – allerdings unwahrscheinlich, wenn man bedenkt, dass niemand sie mehr gesehen hat, nachdem sie vom Anleger verschwand –, aber auch das wäre keine Erklärung für das Kind, das Armas in der Nacht gesehen hat … Und der Gedanke, dass eine alte Frau sich auf der Insel versteckt und wegen alter Feindschaften Menschen tötet, klingt nicht realistisch und schon gar nicht wahrscheinlich.

Als Jessica die Augen öffnet und sich strafft, spürt sie ein Unwohlsein im Bauch. Was zum Teufel ist mit mir los, denkt sie. Sie ist daran gewöhnt, dass sie ihren Geist nicht beherrschen kann, dass die Wirklichkeit sich jederzeit und überall verzerren kann. Sie ist an den quälenden Nervenschmerz gewöhnt, der auf den Autounfall in ihrer Kindheit zurückgeht und sie oft aus heiterem Himmel überfällt – und der ihren ganzen Körper lähmt und sie ans Bett fesselt. Früher wurde der physische Schmerz oft durch ein psychisch belastendes Erlebnis ausgelöst. Aber eine solche widerliche, wogende Übelkeit hat sie noch nie erlebt.

Jessica spitzt die Ohren. Die Frau im Nachbarzimmer weint immer noch. Es ist kein hysterisches Weinen, das Verdacht wecken würde, sondern klingt eher trostlos. Und nun erinnert sich Jessica an etwas: daran, wie sie selbst nach der Begegnung mit dem Mädchen auf dem Anleger zu Tränen gerührt war.

Nicht weinen, Mama.

Jessica hört die Worte des Mädchens immer noch, versteht aber nicht, warum sie ihr auf der Seele liegen. Warum hat das, was sie gesehen und gehört hat, sie so bewegt, dass sie in Tränen ausgebrochen ist? Gerade so, als wäre der Moment entscheidend gewesen, als hätte sich allein dadurch, dass sie den Anleger betrat, eine neue Seite in ihrem Leben aufgetan.

Vielleicht ist es tatsächlich das Schicksal. Vielleicht ist sie wirklich Miss Marple und muss nicht nur den Mord an Elisabeth aufklären, sondern auch herausfinden, was die Todesfälle in den 1980er Jahren mit dem Mysterium zu tun haben, das man auf der Insel als die Legende von dem Mädchen im blauen Mantel kennt.

Karlsson soll sich zum Teufel scheren.

Jessica holt tief Luft, springt auf und öffnet ihre Zimmertür.

40

Jessica bleibt vor der Tür des schwedischen Paars stehen und lauscht. Das Weinen ist jedoch verstummt, und im Zimmer sind auch keine anderen Geräusche zu hören. Jessica überlegt, ob die Schweden wohl wissen, dass der nächtliche Todesfall als Gewaltverbrechen untersucht wird. So oder so, auch für sie hat der Urlaub eine unerfreuliche Wende genommen. Vorausgesetzt, dass die beiden nicht auf die eine oder andere Art etwas mit den Ereignissen der letzten Nacht zu tun haben. Auch diese Möglichkeit darf man nicht ausschließen, auch wenn klar ist, dass irgendwer am Abend oder in der Nacht unbemerkt mit einem Boot auf die Insel gekommen sein kann. Das gilt ganz besonders für den Anleger am Nordufer, aber warum nicht auch für das Ufer beim Gasthof. Offenbar hält Karlsson das jedoch nicht für wahrscheinlich.

Weiß Karlsson etwas, wovon Jessica nicht einmal eine Ahnung hat? Andererseits, wenn er Jessica wegen des Schals, der in der Nähe des Opfers gefunden wurde, als Hauptverdächtige betrachtet, ist er schwer auf dem Holzweg.

Jessica macht sich auf den Weg zum Hauptgebäude. Sie weiß, dass sie die Insel verlassen kann, wenn sie will; Karlsson hat keine Handhabe zu verhindern, dass sie ein Wassertaxi bestellt und still und leise Abschied von Smörregård nimmt. Doch Jessica will nicht mehr weglaufen. Sie ist aus Helsinki in diesen entlegenen Winkel geflohen und hat nicht vor, ihre Flucht fortzusetzen. Sie hat nichts zu verlieren, kann also ebenso gut das tun, was unter normalen Umständen ihre Aufgabe ist: ein Gewaltverbrechen aufklären, auch wenn sie momentan nicht im Dienst ist.

Als Jessica die Tür öffnet, rechnet sie damit, dem abschätzigen Blick ihres åländischen Kollegen zu begegnen. Die Diele ist jedoch leer, ebenso der Speisesaal und das Kaminzimmer. Aus der Küche riecht es nach Dill. Jessica bleibt an der Treppe ins Obergeschoss stehen. Oben wird gesprochen. Sie erkennt Åkes Stimme, dann Astrids. Und als sie auch noch Karlssons Hüsteln hört, läuft sie an der Treppe vorbei zu dem Büro, das sich hinter dem Speisesaal befindet.

Die Tür knarrt unangenehm, aber Jessica wartet nicht auf eventuelle Reaktionen von oben. Falls jemand die Treppe herunterkommt, wird sie es rechtzeitig hören und kann unbemerkt zurück in die Diele schlüpfen.

Jessica blickt sich um. Erst vor einigen Tagen hat sie an Astrids Schreibtisch gesessen und sich im Gasthof eingeschrieben, aber bei ihrer Ankunft war sie wohl so müde und gestresst, dass sie der Möblierung und den Einzelheiten keine Aufmerksamkeit geschenkt hat. Das Regal hinter dem massiven Schreibtisch ist mit Ordnern gefüllt. Auf dem Tisch befinden sich ein Computer und Büromaterial. An den Wänden hängen Aquarelle mit Motiven aus den Schären und ein gerahmtes Plakat, das finnische Leuchttürme zeigt. In einem holzgeschnitzten Rahmen an der Wand neben dem Regal hängen die Zimmerschlüssel des Gasthofs. Daneben befindet sich ein relativ großer Blechschrank, auf den ein rotes Kreuz geklebt ist. Jessica überlegt kurz, welche Giftstoffe Astrid als ehemalige Frauenärztin wohl in ihrem Medizinschrank versteckt hat, oder ob er doch nur Kopfschmerztabletten und Verbandstoff enthält.

Sie lässt den Blick rasch über den Schreibtisch wandern und öffnet den blauen Ringordner, der vor dem Computer liegt. *Nein,*

nein, nein … schimpft sie leise und hört, wie Karlsson oben etwas ruft.

Jessica wendet sich den Ordnern im Regal zu und fährt mit den Fingern über die Rücken. Buchführung ab 1982 in ordentlichen Reihen, Versicherungen, Rechnungen … *Nein, nein … Da!* Die Informationen über die Gäste der Jahre 1981-1984 in einer Mappe, in der nächsten, ebenso dicken Mappe ein längerer Zeitraum: 1985-1991. Nach der Menge des Materials zu schließen, lief das Geschäft damals nicht besonders gut. Der dritte Ordner umfasst die Jahre 1992-1996 … Schließlich fällt Jessicas Blick auf einen Ordner auf dem untersten Regalbrett, der allein dem Jahr 2020 vorbehalten ist. Sie schlägt ihn auf, schiebt den Finger unter das Zwischenblatt mit der Aufschrift Reisedokumente und findet gleich als Erstes eine Kopie von Elisabeths Pass. Beim Weiterblättern entdeckt sie Kopien von den Pässen der beiden anderen alten Leute, dann von ihrem eigenen und schließlich die Anmeldeformulare und Passkopien des schwedischen Paares. Niklas und Pernilla Steiner.

Im selben Moment knarrt es im Flur. Jemand kommt die Holztreppe herunter. Eine schwere und – nach der Geschwindigkeit zu schließen – relativ bewegliche Person, zweifellos Karlsson oder Åke. *Verdammt.* Eine zweite Chance wird Jessica vielleicht nicht bekommen. Sie nimmt ihr Handy und fotografiert die Passkopien. Dann schließt sie den Ordner, stellt ihn an seinen Platz im Regal und schleicht zur Tür. Sie hört, wie jemand die letzten Stufen hinuntersteigt und am Fuß der Treppe stehen bleibt. Jessica drückt sich an die Wand und hält den Atem an. Eine Sekunde vergeht, dann eine zweite. Jessicas Blick fällt auf ein Schwarzweißfoto, auf dem ein kleines Mädchen mit seinen Eltern vor dem Gutshof steht. Die Eltern haben pechschwarze Haare, während das Mädchen, der Haut am Hals nach Astrid, blond ist. Am unteren Rand des Fotos steht in Schönschrift *Smörregård, am ersten Mai 1948.*

Der Fußboden hinter der Wand knarrt unheilverkündend, als würde die Person, die gerade die Treppe heruntergekommen ist, von einem Bein auf das andere treten. Oder möglichst leise zur Tür schleichen. Jessica ballt die Hände zu Fäusten, wie um sich auf einen Kampf vorzubereiten. Ihr Herz rast. Ihre Handflächen werden feucht.

Schließlich ertönen in der Diele wieder Schritte. Jessica hört die Tür, beschließt aber, sicherheitshalber noch einen Moment zu warten, bevor sie das Zimmer verlässt. Als sie gerade nach der Klinke greifen will, bemerkt sie aus den Augenwinkeln etwas hinter dem Fenster an der anderen Seite des Zimmers. Es ist Karlsson, der zur Ostseite des Hauptgebäudes gegangen ist und nun neben der Werkstatt Halt macht.

Vorsichtig nähert Jessica sich dem Fenster und geht einen Meter davor in die Hocke. Karlsson zieht unverkennbar nervös an seiner Zigarette und blickt sich um. *Verdammt, der Kerl ist auf der Hut.* Die Art, wie er sich den Rücken sichert, ist irgendwie seltsam. Er verhält sich wie ein Teenager, der heimlich zum Rauchen nach draußen gegangen ist und nicht von seinem Vater überrascht werden will. Karlsson schnippt die Kippe in den Wald und tastet dann oben auf dem Türrahmen nach irgendetwas, wahrscheinlich nach einem versteckten Schlüssel, denn gleich darauf macht er sich am Schloss der Werkstatt zu schaffen, und die Tür öffnet sich problemlos. Jessica kann nicht ins Innere der Werkstatt sehen, ohne dicht an das Fenster zu treten, und das wagt sie nicht. Karlsson verschwindet in der Werkstatt und schließt die Tür hinter sich.

Jessica verharrt an ihrem Platz und überlegt, ob die Episode, die sie gerade beobachtet hat, tatsächlich so verdächtig ist, wie sie aussah. Warum wirkte Karlsson so geheimnistuerisch? Woher wusste er, wo der Schlüssel liegt, und was will er in der Werkstatt? Womöglich ist das rote Holzgebäude ja gar keine Werkstatt, denkt sie. Sie hat es nur angenommen.

Jessica beschließt, das Büro zu verlassen, bevor es zu spät ist. Doch die Tür wird geöffnet, als Jessica gerade hinschleicht, und Astrid sieht sie zuerst überrascht, dann konsterniert an.

41

»Was in aller Welt machen Sie hier?«, fragt Astrid und schaltet das Licht ein. Jessica hat nicht gleich eine Antwort parat, begreift aber, dass ihre Anwesenheit doppelt verdächtig ist, weil sie im Dunkeln umherschleicht.

»Entschuldigung«, sagt sie und nimmt die Mütze ab.

Astrid mustert sie von Kopf bis Fuß, als ob sie herauszufinden versucht, was Jessica gestohlen hat.

»Ich habe Sie gesucht«, fährt Jessica fort und strafft sich, um glaubhaft zu wirken.

»Wo haben Sie mich gesucht? Unter dem Tisch? Und noch dazu bei geschlossener Tür?«, erwidert Astrid und geht an ihren Schreibtisch. Dann setzt sie sich und zieht ihre Holzschuhe aus.

»Hören Sie ... Ich muss mich entschuldigen. Sie sind ja unser Gast ...«, fährt sie mit müder Stimme fort und stützt den Kopf auf die Hände. »Es war ein entsetzlicher Morgen, und ich bin ziemlich aus der Fassung. Wie wir wohl alle.«

»Das versteht sich von selbst«, sagt Jessica und setzt sich auf den verschlissenen Ledersessel gegenüber von Astrid. Zwischen dem Bezug und der Polsterung entfährt zischend Luft. Die alte Frau dreht den Monitor ihres Computers so, dass sie sich besser sehen. Auch im Sitzen hält sie sich erstaunlich gerade. Unter anderen Umständen würde Jessica sie vielleicht nach ihrem Geheimnis fragen: Wie bleibt das Rückgrat in ihrem Alter noch so kräftig? Aber wird Jessica so lange leben, dass ihr diese Information etwas nützt?

»Also, wie kann ich Ihnen helfen?«, fragt Astrid, und als Jessica nicht gleich versteht, was sie meint, fügt sie hinzu: »Sie haben mich doch gesucht.«

»Richtig. Also ... Ich würde gern über Karlsson reden. Ein ziemlich barscher Typ«, tastet Jessica sich vor.

Astrid lächelt melancholisch.

»Ja, Johan ist ... Johan«, sagt sie, und Jessica glaubt in ihren Augen eine Träne zu sehen, die sie jedoch rasch wegblinzelt. Astrid betrachtet ihre Hände, streicht sich über den Handrücken. Jessica mustert sie forschend. Sie hat richtig vermutet: Astrid kennt Karlsson schon länger.

»Kennen Sie ihn gut?«

Astrid nickt, den Blick immer noch auf ihre Hände gerichtet, als wären sie und nicht Johan Karlsson das Thema.

»Ich kenne Johan Karlsson seit seiner Kindheit. Er stammt hier aus der Nähe. Ein Detektiv war er schon als Knirps.« Astrid lacht auf, holt eine Büroklammer aus der Schublade und beginnt die auf dem Schreibtisch herumliegenden Papiere zu ordnen. »Åke und er haben als Kinder hier gespielt: Sie haben mit Spielzeugpistolen auf Menschen gezielt, Fingerabdrücke gesammelt und so weiter. Johan kennt dieses Haus und die ganze Insel wie seine eigene Tasche, deshalb nimmt er Elisabeths Tod bestimmt sehr ernst.«

»Warum ... Ich meine, hat er Elisabeth persönlich gekannt?«

»An sich wäre das wohl möglich. Johan kennt die Geschichte der Zugvögel. Ich glaube aber nicht, dass sie sich je begegnet sind, denn als Erwachsener hat Johan uns nur besucht, wenn Åke zu Hause war. Und Sie wissen vielleicht schon, dass Åke sehr selten, wenn überhaupt, hier war, bis er dann im letzten Herbst nach Hans-Peters Tod wieder hier eingezogen ist.«

»Aber Sie haben gesagt, Johan nimmt Elisabeths Tod schwer.«

»Nein, sondern ernst. Er wirkt vielleicht ein wenig plump und diensteifrig, aber er muss wohl alles und alle verdächtigen, Sie als Kriminalpolizistin verstehen das sicher.«

»Und *alle* bedeutet außer mir auch Sie und Åke?«

Astrid lacht trocken.

»Wahrscheinlich. Wenn Sie es so sagen.«

»Karlsson scheint zu glauben, dass der Täter keinesfalls ein Außenstehender sein kann«, sagt Jessica. »Er hat vom Rätsel des geschlossenen Raums und von Miss Marple gesprochen.«

Astrid bricht in ein Lachen aus, das unter den gegebenen Umständen seltsam fröhlich wirkt und bei dem es Jessica aus irgendeinem Grund kalt über den Rücken läuft.

»Na, wie gesagt, Johan ist Johan.«

Jessica blickt verstohlen zum Fenster, kann die Tür zur Werkstatt im Sitzen aber nicht sehen. Als sie den Blick wieder auf Astrid richtet, hat die sich wieder über ihre Hände gebeugt. Sie streicht mit den Fingern über die dicken Adern auf dem Handrücken, auf die Jessica gestern Abend gestarrt hat.

»Sehen Sie mal. Die Hand einer alten Frau, Adern wie Stromkabel. Wussten Sie, dass die Venen bläulich aussehen, weil sie rotes Licht absorbieren statt es zurückzuwerfen?«

»Darüber habe ich eigentlich nie nachgedacht.«

»Helle Haut verstärkt den Eindruck noch. Deshalb hat man die Adligen, die Sonnenschein und Arbeit im Freien mieden, blaublütig genannt. Der Ausdruck hat sich erhalten und wurde später für königliche Familien verwendet«, erklärt Astrid.

Jessica lächelt, als sie sich vorstellt, mit so einem Ballastwissen vor Jusuf zu glänzen. Dann springen ihre Gedanken zu einer Frage, die ihr schon seit einer Weile auf den Nägeln brennt.

»Ich würde Sie gern nach den früheren Ertrinkungsfällen fragen«, sagt sie. Astrids Miene verdüstert sich.

»Was ist damit?«, fragt Astrid nach kurzem Schweigen.

»Ich versuche nur, das alles zu verstehen. Sie haben gesagt, dass an der Stelle, wo man heute Morgen Elisabeths Leiche gefunden hat, früher schon zwei Menschen tot aufgefunden wurden. Von Armas habe ich gehört, dass die Opfer die Leiterin und der Nachtwächter des Kinderheims waren.«

»Stimmt.«

»Wurden die Todesfälle genauer untersucht?«

»Beim ersten ging man von Tod durch Ertrinken aus, aber für den zweiten hat sich die Polizei interessiert, was ja ganz natürlich ist, wenn man bedenkt, dass das Opfer exakt an derselben Stelle gefunden wurde.«

»Hatte die Polizei einen Verdacht? Oder überhaupt irgendeine Theorie?«

Astrid schüttelt energisch den Kopf.

»Nein. Aber man erzählte sich, Maija wäre zurückgekommen, um sich an dem Nachtwächter und der Heimleiterin zu rächen.«

»Wofür zu rächen?«, fragt Jessica und spürt, dass ihr Puls sich beschleunigt.

Astrid sieht sie belustigt an.

»Ich weiß es nicht, Jessica. Bestimmt war das Kinderheim kein besonders angenehmer Ort, aber Spekulationen über alte Geschichten haben mich nie interessiert, also fange ich auch jetzt nicht damit an.«

Jessica seufzt und steht auf. Die Tür der Werkstatt ist geschlossen. Einen Augenblick lang brennt Jessica darauf, Astrid zu fragen, ob sie weiß, dass Johan Karlsson in der Werkstatt herumschnüffelt, und was er dort wohl sucht. Aber gerade jetzt liegt ihr nichts daran, die Aufmerksamkeit dahin zu lenken, wohin sie selbst gehen will: Zuerst muss sie mit eigenen Augen sehen, was sich in der Werkstatt befindet.

»Warum wurde übrigens Ihr Schal am Ufer gefunden?«, fragt Astrid, und Jessica richtet den Blick von der Werkstatt wieder auf die Wirtin. »Ich war dort, als Johan ihn gefunden hat«, fährt

Astrid ernst fort. »Er hat gefragt, ob ich weiß, wer so einen Schal hat. Ich konnte ihn nicht belügen.«

Jessica zuckt die Schultern.

»Ich war da gestern Abend spazieren«, sagt sie und wartet Astrids Reaktion nicht ab, sondern macht einen Schritt zum Fenster hin. Sie wird bis zum Abend warten und diese verdammte Werkstatt untersuchen, wenn sie niemand sieht. Den Schlüssel wird sie leicht finden, sofern der Sherlock Holmes der Schären ihn dahin zurücklegt, von wo er ihn genommen hat. Das einzige Problem ist der Bewegungsmelder, der den Hof in Licht taucht, sobald jemand vor dem Hauptgebäude entlanggeht.

»Danke, Astrid. Ich mache jetzt einen kleinen Spaziergang.«

»In Ihrem Zustand tut frische Luft gut«, sagt Astrid, als Jessica am Schreibtisch vorbei zur Tür geht.

»Wie meinen Sie das?«

Ein warmes Leuchten legt sich auf Astrids Gesicht. Sie steht auf und geht in ihren roten Wollsocken auf Jessica zu. Der schuppige Hautausschlag wirkt aus der Nähe betrachtet wie eine schmerzhafte Brandwunde. Als hätte ihr Brustkorb bis zum Hals und zur Unterseite des Kinns irgendwann in Flammen gestanden. Was für ein Unfall kann so eine Verletzung verursachen?

»Oder habe ich mich geirrt?«, überlegt Astrid, bleibt vor Jessica stehen und legt die Finger sanft auf ihren Bauch. »Nein. Habe ich nicht. Mit diesen Dingen kenne ich mich aus.«

Jessica betrachtet die blauen Augen und die grauen Haare der alten Frau und senkt dann den Blick auf die adrigen Hände, die Fingerspitzen auf ihrem Bauch. Sie spürt, wie es in ihren Ohren rauscht und wie ihr Herz hämmert.

»Was zum Teufel …«

»Alles ist in Ordnung, Kindchen.«

42

Jessica stößt die Tür auf und geht in den Wald. Sie hört ihren schweren Atem, in der Nase spürt sie den Frühling, den der feucht seufzende Wald um sie herum trägt. Die Feuchtigkeit, die in den Ästen der kahlen Bäume haust, scheint sich wie eine kalte Kompresse auf ihr Gesicht zu legen.

Plötzlich ergibt alles Sinn. Nein, verdammt noch mal!

Der Klumpen, der morgens im Bauch wogt, das eklige Gefühl, das in den Hals aufsteigt. Die extrem empfindlichen Sinne. Die lähmende Müdigkeit und die Stimmungsschwankungen, andererseits der wachsende Appetit. Und vor allem: Jessica begreift jetzt, dass sie es im Inneren die ganze Zeit gewusst hat. Deshalb hat sie das Mädchen am Anleger Schätzchen genannt, und deshalb hat das Mädchen sie Mama genannt. Deshalb hatte sie letzte Nacht das Gefühl, dass etwas Entscheidendes geschieht, dass in ihrem Leben gerade die größte Wende eingetreten ist.

Jessica weiß nicht, ob Astrid hinter ihr hergerufen hat, sie hört nur ihren Puls, ihren schweren Atem und das unter den Füßen knackende Reisig, als sie den Weg verlässt und tiefer in den Wald geht. Sie spürt, wie die Erde unter den Sneakern schmatzt und die Strümpfe feucht werden. Sie schiebt die niedrig hängenden Zweige beiseite, bis sie schließlich auf einer kleinen Lichtung Halt macht, auf der ein umgestürzter Baumstamm liegt. Sie ist so außer Atem, als wäre sie gerade eine lange Strecke gesprintet.

Wenn es wahr ist ... Nein, es muss ja so sein. Natürlich stimmt es. Jessica weiß, dass es wahr ist, und kann nicht aufhören, sich darüber zu wundern, dass sie es sich nicht früher eingestanden hat.

Die Tränen steigen ihr in die Augen. Jessica sucht Halt an dem umgestürzten Baum, dessen Stamm die starken Äste einen halben Meter über dem Boden halten. Nachdem sie sich daraufgesetzt hat, lässt sie ihren Tränen freien Lauf. Sie will das nicht, hat es nie gewollt. Sie hofft, dass es nicht wahr ist, weiß aber, dass es sinnlos ist, die Tatsachen zu leugnen.

Der Vater ist Frank. Sie war mit keinem anderen zusammen.

Jessica schluchzt und schlägt die Hände vor das Gesicht.

Frank, der sich im Aufzug in der Töölönkatu Jessicas Dienstwaffe an die Schläfe gesetzt hat, nachdem sie sich in ihrer Einzimmerwohnung leidenschaftlich geliebt hatten. Jessica hatte keine Gelegenheit mehr, Frank genauer kennenzulernen. Sie denkt an das Kind, das ohne Vater zur Welt kommen würde. An den Vater, einen ehemaligen Soldaten und nüchtern gewordenen Kleinkriminellen, der sein Gehirn an die Aufzugwand gesprengt hat. An das Kind, dessen Mutter eine geistesgestörte, impulsive und zynische Einsiedlerin ist, die vor langer Zeit einen Mann mit einem Messer erstochen hat. An das Kind, das höchstwahrscheinlich die in der Familie seiner Mutter häufig auftretende Schizophrenie erben würde. Das Kind, dessen Mutter während der Schwangerschaft massenhaft Medikamente geschluckt und an Selbstmord gedacht hat, auf dieser verfluchten Insel, auf die der Tod gekommen ist wie auf Bestellung. Jessica heult vor Qual auf.

Sie wischt sich die Tränen mit dem Ärmel ab und blickt zum Himmel auf. Die Baumwipfel bewegen sich langsam im Takt des Windes, und irgendwo in ihrem Schutz singt ein Vogel.

Jessica will kein Kind. Sie ist keine der Frauen, die von Mutterschaft träumen und sich selbst und ihre Zeit der Erziehung eines Kindes widmen möchten.

Aber vielleicht hat das Universum die Entscheidung für sie getroffen.

Wenn sie beschließt, das Kind zu behalten, wird zweifellos alles viel schwieriger, vielleicht aber auch klarer sein.

In dem Fall kann Jessica nicht mehr auf dieser Insel sterben. Diese Alternative war ein Luxus, der in einem einzigen Augenblick der neuen, umstürzenden Erkenntnis gewichen ist.

Wenn sie das Kind behält.

Sie muss ins Unbekannte springen, ohne die Möglichkeit, den Rückzug anzutreten.

Inmitten der Unsicherheit und der aufkommenden Panik spürt Jessica etwas, was sie noch nie empfunden hat. Eine klare Vorstellung von der Zukunft: von den Möglichkeiten und vor allem von der Verantwortung, die das Schicksal ihr übertragen hat.

Sie muss noch heute Abend von der Insel verschwinden.

Plötzlich spürt Jessica einen kalten Hauch am Ohr. Sie dreht den Kopf und sieht neben dem Weg unter dem Felsen das kleine Mädchen, das langsam nach Norden geht. Der blaue Mantel flattert im Wind, die kleinen Stiefel sind so nass wie Jessicas Schuhe.

»Wohin gehst du, Schätzchen?«, fragt Jessica leise.

Komm, Mama. Ich möchte es dir zeigen, bevor du hier weggehst, flüstert das Mädchen, dann verschwinden seine Umrisse im Wind. Der Vogel, der kurz verstummt ist, um Maijas Worte zu hören, beginnt wieder zu singen.

»Was?«

Mein Zimmer, sagt die Stimme, obwohl das Mädchen selbst schon verschwunden, mit dem dunklen Nadelwald verschmolzen ist.

43

Das weiße Haus ragt imposant vor dem grauen Himmel auf.
Jessica wirft einen raschen Blick zum Anleger, zu der Stelle, wo am Morgen Elisabeths Leiche gefunden wurde. Drei Leichen exakt an derselben Stelle – auch wenn zwischen den Ereignissen fast vierzig Jahre liegen, ist es kein Wunder, dass die Menschen hier sich fürchten.
Jessica geht entschlossen zum mittleren Teil des symmetrisch angelegten Gebäudes, wo eine kleine, unebene Steintreppe zu einer schwer aussehenden Holztür führt. Sie steigt die Stufen hoch, fasst nach der Klinke und drückt sie herunter. Die Tür ist jedoch verschlossen und vermutlich sehr schwer aufzubrechen, selbst jetzt noch, nachdem sie jahrelang ungestört vor sich hin modern durfte.
Jessica tritt ein paar Schritte zurück und betrachtet die vom Staub grau gefärbten, zerbrochenen Fenster. Die Zimmer in dem auf einem Sockel errichteten Haus liegen so hoch, dass sie nicht hineinschauen kann, selbst wenn sie sich auf die Zehenspitzen stellt. Aber in einem dieser Zimmer hat Maija vor langer Zeit gewohnt. Jessica kann sich vorstellen, wie das Mädchen kurz vor zwei Uhr in der Nacht aufsteht, das Fenster öffnet, den kleinen Fuß auf die breiteste Stelle des Sockels stellt und sich dann auf den einen Meter tieferen Rasenstreifen fallen lässt, der das Gebäude vor langer Zeit umgab. Maija konnte es bestimmt ganz leise tun, wie eine kleine, geschmeidige Katze, deren Kommen und Gehen niemand hört.

Und wenn Maija es als kleines Mädchen geschafft hat, jede Nacht aus dem Fenster und dann wieder zurück zu klettern, muss auch Jessica dazu fähig sein, verdammt noch mal. Sie überprüft die Fenster und stellt fest, dass das Fenster gleich rechts vom Eingang am stärksten zerbrochen ist und man dort vielleicht am leichtesten einbrechen kann, ohne dem alten Haus unnötig Schaden zuzufügen.

Jessica stellt die Schuhspitzen auf den Sockel und kämpft sich hoch. Sie greift nach dem Fensterrahmen, von dem die Farbe abblättert, und schafft es, das Gleichgewicht zu halten. Das Loch im unteren Teil der Fensterscheibe hat die Form eines fast perfekten Dreiecks. Jessica schiebt eine Hand hindurch und tastet nach der Fensterklinke. Sie spürt den klammen, verschimmelten Vorhang am Handrücken und rostiges Metall an den Fingern. Die Klinke dreht sich, und Jessica bückt sich, als das Fenster sich knarrend nach außen öffnet. Dann drückt sie die Hände gegen die Fensterrahmen und stemmt sich nach drinnen.

Jessica schiebt die Vorhänge zur Seite, stellt die Füße auf den Tisch vor dem Fenster und betrachtet das Zimmer, das ungefähr fünfzehn bis zwanzig Quadratmeter misst. An der Wand hängt ein verblasstes Landschaftsbild der ostbottnischen Ebenen, unter dem Fenster befinden sich der Schreibtisch, auf den sie sich gestellt hat, und ein Stuhl. Rechts von der Tür, die auf den Flur führt, steht ein schmales Metallbett. Die Zimmer wurden zweifellos seit 1946 einmal oder auch mehrmals renoviert und neu möbliert, doch im Smörregård barnhem herrscht dennoch eine seltsam zeitlose Atmosphäre. Jessica steigt vom Tisch und bleibt kurz in der Mitte des Zimmers stehen. Sie denkt an Armas und daran, wie er als Kind das Ohr an die Fußleiste gedrückt und Elisabeth und Haxe belauscht hat. Jessica schiebt das Bett beiseite, die von der Decke gefallene Farbe knirscht unter ihren Schuhsohlen. Wenn hinter dem Bett damals eine hohle Wand war, wurde sie seitdem repariert und mit einer weißen Holzleiste versehen. Auch die Isolierung wurde bestimmt erneuert, das wäre jedenfalls zu hoffen.

Jessica öffnet die Tür und tritt vorsichtig, mit tastenden Schritten, aus dem Zimmer. Anders als die Fassade des Gebäudes vermuten lässt, ist der Flur überraschend breit und hoch. Zum Meer hin gibt es sechs Türen, zum Wald hin vier. Jede Tür schmückt eine Nummer. Anstelle der kalten, bürokratischen Nummerierung könnte man die Zimmer eines Kinderheims wohl auch weniger hospitalisierend markieren, zum Beispiel mit den Namen der Bewohner oder mit Bildern von Tieren. Elch, Bär, Fuchs. Irgendetwas anderes als Zahlen.

Die Tür zum Badezimmer am Ende des Flurs ist offen. Gegenüber der Eingangstür befindet sich ein Kabuff, in dem wohl irgendwann der Nachtwächter seinen Arbeitsplatz hatte. Alles in allem erinnert das ehemalige Kinderheim vom Grundriss her an eine Kaserne.

Jessica geht den Flur entlang, am Zimmer Nummer fünf vorbei, das Armas' Worten nach Elisabeth gehört hat, und zum Zimmer Nummer sechs, an dessen Tür in Augenhöhe ein Schild mit der Aufschrift *Nur Personal* geschraubt ist. Sie hält einen Moment den Atem an, als ob im Zimmer eine Falle lauert, dann öffnet sie die Tür und tritt ein.

Anders als in Armas' Zimmer hat man hier nicht versucht, den Raum mit Landschaftsbildern oder geblümten Vorhängen zu verschönern. Er ist in seiner Kargheit verblüffend ungemütlich, und Jessica kann sich nur schwer vorstellen, dass jemals irgendwer hier wohnen wollte. Weder Maija noch irgendein Kind nach ihr.

Ich glaube nicht, dass da irgendwas verändert wurde, sagt die Stimme, und Jessica spürt wieder die kalte Feuchtigkeit, die mit den Worten des Mädchens ins Zimmer fällt.

»Wie meinst du das?«, fragt Jessica, begreift dann aber. Das hat Åke ja gesagt: *In Maijas Zimmer wurde nie mehr jemand ein-*

quartiert, es war eine Art Horrorkabinett und blieb unverändert erhalten.

Jessica räuspert sich leise und geht weiter in das Zimmer hinein. Je mehr sie darüber nachdenkt, desto offensichtlicher wird es: Die Farbe an den Wänden und an der Decke ist stark abgeblättert, der Schimmelgeruch ist stechender als im Zimmer vier. Offenbar wurde das Zimmer seit Maijas Verschwinden nicht mehr angerührt. Jessica zieht den Stuhl unter dem Tisch hervor, drückt mit dem Fuß darauf, um sich zu vergewissern, dass er ihrem Gewicht standhält, und setzt sich, um Maijas kleine Bude zu betrachten, in die fahles Tageslicht fällt. Auf dem Fußboden liegt Mäusekot, in jeder Ecke haben Spinnen ihre Netze gewebt. Auf den Oberflächen liegt der Staub so dick, dass man Unnachgiebigkeit und einen guten Industriestaubsauger brauchen würde, um das Zimmer zu säubern.

Jessica blickt durch das schmutzige Fenster, dessen Scheibe heil geblieben ist. Von hier aus bleibt der Anleger hinter einem der abbruchreifen Bootsschuppen verborgen. Wenn Maija tatsächlich ihren Vater erwartet hat und wenn die Bootsschuppen – wie es ihr Zustand nahelegt – schon in den 1940er Jahren dort gestanden haben, konnte Maija die Ankunft ihres Vaters nicht von ihrem Zimmer aus sehen, sondern musste am Anleger warten. Jessica muss schlucken, als sie sich vorstellt, wie das Mädchen in dieser trostlosen Umgebung am Fenster Wache hält. Die Stunden zählt. Hoffnungsvoll aus dem Fenster klettert, nur um wieder und wieder enttäuscht zu werden. Um am nächsten Morgen wieder in diesem kargen Zimmer zu erwachen.

»Jetzt habe ich es gesehen«, flüstert Jessica, hat aber aus irgendeinem Grund das Bedürfnis, noch zu bleiben. Als gäbe es noch etwas anderes, was Maija ihr zeigen wollte. »Oder? Was sehe ich nicht, Maija?«, fährt Jessica fort, bekommt aber keine Antwort, obwohl sie die Anwesenheit des Mädchens spürt.

Maija antwortet nicht, weil sie es nicht kann. Weil sie wohl nichts zu erzählen hat, was Jessica nicht schon weiß.

Denk nach, Jessica.

Jessica denkt an Elisabeth, Armas und alle anderen, die in diesem Haus gewohnt haben. Als sie jetzt in Maijas Zimmer sitzt, begreift sie, wie erstaunlich es eigentlich ist, dass Armas Maija irgendwann gekannt hat. So wie es erstaunlich erscheint, dass manche alten Menschen den Zweiten Weltkrieg miterlebt haben. Bei der Olympiade in Helsinki Wurst gegessen haben. Präsident Kekkonen begegnet sind.

Maijas Geschichte hat Jessica in ihren Bann geschlagen, und es wundert sie nicht, dass daraus eine örtliche Legende geworden ist. Vielleicht könnte Armas ihr mehr über die Zugvögel und über den Brief erzählen, den Maija bekommen hat. Jessica hat sicher nicht alle richtigen Fragen zu stellen gewusst.

Armas, wiederholt sie den Namen in Gedanken und blickt an die Decke. Wenn die Wand in seinem Zimmer hohl war, wäre …

Jessica wartet nicht darauf, dass ihre plötzliche Eingebung sich zu einer endgültigen Idee entwickelt, sondern räumt den Stuhl beiseite, tritt an Maijas Bett und schiebt es einen Meter zum Fenster hin. Das schleifende Geräusch hallt bis in den Flur, aber es gibt keinen Wächter und keine Heimleiterin mehr, die es hören könnten. Jessica kniet sich hin, klopft gegen den unteren Teil der Wand und stellt fest, dass sie hohl oder zumindest erschütternd schlecht isoliert ist. Die Fußleiste hängt halb herunter und lässt sich mühelos entfernen. Jessicas Herz rast, als sie die Hand in die schmale Vertiefung zwischen dem Dielenfußboden und der Gipsplatte der Wand schiebt. Dort findet sie jedoch nichts, und ihre Begeisterung weicht ungläubiger Enttäuschung.

Jessica steht auf und tritt mit der Schuhspitze gegen die Gipswand. Staubkörnchen stieben auf und kitzeln sie in der Nase. Sie legt sich bäuchlings auf den Boden und untersucht das

Loch, das ihre Schuhspitze in die Wand gerissen hat, doch auch dort ist nichts versteckt. Verdammt. Sie hat Maijas Zimmer ganz umsonst in Unordnung gebracht, nur weil sie glaubte, etwas zu finden, was eine Lösung bieten würde für … Ja, für was? Für Maijas Verschwinden vor fast achtzig Jahren? Jessica kommt sich lächerlich vor.

Sie will sich gerade wieder hochstemmen, als sie unten am Lattenrost etwas sieht. Zuerst überlegt sie, unter das Bett zu kriechen, beschließt dann aber, aufzustehen und es auf die Seite zu kippen.

Jessica dreht das Bett mitten im Zimmer auf die Seite und kniet sich hin, um die Schrift auf dem Lattenrost zu untersuchen. Der Text ist verblichen, hebt sich aber immer noch deutlich von dem weiß verschimmelten Holz ab.

> Yeniemde vessörgretde veztachsde vetside vemretnihde vesuahde vemide vedlwade vebennede vemedde veieröfimnegde veniestde.

Die Handschrift ist eindeutig die eines Kindes, dessen Alter jedoch schwer zu schätzen ist. Aber wenn ihre Intuition zutrifft, wenn das Zimmer all die Jahre unberührt geblieben ist, dann könnte es durchaus sein, dass Maija die Worte geschrieben hat.

Jessica starrt auf den Text. Auf den ersten Blick erinnert er an irgendeine finnisch-ugrische Sprache, vielleicht Estnisch oder Saamisch, aber jedes Wort beginnt mit der Silbe ve und endet auf de.

Die Vede-Sprache! Jessica erinnert sich, sie als Kind selbst gesprochen und geschrieben zu haben. Es war ziemlich leicht, sie zu bilden, und oft hatten die Erwachsenen keine Ahnung, wie dieser simple Code zu knacken war. Jessica nimmt den Block aus der Tasche, schlägt die Seite um und schreibt die Worte auf.

Ve-niem-de … Wie ging es noch gleich … Das *ve* und das

de streichen ... *Niem.* Die Silbe umdrehen: *mein.* Mit höchster Konzentration schreibt Jessica den umgedrehten Text auf. *Grösster. Schatz. Mein grösster Schatz ... Ist. Hinterm. Haus. Im. Wald. Neben. Dem. Eiförmigen ... Stein.*

Jessica stürmt auf den Flur, geht zur Haustür, die sich leicht öffnen lässt, und tritt hinaus in die frische Luft, die nach dem Aufenthalt in dem verschimmelten Haus ein himmlischer Genuss ist.

Als Jessica um das Haus geht, sieht sie an der Ecke einen Werkzeugständer, aus dem sie aus einer plötzlichen Eingebung heraus eine stark verrostete Schaufel mitnimmt. An der Seitenwand entlang kommt sie auf den Hinterhof. Dort sieht sie einige brüchige Mülltonnen, eine Blechtonne, verrostete Fahrräder und einen alten Rasenmäher. An der Wand sind alle möglichen Sachen aufgestapelt: Brennstoffkanister, blaue Plastikkörbe und ein Hühnerkäfig. Die abgerissenen Regenrinnen hängen herunter, und das Regenwasser plätschert über den Sockel des Hauses. Der dichte und überraschend hohe Wald hinter dem Gebäude rauscht drohend.

Hinterm Haus im Wald ... Neben dem eiförmigen Stein.

Das alte Waisenhaus ist mehrere zehn Meter lang, doch aus irgendeinem Grund ist Jessica sich sicher, dass Maija ihren Schatz bei der Mitte des Gebäudes versteckt hat, um ihn später leichter wiederzufinden. An der Hausmitte schlüpft sie in den Wald. Sie geht langsam, damit sie den Stein nicht übersieht. Schließlich weiß sie ja nicht einmal, wie groß er ist: Womöglich hat der Stein nicht nur die Form, sondern auch die Größe eines Eis. Im Wipfel einer Fichte krächzt ein Vogel, dann ist Flügelschlagen zu hören. Die dichten Zweige verdunkeln den Himmel. In diesem Teil der Insel wirkt die Natur hart und bedrückend.

Jessica dringt immer tiefer in den Wald vor, schiebt Zweige beiseite und denkt schon, dass der Stein garantiert nicht so weit vom Haus entfernt sein kann, als sie plötzlich einen moosbewachsenen, kniehohen Stein entdeckt, der tatsächlich eine verblüffende Ähnlichkeit mit einem in den Boden gesenkten Vogelei hat. Jessica bückt sich zu ihm herunter. Die Erde neben dem Stein ist eingesunken. Ohne weitere Zeit zu verlieren, richtet Jessica sich auf und stößt die Schaufel durch das Moos in den Boden: Der Bodenfrost, der ihn wohl noch vor kurzer Zeit gefangen gehalten hat, ist gewichen, und die Schaufel versinkt relativ leicht im groben Erdreich. Jessica gräbt rund um den Stein, doch die Schaufelspitze trifft nur auf Erde und Kies. Plötzlich ist sie sich sicher, dass schon vor ihr jemand hier war. Natürlich. Es war naiv, zu glauben, dass sie die erste Forschungsreisende wäre, die die Schatzkarte gefunden und den Code geknackt hat. Dass die Koordinaten des Schatzes – was er auch sein mag – in den vierundsiebzig Jahren, in denen das Bett frei zugänglich in Maijas ehemaligem Zimmer gestanden hat, vor allen Blicken verborgen geblieben wären.

Jessica wischt sich den Schweiß von der Stirn und wird plötzlich von einem seltsamen Gefühl aufgeschreckt. Sie steht mitten im dichten Wald, hundert Meter von dem verlassenen Waisenhaus entfernt, und aus irgendeinem Grund ist ihr, als würde sie jemand hinter den Bäumen oder oben aus den Wipfeln beobachten.

Die Schaufel fällt ihr aus der Hand und landet zu ihren Füßen. Jessica ist daran gewöhnt, sich vor einer unbekannten Gefahr zu fürchten. Aber diesmal ist die Furcht anders. Vielleicht liegt es an der Verantwortung, dass sie nicht nur sich selbst, sondern auch das in ihr wachsende neue Leben schützen muss.

Sie macht sich auf den Weg zum Südufer.

Die Angst schnürt ihr die Brust zu. Vielleicht hat doch niemand die Koordinaten unter Maijas Bett gefunden. Vielleicht ist Maija tatsächlich selbst zurückgekommen, um ihren Schatz zu holen.

44

Als Jessica zügig zum Gasthof zurückgeht, sieht alles wie vorher und doch anders aus. Irgendetwas im Gelände, an den wassertropfenden Zweigen der Bäume und den kahlen Büschen hat sich verändert. Jessica riecht, sieht und hört alles um sich herum anders als noch kurz zuvor: Es ist, als hätte sie alles Verschimmelte und Ranzige gegen etwas Neues und Frisches ausgetauscht, die düstere Hoffnungslosigkeit durch reine Neugier ersetzt. Von jetzt an würde sich alles ändern.

Als sie den Hof erreicht, sieht sie Åke, der mit hängendem Kopf vom Ufer zum Hauptgebäude schlurft.

Åke bemerkt Jessica erst, als sie am Rand des Rasens stehen bleibt. Er hebt die Hand und wankt langsam auf sie zu. Sein Mantel flattert im Wind.

»Wie war der Spaziergang?«, fragt Åke.

Jessica ist daran gewöhnt, dass seine freundlichen Augen leuchten, doch jetzt wirkt sein Blick trostlos.

»Ich verstehe, warum Sie hierher zurückgekommen sind, Åke. Diese Insel nimmt einen gefangen«, sagt Jessica. »Wie geht es Ihnen?«

Åke zuckt die Achseln.

»Zuerst stirbt einer der Gäste unter merkwürdigen Umständen, und jetzt rennt Johan hier herum und setzt denjenigen zu, die noch am Leben sind und versuchen, sich von dem Schock zu erholen«, antwortet Åke und sieht aus, als wollte er seine

Worte sofort zurücknehmen. »Ach Scheiße, Entschuldigung. Das klingt ja verrückt. *Noch* am Leben. So hatte ich es nicht gemeint.«

Jessica hat das Gefühl, dass an Åkes Ausrutscher etwas Wahres dran ist.

»Glauben Sie, dass noch jemand in Gefahr ist?«, fragt sie.

Einen Moment lang sieht Åke sie an, als würde er überlegen, ob es sinnvoll ist, ihre Frage zu beantworten. Er muss wissen, dass ihr Schal am Ufer gefunden wurde und dass sie theoretisch die Täterin sein kann, so wie jeder, der die Nacht auf der Insel verbracht hat.

Åke presst die Lippen zusammen und schüttelt den Kopf. Der Wind lässt seine rötlichen Barthaare vibrieren, als würde Strom durch sie fließen.

»Nein, das glaube ich nicht. Sie brauchen Ihren Koffer nicht zu packen …«

»Das kann ich vielleicht gar nicht, selbst wenn ich es wollte«, sagt Jessica.

Åke sieht sie an, versteht dann wohl, was sie meint, und nickt entschuldigend.

»Hören Sie, Astrid hat beschlossen, dass wir Ihnen für Ihren Aufenthalt nichts berechnen.«

»Ach, ich kann also noch drei Wochen umsonst hier wohnen?«, erwidert Jessica, obwohl sie weiß, dass sie nicht mehr lange bleiben wird. Unter keinen Umständen. Selbst wenn Elisabeths Tod noch heute aufgeklärt würde. Ihre persönliche Situation hat sich radikal verändert, und sie kann nicht mehr einfach stillstehen und warten.

»Das ist wohl das Wenigste …« Åke verzieht den Mund.

»Unsinn«, sagt Jessica rasch und denkt plötzlich an die Fotos, die sie vorhin gemacht hat. Jetzt hätte sie Zeit, nach Informationen über alle Gäste zu suchen, zu klären, ob irgendetwas Interessantes ans Licht kommt. Im Internet (falls es funktioniert) wird sie bei ihrer Suche schon ziemlich weit vorankommen, aber wenn sie es wagt, Jusuf oder Rasmus um Hilfe zu bitten …

»Was ist Ihre persönliche Meinung?«, fragt Åke und reibt sich den Nacken. »Sie sind ein Profi, also müssen Sie sich irgendein Bild gemacht haben.«

Jessica leckt sich über die Lippen und überlegt, ob es sinnvoll ist, mit Åke über die Sache zu spekulieren. Aber es kann wohl nicht schaden, solange niemand den Eindruck gewinnt, dass Jessica auf der Insel inoffizielle Ermittlungen anstellt.

»Es ist ja ein ziemlich ungewöhnlicher Fall. Ich würde die Möglichkeit nicht ausschließen, dass in der Nacht irgendein Fremder auf der Insel war«, meint sie und blickt instinktiv zu dem Fenster im zweiten Stock des Hauptgebäudes, an dem sie gestern ihrer Meinung nach eine menschliche Gestalt gesehen hat.

Åke wirkt skeptisch: Er ist ganz offensichtlich nicht überzeugt von Jessicas Einschätzung.

»Sie haben mir gestern am Kaminfeuer nicht die ganze Geschichte erzählt«, sagt Jessica. »Astrid hat gerade die Lücken gefüllt.«

Åke seufzt tief und senkt den Blick auf seine Schuhspitzen.

»Ich wollte Ihnen keine Angst einjagen«, antwortet er leise und schließt kurz seine traurigen Augen. »Dass an derselben Stelle früher schon Menschen gestorben sind … Das ist verdammt seltsam und gruselig.«

»Erinnern Sie sich an die Fälle? Waren Sie damals hier auf der Insel?«, fragt Jessica. Åke nickt.

»Ja. Und Johan auch. Beide Male. Als der Nachtwächter starb und auch beim Tod der Heimleiterin.«

»Wie alt …«

»Elf, als Martin Hedblom, der Nachtwächter, 1982 tot aufgefunden wurde. Der zweite Fall ist ja 1985 geschehen.«

»Hat die Polizei auch Sie beide befragt …«, beginnt Jessica, doch da sieht sie, dass Johan Karlsson die Haustür des Hauptgebäudes öffnet und oben auf der Treppe stehen bleibt, die Hände in die Hüften gestützt wie ein diensteifriger Sheriff in einem Western von Sergio Leone.

»Genießen Sie den Frühling, solange Sie können«, ruft Karlsson mit ausdrucksloser Miene. »Am Nachmittag kommt ein ziemlicher Sturm auf, der nicht so schnell abflauen wird.«

»Reden wir später weiter«, sagt Jessica zu Åke und macht sich auf den Weg zum Stallgebäude.

»Jessica«, ruft Åke ihr nach. Sie dreht sich um. »Wir möchten, dass alle Gäste um halb zwölf in den Speisesaal kommen, zu einer kleinen Informationsveranstaltung über die Situation.«

45

Jessica betrachtet ihren nackten Oberkörper im Spiegel: die kleinen runden Brüste und den Bauch, der unten ein wenig gewölbt zu sein scheint. Sie lässt die Finger um den Nabel kreisen, dreht sich zur Seite und drückt die flachen Hände gegen den Bauch. Je länger sie sich und ihren gerundeten Bauch ansieht, desto gewisser wird sie. Wie konnte Astrid etwas so Intimes bemerken, etwas, worauf Jessica selbst nicht gekommen ist, obwohl es um ihren Körper und das langsam in ihr wachsende Leben geht? Andererseits hat Astrid einen geschulten Blick, sie hat ja jahrzehntelang schwangere und gebärende Frauen behandelt. Viele Fragen schwirren Jessica im Kopf herum. Zum Beispiel, wie sich die starken Medikamente, die sie in den letzten Wochen genommen hat, auf die Entwicklung des Embryos auswirken.

Jessica setzt sich auf die Toilette, die Pillendose in der einen, das Handy in der anderen Hand. Das 4G-Netz funktioniert nicht, aber die Empfangsstärke scheint einen Balken zu betragen. Sie wählt in ihrer Kontaktliste *Psychiaterin Tuula* und hält das Gerät ans Ohr. *Der Anschluss ist momentan nicht zu erreichen.* Jessica legt das Handy an die Brust und überlegt, an wen sie sich stattdessen wenden könnte. Sie hat zwar beschlossen, geduldig zu sein, will aber trotzdem nicht warten, sie hält die Ungewissheit nicht länger aus.

Jessica wählt eine andere Nummer in der Liste, hebt das

Handy ans Ohr und bereut ihre Entscheidung schon, während das Freizeichen ertönt.

»Was für eine Überraschung, Niemi«, sagt eine barsche, farblose Frauenstimme, als Jessica gerade aufgeben und den Anruf abbrechen will.

»Hast du Zeit zu reden?«, fragt Jessica nach kurzem Zögern. In der Leitung wird es still, und sie fürchtet schon, dass die Verbindung abgerissen ist.

»Die Frage ist wohl eher, ob du Zeit hast. Bei dir ist ja in letzter Zeit allerhand passiert«, sagt die Frau und lacht trocken auf. In ihrer Stimme liegt jedoch keine Boshaftigkeit. Jessica kennt die Rechtsmedizinerin Sissi Sarvilinna seit vielen Jahren und hat bereits ansatzweise gelernt, ihre von pechschwarzem Humor gefärbte Seelenlandschaft zu verstehen.

»Du hast es auch gesehen«, flüstert Jessica.

»Das Video? Natürlich. Aber ich weiß, dass du keinen völlig grundlos trittst. Und in diesem Fall wohl auch nicht aus Liebe, wenn man sich den korpulenten Hausmeister genauer ansieht. Du hast Besseres verdient, Niemi.«

»Darf ich dich etwas fragen?«

»Ich habe noch nie gehört, dass du um Erlaubnis bittest«, antwortet Sarvilinna.

»Es geht um Benzodiazepine …«

»Moment mal. Hat das mit dem Fall Lindeman zu tun? Meines Wissens bist du vorläufig nicht …«

»Nein«, antwortet Jessica seufzend. »Ich frage als Privatperson.«

Sie will die Sache nicht durch Lügen verkomplizieren. Die Wahrheit macht ihre Lage wohl nicht schwieriger, als sie ohnehin schon ist. Also holt Jessica tief Luft und erklärt:

»Ich habe in letzter Zeit Xanor gegen Beklemmung und Schlaflosigkeit genommen …«

»Hör mal, ich weiß nicht, worauf dieses Gespräch hinausläuft, aber ich werde dir keine Medikamente verschreiben, die auf das zentrale Nervensystem einwirken. Wende dich an den Arzt, der dir ursprünglich …«

»Darum geht es nicht.«

Auf Jessicas Worte folgt sekundenlange Stille.

»Sondern worum?«

»Ich vermute, dass ich schwanger bin«, sagt Jessica und schließt die Augen. Es erscheint ihr absurd, dass die zur Antipathie neigende Pathologin die erste Person ist, der sie die vielleicht größte Neuigkeit in ihrem bisherigen Leben erzählt. Es müsste jemand anderes sein. Aber aus irgendeinem Grund ist dieser Jemand im Moment der Allerletzte, dem sie davon erzählen will.

»Aha«, sagt Sarvilinna. Im Hintergrund ist ein metallisches Rattern zu hören.

»Kann das Medikament dem Fötus geschadet haben?«, fragt Jessica.

Am anderen Ende wird es so still, dass Jessicas Hände vor Nervosität feucht werden.

»Wie weit ist die Schwangerschaft?«, fragt Sarvilinna dann.

»Ich würde sagen, in der sechzehnten oder siebzehnten Woche.«

Wieder die nervenzerreißende Stille.

»Hallo?«

Sarvilinna sagt etwas, aber die Verbindung ist schlecht.

»Was? Ich höre dich nicht.«

»Ich glaube nicht, dass es schon zu Schäden gekommen ist, aber du musst das Medikament sofort absetzen. Bei regelmäßiger Verwendung sind Benzendiazonsalze vor allem im letzten Stadium der Schwangerschaft schädlich, weil sie beim Neugeborenen zu Entzugserscheinungen oder schlimmstenfalls zur Atemlähmung führen können …«

»Okay«, sagt Jessica und wischt sich eine Träne von der Wange. »Wenn ich also sofort aufhöre, ist alles in Ordnung?«

»Das wage ich zu behaupten.«

»Danke. Du erzählst doch keinem davon«, bittet Jessica mit bebender Stimme. »Weder von den Medikamenten noch von der Schwangerschaft.«

»Warte mal«, sagt Sarvilinna und Jessica hört, wie sie das Handy zur Seite dreht. »He, hör mal, Risto. Jessica Niemi ist schwanger. Ja, die Polizistin. Kannst du das glauben?«

Jessicas Herz setzt einen Schlag aus, doch bald hört sie wieder Sarvilinnas Stimme.

»Sorry, Niemi. Ich musste Risto, der da auf dem Tisch liegt, einfach das Herz ausschütten. Aber mach dir keine Sorgen, er ist tot. Heute Nacht gab es eine Messerstecherei in Munkkiniemi und …«

»Du bist bescheuert, Sarvilinna«, seufzt Jessica. »Aber trotzdem vielen Dank.«

Die weißen Pillen verschwinden mit dem Wasser im Abfluss. Jessica klappt den Klodeckel zu und kehrt in ihr Zimmer zurück. Dann setzt sie sich aufs Bett und öffnet den Laptop. Das auf der Webseite der Villa Smörregård versprochene WLAN funktioniert miserabel, und selbst bei der Verwendung der Suchmaschine bricht die Verbindung oft ab. Das Internet wird also kaum weiterhelfen. Jessica vergrößert die Fotos, die sie im Büro gemacht hat, auf dem Display ihres Handys und schreibt die Angaben über die Gäste auf den elektronischen Merkzettel, den sie am Bildschirmrand geöffnet hat.

Armas Kustaa Pohjanpalo, geb. 1936
Elisabeth Maria Theresa Salmi, geb. 1933
Eila Raili Sinikka Kantelinen, geb. 1935

Darunter schreibt sie den Namen der 1994 verstorbenen, auch als Haxe bekannten Elsa Lehtinen, obwohl sie sonst nichts über die Frau weiß.

Dann ist das schwedische Paar an der Reihe:

Niklas Herbert Steiner, geb. 1969
Pernilla Steiner, geb. 1972

Als Abreisetag ist bei den Zugvögeln der 22.3. vermerkt, also der morgige Sonntag. Niklas und Pernilla Steiner wollen ihre Reise dagegen erst am Montag fortsetzen. Jessica schließt die Augen und versucht sich Einzelheiten über die beiden Schweden in Erinnerung zu rufen. Es handelt sich um ein ganz normal wirkendes Paar mittleren Alters, dessen Verhalten völlig unauffällig ist. Die Frau hat am Morgen zwar untröstlich geweint, aber das ist wohl kein Wunder nach dem unerwarteten Todesfall in der Nähe des Gasthofs. Er ist schon für sich eine hinreichende Erklärung für den Gefühlsausbruch der Frau, obwohl sie das Opfer nicht persönlich gekannt hat. Oder hat sie es doch gekannt? Wohl kaum. Es wäre zwangsläufig irgendwie deutlich geworden, als sie alle zum Abendessen im Speisesaal versammelt waren. Natürlich könnte es sein, dass Astrid, nachdem Jessica gegangen war, ihren Plan verwirklicht und die Tische zusammengeschoben hat und dass Elisabeth es irgendwie geschafft hat, beim Nachtisch das Paar so in Wut zu bringen, dass einer der beiden sie noch in derselben Nacht ertränkt hat. Schwer zu glauben.

Armas Pohjanpalo. Jessica zoomt die Kopie seines Passes, betrachtet die mageren Wangen und die zerfurchte Stirn. Ist seine Geschichte glaubhaft? Und wenn ja, warum wollte er Jessica und nur ihr von seiner Beobachtung erzählen? Außerdem fragt sie sich, warum Armas all die Jahre an den regelmäßigen Treffen der Zugvögel teilgenommen hat, wenn er seine Schicksalsgenossinnen nicht besonders mag. Warum wollte er immer noch mit den Quälgeistern in Kontakt bleiben, statt auf die Reisen zu verzichten und sein eigenes Leben zu führen?

Jessica hebt den Finger vom Display ihres Handys, und das Foto kehrt zur normalen Größe zurück. Sie schwenkt den Finger noch ein paarmal über das Display, um die Fotos durchzublättern, für den Fall, dass sie etwas übersehen hat. Die Angaben über die Gäste sind in der umgekehrten Reihenfolge ihrer Ankunft archiviert: Pohjanpalo, Salmi, Kantelinen, Steiner, Steiner, Niemi ... Da fällt ihr Blick auf den linken unteren Rand des letzten Fotos, das ihren Pass und ihr Anmeldeformular zeigt. Jessica sieht nur die Unterkante einer Passkopie und die rechte Hälfte eines ausgefüllten Formulars. Nach den Tiergestalten zu urteilen handelt es sich um einen finnischen Pass, die Unterschrift ist nicht zu entziffern, Name und Geburtsdatum hat die Kamera nicht erfasst. Aber wer auch immer der Gast ist, er hat am selben Tag eingecheckt wie Jessica, am 16.3., dem Montag dieser Woche. Im selben Moment erinnert sich Jessica, was sie gestern gesehen hat, als sie auf dem Hof stand: den Vorhang, der sich an einem der Fenster in der oberen Etage bewegte, und die dunkle Gestalt dahinter. Im Gasthof hat all diese Tage ein siebter Gast gewohnt.

46

Hauptkommissarin Helena Lappi, die Leiterin der Einheit für Schwerverbrechen bei der Helsinkier Polizei, trommelt mit den Fingern auf die Schreibtischplatte und gräbt die Zähne in ihren Bleistift. Der Stift erinnert an ein Stück Treibholz, an dem ein Biber genagt hat, doch die Stressreaktion hat wieder einmal einen gewichtigen Grund. Das Büro der Zentralkripo bei der Landesverwaltung von Åland hat vor einer Stunde eine Bitte um Rückruf hinterlassen, der Hellu sofort nachgekommen ist. Bald darauf war sie mit Hauptkommissarin Maria Forsius von der åländischen Polizei verbunden, die sich nach einer Kriminalhauptmeisterin in Helena Lappis Einheit erkundigte, einer gewissen Jessica Niemi.

Die Zähne graben sich immer tiefer ins Holz, bevor sie es freigeben und eine Stelle suchen, an der es noch etwas zu nagen gibt.

In was zum Teufel hat Niemi ihre Nase diesmal gesteckt? Sie hat sich ja auf Hellus Anordnung beurlauben lassen, und ihr Urlaub sollte mindestens so lange dauern, bis die Ermittlung über den Hausfriedensbruch und den tätlichen Angriff auf den Hausmeister abgeschlossen ist und eine eventuelle Anklageschrift vorliegt. Dem Telefonat nach ist Niemi nach Åland gereist, wo sie offenbar irgendein Durcheinander angerichtet hat, denn sonst würden die dortigen Kollegen ja nicht anrufen und nach ihr fragen! Die verfluchte Niemi.

Hellu macht sich selbst Vorwürfe: Vielleicht war sie von

Anfang an zu optimistisch gewesen, als sie Jessicas Probleme unter den Teppich gekehrt und versucht hat, die labile Hauptmeisterin in ihre disziplinierte Organisation zu integrieren, die von Ordnung und strikten Regeln lebt. Hellu hat sich benommen wie ein Kleinkind, das sich in den Kopf gesetzt hat, einen sternförmigen Klotz in ein rundes Loch zu stecken. Verdammt. Zwar hat sie nach den anfänglichen Reibereien gelernt, Jessica zu mögen und ihre beruflichen Fähigkeiten zu schätzen. Doch die Risiken, die Hellu vor einigen Monaten erkannt und trotz allem wissentlich verdrängt hat, haben sich jetzt womöglich auf die schlimmste denkbare Art realisiert. Jessica Niemi hat sich offenbar nicht mehr unter Kontrolle, und in den letzten Monaten ist sie immer tiefer in ihre eigene, düstere Wirklichkeit gestürzt, deren Gräuel sich Außenstehende wohl nicht einmal vorstellen können.

Nein, Hellu weiß nicht, was in Åland passiert ist, aber Jessica Niemi darf der Einheit nicht noch mehr Schaden zufügen. Das Video, das sich auf YouTube wie ein Lauffeuer verbreitet, beeinträchtigt ohnehin schon den Ruf der ganzen Institution, und wenn Niemi womöglich in der Innenstadt von Mariehamn irgendeinen betrunkenen Grabscher verprügelt hat, kann Hellu nur hoffen, dass sie dabei wenigstens nicht gefilmt worden ist.

Scheiße. Hellu legt den Kopf auf die Nackenstütze ihres Bürostuhls und schaut so lange in die Neonröhren an der Decke, dass sie dunkle Schatten in ihr Blickfeld brennen.

»Du wolltest mich sprechen, Hellu.«

Die Stimme des hochgewachsenen Mannes ist tief, seine Aussprache deutlich.

»Danke. Nimm Platz«, sagt Hellu blinzelnd. Der Mann pfeift nervös und setzt sich.

Kriminalhauptmeister Jami Harjula ist ein großer, magerer Mann, dessen Augen im spitzen Gesicht analytisch, aber unsicher dreinblicken. Harjula ist ein guter Polizist, aber bei den

Kriminalermittlern weniger beliebt als zum Beispiel Jessica oder Jusuf, von deren Charisma und sozialem Geschick Harjula nur träumen kann. Er ist in vielerlei Hinsicht ein Außenstehender, und das liegt zu einem großen Teil an ihm selbst. Harjula ist eher ein Freund des Systems als ein Freund seiner Kollegen und glaubt, richtig zu handeln, wenn das System und das Recht siegen. Jami Harjula ist auf keinen Fall ein gemeiner oder boshafter Mensch, sondern ein typischer gewissenhafter Bürokrat, dessen Tätigkeit von einem unsichtbaren Netz aus Regeln und Vorschriften geleitet wird. Wie Hellu selbst wäre auch Harjula wahrscheinlich am ehesten in irgendeiner Geheimdienstorganisation aus dem Kalten Krieg in seinem Element, wo er mit einem roten Stempel Reisedokumente ungültig macht und seine Nachbarn verpfeift, weil sie sich einen Film von Kurt Maetzig ansehen. Und gerade wegen seiner scheinbaren Außenseiterstellung und seiner unnachgiebigen Überzeugung hat Hellu beschlossen, ihn wieder als Periskop einzusetzen, durch das sie vielleicht auf die andere Seite des Zauns spähen kann.

»Ist der Fall Lindeman so weit, dass wir ihn der Staatsanwaltschaft übergeben können?«, fragt Hellu als kleine Aufwärmung, bevor sie ihr eigentliches Anliegen zur Sprache bringt.

»Ja«, antwortet Harjula und hüstelt in seine Faust, die an dem schmalen und erstaunlich langen Handgelenk riesig wirkt. »Jusuf möchte allerdings die Vernehmung des Mädchens noch fortsetzen.«

»Warum? Ist die Sache nicht klar?«

Jami Harjula zuckt die Achseln.

»Na, ich frage Jusuf selbst danach«, sagt Hellu.

Harjula nickt und legt die Hände auf die verstellbaren Armlehnen seines Stuhls.

»Hör mal, Harjula. Ich habe vor, dir künftig noch mehr Verantwortung zu übertragen. Du hast dir deine Sporen verdient, und wenn du dich weiterhin fortbildest, wird sich dir allmählich ein Weg nach oben eröffnen. Im Herbst werden hier neue Stellen frei.«

Harjula lächelt beinahe verlegen.

»Danke, das weiß ich zu schätzen …«

»Ich vertraue dir«, fällt Hellu ihm schnell ins Wort und fährt fort: »Ich weiß, dass du diskret vorgehen kannst.«

»Worum geht es denn?«

»Um Niemi.«

»Um Jessica?«, fragt Harjula. »Wegen diesem Video?«

Hellu schüttelt den Kopf.

»Nein, aber sagen wir so: Wegen diesem Video muss ich aktiv werden, das verstehst du sicher?«

»Vielleicht.«

»Ich habe heute einen Anruf von der åländischen Polizei bekommen. Sie haben sich erkundigt, ob Niemi normal im Dienst ist, und ich musste ihnen verraten, was los ist. Die Kollegin hat eine laufende Ermittlung erwähnt, will aber vorläufig keine genauere Auskunft geben. Sie hat allerdings versprochen, sich bald wieder zu melden.«

»Was in aller Welt …«

»Genau. Ich habe versucht, Niemi anzurufen, aber … Na, du kannst es dir wohl denken.«

Jami Harjula sieht Hellu an und scheint plötzlich zu begreifen.

»Du möchtest, dass ich nachforsche, worum es geht?«

Hellu nickt.

»Diskret.«

»In Mariehamn anzurufen, wäre wohl nicht besonders diskret«, meint Harjula, steht auf und knöpft seinen Blazer zu.

»Nein«, sagt Hellu und blickt durch die Glaswand des Büros auf den Flur. Neben der Aufzugtür ziehen Jusuf und Rasmus ihre Mäntel an. »Aber ich bin mir ziemlich sicher, dass man auch hier in Pasila einiges über Niemis Aktivitäten erfahren kann. Wenn man weiß, wo man nachsehen muss.«

47

Jusuf zieht den Mantel aus und schiebt sich in der Loge, deren hohe Bänke mit dunkelrotem Samt bezogen sind, näher zur Wand. Aus den Lautsprechern schallt Musik, die als nepalesisch gelten kann, und es riecht fast stechend nach Kreuzkümmel. Jusuf betrachtet die nervös auf den Tisch trommelnden Finger, die Rasmus Susikoski gehören, dem einzigen Zivilermittler der Abteilung. Zwischen ihnen liegt ein Holzwürfel mit der eingravierten Bestellnummer, den sie an der Theke bekommen haben.

»Hast du schon mal überlegt, Rasse, dass sie eigentlich auch die Bestellung am Tisch aufnehmen könnten, wenn sie doch das Essen an den Tisch bringen?«, fragt Jusuf, während er sein Portemonnaie in die Tasche steckt.

»Na ja«, sagt Rasse und zieht die Hände langsam unter den Tisch. »Personal ist teuer.«

»Ja. Der Tellermuli da kriegt wahrscheinlich mehr Lohn als wir.« Jusuf schüttelt den Kopf. »Allerdings fraglich, ob der Laden im Sommer noch existiert.«

»Wegen der Beschränkungen?«, fragt Rasmus, und Jusuf nickt.

»Wer hätte gedacht, dass diese Scheiße tatsächlich für uns alle zum Problem wird. Dass sie planen, alle Bars und Restaurants zu schließen.«

»Vielleicht ist das eine richtige Entscheidung.«

Jusuf stützt die Ellbogen auf den Tisch und lehnt sich vor.

»Weißt du was, Rasse? Wenn Corona zum Dauerzustand wird und die Leute monatelang in ihren Wohnungen isoliert sind ... Oder gar jahrelang. Ist dir klar, wie viel Mehrarbeit das für uns bedeutet?«

Rasmus blickt von seinem Wasserglas auf und presst die Lippen zusammen.

»Wieso?«

»Ganz einfach: häusliche Gewalt. Die Leute saufen zu Hause«, seufzt Jusuf. »Für Frauen und Kinder wird das hart. Vor allem für die Kinder, verdammt.«

Jusuf hebt den Blick zu den dicken Lüftungsrohren an der Decke, die man nicht einmal versucht hat zu verbergen. Sie geben dem Saal das Aussehen einer Raumstation und lassen an Sigourney Weaver und ihre Flucht vor einem blutrünstigen Insekt denken. Trotzdem ist das Restaurant gemütlich, und das energische nepalesische Personal ist freundlich und dienstbereit. Leider wurde das Lokal erst vor einer Woche eröffnet, also gerade zur ungünstigsten Zeit, kurz bevor die landesweiten Einschränkungen der Gastronomie in Kraft treten.

»Es geht mich ja nichts an«, sagt Jusuf nach kurzem Schweigen und lächelt vorsichtig, »aber Tanja hat gesagt, dass du ihrer Bekannten eine Nachricht geschickt hast.«

Rasmus wird knallrot und blickt zur Küche hin, in der es scheppert.

»Sorry, ich will nicht aufdringlich sein. Es ist nur ... Weil du damals im Februar doch nicht zu der Verabredung gekommen bist. Ich dachte, damit wäre die Sache erledigt.«

»Wir haben getextet«, stammelt Rasmus. Seine Stimme ist belegt, als wäre er allergisch gegen das Thema. Und in gewisser Weise ist er das wohl auch.

»Gut«, sagt Jusuf und trinkt einen großen Schluck von der zuckerfreien Zitronenlimonade, die er bei der Bestellung an der Theke bekommen hat. Es ist wirklich nicht seine Absicht, Rasmus zu quälen, sondern er hat das Thema angesprochen, um ihm Mut zu machen. Bisher ist Rasmus bei allem, was auch nur entfernt mit dem anderen Geschlecht zu tun hat, ziemlich glücklos gewesen. Und eben deshalb erscheint es so unbegreiflich, dass er sich vor der Doppelverabredung, die Jusuf und Tanja vor einem Monat organisiert haben, in letzter Minute gedrückt hat. Dafür gab es sicher einen Grund, aber Jusuf weiß auch, dass Rasmus in diesem Punkt selbst sein schlimmster Feind ist. Sein soziales Pech ist wohl eine Art Teufelskreis, ein seelischer Knoten oder ein endloses Labyrinth, aus dem man nur herausfindet, wenn man reinen Tisch macht und ganz von vorn beginnt. Vielleicht hat Rasmus jetzt genau das getan.

»Wie läuft es bei dir und Tanja?«

Jusuf lässt die Limo im Mund kreisen und denkt über seine Antwort nach.

Tanja ist lustig, klug und hübsch, und auch im Bett läuft alles bestens. Trotzdem empfindet Jusuf die Beziehung, die sich wohl allmählich zu etwas Ernsterem entwickelt – Austausch der Schlüssel, Zahnbürsten in den Badezimmern, gemeinsamer Netflix-Username und sogar das Löschen der Tinder-App – irgendwie als Kompromiss. Nach dem ersten Rausch hat er angefangen zu überlegen, ob er schon zu einer neuen Beziehung bereit ist – obwohl er nach der Trennung von Anna dachte, die nächste ernsthafte Zweierbeziehung wäre endlich die, zu der Kinder, ein Labrador und ein Eigenheim in Sipoo gehören. Er weiß, dass es sinnlos ist, der Entwicklung vorzugreifen, dass alles seinen eigenen Lauf nimmt, doch aus irgendeinem Grund sieht er die Zukunft nicht so rosig, wie man es von einem Frischverliebten erwarten könnte. Eigentlich müsste er vor Liebe blind sein, aber er sieht nur allzu klar. Er versucht sich vorzustellen, wie er mit Tanja älter wird, doch je mehr er sich anstrengt, desto unnatürlicher erscheint ihm die Situation.

»Richtig gut«, sagt er und reicht Rasmus das in eine Serviette gewickelte Besteck.

Da kommt der Kellner an den Tisch, stellt die Tabletts vor ihnen hin, wünscht guten Appetit, nimmt den roten Würfel mit und verschwindet in der Küche. Das in Buttersoße gebratene Huhn, der gewürzte Reis und das Naan-Brot duften verlockend, und Jusuf nimmt sich vor, ein Trinkgeld zu hinterlassen.

Das Klingeln seines Handys reißt Jusuf aus seinen Gedanken. Als er den Namen der Anruferin sieht, fühlt er sich plötzlich euphorisch. Er hat seit mehr als einer Woche nichts von Jessica gehört, seit dem Tag, an dem sie ihn in Töölö geküsst und anschließend weggeschickt hat. Ist in dem Moment doch etwas unvollendet geblieben? Jusuf merkt, dass seine Hände zittern, als er das Gespräch annimmt, als hätte er die ganze Zeit gehofft, dass Jessica anruft. Seine immer schon unberechenbare Kollegin ist in letzter Zeit irgendwie distanzierter geworden, ihre sympathisch selbstbewusste Präsenz ist keine Selbstverständlichkeit mehr.

Jusuf räuspert sich die Stimme frei und hebt das Handy ans Ohr.

48

Der Wind hat sich endlich gelegt. Rasmus Susikoski wirft beim Verlassen des Restaurants einen Blick über die Schulter und wäre beinahe gegen die Glastür geknallt, die hinter Jusuf zuschlägt.

»Verdammt noch mal, Jusuf«, schimpft er, obwohl er es gerade noch vermeiden kann, sich die Stirn an der überraschend schnell zufallenden Tür anzustoßen. Die Reaktion ist für einen restlos introvertierten Menschen wie ihn außergewöhnlich heftig, denn normalerweise lässt er sich jede schlechte Behandlung gefallen, um nur ja keinen Konflikt heraufzubeschwören.

»Hä?«

»Na, ich dachte, du würdest mir die Tür aufhalten«, sagt Rasmus, während sie die Kronqvistinkuja hinaufgehen und an dem an einen Bürokomplex erinnernden Hotel Scandic Pasila vorbeikommen. Sein Kollege scheint ihm jedoch nicht einmal zuzuhören. Seit dem Anruf ist Jusuf merkwürdig schweigsam und unsicher. Er hat das Gespräch mit keinem Wort kommentiert, hat nicht gesagt, wer ihn angerufen hat und worum es ging. Und Rasmus hat sich nicht danach erkundigt.

»Ist alles in Ordnung?«, fragt Rasmus jetzt, während eine Straßenbahn vor ihnen vorbeirattert und langsam zwischen dicken Säulen unter ein Hochhaus taucht. Dass eine Straßenbahnlinie durch ein Hochhaus führt, hat Rasmus amüsiert, seit er vor Jahren zum ersten Mal mit der Straßenbahn zum Polizeigebäude in Pasila gefahren ist. Als wäre den städtischen Architekten der Platz ausgegangen und sie hätten die Schienen in ein Wohnzimmer verlegen müssen.

»Ja«, antwortet Jusuf, überquert mit langen Schritten die Straße, verlangsamt dann aber das Tempo. Er hat die Hände tief in die Taschen seines langen Ledermantels gesteckt, als würden sie, wenn sie sich frei bewegen dürften, die Macht übernehmen und ihm mit Gewalt eine Zigarette in den Mund stecken. Rasmus war nie nikotinabhängig, aber er weiß einiges über Suchtprobleme.

»Es war Jessica«, erklärt Jusuf.

»Oho«, sagt Rasmus überrascht. »Wo ist sie?«

»Ich weiß nicht. Ist auch egal. Sie hat mich gebeten, ein paar Nachforschungen anzustellen.«

»Worüber?«

»Ich soll Informationen über ein paar Typen suchen und nachsehen, was das System über sie sagt. Das ist alles. Vielleicht kannst du mir helfen.«

»Aber um welchen Fall geht es? Jessica ist im Moment doch nicht …«

»Rasmus«, unterbricht Jusuf ihn resolut und bleibt auf dem Bürgersteig stehen. Ein schwerer Lastzug kriecht an ihnen vorbei. »Ich weiß es wirklich nicht. Und nein, Jessica ist im Moment nicht im Dienst. Aber wenn Jessica anruft und mich um einen kleinen Gefallen bittet, der niemanden in Schwierigkeiten bringt, dann tue ich ihn ihr, anytime, anywhere.«

»Alles klar«, sagt Rasmus, als sie an der Pasilanraitio die Straße überqueren. Jusufs Antworten löschen seinen Wissensdurst nicht, aber allem Anschein nach hat Jessica Jusuf tatsächlich nicht mehr erzählt. Die Einheit ermittelt momentan gegen einen gewissen Rolf Lindeman, der des Totschlags an einem Verwandten verdächtigt wird, doch der Fall wirkt so unkompliziert, dass höchstens noch ein wenig Feinabstimmung nötig ist, bevor die Ergebnisse am nächsten Dienstag der Staatsanwaltschaft übergeben werden. Rasmus träumt von irgendeinem kniffligeren Fall, von einem verzwickten Rätsel, dessen Lösung echte Kopfarbeit fordert. Wer weiß, vielleicht hat Jessica ihnen genau das geliefert.

»Treffen wir uns in fünf Minuten im kleinen Besprechungszimmer«, sagt Jusuf, während er mit seinem Kartenschlüssel die Tür am Personaleingang öffnet. »Und Rasmus, kein Wort, zu niemandem.«

Fünf Minuten später hat Rasmus seine Thermoskanne mit frischem Kaffee gefüllt und sitzt gespannt in dem winzigen Besprechungsraum am Ende des Flurs, die Finger auf der Tastatur seines Computers, einsatzbereit. Drei der sechs Neonröhren an der Decke sind kaputt, schon seit Monaten. Der Raum wird äußerst selten benutzt, weil er für Besprechungen des ganzen Teams zu klein ist. Deshalb dient er mitunter als Rückzugsort, wenn jemand der Hektik des Großraumbüros entfliehen will. Oder um Beweise durchzusehen, sich unter vier Augen zu unterhalten oder – wie jetzt – eine Sitzung zu halten, ohne belauscht zu werden.

Die Tür geht auf. Jusuf sieht sich um, bevor er eintritt und sie hinter sich schließt. Er legt seinen Laptop auf den Tisch und klappt ihn auf.

»Es kommt mir blöd vor, so rumzuschleichen, aber in Hellus Dienstzimmer sind der Staatsanwalt und irgendwelche anderen Leute«, sagt er, holt eine Folienpackung aus der Tasche und steckt sich ein paar nikotinhaltige Kaugummis in den Mund.

»Wen suchen wir?«, fragt Rasmus und reibt die verschwitzten Hände an seiner abgewetzten Jeans trocken.

»Hier ist eine Liste der Namen, die wir für Jessica überprüfen sollen.«

Jusuf schiebt ihm sein Handy hin, auf dem Jessicas Nachricht zu sehen ist. Es sind insgesamt acht Namen.

»Mit den kompletten Personenkennziffern.«

»Ja. Allerdings nur für die ersten fünf, von denen zwei offenbar Schweden sind«, stellt Jusuf fest und beginnt an seinem Laptop zu tippen. »Ich übernehme die ersten drei. Nimm du die Schweden und die beiden letzten.«

»Astrid und Åke Nordin«, murmelt Rasmus. »Wohnhaft in Smörregård, Åland.«

»Scroll nach unten«, rät Jusuf. »Da steht auch der Name des Unternehmens.«

»Smörregård Erfarenhet Ab«, sagt Rasmus, klickt Google an und gibt den Namen in das Suchfeld ein. »Geschäftsbereich Hotels, gegründet 1955. Geschäftsführer Hans-Peter Nordin …«

»Hmm … der steht nicht auf der Liste.«

»Aber Astrid Nordin ist die Aufsichtsratsvorsitzende.«

»Ist Hans-Peter identisch mit Åke?«, überlegt Jusuf, ohne von seinem Bildschirm aufzublicken.

»Nein, das glaube ich nicht«, antwortet Rasmus, kehrt zu der Suchmaschine zurück, schreibt *Smörregård + Åland* in das Suchfeld und drückt auf Enter.

Sein Blick fällt auf den zweitobersten Treffer, einen Link auf eine Nachricht, die erst vor wenigen Stunden in der Zeitung Ålandstidninger erschienen ist.

En äldre kvinna drunknade i Smörregård.

»Jusuf«, sagt Rasmus und scrollt durch die Nachricht.

»Warte mal, ich guck gerade …«

»Heute früh ist in Smörregård jemand gestorben.«

Jusuf scheint aus seinen Gedanken zu erwachen, steht in aller Eile auf und geht um den Tisch herum zu Rasmus. Sie betrachten die Nachricht, die zumindest bisher nur einen Absatz lang ist.

»Die ist auf Schwedisch …«

»C'mon, Rasse, ich bin aus Sipoo«, sagt Jusuf. »Ein finnischer Nigger, der Schwedisch kann«, lacht er. »Ein äthiopischer Dreifachagent. So hat es mal jemand ausgedrückt. Da ist er an den Falschen geraten, ich musste ihn zurechtweisen.«

»Smörregård scheint eine Insel zu sein …«

»Auf der sich ein Gasthof befindet«, ergänzt Jusuf.

»Den diese Nordins besitzen.«

»Bingo«, sagt Jusuf, legt die Finger auf Rasmus' Schulter und drückt zu wie ein gelernter Sportmasseur. »Jessica ist bestimmt dort. Sie wollte ihre Ruhe haben, irgendwohin reisen, wo sie keiner sucht. Ich habe ihr zugeredet. Allerdings habe ich von Dubai gesprochen, nicht von irgendeinem Smörregård.«

»Du meinst also, Jessica ist in Smörregård?«

»Und jetzt ist da jemand ertrunken. Es ist kein Wunder, dass Jessica uns bittet, Informationen über die Gäste und die Besitzer des Gasthofs auszugraben.«

Rasmus lehnt sich vor, und Jusuf lässt seine Schulter los.

»Jessica hat das Gästebuch in die Finger gekriegt. Daher hat sie die Personenkennziffern«, sagt Rasmus.

»Von den Gästen, ja. Aber nicht von dieser … Elsa Lehtinen.«

Rasmus lässt seine Fingerknöchel knacken. Auf Jusufs Gesicht hat sich das seine weißen Zähne enthüllende, perfekte Lächeln gelegt, für das ihm die Frauen vieles vergeben und um das viele männliche Kollegen ihn beneiden.

»Jessica untersucht ein Verbrechen«, sagt Jusuf.

»Einen Tod durch Ertrinken?«

»Nein, Rasse. Du hörst mir nicht zu. Ein Verbrechen.«

»Woher weißt du, dass es ein Verbrechen ist?«

»Weil Jessica es untersucht«, erklärt Jusuf, klopft Rasmus auf die Schulter und kehrt zu seinem Platz an der anderen Tischseite zurück.

»Aber dafür ist doch die dortige Polizei zuständig.«

»Bestimmt traut Jessica den Bauerntrampeln nichts zu.«

»Glaubst du, dass …«

In dem Moment wird die Tür so schnell aufgerissen, dass

Rasmus und Jusuf zusammenzucken. Auf dem Flur steht ein hochgewachsener Mann, der seine riesigen, schaufelförmigen Hände in die Seiten stemmt. Der leichte Luftzug, der in das Zimmer strömt, lässt die Ecken der Papiere auf dem Tisch flattern.

»Wozu versteckt ihr euch hier?«, fragt Jami Harjula und lehnt sich gegen den Türrahmen.

»Wir brennen Schnaps. Und planen eine Revolution. Geht dich einen Scheißdreck an«, knurrt Jusuf und dreht seinen Laptop so, dass Harjula den Bildschirm nicht sieht.

Jami Harjula lacht spöttisch und blickt dann auf seine Fingernägel, wie um sich zu vergewissern, dass sie ordentlich gefeilt sind. So ist Harjula, ein pedantischer Wichtigtuer, dessen betonte Rechtschaffenheit den anderen Ermittlern oft graue Haare wachsen lässt. Das glänzende blaue Hemd ist offensichtlich frisch gebügelt, aber die Ärmel des Blazers sind für die langen Arme viel zu kurz.

»Du bist aber empfindlich«, sagt er. »Ich dachte nur, falls ihr über den Fall Lindeman beratet, wäre es nur höflich, auch mich auf dem Laufenden zu halten.«

Harjula tritt näher, ohne die Tür zu schließen. Rasmus hört, wie sich das Klopfen von Hellus hohen Absätzen auf dem Flur entfernt, und denkt unwillkürlich, dass Hellu gerade einen Torpedo abgefeuert hat und sich nun verzieht.

»Susikoski, du bist von euch beiden der schlechtere Lügner, also sag du es mir«, fordert Harjula und bleibt dicht neben Rasmus stehen. Rasmus hat inzwischen allerdings längst das rechtsmedizinische Gutachten zum Fall Lindeman auf den Bildschirm geholt.

Rasmus holt tief Luft und lässt den Blick von Jusuf zu Harjula wandern, der ihn neugierig anstarrt.

»Na ja, die Sache ist die …«

»Rasse, du brauchst Harjula überhaupt nichts zu erzählen«,

fällt Jusuf ihm ins Wort, doch Rasmus fährt entschlossen fort: »Jusuf hilft mir, ein Profil für eine Dating-App zu erstellen.«

Einen Augenblick lang wirkt Jami Harjula verdattert.

»Das ist ja toll«, sagt er, nachdem er die Nachricht einige Sekunden lang verdaut hat.

Jusuf sieht seine Kollegen mit offenem Mund an, nickt dann aber bestätigend.

»Das würde mir sicher auch guttun. Etwas ... na ja, etwas vertrocknet, die häusliche Romantik.«

Jami Harjula hat seine trotzige Selbstsicherheit schlagartig verloren und sieht nun so aus, als hätte er zu viel über sich preisgegeben. Seine großen, unruhig gewordenen Hände bohren sich tief in die Hosentaschen, und in seinen Augen flackert Traurigkeit auf, vielleicht auch unterdrückte Hoffnungslosigkeit. Rasmus erinnert sich an Harjulas Klagen über den Zustand seiner Ehe und spürt unwillkürlich Mitleid mit seinem in die Irre geratenen Kollegen.

»Na ja. Wir sehen uns später«, sagt Harjula, wankt aus dem Zimmer und schließt die Tür hinter sich.

49

Es ist halb zwölf. Der Wind, der schon seit dem Morgen über Smörregård fegt, ist noch heftiger geworden, und die Plane auf dem Anhänger des Traktors, der vor dem Gebäude steht, bläht sich im Wechsel wie ein Segel und leert sich dann wieder, als wäre sie ein atmendes Wesen. Jessica betritt den Speisesaal im Hauptgebäude und sieht auf dem Büffettisch einen großen Topf mit Fischsuppe, deren Geruch sie schon an der Haustür empfangen hat. Anwesend sind neben Astrid und Åke die beiden letzten überlebenden Zugvögel Armas und Eila, das schwedische Paar und natürlich Johan Karlsson, der im Gegensatz zu den anderen keinen Sitzplatz gewählt hat, sondern am Fenster steht, die Hände in die Hüften gestemmt. Jessica denkt unwillkürlich, dass einer der Gäste der Versammlung ferngeblieben ist. Derjenige, der das Zimmer 21 in der oberen Etage bewohnt.

Jessica betrachtet Astrid, die gedankenverloren über das weiße Tischtuch streicht. Astrid weiß, wer dieser mystische Gast ist, hat ihn aber mit keinem Wort erwähnt. Vielleicht gibt es dafür eine natürliche Erklärung. Jessica kann jedoch nicht danach fragen, ohne zu enthüllen, dass sie heimlich die Ordner im Büro durchsucht hat.

»Jetzt sind alle da«, beginnt Astrid und steht auf. Trotz des traurigen Ereignisses hat sie ihre aufrechte Haltung nicht verloren. »Nehmen Sie von der Suppe, wann immer Sie wollen«, sagt sie und fährt fort: »Wie Sie alle wissen, ist Elisabeth Salmi, einer unserer Gäste und für viele eine langjährige Freundin, letzte Nacht im Norden der Insel am Ufer ums Leben gekommen. Das ist sehr erschütternd, und es tut mir leid, dass Sie eine solche Tragödie miterleben mussten, an einem Ort, an dem Sie eigentlich Kraft für Ihren Alltag sammeln wollten.«

Astrid macht eine kurze Pause und trinkt einen Schluck Wasser. Jessica betrachtet Åke, der mit gefalteten Händen am Tisch sitzt, als würde er darum beten, aus diesem entsetzlichen Albtraum geweckt zu werden.

»Leider ist Elisabeths Todesursache alles andere als klar.«

»Was heißt das?«, fragt eine Männerstimme.

Die anderen drehen sich zu dem gebräunten und fit wirkenden Schweden um, von dem Jessica nun weiß, dass er Niklas Steiner heißt, zweiundfünfzig Jahre alt ist und in Kalmar wohnt. Steiner wirkt irgendwie verändert, vielleicht liegt es daran, dass er seinen Dreitagebart abrasiert hat.

»Na, das heißt, dass …«, ergreift Johan Karlsson das Wort, »dass wir in Anbetracht von Elisabeths hohem Alter, einer unerklärlichen Kopfverletzung und der Tatsache, dass sie sich aus bisher unbekannten Gründen mitten in der Nacht mehr als zwei Kilometer vom Gasthof entfernt hat, Grund zu dem Verdacht haben, dass an dem Vorfall eine zweite Person beteiligt war. Vorläufig ist das natürlich reine Spekulation, da die kriminaltechnische Untersuchung noch nicht abgeschlossen ist.«

Jessica knurrt der Magen. Bisher hat sich noch niemand an den Suppentopf gewagt, aber sie hat keine Lust, sich zu zieren, und geht an den Büfettisch. Sie nimmt einen tiefen Teller, füllt ihn mit einer ordentlichen Portion der dampfenden Lachssuppe und streut Dill aus einer separaten Schüssel darüber. Nachdem sie ein Stück Baguette auf den Tellerrand gelegt hat, gießt sie sich ein Glas alkoholfreies hausgebrautes Bier ein, das heute wohl auch nicht mehr Kohlensäure enthält als bisher. Alle Blicke sind auf sie gerichtet, und Karlsson spricht erst weiter, als sie sich mit ihrem Teller wieder an den Tisch gesetzt hat.

»Daher bitte ich Sie alle um Verständnis und Geduld. Ich muss nämlich die notwendigen Untersuchungen durchführen und Sie sozusagen … einen nach dem anderen ausschließen.«

»Moment mal, wollen Sie etwa andeuten, dass jemand von uns … die Frau getötet hat?«, fragt Niklas Steiner ungläubig schnaubend. »Warum in aller Welt … Ich meine, welchen verdammten Grund hätten wir, so etwas zu tun?«

»Wie gesagt, ich bitte Sie um Verständnis …«

»Es kann sich ja auch um einen Unfall handeln, vielleicht war die Frau Schlafwandlerin. Oder es war Selbstmord! Und wenn es unbedingt ein Verbrechen sein soll, dann kann es doch um Himmelswillen irgendein anderer begangen haben? Da drüben im Fahrwasser sind ja dauernd Boote unterwegs. Haarsträubend, dass man uns bezichtigt!«

»Darum geht es nicht …«

»Worum denn sonst? Komm, Nilla, wir packen unsere Koffer«, erwidert Niklas Steiner aufgebracht und schiebt seinen Stuhl so kraftvoll zurück, dass die Beine knirschen. Die verweint aussehende Frau folgt ihm zur Tür, und bald darauf sind beide verschwunden. Johan Karlsson seufzt, reibt sich die Falten, die auf seiner Stirn erschienen sind, und kneift die Augen zusammen, als hätte er plötzlich einen Migräneanfall bekommen, von dem er sich allerdings nach wenigen Sekunden zu erholen scheint.

Astrid und Åke sehen sich bedrückt an.

»Das lief ja gut«, sagt Karlsson, tritt seinerseits an den Büffettisch und greift nach einem Teller.

Jessica kostet von ihrer Suppe und überlegt, ob der örtliche Kommissar überhaupt befugt ist, die Schweden am Verlassen der Insel zu hindern, zumal kein begründeter Verdacht gegen die beiden vorliegt. Allerdings war Niklas Steiners Verhalten vor ein paar Minuten durchaus verdächtig: Jessica hat viele Male erlebt, wie Menschen bei einer Vernehmung die Beherrschung verlieren, und häufig geschieht das dann, wenn sie tatsächlich etwas zu verbergen haben. Täter glauben oft, dass sie weniger schuldig wirken, wenn sie den gegen sie gerichteten Verdacht in Frage stellen. Niklas Steiners Reaktion kann man allerdings wohl nicht so geradlinig deuten: Vermutlich würde jeder Tourist, der aus seinem stressigen Alltag ins Ausland geflohen ist, die Fassung verlieren, wenn er hört, dass in seinem Ferienhotel ein Mord geschehen ist und man ausgerechnet ihn verdächtigt. Außerdem hat Herr Steiner vor seinem demonstrativen Abgang zwei wesentliche Fakten angeführt: Bei Elisabeths Tod kann es sich um einen Unfall oder um Selbstmord handeln, und wenn tatsächlich ein Verbrechen vorliegt, kommt als Täter durchaus ein Außenstehender in Frage. Jemand, der nur kurz auf Smörregård gelandet und dann mit seinem Boot wieder weggefahren ist. Oder aber derjenige, der in dem Zimmer in der oberen Etage wohnt. Derjenige, den Armas vielleicht irrtümlich für Maija gehalten hat, als er letzte Nacht zum Fenster hinaussah.

Jessica zerbeißt ein Pfefferkorn und spielt kurz mit dem Gedanken, das Thema auf den Tisch zu knallen: sich nach dem geheimnisvollen Gast zu erkundigen, jetzt, wo Astrid und Karlsson beide anwesend sind. Sie beschließt jedoch, still und leise vorzugehen, so wie bei der Werkstatt. Zuerst prüfen, dann zuschlagen.

Jessica legt den Löffel auf den Teller und richtet den Blick auf die Besitzerin des Gasthofs. *Warum in aller Welt schützt du den Typ, Astrid?*

50

Jessica leert ihr Glas und stellt es neben ihren Teller auf den Tisch. Armas und Eila sind gerade in das Kaminzimmer gegangen, Astrid spült in der Küche Geschirr, und Åke ist zum Bootsschuppen geschlurft wie einer, der alles verloren hat. Jetzt wäre ein günstiger Moment, sich noch einmal in Astrids Büro zu schleichen, doch dem steht ein Hindernis im Weg: Johan Karlsson, der am Nebentisch schmatzend Lachssuppe löffelt. Der åländische Polizist wird Jessica nicht aus den Augen lassen, bevor nicht einer von ihnen die Insel verlässt. Der Löffel klirrt ein letztes Mal gegen den Teller, und Karlsson wischt sich den Mund an der Serviette ab. Sie sitzen wortlos im Speisesaal und werfen sich immer wieder böse Blicke zu, als würden sie gleich die Pistolen ziehen und ein Duell austragen, das unausweichlich zum Tod eines der Kontrahenten führt. Vielleicht unterscheiden Jessica und Johan Karlsson sich letztlich gar nicht so sehr voneinander. Sie arbeiten beide bei der Polizei und untersuchen schwere Verbrechen. Auch wenn das Repertoire der Morde und Vergewaltigungen auf Åland erheblich begrenzter ist als in der Hauptstadt, was ja nur gut ist. Vielleicht widmet Karlsson sich dem Fall nicht nur deshalb so leidenschaftlich, weil er eine persönliche Verbindung zu der Insel und den dort lebenden Menschen hat, sondern auch, weil er normalerweise keine vergleichbaren Fälle auf den Tisch bekommt. Möglicherweise erlebt er gerade den Höhepunkt seiner armseligen Laufbahn.

»Ich habe das Video gesehen«, bricht Karlsson das Schweigen.

Jessica stellt überrascht fest, dass seine Worte sie nicht erschüttern und nicht einmal provozieren. Sie hat von Anfang an vermutet, dass Karlsson in ihr noch etwas anderes sieht als eine unbescholtene Kriminalbeamtin.

»Fein«, sagt sie. »Hoffentlich haben Sie es geliked?«

Diesmal lacht Karlsson nicht, er lächelt nicht einmal.

»Ich frage mich nur, ob Astrid und Åke es wohl gesehen haben.«

Jessica muss über seine Dreistigkeit lächeln.

»Ist das Ihr nächster Schachzug? Werden Sie das Video allen zeigen und sie davon überzeugen, dass ich eine gewalttätige Irre bin? Und dass ich folglich die Schuld an Elisabeth Salmis Tod trage?«

Johan Karlsson faltet seine Serviette zusammen und legt sie mit einer Ecke unter seinen Teller. Dann schüttelt er den Kopf und steht auf.

»Ich brauche keinen zu überzeugen. Es reicht, dass ich weiß, was ... Sie ... ge...«

Seine Worte werden plötzlich zu einem undeutlichen Gebrabbel. Das selbstgefällige Grinsen verschwindet von seinem Gesicht und macht kompletter Hilflosigkeit Platz. Sein Mund schnappt nach Luft, aus seinen Augen spricht Angst. Jessica sieht zwar, wie er schlagartig blass wird und sein Blick ziellos durch den Raum schweift, kann aber nicht mehr reagieren, bevor er zu Boden sackt.

Sie springt auf und eilt ihm zu Hilfe.

»Alles in Ordnung?«, fragt sie, obwohl ihr die Frage überflüssig vorkommt. Karlsson sieht aus, als hätte er gerade eine schwere Gehirnerschütterung oder gar einen Schlaganfall erlitten.

Karlsson scheucht Jessica nicht weg, sondern konzentriert sich darauf, ruhig zu atmen. Allmählich kehrt die Farbe in sein

Gesicht zurück, und Jessica hilft ihm, sich auf einen Stuhl zu setzen.

»Verdammt«, flucht Karlsson und schlägt die Hände vor das Gesicht, als wäre er zu beschämt, um zu antworten.

Jessicas Wut auf den Mann weicht Empathie. Sie hat jedoch schon zu viel erlebt, um ein gutgläubiger Dummkopf zu sein und zuzulassen, dass ein Anflug von Menschlichkeit ihre Einstellung zu Personen beeinflusst, die ihr wahres Wesen wieder zu erkennen geben, sobald sich die Umstände zu ihren Gunsten verändern. Sie weiß, dass selbst die schwärzesten Seelen es verstehen, sich als verletzlich darzustellen oder mindestens ihre Schwächen zu zeigen, wenn sie dadurch Gelegenheit zu einem Überraschungsangriff erhalten. Aber Karlssons Gesicht ist so plötzlich weiß geworden, dass es sich nicht um eine Show handeln kann. Niemand wäre fähig, seinen körperlichen Zustand so zu verändern, ganz gleich, unter welchen Umständen.

»Passiert Ihnen so etwas öfter?«

Karlsson wischt sich Schweißtropfen von der Stirn, die Jessica an Tautropfen auf Blättern erinnern. Dann nickt er widerstrebend.

»Gelegentlich.«

Jessica, die sich zu ihm gebeugt hat, nimmt einen starken Schweißgeruch wahr, der sie an Pasila und Rasmus denken lässt.

»Ich habe in meinem Leben auch allerhand Anfälle gehabt«, sagt sie und wundert sich selbst über ihre Offenheit. Andererseits ist jetzt vielleicht genau der richtige Moment, die Gunst des Dorfpolizisten zu gewinnen, indem sie sich menschlich verhält.

Johan Karlsson blickt vom Boden auf und starrt Jessica lange an, doch diesmal wirkt sein Blick kein bisschen trotzig.

»Ich weiß, dass Sie es nicht waren, Niemi«, sagt Karlsson, schon etwas leichter atmend, während in der Küche irgendein Gerät, wahrscheinlich ein Mixer, losknattert.

»Warum haben Sie dann …«

»Weil ich nicht will, dass Sie mir im Weg stehen.«

»Ich verstehe nicht …«

Johan Karlsson verzieht das Gesicht, als hätte plötzlich ein Blitz in seinen Kopf eingeschlagen.

Dann legt er einen Finger an seine Stirn.

»Der Teufel drückt hier, verändert seine Form. Macht alles schwieriger, bis es irgendwann leichter wird.«

Einen Moment lang hat Jessica das Gefühl, dass der Mann mindestens so verrückt ist wie sie selbst. Dann öffnet Karlsson die Augen und lächelt traurig.

»Krebs«, flüstert er. »*Inoperable*, wie man in London sagt.«

»Das tut mir leid.«

Karlsson schüttelt den Kopf, und Jessica ist sich nicht sicher, ob es eine Antwort auf ihre Anteilnahme ist oder ob er vorsichtig testet, ob der Schmerz zurückkommt, wenn er den Kopf bewegt.

»Es weiß noch keiner«, sagt Karlsson.

Jessica zieht einen Stuhl vom Nebentisch heran und setzt sich.

»Nicht einmal Astrid?«

Karlsson nickt.

»Gerade Astrid als alte Ärztin hat mich vor ein paar Monaten zum Kernspin geschickt. Sie hat gesagt, die Ursache der Symptome müsste sofort geklärt werden, aber dann hat sich herausgestellt, dass nichts mehr zu machen ist.« Er gießt sich Wasser aus der Kanne ein und trinkt das Glas mit zitternden Händen leer. »Diese Insel ist in gewisser Weise auch mein Zuhause, Niemi. Ich habe meine ganze Kindheit hier verbracht. Was vor langer Zeit hier passiert ist … Ich fürchte, es ist noch nicht vorbei.«

Jessica lehnt sich auf ihrem Stuhl zurück und verschränkt die Arme vor der Brust.

»Und wenn ich Ihnen helfen würde?«

»Wie meinen Sie das?«

»Ich glaube, meine Erfahrung könnte für die Klärung des Falles nützlich sein.«

Karlsson massiert sich die Schläfen und seufzt tief.

»Na gut«, sagt er schließlich leise. »Aber ich habe zwei Fragen an Sie. Erstens, wieso war Ihr Schal am Fundort der Leiche?«

Jessica beißt sich nachdenklich auf die Lippe und merkt plötzlich, dass der Lärm in der Küche verstummt ist. Astrid kommt in den Speisesaal, lächelt die beiden verwundert an und verschwindet dann durch die Diele nach draußen.

»Der Schal muss vom Anleger ins Wasser gefallen sein, als ich gestern Abend spazieren war.«

»Was wollten Sie auf dem Anleger?«

»Ich war neugierig«, sagt Jessica. »Åke hatte mir von Maija erzählt, und ich wollte die Stelle mit eigenen Augen sehen. Aber bevor Sie mir die nächste Frage stellen, möchte ich, dass Sie meine Fragen beantworten.«

Karlsson zögert kurz, dann nickt er.

»Warum haben Sie vorhin die Werkstatt untersucht?«

Karlsson lacht trocken.

»Es kam mir gleich so vor, als hätte sich in Astrids Büro jemand bewegt«, sagt er und steht vorsichtig auf. »Ich habe mich da umgesehen, weil Eila Kantelinen gesagt hat, sie hätte in der Nacht aus dem Fenster geschaut und gesehen, dass jemand die Tür zur Werkstatt geschlossen hat.«

Jessica schluckt das seltsame Gefühl herunter, das ihr in die Kehle gestiegen ist.

»Mann oder Frau?«

»Kantelinen war sich nicht sicher. Bisher hat jedenfalls niemand zugegeben, während der Nacht in die Werkstatt gegangen zu sein.«

»Das heißt, wenn alle die Wahrheit sagen, ist die Person, die in der Werkstatt herumgeschlichen ist, wahrscheinlich diejenige, die Elisabeth getötet hat«, meint Jessica, und Karlsson nickt.

Jessica spürt, wie sich die Spannung aus ihrem Bauch bis in die Fingerspitzen ausbreitet. Der Adrenalinstoß, den ein ungelöstes Rätsel auslöst, ist eine Droge, von der sie nie loskommen wird. Und auch nicht loskommen will. Deshalb ist sie in all den Jahren Polizistin geblieben. Weil die Welt ihr nichts Besseres bieten kann als das befriedigende Gefühl, einen rätselhaften Fall gelöst zu haben.

»Meine zweite Frage lautet: Ist Ihnen bekannt, dass sich noch eine siebte Person im Gasthof eingeschrieben hat? Zusätzlich zu mir, den alten Leuten und den Steiners?«

Karlsson wirkt überrascht.

»Wie meinen Sie das? Wer?«

»Wenn ich das wüsste«, sagt Jessica und überlegt, ob sie Karlsson die ganze Wahrheit sagen soll: dass sie heimlich die Reisedokumente der Gäste fotografiert hat. Gerade jetzt scheint es zwischen Karlsson und ihr gut zu laufen, doch das kann ein Bluff sein, eine sorgfältig konstruierte Falle, in die Jessica tappt, wenn sie zu viel enthüllt. Es ist also besser, unnötige Geständnisse zu vermeiden. »Beim Einchecken am Montag habe ich zufällig ein Formular auf dem Schreibtisch gesehen, wonach am selben Tag noch jemand hier angekommen war«, erklärt sie, zufrieden mit der schnell zusammengezimmerten Notlüge, die an der eigentlichen Sachlage nichts ändert. Dann fügt sie hinzu: »Außerdem habe ich im Obergeschoss, an einem der Fenster zum Weg hin, jemanden gesehen, in einem Zimmer, das eigentlich unbewohnt sein sollte. Anfangs dachte ich, es wäre Astrid oder Åke, aber im Licht der heutigen Ereignisse bin ich mir nicht mehr so sicher.«

»Merkwürdig«, sagt Karlsson und schließt kurz die Augen, als wäre der Schmerz zurückgekehrt.

»Aber jetzt sollten Sie mir meine zweite Frage beantworten: Was hat Armas Pohjanpalo Ihnen erzählt?«

»Er …«, beginnt Jessica und zögert kurz. Sie ist sich nicht sicher, ob sie Armas' Vertrauen missbraucht, wenn sie Karlsson von seinen Beobachtungen erzählt, aber andererseits ist die ganze Geschichte zu seltsam, um sie zu verheimlichen. Sie holt tief Luft, wie um Mut zu sammeln.

»Armas hat gesagt, er hätte letzte Nacht ein Mädchen im blauen Mantel gesehen.«

»Was?« Karlsson lacht ungläubig auf.

»Er hat gesagt, das Mädchen hätte im Regen auf dem Hof gestanden. Und er ist sicher, dass es Maija Ruusunen war.«

»Der Mann ist verrückt.«

Jessica klopft mit dem Zeigefingernagel auf den Tisch.

»Da ist sie ja.«

»Was?«

»Genau vor dieser Reaktion scheint er sich zu fürchten, deshalb wollte er Ihnen nichts davon erzählen. Und auch keinem anderen.«

»Welche Reaktion?«

»Dass man ihn als verrückt abstempelt.«

»Mit gutem Grund«, sagt Karlsson und öffnet den zweitobersten Knopf an seinem Hemd. Seine Hände zittern immer noch.

»Ich weiß nicht, was der alte Mann tatsächlich auf dem Hof gesehen hat, aber ich glaube nicht, dass er sich das Ganze aus den Fingern gesogen hat. Wenn Eila Kantelinen mitten in der Nacht jemanden bei der Werkstatt gesehen hat, muss es sich um dieselbe Person handeln, von der Armas mir heute früh erzählt hat. Es ist natürlich klar, dass nicht Maija auf dem Hof gestanden hat, aber vielleicht irgendeine … kleine Person. Vielleicht ein Kind?«

»Eila hat erklärt, sie hätte zwischen ein und zwei Uhr jemanden bei der Werkstatt gesehen«, sagt Karlsson leise. »Sie meint allerdings, das sei nur eine grobe Schätzung. Sie hat zwar auf die Uhr gesehen, erinnert sich aber nicht, ob sie das beim Aufstehen getan hat oder zu irgendeinem anderen Zeitpunkt in der Nacht. Sie hat schlecht geschlafen und ist immer wieder wachgeworden.«

Der immer heftiger werdende Sturm lässt das alte Haus in seinen Fugen knirschen. Jessica blickt zum Fenster hinaus.

»Hören Sie, Niemi«, sagt Karlsson. »Ich habe einen einfachen Plan, bei dem Sie nichts Ungesetzliches zu tun brauchen.«

51

Die Tür zu Astrids Büro schließt sich leise knarrend. Jessica stellt sich ans Fenster, um Wache zu halten, während Johan Karlsson die Reisedokumente der laufenden Woche durchsieht. Bei dieser Gelegenheit will er auch das Archiv der pedantischen Nordins nutzen, um festzustellen, wer zur Zeit der Morde in den 1980er Jahren im Gasthaus gewohnt hat. Als Karlsson gerade einen gelben Ordner auf den Tisch legt, sieht Jessica Åke, der vom Bootsschuppen auf das Hauptgebäude zukommt und sich die Hände an einem schmutzigen Wildledertuch abtrocknet. Die weiße Fahnenstange auf dem Rasen schwankt bedrohlich, als könnte sie jederzeit in der Mitte durchbrechen.

Jessica eilt schnell an die Haustür, öffnet sie dann ruhig und geht Åke möglichst gelassen entgegen, um keinen Verdacht zu wecken.

»Hallo«, sagt sie.

»Hallo«, antwortet Åke, bleibt vor Jessica stehen und steckt die Hände in die Taschen. Die lockigen Stirnhaare, die unter seiner Mütze hervorschauen, tanzen im Wind.

»Das alles erinnert allmählich an eine True-Crime-Geschichte«, sagt Åke nach einer Verlegenheitspause.

»Ja.«

»Es ist sicher schwierig, sich auf das Schreiben zu konzentrieren. Oder verhält es sich gerade umgekehrt?«

»Der reale Tod wirkt nie inspirierend«, antwortet Jessica geheimnisvoll und wirft einen verstohlenen Blick auf die Haustür. Plötzlich erscheint ihr das ganze Ablenkungsmanöver seltsam: Könnte Karlsson als Kriminalpolizist nicht einfach erklären, dass er in Astrids Büro die Informationen über die Gäste überprüft? Und bei genauerem Nachdenken wird ihr bewusst, dass er ja auch die Werkstatt heimlich untersucht hat. Warum handelt Karlsson im Verborgenen, obwohl alle wissen, dass er dienstlich ermittelt?

Åke verzieht den Mund zu einem matten Lächeln und will schon weitergehen, als Jessica ihn aufhält, um Zeit zu gewinnen.

»Johan Karlsson und Sie sind alte Freunde?«

Åke dreht sich zu ihr um.

»Wir kennen uns seit unserer Kindheit.«

Jessica blickt wieder zum Hauptgebäude. Hoffentlich ist Karlsson bald fertig.

»Dann ist es ja gut, dass man gerade ihn hergeschickt hat, um den Fall zu untersuchen«, sagt sie, weil ihr nichts Besseres einfällt. Åkes Reaktion fällt jedoch ganz anders aus, als sie erwartet hat. Er senkt kurz den Blick und schüttelt scheinbar belustigt den Kopf.

»Hergeschickt? Johan hat wohl eher verlangt, dass er den Fall übernehmen darf.«

»Was heißt das?«

»Ich meine nur … irgendwie hatte ich gehofft, dass sie einen anderen schicken, irgendwen, der die Sache objektiv betrachtet.«

»Ist Karlsson denn nicht …«

In dem Moment öffnet Johan Karlsson die Haustür und tritt auf die Vortreppe.

»Könnten Sie mal mitkommen, Niemi?«, fragt er barsch. Er will wohl den Eindruck erwecken, dass zwischen ihnen immer noch Kalter Krieg herrscht. »Ich habe ein paar Fragen. Unterhalten wir uns am Ufer.«

»Es tut mir leid«, sagt Åke so leise, dass Karlsson es unmöglich hören kann. »Das alles.«

Jessica zuckt die Achseln, während Karlsson an ihnen vorbeigeht und, die Hände in den Taschen, zu den Felsen am Ufer stiefelt. Åke setzt seinen Weg ins Haus fort, und Jessica folgt Karlsson.

»Na?«, fragt sie, als sie den Vorplatz hinter sich gelassen haben. »Haben Sie etwas gefunden?«

»Ich habe die Gästelisten vom September 82 und Oktober 85 fotografiert. Auf den ersten Blick sieht es so aus, dass niemand in beiden Zeiträumen in Smörregård war.«

»Und die Person, die wir suchen?«

Karlsson bleibt stehen, dreht sich zu Jessica um und schnalzt mit der Zunge.

»Die gab es da nicht.«

»Was soll das heißen?«, fragt Jessica, holt ihr Handy hervor und zeigt ihm das Foto, auf dem unter ihren eigenen Dokumenten das Anmeldeformular des unbekannten Gastes und eine Kopie von seinem Pass hervorlugt. Karlsson kratzt sich ratlos am Kopf.

»Jemand hat die Papiere entfernt«, sagt Jessica. Sie macht einige Schritte zu dem wild wogenden Meer hin und atmet die feuchte Luft ein. »Vor ganz kurzer Zeit.«

»Verdammt«, flucht Karlsson. »Ist Ihnen klar, was das bedeutet?«

»Dass dieser Jemand nicht gefunden werden will.«

Karlsson nickt, reckt das Kinn hoch und atmet den Meeresgeruch ein, den der Wind herbeiträgt. Die Sonne, die hinter der Wolkendecke kaum zu sehen ist, wärmt kein bisschen, es ist unglaublich kalt.

»Und wissen Sie was? Ich habe mir den Schlüssel zum Zimmer 21 geschnappt und einen Blick hineingeworfen, aber da war niemand«, fährt Karlsson fort.

»Aber ...«

»Das Bett war gemacht, und das Zimmer sieht unbewohnt aus.«

Jessica wirft einen Blick auf das Fenster des Zimmers 21, an dem eine weiße Spitzengardine hängt. Hat der Täter die Insel schon verlassen? Das erklärt allerdings nicht, wieso die Dokumente aus dem Ordner verschwunden sind. Und in dem Fall hat jemand das Zimmer geputzt und die Laken gewechselt. Es liegt also auf der Hand, dass entweder Astrid oder Åke oder alle beide von dem mysteriösen Gast wissen und seine Spuren verwischen.

In Jessicas Kopf pocht es. Sie wendet den Blick zum Stallgebäude. Niklas Steiner kommt gerade heraus, nur im T-Shirt, und zündet sich eine Zigarette an.

»Werden Sie die beiden abreisen lassen?«

»Die Steiners? Sie können natürlich versuchen, ein Wassertaxi zu bestellen«, antwortet Karlsson, »aber bei dem Sturm ist bestimmt kein Skipper bereit, herzukommen. Wenn sie also nicht nach Alören schwimmen wollen …«

»… sitzen sie hier fest«, sagt Jessica. »Was wollen Sie als Nächstes tun?«

»Ich muss aufs Festland.«

Jessica blickt zum Anleger, sieht aber nur die kieloben an Land liegenden Ruderboote, deren Lenzstopfen sich vermutlich irgendwo in der Werkstatt oder im Bootsschuppen befinden.

»Werden Sie schwimmen? Oder kommt jemand Sie abholen?«

Johan Karlsson lacht auf.

»Um ganz ehrlich zu sein«, beginnt er und betrachtet den Sandweg, der in den Wald führt und über dem die Äste im immer heftiger wehenden Wind schaukeln, »ich habe ein Motorboot am westlichen Anleger.«

52

Jessica sieht dem Mann nach, der langsam im Wald verschwindet. Dann wirft sie einen Blick auf das hundert Meter entfernte Stallgebäude, vor dem Niklas Steiner noch einmal an seiner Zigarette zieht, bevor er wieder nach drinnen geht. Die Steiners packen vermutlich ihre Koffer. Kein Wunder, denn Karlsson hat die Informationsveranstaltung ziemlich ungeschickt durchgeführt, und wenn die beiden nichts mit dem Fall zu tun haben, wollen sie verständlicherweise weiterreisen an einen Ort, wo niemand auf die Idee kommt, sie als Mordverdächtige zu vernehmen, während sie Fischsuppe essen.

Jessica betrachtet eine Weile den leeren Hof und spürt Wärme in sich aufsteigen. Das Gasthaus und seine Umgebung sind eine echte Schärenidylle. Der nach dem Winter noch gelbliche, im Herbst sauber gemähte Rasen, die von kleinen Ziersteinen umrahmte Fahnenstange und die auf Halbmast gesenkte, wild flatternde Fahne. Das rotweiße Hauptgebäude, davor blattlose Stachel- und Johannisbeersträucher, die erst im Sommer blühen werden. Die fast direkt an das Hauptgebäude angrenzende, der Umgebung äußerlich angepasste Werkstatt, die zweifellos neuer ist als der sonstige Baubestand. Jessica hat aufs Geratewohl gerade diese Insel als Versteck gewählt, aufgrund der Fotos und positiven Beurteilungen auf Tripadvisor. Doch jetzt spielt sich am Südufer von Smörregård, das die Touristen preisen, eine Tragödie ab, in deren Mittelpunkt Jessica unwillentlich geraten ist.

Jessica macht sich auf den Weg zum Bootsschuppen, als ihr Handy klingelt. Jusuf ruft an.

»Hallo«, sagt Jessica. Ihre Kehle ist plötzlich trocken.

Einen Moment lang ist nur Knistern zu hören, und Jessica fürchtet, dass das Gespräch abbricht.

»Du … Lautsprecher«, sagt Jusufs immer wieder abbrechende Stimme schließlich. »Rasmus ist auch …«

Jusuf spricht weiter, doch der heulende Wind verschluckt seine Worte.

»Warte, Jusuf«, ruft Jessica und beschleunigt ihre Schritte, um schneller zum Bootsschuppen zu gelangen. Sie hat bisher noch nie in den Schuppen gespäht, aber gesehen, wie Åke dort aus und ein geht, und weiß daher, dass die Tür nicht verriegelt ist. Als sie eintritt und die Tür hinter sich schließt, nimmt sie einen stechenden Geruch wahr, eine Mischung aus geteertem Holz und dem Tang, der die tragenden Holzpfähle bedeckt.

»Sorry, hier zieht ein ziemlicher Sturm auf«, sagt Jessica. »Jetzt sollte ich dich besser hören.«

»Und wenn du *hier* sagst, meinst du … Smörregård?«, fragt Jusuf.

»Spielt das eine Rolle?«

»Das weiß ich nicht. Du hast ja uns angerufen.«

Jessica hält das Handy ans andere Ohr und betrachtet die kurze Holztreppe, die ins Wasser führt. Von der Decke des Schuppens hängt ein großes Gummiboot mit Außenbordmotor herab. Jessica hat schon seit ihrer Ankunft auf der Insel überlegt, ob Åke sein Boot im Schuppen aufbewahrt und was für eins es ist.

»Ich weiß. Danke. Was habt ihr rausgefunden?«, fragt Jessica.

»Nicht gerade viel«, antwortet Jusuf. »Über Eila Kantelinen gibt es kaum etwas. Wohnt in Porvoo. Witwe, vier Kinder, dreizehn Enkelkinder und dazu sechs Angehörige der nächsten Generation. Eine große Familie. Eine nach Kuchen duftende Uroma, die dereinst als VIP-Gast in den Himmel kommt, wenn es einen gibt. Dagegen hat Armas Pohjanpalo ein ziemlich bewegtes Leben geführt.«

»Inwiefern?«

»Er hat viele Missetaten auf dem Konto: Autodiebstähle, Einbrüche, Körperverletzungen, Unterschlagungen. Allerdings stammt die letzte Verurteilung aus dem Jahr 1978, und Pohjanpalo hat seit 1980 nicht mehr im Knast gesessen.«

Jessica denkt kurz über Jusufs Worte nach. Auf Anhieb fällt es ihr schwer, eine derartige kriminelle Vergangenheit mit dem gebeugt gehenden, verängstigten alten Mann in Verbindung zu bringen, aber Armas, der eine harte Kindheit hinter sich hat, war offenbar zu allem fähig, als er noch im Vollbesitz seiner Kräfte war.

»Und was Elisabeth Salmi betrifft«, beginnt Jusuf, macht eine kurze Pause und fährt dann fort: »Bei ihr gibt es eigentlich nichts Besonderes, außer dass sie sich Anfang Januar auf eigene Kosten zur Sterbebegleitung angemeldet hat.«

»Zur Sterbebegleitung?«, fragt Jessica. Bei dem Wort muss sie an Erne denken, der einen entsprechenden Pflegeplatz bekommen hätte, wenn Jessica nicht darauf bestanden hätte, dass er seine letzten Tage in ihrer Wohnung in Töölö verbrachte.

»Elisabeth Salmi ist also ganz offensichtlich todkrank. Ohne ausreichende Begründung können wir aber keine genaueren Nachforschungen anstellen.«

Jessica schließt die Augen und hört, wie das Meerwasser in den vier Wänden unruhig wogt. Sie erinnert sich an Elisabeths blasses, mageres Gesicht, an die tiefen Augenhöhlen und Falten. Die Frau war in palliativer Therapie, und das Treffen der Zugvögel in Smörregård sollte wohl ohnehin ihr letztes sein. Ihr Mörder hat also das Unausweichliche nur beschleunigt, entweder wissentlich oder unwissentlich.

»Elsa Lehtinen hat uns mehr Mühe bereitet, weil wir ihr Geburtsdatum nicht kennen und es in Finnland ziemlich viele dieses Namens gibt. Es gibt allein fünf, die in den 1930ern geboren wurden und 1994 gestorben sind.«

»Die Elsa Lehtinen, die ich suche, war im April ihres Todesjahres noch am Leben«, sagt Jessica, denn sie erinnert sich, dass Armas die Frau damals zum letzten Mal in Smörregård getroffen hat.

»Okay. Das erleichtert die Sache …«, meint Jusuf, und Jessica hört ihn am Computer tippen. »Jetzt sind es nur noch zwei.«

»Könntet ihr checken, ob eine der beiden im Ausland gestorben ist? Und ob es ein natürlicher Tod war?«

»Wow«, entgegnet Jusuf. »Das klingt nach einer echt rasanten Geschichte.«

Jessica will gerade sagen, dass Jusuf noch nicht einmal die Hälfte weiß, doch da meldet sich Rasmus zu Wort.

»Was die Steiners angeht …«, beginnt er mit seiner dünnen Stimme, und Jessica grüßt ihn, bevor er fortfährt, »… wie du weißt, ist es ziemlich schwierig, an Informationen über schwedische Staatsbürger zu kommen, ohne offiziell um Amtshilfe zu bitten. Über die Geschwister wissen wir also praktisch nur, dass sie in Kalmar wohnen und dass beide Journalisten sind …«

»Geschwister?«, fragt Jessica.

»Ja. Wieso?«

Jessica geht ein paar Stufen nach unten und taucht die Schuhspitzen in den mit Wasser gefüllten Plastikbottich, der auf der untersten Stufe steht. Bei genauerem Nachdenken wird ihr klar, dass Niklas und Pernilla Steiner nichts getan haben, was den Anschein erwecken würde, dass sie ein Ehepaar sind. Eher im Gegenteil. Wer weiß, vielleicht würde auch sie ihren Urlaub mit Toffe verbringen, wenn ihr kleiner Bruder noch am Leben wäre. Trotzdem erscheint ihr der Gedanke, dass sich die Geschwister noch als Erwachsene ein Zimmer teilen, fremd.

»Ich hatte angenommen … Ach, das spielt keine Rolle«, murmelt Jessica und beobachtet, wie die Schuhsohle die Spannung der Wasserfläche bricht und das Wasser vibrieren lässt.

»Pernilla Steiner hat auch aktiv an verschiedenen Demonstrationen in Schweden teilgenommen. In jüngeren Jahren war sie Mitglied einer Organisation namens *Den rena jordklotet* und hat sich an Aktionen beteiligt, die an der Grenze des gesetzlich Zulässigen lagen«, berichtet Rasmus. »Außerdem ist sie 2009 im Frühstücksfernsehen so konfus aufgetreten, dass die Livesendung mittendrin unterbrochen werden musste. Ein ziemlich radikaler Fall.«

»Im Gegensatz zu ihrem Bruder, der ein angesehener Reporter zu sein scheint«, ergänzt Jusuf.

Jessica hat die Frau nur einige Male gesehen, denkt aber bei sich, dass die Fakten zu ihrem Äußeren passen.

»Und um auf Åke und Astrid Nordin zu kommen …«, beginnt Rasmus. Jusuf fällt ihm ins Wort: »Beide haben keine Vorstrafen. Åke hat 1993 sein Studium der Sozialwissenschaften an der Åbo Akademi mit der Magisterprüfung abgeschlossen und danach in Schweden gewohnt, zuerst in Stockholm, dann lange in Holmsund. Im Internet habe ich eine Angabe gefunden, wonach er in den Jahren 2008-2019 an der Universität Umeå gearbeitet hat. Hauptsächlich hat er Kurse über die Geschichte der westlichen Philosophie für Anfangssemester gegeben.«

Jessica hält das Handy wieder ans andere Ohr und mustert die Dachkonstruktion des Schuppens. Das alles war ihr schon bekannt.

»Den Gasthof hat Astrid Nordins kürzlich verstorbener Mann Hans-Peter Nordin schon 1955 gegründet. Astrid Nordin wiederum war in den Jahren 1964-1997 als Fachärztin für Geburtshilfe tätig und hat danach offenbar zusammen mit ihrem Mann im Gasthof gearbeitet.«

»Gibt es sonst noch was Nennenswertes?«, fragt Jessica und merkt, dass ihre Worte abweisend klingen. Ihre Kollegen haben sich völlig uneigennützig bereiterklärt, ihr zu helfen, obendrein mit dem Risiko, dass Hellu ihnen die Leviten liest, falls sie erwischt werden. Das ist keineswegs unmöglich, denn polizeiliche Suchen in Datenbanken und Archiven hinterlassen immer Spuren im System. Und aus irgendeinem Grund hat Jessica das Gefühl, dass Hellu, so beschäftigt sie auch ist, nach solchen Spuren fahndet.

»Als ich Astrid Nordins alte Publikationen durchgesehen habe, ist mir aufgefallen, dass sie sich schon in den 1970er Jahren als Fürsprecherin von Adoptionen profiliert hat«, sagt Rasmus. »Sie hat mehrmals öffentlich den Standpunkt vertreten, dass unter dem langsamen und bürokratischen Adoptionsprozess in Finnland nicht nur die Kinder, sondern auch die ungewollt kinderlosen Erwachsenen leiden. Gelegentlich wurde sie auch in Zeitungen wie *Turun Sanomat* und *Kalevala* zitiert, die im finnischen Binnenland erscheinen. Nordin hat geschrieben, dass sie zig Babys auf die Welt geholfen hat, für die es von Anfang an besser gewesen wäre, in der Obhut einer anderen als ihrer biologischen Mutter aufzuwachsen.«

Jessica legt eine Hand auf ihren Bauch und denkt unwillkürlich, dass Astrid vielleicht über ihr Kind dasselbe sagen könnte. Sie betrachtet das Boot, das an drei Spanngurten von der Decke hängt. Wenn sie wirklich eine gute Mutter sein wollte und nur das Beste für ihr ungeborenes Kind im Sinn hätte, würde sie in das Boot steigen und davonfahren. Von Mariehamn würde sie nach Stockholm und von da wer weiß wohin fliegen. Schon heute Abend könnte sie in Barcelona, Nizza oder Rom sein.

»Aus den Zeitungsartikeln geht auch hervor«, fährt Rasmus fort, »dass Astrid selbst adoptiert wurde.«

»Tatsächlich?« Jessica schreckt aus ihren Fluchtträumen auf. Sie erinnert sich an das Schwarzweißfoto an der Wand des Büros und daran, dass die junge Astrid darauf anders aussah als die dunkelhaarigen Erwachsenen neben ihr. Natürlich.

»Ja. Außerdem hat sie wohl irgendeinen Unfall gehabt, nach der dunklen Stelle am Hals zu schließen, die meiner Meinung nach auf eine schwere Brandverletzung hindeutet«, sagt Rasmus. »Aber darüber finden sich keinerlei Informationen. Nordin selbst hat nie öffentlich über ihre Verletzung gesprochen, obwohl sie oft in der Öffentlichkeit aufgetreten ist.«

Der Wind lässt die Tür des Schuppens knallen. Der an einem Nagel hängende lange Haken klappert.

»Astrids Mann Hans-Peter wiederum scheint in den 1970er Jahren ein ziemlicher Hallodri und Serienunternehmer gewesen zu sein: Er saß im Vorstand von mindestens fünf äländischen Aktiengesellschaften und zwei Vereinen. Bis alles schlagartig zu Ende war.«

»Was heißt das?«

»Nach den Angaben des Patent- und Registeramts hat Hans-Peter im März 1983 alle Vorstandsposten sang- und klanglos aufgegeben. Mit Ausnahme der Smörregård Erfarenhet Ab, die für die Geschäftstätigkeit des Gasthofs verantwortlich ist und in deren Vorstand er bis zu seinem Tod saß.«

»Warum ist er zurückgetreten?«

»Darüber kann man nur Spekulationen anstellen. Wir haben keine Informationen über irgendwelche Skandale oder Gerichtsurteile gefunden, die ihn gezwungen hätten, seine Posten niederzulegen.«

»Okay, das klingt merkwürdig.«

Am Handy herrscht eine Weile Stille. In diesen Sekunden erinnert Jessica sich an den Duft von Jusufs neuem Rasierwasser und daran, wie Jusuf geschmeckt hat, als ihre Lippen sich berührten.

»Natürlich haben wir bisher erst an der Oberfläche gekratzt, aber wenn du uns konkrete Anhaltspunkte und noch ein paar Stunden Zeit gibst …«, beginnt Jusuf, doch Jessica unterbricht ihn.

»Ihr habt schon viel geschafft, danke dafür. Ich hätte allerdings noch eine zweite Bitte.«

»Du untersuchst den Tod der alten Frau als Verbrechen, stimmt's?«, sagt Jusuf, und als Jessica schweigt, fügt er halb im Spaß hinzu: »Na komm schon, gib's zu.«

»Vielleicht. Und meine zweite Bitte betrifft zwei Todesfälle, die sich 1982 und 1985 auf dieser selben Insel zugetragen haben.«

»Kennst du die Namen der Opfer?«

»Nein«, antwortet Jessica schnell. »Aber beide waren mindestens irgendwann in ihrem Leben im damaligen Kinderheim der Insel angestellt.«

»Okay, das kann ein bisschen komplizierter werden, weil die Fälle fast vierzig Jahre zurückliegen und die Akten wahrscheinlich nicht in unseren Datenbanken zu finden sind.«

»Tut, was ihr könnt. Wenn ihr es könnt. Mir ist schon klar, dass ihr auch noch anderes zu tun habt.«

»Was machen die dortigen Polizisten eigentlich, wenn du neben dem aktuellen Mord auch noch alte Todesfälle untersuchen musst? Angeln die den ganzen Tag Lachs?«

»Hier ist so ein forscher Kommissar zugange, Johan Karlsson. Er hat offenbar Pasila kontaktiert und sich nach mir erkundigt. Hat Hellu das vielleicht erwähnt?«

»Nein. Aber …«

»Aber was?«

»Harjula war vorhin hier … Er hat uns ein bisschen seltsam auf den Zahn gefühlt und ausgefragt, was wir machen.«

»Verdammt«, sagt Jessica. »Hellu hat also tatsächlich einen Spürhund auf mich angesetzt.«

Da knarrt die Tür hinter ihr. Ein schmaler Lichtstreif fällt in das Halbdunkel und am oberen Ende der Holztreppe erscheint eine dunkle, sich unruhig bewegende Gestalt. Jessica erschrickt, das Handy rutscht ihr aus den Fingern, prallt gegen die Seite des Gummiboots und fällt in das schwarze Wasser.

53

Die Gestalt tritt einen Schritt zurück zur offenen Tür und tastet offenbar nach dem Lichtschalter, den Jessica bei ihrer Ankunft nicht gefunden hat.

»Ich wusste nicht, dass hier jemand ist«, sagt Niklas Steiner stirnrunzelnd. Die fahle Deckenlampe wirft einen Schatten auf sein kantiges Gesicht, der Regen hat ihm die Locken an die Stirn geklebt. Statt des T-Shirts trägt er jetzt ein Flanellhemd und einen Anorak.

Jessica sieht ihn verstört an, holt tief Luft und beugt sich zum unteren Ende der Treppe hinunter, zu der Stelle, wo das Handy ins Wasser gefallen ist.

»Verdammter Mist«, flucht sie, als sie merkt, dass sie nicht bis auf den Grund sehen kann.

»Ist Ihnen was runtergefallen?«

»Mein Handy.«

Der Mann verzieht mitfühlend das Gesicht.

»Sorry. Ich kann Ihnen bei der Suche helfen«, sagt er, stellt sich ans obere Ende der Treppe und wartet darauf, dass Jessica ihn vorbeilässt. Sie macht ihm Platz, und er zieht die Jacke aus, legt sich bäuchlings auf die untere Stufe und steckt den Arm tief ins Wasser.

»Hier ist ja ein seetüchtiges Boot«, sagt er, während er mit dem Arm durch das Wasser fährt. »Und dabei gibt es angeblich kein einziges, das uns zum Festland bringen könnte.«

»Haben Sie es tatsächlich so eilig, hier wegzukommen?«, fragt Jessica. Im selben Moment lächelt Niklas triumphierend.

Er zieht den Arm aus dem Wasser und stemmt sich hoch. Er reicht Jessica das Handy, auf dem der Startbildschirm zu sehen ist. Offenbar hat Jusuf keine Lust gehabt, sich das Wasserrauschen anzuhören. Aber das Wichtigste ist, dass das Gerät funktioniert.

»Danke.«

»Um ganz ehrlich zu sein: Dieser Ort ist schaurig«, sagt Niklas Steiner. »Aber das war an sich ja nicht überraschend.«

»Wie meinen Sie das?«, fragt Jessica, während er sich aufrichtet und die Stufen hinaufsteigt. »Wieso war es nicht überraschend?«

Niklas Steiner wringt den Hemdärmel aus und rollt ihn bis zum Ellbogen auf. Dann senkt er die Stimme fast zum Flüsterton.

»Die Geschichte von dem Mädchen im blauen Mantel. Die seltsamen Lieder der seltsamen alten Leute. Der Tod am Ufer.«

Steiner fletscht die Zähne und zieht eine Grimasse, die wohl Entsetzen ausdrücken soll. Jessica findet es merkwürdig, in dem engen Bootsschuppen neben einem Mann zu stehen, über den sie gerade von ihren Helsinkier Kollegen Informationen bekommen hat.

»Moment, Moment, wieso wissen Sie davon? Ich meine von dem Mädchen im …«

Niklas Steiner lacht nervös auf.

»Åke hat mich um Verschwiegenheit gebeten, um die anderen Gäste nicht zu beunruhigen. Womit außerhalb der Saison praktisch nur Sie gemeint sind. Denn die alten Leute kennen die Geschichte garantiert besser als irgendwer sonst.«

»Um mich womit nicht zu beunruhigen?«

»Vielleicht kann ich jetzt die Wahrheit sagen, es spielt ja keine Rolle mehr. Wir sind nicht hier, um Urlaub zu machen.

Pernilla und ich schreiben für *Barometern*, die Lokalzeitung von Kalmar, einen Artikel über die Zugvögel. Ich habe Åke schon vor zwanzig Jahren in Stockholm kennengelernt, und er hat mir neulich den Tipp gegeben, dass man aus den Treffen dieser Kriegskinder eine rührende Geschichte machen könnte. Ein Porträt, das vom Krieg, vom Verwaistsein und vom Beginn eines neuen Lebens erzählt. Von Solidarität. Von der Fähigkeit eines Kindes, sich jeder Situation anzupassen. Aspekte gab es genug. Wir mussten uns nur für einen oder auch mehrere entscheiden.«

Jessica sieht den Mann bestürzt an und denkt unwillkürlich, dass ihre Menschenkenntnis sich in den letzten Wochen radikal verschlechtert hat. Bis zu dem Anruf von Jusuf und Rasse hat sie angenommen, die Steiners wären ein Ehepaar, das sich auseinandergelebt hat und hier Urlaub macht. Nun hat sie auf einmal das Gefühl, dass auf Smörregård nichts so ist, wonach es aussieht. Und niemand scheint die Wahrheit zu sagen, jedenfalls nicht sofort.

Niklas Steiner reibt sich die kleine Stupsnase und blickt sich um. Als er den Kopf dreht, steigt Jessica der frische Duft seines Rasierwassers in die Nase.

»Wir hatten vor, die Zugvögel heute in aller Ruhe zu interviewen, aber dann ist ein Vogel abgekratzt und jetzt haben wir CSI Åland im Nacken. Da bleibt uns ja keine andere Wahl, als zu verschwinden, solange noch Schönwetter herrscht. Allerdings schaffen wir das wohl nicht mehr. Jedenfalls, wenn man es wörtlich nimmt. Der Sturm ist tatsächlich im Anmarsch, wie man sieht und hört.«

»Die Zugvögel hatten einem Interview also zugestimmt?«

»Das nehme ich an. Åke hat gesagt, er würde sich um alles kümmern, und wenn die alten Leute am ersten Tag ungestört beim Abendessen sitzen und Neuigkeiten austauschen dürften, hätten wir den ganzen nächsten Tag Zeit, sie für unsere Story zu befragen.«

»Aber heute früh hat der Zeitungsartikel eine ganz neue Perspektive bekommen.«

»Es wird keinen Artikel geben. Er sollte eine lebensechte Darstellung über die Realitäten des Krieges und die Solidarität des neutralen Nachbarlandes werden, und er sollte die Kriegskinder selbst zu Wort kommen lassen. Dass eine Handvoll Waisenkinder monatelang auf dieser verdammten Insel festhängen … Das hat etwas unbeschreiblich Tragisches. Und zugleich Schönes«, sagt Steiner und senkt das Kinn, als würde er einen Tadel erwarten. »Aber jetzt … Jetzt wäre die ganze Geschichte nur ein billiges, reißerisches Mordrätsel, für das wir zwei schweigsame, verängstigte alte Leute befragt hätten. Ich weiß nicht einmal, ob Åke die drei überhaupt vorgewarnt hatte, dass sie interviewt werden sollen. Vielleicht war die ganze Idee schwachsinnig.«

Jessica verdaut das Gehörte eine Weile und zeigt dann auf das Boot an der Decke.

»Sie sind also gekommen, um ein Boot zu suchen?«

»Ja.«

»Jetzt haben Sie eins gefunden.«

»Ich bin Journalist, kein Dieb. Wenn Åke nicht bereit ist, uns zum Festland zu bringen, müssen wir noch eine Nacht hierbleiben.« Niklas Steiner zuckt die Schultern und öffnet die Tür, die der Wind noch weiter aufreißt. »Ich habe mich wohl noch gar nicht vorgestellt. Niklas.«

»Jessica.«

»Okay, Jessica. Reden wir später weiter, wenn uns nicht vorher jemand ertränkt«, sagt Steiner und verschwindet nach draußen.

54

Jessica bleibt auf einer blauen Plastikkiste im halbdunklen Bootsschuppen sitzen. Ihr Kopf schmerzt, und das würgende Gefühl im Bauch ist wieder stärker geworden. Doch das Wissen, woher dieses Gefühl kommt oder eher: woher es sehr wahrscheinlich kommt, macht alles viel erträglicher. Jessica seufzt und betrachtet die an der Wand hängenden Fischernetze und vom getrockneten Tang grün gefärbten Netzschwimmer. An einigen Nägeln in der Mitte der Wand hängt eine hölzerne Stange mit einem Metallhaken am Ende. Niklas Steiner hat recht, wenn er sagt, dass der Ort schaurig ist. Die Menschen sind irgendwie inkonsequent, bei keinem scheint das Verhalten zu dem zu passen, wer sie sind oder was sie früher waren. Es wimmelt von seltsamen Fakten: Elisabeths unheilbare Krankheit, Armas Pohjanpalos kriminelle Vergangenheit. Schon gestern Abend wirkten die alten Leute merkwürdig. Elisabeths Auftritt bei der Toilette, das Entsetzen auf Armas' Gesicht. Åkes Erzählung von Maija. Die Rolle der in der Nähe des Waisenhauses aufgewachsenen, ihrerseits adoptierten Astrid als Fürsprecherin von Adoptionen. Pernilla Steiners trostloses Weinen, das nicht ganz zum Bild einer Reporterin passt, die sich irgendwann sogar gegen die Obrigkeit aufgelehnt hat. Die aus dem Archiv im Büro verschwundenen Unterlagen des mysteriösen Gastes. Das unbewohnte Zimmer 21, in dem Jessica mit Sicherheit jemanden gesehen hat.

Irgendetwas an der Geschichte ist mehr als faul, aber Jessica weiß nicht, von welcher Seite aus sie an die Sache herangehen soll. Sie blickt wieder zu dem Boot auf, sieht sich selbst, wie sie es zu Wasser lässt und an den Ufern entlang bis nach Mariehamn steuert. Wenn es ihr nur gelingt, den Klippen auszuweichen, könnte sie …

Plötzlich verwandelt sich alles in ein verschwommenes, undeutliches Mosaik, von wirren Schatten gefärbt, als würde man in ein Kaleidoskop schauen.

Hast du vor, zu gehen?, fragt der Mann auf Englisch. Er hat einen starken Akzent, den Jessica selbst im Schlaf erkennen würde. Der Verstand sagt ihr, dass Colombano nicht hier ist, dass die Toten nur in ihrem Kopf reden, doch sie kann sich dessen nicht sicher sein. Vor den Visionen kann man nicht weglaufen. Man kann sie nicht wegrationalisieren.

Außerdem sind ihre Gedanken klar, und zum ersten Mal seit Wochen hat sie das Gefühl, die Situation wenigstens halbwegs unter Kontrolle zu haben, obwohl sie ihre Medikamente seit zwei Tagen nicht mehr genommen hat.

Weglaufen ist keine Alternative, Zesika, sagt der Mann, und Jessica spürt einen warmen Hauch an ihrem Ohr. *Du bist damals auch nicht weggelaufen, warum solltest du es jetzt tun?*

Im Bootsschuppen ist es fast stockdunkel geworden, das Wasser, das gerade eben noch am unteren Ende der Treppe gewogt hat, steht ihr jetzt bis zu den Knöcheln. Es ist nicht kalt, sondern handwarm. Glitschige Aale schlängeln sich um ihre Beine. Der Regen prasselt langsamer, die Tropfen scheinen wählerischer auf das Blechdach zu trommeln als zuvor. Die Luft im Bootsschuppen ist jetzt feucht und riecht nach verschmutztem Wasser, Urin und ranzigem Fisch. Jessica spürt das verschwitzte Laken unter ihrem nackten Rücken, die dichten Haare des Mannes zwischen ihren Beinen. Ihre Lenden schmerzen, und als sie den Kopf dreht, merkt sie, dass sie von blauen Flecken übersät sind. Die blauen Flecken gehören dazu, sie sind ein Nebenprodukt von Genuss und Liebe. Es gibt keine Liebe ohne Schmerz.

Du hättest mit mir ein Kind haben sollen, flüstert Colombano ihr ins Ohr.

Das Wasser steigt immer höher.

»Hättest du das gewollt?«, fragt Jessica, als sie kommt. »Hättest du ein kleines Monster gewollt?«

Die rauen Hände streicheln ihren Nacken. Jessica rechnet damit, dass sie sich plötzlich um ihren Hals legen. Zwei Stunden Üben, einen Moment gewaltsame Liebe, dann würde der Mann wieder zu seiner Geige greifen und …

Nein, sagt Colombano. *Niemand will ein Kind mit so einer Hure. Vielleicht hat Frank die Folgen seiner Tat sofort begriffen und sich deshalb das Hirn aus dem Kopf geknallt.*

»Nein«, widerspricht Jessica und reckt das Kinn. Das warme Wasser streift ihren Hals. Sie weiß, dass sie ertrinken wird, wenn sie das Gespräch fortsetzt. »Frank hat sich nicht deshalb umgebracht«, flüstert sie.

Du bist dasselbe wie der Tod, sagt Colombano. *Alles, was du berührst, stirbt bald. So wird es auch deinem Kind ergehen, ob du willst oder nicht …*

Nun spürt Jessica, wie das Wasser in ihre Nasenlöcher dringt, es ist schon so hoch gestiegen, dass sie ihm nicht mehr entkommen kann, es wird sie und ihre Sorgen endgültig ertränken. Aber plötzlich lösen sich die Finger von ihrem Nacken, und Colombanos nach Schnaps riechender Atem entfernt sich. Von irgendwoher erschallt der durchdringende Schrei eines neugeborenen Kindes.

Denn du bist eine Killerin, Zesika. Das weiß ich am allerbesten, sagt Colombano.

Jessica öffnet die Augen. Ihr Handy hat angefangen zu klingeln, und sie hebt es schnell ans Ohr, um Colombano zu entfliehen, den feuchten Wänden des schwitzigen Hotelzimmers

und dem Gestank der verfaulten Meeresfrüchte. Dem schmutzigen Geschirr, den nassen Handtüchern und dem ungemachten Bett. Den verurteilenden Blicken, die ihr auf den Fluren und am Frühstückstisch des Hotels folgen. *Dreckige Hure.*
»Jessica? Bist du da?«, fragt Jusufs Stimme.

55

Jessica schnappt nach Luft. Das Wasser ist gesunken. Ihre Kleider sind trocken. Die Schuhe ebenso.

»Jessi?«, wiederholt Jusufs Stimme.

Es knackt in der Leitung.

»Ja, Jusuf?«

»Hellu hat uns alle in den Besprechungsraum gerufen, und die Sitzung kann sich hinziehen. Wir dachten, wir rufen dich schnell an und berichten, was wir rausgefunden haben.«

Jessica holt tief Luft und schließt die Augen. Alles ist in Ordnung. Sie muss sich jetzt beruhigen.

»Na?«

»Wenn man sich gründlich mit der Sache befasst, findet man sicher noch mehr Informationen, aber auf die Schnelle haben wir Folgendes zusammengekratzt: Der Mann, der 1982 in Smörregård gestorben ist, hieß Martin Hedblom, fünfundfünfzig Jahre alt. Langjähriger Nachtwächter im Kinderheim Smörregård. Todesursache Ertrinken, obwohl erwähnt wird, dass das Opfer auch andere Verletzungen hatte, allerdings keine, die den Verdacht auf ein Verbrechen geweckt hätten. Drei Jahre später kam exakt an derselben Stelle Monica Boman, 66, ums Leben, die das Kinderheim seit seiner Gründung 1951 geleitet hatte.«

»Aber ...«

»Das Kinderheim Smörregård wurde offiziell erst in dem

Jahr gegründet, aber es kann natürlich gut sein, dass beide schon 1946 in derselben oder einer ähnlichen Position tätig waren.«

»Wurde Monica Bomans Todesursache geklärt?«

»Nicht direkt. Du musst aber berücksichtigen, Jessi, dass wir so kurzfristig und ohne einleuchtende Begründung nicht an das eigentliche Untersuchungsmaterial kommen, sondern uns nur auf das stützen konnten, was wir im Internet und in den Zeitungsarchiven ausgegraben haben. Aber alles deutet darauf hin, dass Bomans Tod schon damals als verdächtig galt. Nicht zuletzt deshalb, weil er so sehr an Martin Hedbloms Tod drei Jahre zuvor erinnerte.«

»Okay«, sagt Jessica und merkt, dass sie enttäuscht ist. Sie kennt jetzt die Namen der Toten, aber die hätte sie auch von Åke oder Astrid erfahren können. Ansonsten haben die Untersuchungen der Kollegen in Helsinki nichts Neues gebracht.

»Und die alte Frau … Elsa Lehtinen?«

»Noch nichts.«

Jessica hört, dass im Hintergrund eine Tür geöffnet wird, dann folgt Gemurmel.

»Jetzt müssen wir gehen, Jessica«, sagt Jusuf schließlich leise. Stuhlbeine schaben über den Boden.

»Okay.«

Dann dämpft Jusuf seine Stimme zum Flüstern.

»Aber wir haben einen Köder für dich, der dir vielleicht nützlich sein kann.«

»Was für einen?«

»Die Kommissarin Anna Berg, die in den 1980er Jahren die Todesfälle in Smörregård untersucht hat und schon vor Jahren pensioniert wurde, lebt dem Standesregister nach noch und wohnt in Lövö, das in der Luftlinie nur vier Kilometer von der Südspitze von Smörregård entfernt ist. Wir haben auch ihre Telefonnummer, allerdings nicht vom Handy, sondern nur von einem Festnetztelefon.«

»Okay«, sagt Jessica und wirft einen Blick auf das Boot. Es könnte sie trotz des schlechten Wetters zu der ehemaligen Kriminalermittlerin bringen, sofern diese bereit ist, sie zu empfangen. Andererseits – warum sollte Anna Berg mit einer vom Dienst suspendierten Polizistin aus Helsinki über die alten Fälle sprechen? Es sei denn ... Jessica merkt, dass ihr Kopf klarer wird: Es sei denn, die Fragen würde jemand stellen, der einen plausiblen Grund hätte, den Fall aufzurollen. Jemand, der die Bitte als Chance verkleiden könnte. Wie zum Beispiel der langjährige Mitarbeiter einer angesehenen schwedischen Zeitung.

56

Die Regentropfen haben ihre runde Form verloren und fühlen sich auf der Haut spitz an wie kleine eiskalte Nadeln. Jessica geht zum Stallgebäude, dessen Dach die Äste der Birken am Waldrand unermüdlich peitschen. Sie hat erst überlegt, Johan Karlssons Rückkehr abzuwarten, dann aber festgestellt, dass dafür keine Zeit bleibt, wenn sie zurückfahren wollen, bevor der Sturm losbricht. Außerdem kennen Johan Karlsson und Anna Berg sich bestimmt, und es wäre nicht besonders fruchtbar, die Sache unter alten Bekannten zu erörtern.

»Entschuldigung, dass ich störe«, sagt Jessica, als Niklas Steiner die Tür öffnet. Seine Schwester sieht sie nicht, hört aber die Klospülung rauschen. Auf dem Fußboden liegen ein geöffneter Koffer und eine Sporttasche, die voller Kleidung ist. Anders als in Jessicas Zimmer stehen hier anstelle eines breiten Doppelbettes zwei schmale Betten mit einem Nachttisch dazwischen.

»Sie haben vorhin von einem billigen Mordrätsel gesprochen«, beginnt Jessica, wischt mit dem Ärmel über ihre regennasse Stirn und fährt fort: »Ich kann Ihnen versichern, dass die Menschen Mordrätsel wirklich mögen und dass dieses hier kein billiges ist.«

Niklas Steiner steckt die Hände in die Taschen und sieht Jessica erwartungsvoll an. Sie hat seine Aufmerksamkeit gewonnen, nun muss sie ihn noch überzeugen.

»Sie brauchen die Insel nicht mit leeren Händen zu verlassen«, sagt sie.

Steiner holt eine Zigarettenschachtel aus der Brusttasche und blickt hinein, als wolle er eine schnelle Bestandsaufnahme machen. Er trägt noch dasselbe Flanellhemd, der aufgerollte rechte Ärmel ist klatschnass. Seine Füße stecken in gelbgrünen Socken, die ganz und gar nicht zu seiner sonstigen Kleidung passen.

»Kommen Sie doch rein«, sagt er und steckt die Schachtel wieder ein. »Funktioniert Ihr Handy? Nochmals Entschuldigung.«

»Ja, es funktioniert«, antwortet Jessica und bleibt mitten im Zimmer stehen, die Hände in die Seiten gestützt. »Sind die Dinger nicht so konstruiert, dass sie Wasser aushalten?«

»Vielleicht. Bis das Handy ein Jahr alt ist und plötzlich gar nichts mehr aushält«, brummt Niklas Steiner und klopft an die Toilettentür. »Nilla, wir haben Besuch, erschrick nicht, wenn du rauskommst.«

»Wir können uns auch draußen unterhalten, wenn …«

»Nein, nein. Alles in Ordnung«, fällt Niklas Steiner Jessica ins Wort. »Erzählen Sie mal, worum es geht.«

»Ich habe über das nachgedacht, was Sie vorhin gesagt haben. Die Story über die Zugvögel für *Barometern*. Das wäre ein guter Artikel, zweifellos. Aber vielleicht nicht besonders originell.«

Steiner lacht auf und setzt sich in den Sessel, das exakte Gegenstück zu dem, der in Jessicas Zimmer steht.

»Offenbar haben wir auch eine Redaktionschefin hier«, sagt er und zeichnet mit dem Zeigefinger einen unsichtbaren Kreis auf die Armlehne.

»Ich betrachte die Sache eher aus der Sicht der Leser. Wenn Sie etwas wirklich Beeindruckendes und zugleich Berührendes schreiben wollen, sollten Sie eine Story darüber schreiben, worüber auf dieser Insel alle reden: über das Mädchen im blauen Mantel«, erklärt Jessica. Der Eifer in ihrer Stimme ist echt.

Niklas Steiner wirkt nicht überzeugt. Er greift nach der Mineralwasserflasche auf dem Sofatisch und dreht den Korken auf. In der Toilette rauscht wieder Wasser.

»Ich weiß nicht recht. Wie gesagt, die ganze Geschichte riecht nach Schauermärchen und Seemannsgarn und …«

»Alles hat mit allem zu tun«, unterbricht ihn Jessica. »Das Mädchen im blauen Mantel, das Waisenhaus, die Ertrinkungsfälle in den 1980er Jahren, der Nachtwächter, die Leiterin des Waisenhauses. Elisabeth Salmis Tod. Die Kriegskinder. Sie würden im Grunde genau die Story schreiben, die Sie ursprünglich geplant hatten, aber die Schlagzeile wäre erheblich reißerischer.«

Niklas Steiner trinkt einen Schluck aus der Flasche. Die Bewegung seines Fingers auf der Lehne stoppt. Er legt den Kopf in den Nacken und betrachtet Jessica abschätzend. Vielleicht interessiert, vielleicht nicht. Seine Miene ist völlig ausdruckslos.

»Glauben Sie, alle Journalisten wären auf reißerische Schlagzeilen und Ruhm aus?«

»Solange man die Berufsethik nicht verletzt, schadet Ruhm wohl keinem Journalisten.«

Niklas Steiner blickt zum Fenster hinaus und legt die Faust vor den Mund.

»Geben Sie der Geschichte eine Chance«, sagt Jessica.

»Wie?«

»Kommen Sie mit mir zu einer Frau namens Anna Berg. Sie hat die Ertrinkungsfälle untersucht, die in den 1980er Jahren hier auf der Insel passiert sind, und kann uns vielleicht erzählen, was all das mit dem Mädchen im blauen Mantel zu tun hat.«

Niklas Steiner zieht verwundert die Augenbrauen hoch.

»Warum?«

Jessica spürt, wie ihr der Impuls entgleitet, und ist sich nicht sicher, ob sie den Mann halb überzeugt hat oder ob das Ganze ein Fehlschlag wird. Steiner scheint kein Wort von ihren Erklärungen verstanden zu haben.

»Damit Sie die Story des Jahres bekommen«, erwidert sie, und ihre Stimme klingt leicht nervös.

»Nein, ich meine, warum interessieren *Sie* sich für dieses Gewirr?«

Jessica blickt dem Mann verschmitzt lächelnd in die Augen.

»Weil ich einen Krimi schreibe. Und aus dem, was hier passiert ist, kann man eine verdammt gute Geschichte machen.«

»Einen Krimi, aha. Wann erscheint der?«

»Einigen wir uns darauf, dass er erst veröffentlicht wird, wenn Ihr Artikel gedruckt und in hunderttausend Briefkästen gelandet ist.«

Niklas Steiner lacht spöttisch und steht auf. Er verschränkt die Arme vor der Brust und sieht Jessica an. Aus seiner Miene lässt sich kaum schließen, wie er sich entschieden hat. Dann hält er ihr die Hand hin.

»In Ordnung.«

Jessica ergreift sie lächelnd. Der Druck der warmen Hand ist fest. Jessica spürt den breiten Smartring, den der Mann am Zeigefinger trägt.

»Ist das Treffen mit Anna Berg schon vereinbart?«

Jessica schüttelt den Kopf.

»Hoffen wir, dass sie zu Hause ist«, sagt sie und wischt über den Touchscreen ihres Handys. »Am besten rufen Sie selbst bei ihr an. Ich frage inzwischen Åke, ob er uns nach Lövö bringen kann.«

57

Jessica betritt das Hauptgebäude und wischt die nassen Schuhe an dem rauen Fußabtreter ab. Als Erstes späht sie in das Kaminzimmer, dann in den Speisesaal, aber im Erdgeschoss ist keine Menschenseele zu sehen. Sie klopft an die Tür zu Astrids Büro, und als keine Antwort kommt, drückt sie die Klinke herunter. Die Tür ist abgeschlossen, was merkwürdig erscheint, wenn man bedenkt, dass sie die ganze Woche über offen gestanden hat. Hat Johan Karlsson sie womöglich abgesperrt, nachdem er in den Unterlagen des Gasthofs geschnüffelt hat? Oder hat Astrid gemerkt, dass jemand ohne ihre Erlaubnis das Büro betreten hat?

»Hallo? Åke?« Jessica späht noch einmal in das Kaminzimmer. Im Haus ist es mucksmäuschenstill, bis auf das hypnotische Trommeln des Regens auf dem Dach. Als Jessica gerade die Treppe hochgehen will, sieht sie aus dem Augenwinkel einen grauen Sicherungskasten zwischen der Treppe und Astrids Büro und öffnet ihn spontan. Die Schalter der einzelnen Sicherungen sind mit Aufklebern beschriftet, auf einem steht *Bewegungsmelder (Hof)*. Jessica schaltet ihn aus.

Dann geht sie die Treppe hinauf. Nach einigen Stufen nimmt ein gerahmtes Schwarzweißfoto ihren Blick gefangen; es ist beinahe identisch mit dem, das sie an der Wand von Astrids Büro gesehen hat, allerdings ist Astrid auf diesem Bild vielleicht eine Spur jünger. Am unteren Rand steht *Smörregård, 1. Juli 1947*. Jessica beugt sich vor, um das Foto genauer zu betrachten. Die Adoptiveltern sind ein schmuckes Paar. Der Vater, ein hochgewachsener Mann mit kräftigem Kinn, hat einen buschigen Schnauzer und einen Spitzbart. Die Mutter trägt ein helles Sommerkleid und einen Sonnenhut. Astrid ist leicht zu erkennen, nicht nur an dem Narbengewebe am Hals, sondern auch an ihrer aufrechten Haltung.

Jessica legt die Finger um das hölzerne Geländer und geht weiter. Die Fotoreihe an der Wand neben der Treppe ist Smörregård gewidmet. Ein Bild zeigt das Hauptgebäude und seine Umgebung vom Anleger aus, auf dem zweiten Farbfoto wird der Stall zum Wohngebäude umgebaut. Der Beschriftung nach wurde es 1980 aufgenommen. Auf dem dritten halten zwei Jungen einen riesigen Hecht in die Höhe. Er ist so lang, dass vier Hände kaum ausreichen, um ihn zu tragen. *Trinken Fische Wasser? Åke und Johan 1981.*

Åke ist auf dem Foto ganz er selbst, ein junger Philosoph, dessen Gesicht Optimismus und Neugier auf die Welt verrät. Dagegen wirkt Johan, bei dem es sich offenbar um Karlsson handelt, deutlich verschlossener. Jessica hat in ihrer langen Laufbahn bei der Polizei gelernt, die Körpersprache, die Mikromimik und die Manierismen der Menschen zu lesen: All diese Details sind bei der Profilierung und der Vernehmung Verdächtiger nützlich. Auf dem Gesicht des etwa zehnjährigen Johan Karlsson liegt etwas, das man vielleicht als Misstrauen oder Bedrückung deuten könnte. Und plötzlich hat Jessica das Gefühl, dass sie die richtige Entscheidung getroffen hat, als sie Johan nichts von ihrer Idee erzählt hat, mit Anna Berg zu sprechen. Jetzt muss sie aber rasch handeln, Åke finden und …

»Kann ich Ihnen helfen?«

Die Stimme lässt Jessica zusammenzucken. Sie blickt von dem Foto auf. Am oberen Ende der Treppe, im Licht, das durch das Fenster hinter ihm fällt, steht ein Mann, vielleicht schon seit einer ganzen Weile.

58

Jusuf und Rasmus betreten das Besprechungszimmer. Am Ende des langen Tisches sitzt Hellu und trommelt mit den Fingern auf die Tischplatte. Es riecht nach frischem Gebäck, aber ein Kuchenteller ist nirgends zu sehen. Auf dem Tisch liegt nur eine zerknüllte Papiertüte, die die Stimmung im Besprechungsraum trefflich symbolisiert. Heute gibt es wohl statt Zuckerbrot die Peitsche.

»Fangen wir an«, sagt Hellu, als die beiden sich setzen.

»Und Harjula und Nina?«

»Die sind im Einsatz.«

Jusuf spürt ein mulmiges Gefühl im Bauch. Seine intuitive Vermutung, dass eine Strafpredigt ansteht, scheint sich leider zu bewahrheiten.

»Aha«, sagt er und zerkaut das Nikotinkaugummi, das er sich in den Mund gesteckt hat. »Ich dachte, wir würden den Fall Lindeman …«

»Haltet ihr mich für blöd, Jungs?«, fällt Hellu ihm ins Wort. »Ich weiß, dass es nicht korrekt ist, euch als Jungs anzusprechen, aber ich kann nicht anders.«

Jusuf spürt, dass er gleich niesen muss, und versucht es zu verhindern, indem er die Nase rümpft.

»Ich habe heute zwei Anrufe aus Åland bekommen.«

Jusuf und Rasmus tauschen einen raschen Blick.

»Beim ersten haben sie sich nach Niemi erkundigt. Beim zweiten haben sie mir mitgeteilt, dass die Bitte um Auskunft über einen Kriminalkommissar namens Johan Karlsson nicht erfüllt werden kann und dass die Frage nach Niemi mit einem Todesfall zu tun hat, der heute früh auf der Insel Smörregård passiert ist. Dass sie alle überprüfen, die sich auf der Insel aufhalten.«

»Okay.«

»Und man braucht kein Hellseher zu sein, um zu begreifen, dass ihr in den letzten ein, zwei Stunden eure wertvolle Arbeitszeit darauf vergeudet habt, einen Fall zu untersuchen, der absolut nichts mit eurem Aufgabenbereich, geschweige denn mit euren Befugnissen zu tun hat.«

»Aber …«

»Verdammt noch mal, kapiert ihr denn nicht? Niemi hat uns allen den Rücken zugekehrt«, sagt Hellu, und ihre Stimme verrät verletztes Ehrgefühl. »Sie nutzt euch und eure Position aus, um auf irgendeiner verfluchten Insel die Detektivin zu spielen. Warum in aller Welt bittet sie euch, Informationen über einen Mann namens Johan Karlsson auszugraben? Und wie könnt ihr so blöd sein, zum Telefon zu greifen und in Mariehamn nach ihm zu fragen?«

»Weil …«, beginnt Jusuf, verstummt dann aber, denn er weiß, dass Hellu bei seiner Erklärung Rot sehen wird.

»Jusuf Pepple, verdammt noch mal, du rückst jetzt raus mit der Sprache oder du darfst ebenfalls einen langen unbezahlten Urlaub einlegen, und dann ist es mir egal, ob du auch auf die Insel fährst, auf der Niemi gerade herummurkst.«

»Jessica hat uns nicht gebeten, irgendwas zu unternehmen … jedenfalls, was diesen Karlsson betrifft. Sie hat nur erwähnt, dass er ein diensteifriger Polizist ist, der hier in Pasila angerufen hat und …«

»Aber Johan Karlsson hat mich nicht angerufen«, entgegnet Hellu und reibt sich die Backenknochen.

»Jessica hat gesagt …«

»Jessica hat gesagt. Jessica dies, Jessica das. Ich habe die Disziplinlosigkeit in dieser Einheit verdammt satt. Ich habe ja Verständnis für Bindungen innerhalb des Teams, Freundschaftsverhältnisse und Loyalität und so weiter ... Aber wenn jemand wegen gewalttätigen Verhaltens und möglicher Anklageerhebung zwangsbeurlaubt wurde, könnt ihr, zum Teufel noch mal, keine Befehle oder Anweisungen von ihr mehr befolgen.«

»Bitten.«

»Das ist ein und dasselbe.«

»Hellu, please«, bittet Jusuf, und einen Augenblick lang scheint es, als würde seine Chefin noch eins drauflegen. Doch dann stößt sie einen langen, zischenden Ton aus und verschränkt die Arme vor der Brust.

»Fünf Sekunden«, sagt sie.

Jusuf steht auf, geht an die andere Tischseite und beugt sich vor.

»Jessica kommt wieder zurück, wenn sich die Wogen geglättet haben. Sie kommt zurück, und dann sind wir wieder ein Team. Du hasst sie nicht, Hellu. Du verstehst schon jetzt, wieso sie eine gute Polizistin ist und warum alle sie und ihre Fähigkeiten schätzen.«

»Drei Sekunden, Jusuf.«

»Wir müssen unseren Leuten helfen. Jessica hat einen guten Riecher. Wenn sie sagt, dass auf Smörregård, in Pasila, in Honduras oder zum Beispiel in der Ukraine etwas faul ist, hat sie leider in aller Regel recht. Vielleicht nicht immer, aber ziemlich wahrscheinlich. Das bestreitest du doch nicht?«

»Jessica ist in Zwangsurlaub.«

»Keiner von uns ist je in Urlaub. Erinnerst du dich, dass du selbst erzählt hast, wie du in Málaga einen Ladendieb am Kragen gepackt und mit dem Knie auf den Boden gedrückt hast, bis die Bullen ihn geholt haben?«

»In Marbella.«

»Same but different.«

»Different but different. Ich habe meine Pflicht als Zivilistin getan. Ich habe keineswegs versucht, mich in die Besprechung des örtlichen Ermittlerteams einzumischen«, erwidert Hellu trocken, denkt aber ganz offensichtlich über Jusufs Worte nach.

Jusuf zuckt die Achseln und geht langsam auf Hellu zu. Er ist sich nicht sicher, ob sein Plädoyer, das vermutlich von der gewandten Rhetorik amerikanischer Gerichtsfilme beeinflusst ist, die Hauptkommissarin besänftigt oder die Situation nur verschlimmert.

»Niemand hat etwas Illegales getan, allenfalls haben wir eine Stunde lang das Geld der Festlandsteuerzahler für die Lösung der Probleme der Åländer vergeudet.«

»Der angeblichen Probleme.«

Jusuf nickt, er muss seiner Chefin wenigstens einmal das letzte Wort lassen. Einige Sekunden lang schweigen alle, und Jusuf hört, wie sein Magen grummelt. Die verdammten Linsen.

»Okay, erzähl mir ganz genau, welchen Verdacht Jessica hat«, sagt Hellu schließlich.

»Auf der Insel sind schon früher Menschen ertrunken.«

»Ein Serienertränker?«

»Vielleicht.«

»Wann sind diese früheren Fälle – ich bitte zu beachten, dass ich noch keineswegs überzeugt bin – denn geschehen?«

»In den 1980er Jahren.«

Hellu lacht lauthals.

»Und gleich darauf im Jahr 2020?«

»Ja.«

Hellu trommelt mit den Fingern auf den Tisch. Dann blickt sie auf ihre Uhr.

»Eine Banane mit Pimmelgeschmack«, sagt sie ernst.

»Bitte?«, prustet Jusuf und sieht Rasmus fragend an. Der starrt schockiert auf die Tischplatte.

»Als Erfindung ebenso unsinnig wie Niemis Theorie. Ihr bekommt beide eine mündliche Verwarnung.«

Jusuf stößt einen leisen Pfiff aus. Das Kartenhaus, das er in den letzten Minuten so sorgfältig aufgebaut hat, ist eingestürzt, Hellu hat es mit einem einzigen Satz vom Tisch gefegt.

»Aber ...«

Hellus Faust donnert so heftig auf den Tisch, dass ein leerer Plastikbecher auf den Boden fliegt.

»Kein aber. Ich will kein Wort mehr über Smörregård hören. In Mariehamn untersucht eine Frau namens Maria Forsius den Fall, und sie ist durchaus fähig, die notwendigen Schlüsse zu ziehen«, sagt Hellu. »Ihr müsst endlich einsehen, dass es Niemi nicht gut geht und dass sie unter Umständen auch da Gespenster und Rätsel sieht, wo es nichts zu enträtseln gibt.«

»Forsius?«, fragt Rasmus mit rasselnder Stimme, während Jusuf demonstrativ zur Tür geht.

Hellu schiebt die Papiere, die vor ihr auf dem Tisch liegen, in eine rote Mappe und steht auf.

»Ja. Forsius. Wieso?«

»Aber was ist mit Johan Karlsson?«

»Der wurde schon vor zwei Jahren aus dem Polizeidienst entlassen.«

59

Die Treppe knarrt immer noch, obwohl Jessica sich nicht vom Fleck rührt. Die Menschen auf den Schwarzweißfotos scheinen sie mindestens so intensiv anzustarren wie Åke, der oben an der Treppe steht.

Er geht einige Stufen hinunter und wartet dann auf Jessicas Antwort.

»Ist etwas passiert, Jessica?« Åke sieht sie argwöhnisch an.

»Eigentlich nicht. Ist Johan hier?«, fragt sie und klammert sich mit der rechten Hand an das Geländer.

Nun wirkt Åke noch bedrückter, falls das überhaupt möglich ist.

»Ich habe ihn seit einer Weile nicht gesehen … Hören Sie, Jessica, was Johan betrifft …«

»Macht nichts. Es ist sogar besser so.«

»Bitte?«

»Ich möchte Sie um einen Gefallen bitten.«

»Um was für einen?«, fragt Åke und geht an ihr vorbei nach unten. Dort bleibt er stehen und starrt auf den Sicherungskasten, als hätte er gemerkt, dass etwas nicht stimmt.

»Ich weiß, dass Sie die Steiners auf die Insel gebeten haben, um einen Artikel über die Zugvögel zu schreiben«, sagt Jessica schnell, um die Aufmerksamkeit des Mannes auf sich zu ziehen. »Niklas hat es mir erzählt.«

Åke wendet den Blick vom Sicherungskasten auf Jessica und

wirkt plötzlich, als hätte er ein Gespenst gesehen, als würde das, was Niklas Steiner enthüllt hat, einen Skandal auslösen.

»Aber ...«

»Weiß Astrid davon?«, fragt Jessica. Åke sieht sie von unten herauf an.

»Nein. Ich glaube nicht, dass ihr die Idee gefallen hätte«, antwortet er schließlich und kratzt sich den Bart.

»Warum wollten Sie, dass die Story geschrieben wird?«

Åke seufzt tief und schüttelt den Kopf.

»Weil der Laden sonst eingeht. Wir brauchen mehr Gäste, Jessica. Gleich nach meiner Rückkehr habe ich die Buchführung des Gasthofs durchgesehen und war von der geschäftlichen Lage erschüttert.«

»Sie wollten also, dass die Steiners über die Zugvögel schreiben, damit die Villa Smörregård kostenlose Werbung bekommt?«

»Niklas und ich kennen uns schon seit Jahren. Ich habe ihm von meiner Idee erzählt, und wir waren uns einig, dass die Geschichte bewegend wäre. Und dass man sie noch nach Jahren in anderen Veröffentlichungen referieren würde, wenn sie richtig geschrieben wird. Dieser Ort könnte ein mythisches Reiseziel werden. Wenn auch nicht vom gleichen Rang wie die Osterinseln oder Stonehenge, aber immerhin ...«

»Sie haben Niklas aber ursprünglich nichts von den Morden erzählt? Oder von dem Mädchen im blauen Mantel? Macht nicht gerade Maijas Geschichte den Ort mythisch? Ein kleines Mädchen, das zurückkehrt und spukt und so weiter?«

Åke winkt ab und geht an das Fenster neben der Haustür, während Jessica sich auf die unterste Treppenstufe setzt.

»Ich habe gleich gemerkt, dass Niklas sich nicht für so etwas interessiert«, brummt Åke. »Aber ich dachte – oder eher hoffte –, wenn er erst einmal hier wäre und die ganze Geschichte in ihrer authentischen Umgebung zu hören bekäme, würde er seine Meinung ändern.«

»Das hat er auch getan.«

Åke dreht sich zu Jessica um. Über sein Gesicht fliegt etwas, das sie als Erleichterung deutet.

»Was?«

»Niklas hat gesagt, er würde die Story schreiben.«

»Tatsächlich? Vorhin hat er noch seine Sachen gepackt und …«

»Sagen wir so, ich konnte ihn überreden«, erklärt Jessica mit einem Blick auf ihr Handy. Am oberen Rand des Displays ist kein einziger Balken zu sehen.

»Das ist ja fantastisch. Danke, Jessica.« Åke versucht offensichtlich, seine Begeisterung zu verbergen, vielleicht deshalb, weil ihm ein spontanes Lächeln im Licht der Ereignisse der letzten vierundzwanzig Stunden unpassend erscheint.

»Danke Ihnen, Åke.«

»Wofür?«

»Tja, jetzt kommen wir zu dem Gefallen, den ich vorhin erwähnt habe.«

60

Das Gummiboot hüpft in der Brandung, die kalte Gischt spritzt Jessica, die am Bug sitzt, ins Gesicht. Sie schiebt die nassen Haare zurück und bereitet sich auf die nächste Welle vor, indem sie sich zum Heck umdreht, wo Pernilla und Niklas Steiner dicht nebeneinander sitzen. Irgendetwas an der engen Beziehung der Geschwister erscheint ihr seltsam und fremdartig. Während ihr der Wind in den Ohren rauscht und die Schärenlandschaft sich verblüffend schnell verändert, kehren Jessicas Gedanken in die Vergangenheit zurück, zu ihrem ein paar Jahre jüngeren Bruder Toffe, der nicht erwachsen werden durfte.

»Da ist es«, ruft Åke, und Jessica hört, wie er den Motor drosselt.

Vor ihnen liegt ein verlassener Sandstrand mit Eisbude und Umkleidekabinen. Rechts davon ragt eine felsige Waldung ins Meer, und Åke lenkt das Boot zu dem dahinter schaukelnden Anleger.

»Ist das auch eine Insel?«, fragt Jessica.

»Wir sind in Åland«, lacht Åke. »Hier gibt es nichts anderes als Inseln. Aber im Ernst gesagt: Das hier gehört zum åländischen Festland. Von hier braucht man mit dem Auto nach Mariehamn eine Stunde oder noch weniger.«

Jessica nickt, und Niklas Steiner zeigt zum Anleger und sagt etwas zu seiner Schwester. Jessica blickt auf und sieht nun oben auf einem steilen Hügel ein hellblaues, dreistöckiges Holzhaus mit einem roten Blechdach und einem zum Meer gelegenen, auf weißen Holzsäulen ruhenden Balkon. Die Frau, die auf dem Balkon steht, zweifellos Anna Berg, beobachtet das Boot, das sich dem Anleger nähert. Åke lenkt es mit der Seite voran an den Anleger, und Pernilla Steiner geht als Erste an Land. Jessica sieht, wie sie das Tau straff zieht und mit geübten Bewegungen am Poller befestigt. Pernilla ist offenbar nicht zum ersten Mal mit einem Boot unterwegs.

Schon auf dem Hang, der zum Haus führt, hat man in der Abenddämmerung eine wunderschöne Aussicht auf das in dunkelblauen Tönen schimmernde Meer, auf dem Dutzende, wenn nicht gar hundert Inseln eine blaugrüne Flickendecke bilden. Um das oben auf dem Felsen stehende Haus zu erreichen, steigen Jessica, die Steiners und Åke eine lange, steile Holztreppe hinauf, in deren Rand starke Hoflampen eingelassen sind. Auf dem zum Ufer gelegenen Rasen wachsen Johannisbeersträucher, und hier und da stehen in weniger symmetrischer Ordnung Apfelbäume, die im Herbst zweifellos reiche Beute tragen.

Anna Bergs Haus ist allem Anschein nach ziemlich alt, aber als Jessica es betritt, stellt sie fest, dass es nach frischer Farbe und jungfräulichem Schnittholz riecht, als wären die Innenräume kürzlich renoviert worden.

Die stark übergewichtige Anna Berg begrüßt die Ankömmlinge und führt sie über eine Wendeltreppe ins Obergeschoss. Sie bewegt sich mühsam, und es fällt Jessica schwer, sich vorzustellen, wie sie Ganoven nachläuft.

»Sie haben ein schönes Haus«, sagt Niklas Steiner, offenbar um das Schweigen zu brechen, als sie alle sich kurz darauf an den runden Esstisch setzen. Am Ende des gemütlichen Wohnzimmers befindet sich eine moderne Kochinsel, die Wände sind hellblau tapeziert, und der Parkettboden ist makellos. Hinter der

Sitzgruppe ragt ein Katzenbaum hervor, aber eine Katze ist nirgendwo zu sehen. Vielleicht ist sie trotz des stürmischen Wetters draußen.

»Danke«, sagt Anna Berg. Von draußen dringt ein dumpfes Geräusch herein, und hinter dem Fenster huscht ein großer Mann vorbei, der irgendetwas in den Händen hält.

»Pelle wäscht den Wagen«, erklärt Berg kopfschüttelnd. »Als würde der Sturm das nicht erledigen.«

Die anderen lachen pflichtschuldig, und Berg gießt Kaffee in die bereitstehenden Tassen, die mit Bildern von Marienkäfern und anderen Kriechtieren verziert sind. Jessica hört den schweren Atem der Frau und vergleicht sie unwillkürlich mit der zwanzig Jahre älteren Astrid. Die gekrümmte und rundliche Anna Berg ist das komplette Gegenteil der Wirtin der Villa Smörregård.

»Ich hatte es so verstanden, dass zwei Journalisten kommen, aber … Warum gleich eine ganze Delegation? Da fühlt man sich direkt zu wichtig«, sagt Anna Berg. Der kleine Mund zwischen den runden Wangen lächelt.

Jessica hebt die Systemkamera hoch, die Niklas ihr als Requisite geliehen hat. Das scheint als Antwort zu genügen. Zum Glück, denn so braucht sie technisch gesehen nicht über ihre Rolle zu lügen.

Anna Berg gibt ein paar Süßstofftabletten in ihren Kaffee und wendet sich an Åke. »Dich kenne ich ja von früher, Åke Nordin. Erinnerst du dich an mich?«

Åke nickt. Er wirkt plötzlich verlegen.

»Es ist lange her.«

»Genau. Du warst damals noch ein kleiner Junge«, sagt Berg freundlich grinsend. »Ich erinnere mich, wie aufgeregt ihr wart, du und dein Freund, als wir in Smörregård waren, um die Leute aus dem Waisenhaus zu befragen. Das war wohl ziemlich spannend für euch.«

»Na ja, damals ist dort ja nicht viel passiert. Und später auch nicht.«

Einen Moment lang sieht Anna Berg ihn an, wie ältere Menschen ein herziges Kind betrachten. Mit sehnsüchtiger Bewunderung und zugleich mit dem schmerzhaften Wissen, wie schnell die Zeit vergeht.

»Ich habe vom Tod deines Vaters gehört. Mein Beileid«, sagt sie, und Åke nickt. Aus irgendeinem Grund hat Jessica den Eindruck, dass sowohl Anna Bergs Beileidsbekundung als auch Åkes knappe Reaktion gekünstelt sind. Als handle es sich um eine unangenehme Pflicht, die man erfüllen muss.

»Bist du zur seelischen Unterstützung der Reporter hier?«, fragt Anna Berg dann.

»Genaugenommen ...«, antwortet Åke und räuspert sich, »um ganz ehrlich zu sein ... die Zeitungsstory war meine Idee. Das heißt, ursprünglich war die Perspektive ganz anders, aber Elisabeths ... Ich meine ...«

»Åke hatte uns den Tipp gegeben, eine Story über die Zugvögel zu machen«, mischt Pernilla Steiner sich mit ruhiger Stimme ein, als Åke sich verheddert. Jessica blickt vom Tisch auf. Sie hört die Frau zum ersten Mal sprechen. »Aber jetzt gibt es Stoff für etwas viel Spannenderes.«

»Ist der Tod eines Menschen wirklich spannend?«, erwidert Anna Berg, und in ihrer Stimme liegt ein leicht missbilligender Ton, der etwas über die Einstellung der alten Polizistin gegenüber Reportern verrät.

»Pernilla meint sicher, dass jetzt umso mehr Anlass besteht, die Geschichte der Insel zur Sprache zu bringen. Im Licht der Ereignisse der letzten vierundzwanzig Stunden wäre es geradezu ein Verstoß gegen die journalistische Ethik, nicht darüber zu schreiben. Die Wahrheit muss ans Licht kommen. Was immer sie ist«, beeilt Niklas Steiner sich zu erklären.

Anna Berg nickt, dann sieht sie alle der Reihe nach forschend an. Sie ist unverkennbar eine Polizistin, auch wenn sie ihr Dienstabzeichen schon vor einigen Jahren an den Haken gehängt hat. *It takes one to know one.*

»Wie spannend«, versetzt sie lakonisch. »Also, wie kann ich Ihnen helfen, meine Damen und Herren?«

Niklas Steiner schlägt sein Notizbuch auf, und Jessica sieht die in wirrer Handschrift hingekritzelten Stichwörter: Es sind die Fragen, die sie sich vor der Abfahrt von Smörregård gemeinsam überlegt haben.

»Sie waren Anfang der 1980er Jahre als Polizistin in Mariehamn tätig«, beginnt Niklas Steiner. In dem Moment knallt das Blechdach bedrohlich. Der Wind scheint unter das Haus zu fahren und lässt es in den Fugen knarren.

»Bei der Schutzpolizei bis 1982 und danach bei der Kriminalpolizei, ja. Ich war die erste und einzige Frau in der Abteilung bis 1988, dann habe ich einen Leitungskurs besucht und konnte mir anschließend in führender Position meine Untergebenen selbst aussuchen.«

»Was heißt das?«

»Dass ich anfing, Frauen einzustellen.«

»Gut. Und in die Ermittlungsabteilung kamen Sie 1982 im …?«, erkundigt sich Pernilla Steiner, und Anna Berg schließt die Augen, um sich genauer zu erinnern.

»Im August.«

»Sie hatten also gerade bei der Kriminalpolizei angefangen, als Martin Hedblom im September 1982 auf Smörregård ertrank.«

Anna Berg nickt.

»Der Fall Hedblom war der erste Todesfall, den ich zu untersuchen hatte. Mein erster richtiger Fall, wenn man die berufliche Relevanz am Verlust eines Menschenlebens misst.«

»Möchten Sie etwas mehr darüber erzählen?«

Einen Augenblick lang sieht Berg aus, als hätte sie die Frage nicht verstanden, doch dann holt sie tief Luft und beginnt zu sprechen.

»Ich erinnere mich noch lebhaft daran. Ich hatte gerade meine Tochter in die Kita gebracht, als ich über Funk die Nachricht bekam, dass im Nordostteil Ålands ein Toter gefunden worden war. Ertrunken, hieß es. Mein Chef befahl mir, mit dem Wagen direkt nach Alören zu fahren, wo das Boot des Rettungsdienstes auf mich wartete. Ich erinnere mich, dass ich geflucht habe, denn Alören war mindestens eine Stunde entfernt, und wenn ich allein im Auto unterwegs war, habe ich mich oft verfahren. Na, jedenfalls habe ich den Diensthabenden gefragt, ob es nicht reichen würde, die Leiche zur Untersuchung in den Doktorsvägen zu bringen, und warum ich mich selbst dorthin schleppen muss, da der Mann ja weder erschossen noch erstochen worden war.«

»Was hat man Ihnen geantwortet?«

Anna Berg wirkt nachdenklich.

»Die Leiterin des Kinderheims hielt die Sache wohl für ein wenig seltsam. Es war nicht ganz klar, ob eines der Kinder vielleicht etwas gesehen oder gehört hatte. Und ob alle die Wahrheit sagten«, antwortet sie. Niklas Steiner wirft Jessica einen Blick zu.

»Hatte die Leiterin den Verdacht, einer der Bewohner des Kinderheims wäre in Hedbloms Tod verwickelt?«, fragt er.

»Das glaube ich nicht. Es war nur irgendwie seltsam. Dass der Nachtwächter in der Nacht seinen Posten verlässt, ans Ufer torkelt und im flachen Wasser ertrinkt. Natürlich war der erste Gedanke, dass er betrunken war, aber bei der Obduktion wurde nur eine geringe Menge Alkohol im Blut festgestellt.«

»Die Todesursache war jedenfalls Ertrinken?«, vergewissert sich Steiner, und Berg nickt.

»So wurde es auch in den Akten vermerkt: unfallbedingtes Ertrinken. Die Geschichte ist mir aber weiterhin durch den Kopf gegangen.«

»Warum?«

Anna Berg legt eine Hand auf die andere und lässt sie langsam vom Handgelenk bis zum Ellbogen gleiten. Die weißen Härchen auf ihrer Haut haben sich aufgerichtet, als wäre ihr die Erinnerung an den Fall unangenehm.

»Eines der Kinder, ein kleiner Junge, erst fünf oder sechs Jahre alt«, sagt sie mit trockener Kehle und schluckt zwei Mal, »hat gesagt, er hätte in der Nacht draußen ein kleines Mädchen gesehen.«

Jessica spürt, dass ihre Fingerspitzen taub werden.

»Eine der Bewohnerinnen des Kinderheims?«, fragt Steiner. Jessica ist froh, dass er aufmerksam ist und sie nicht selbst versuchen muss, das Gespräch zu lenken.

»Nein«, antwortet Anna Berg bestimmt. »Der Junge hat von Maija gesprochen oder jedenfalls geglaubt, von ihr zu sprechen.«

»Von dem Mädchen im blauen Mantel?«, fragt Pernilla Steiner, und Anna Berg nickt.

»Die Geschichte kannten alle. Sie war schon damals eine lokale Legende, die man sich am Lagerfeuer erzählte und an deren Wahrheit niemand glaubte. Deshalb habe ich seiner Beobachtung kaum Gewicht beigemessen, aber seltsam war es doch.«

»Dass der Junge draußen ein Mädchen gesehen hat?«

»Ja, und … Derselbe Junge hat auch gesagt, er hätte einen Wecker gehört.«

Jessica ballt die Hände rasch zur Faust, damit das Prickeln in den Fingern aufhört.

»Wann?«, fragt Niklas Steiner.

»Um Punkt zwei Uhr. Der Junge war vom Klingeln des Weckers wachgeworden, hatte aus dem Fenster geschaut und das Mädchen gesehen.«

»Wurde der Wecker gefunden?«, erkundigt sich Niklas, nachdem er die Information eine Weile verdaut hat.

Anna Berg trinkt zwei kleine Schlückchen von ihrem Kaffee und schüttelt den Kopf, die Tasse noch in der Hand.

»Im Kinderheim gab es, soweit bekannt, nur einen altmodischen Wecker, der ein mechanisches Uhrwerk hatte und sehr laut klingelte«, sagt sie und blickt zum Fenster hinaus. »Und der hatte irgendwann Maija Ruusunen gehört.«

61

Jessica ändert ihre Position auf dem schön geformten, aber eine Spur unbequemen Designerstuhl und streckt ihre müden Beine aus. Die Meereslandschaft, die durch das Fenster zu sehen ist, lässt keinen Zweifel daran, dass der für den Abend vorhergesagte Sturm tatsächlich im Anmarsch ist. Der Horizont hat sich dunkelblau gefärbt, und schon als Jessica die Außentreppe hinaufstieg, hat sie in der Luft eine Elektrizität gespürt, wie man sie meist nur bei Gewittern in der Sommerhitze antrifft.

»Sie haben die Aussage des Jungen also auf sich beruhen lassen«, stößt Niklas Steiner hervor, und Jessica hofft, dass Anna Berg seine Worte nicht als Vorwurf versteht. Sie könnte das Gespräch jederzeit beenden, wenn sie den Eindruck hat, dass es sich in ein Verhör verwandelt.

»Ja. Das arme Kind hatte ganz offensichtlich nicht nur Gespenster gesehen, sondern auch gehört, denn der Wecker in Maijas Zimmer war nicht auf zwei Uhr gestellt. Warum auch?«

Niklas Steiners Miene wirkt gequält, auch er scheint von dem unbequemen Stuhl genug zu haben. Er beugt den Oberkörper hin und her und fragt: »Und die Sache hat Sie weiter beschäftigt?«

Zur Überraschung aller schüttelt die pensionierte Kommissarin den Kopf.

»Eigentlich nicht. Damals nicht.«

»Aber Sie haben vorhin gesagt, dass ...«

Anna Berg hebt ihren Teelöffel hoch und scheint sich in ihm zu spiegeln.

»Sie müssen verstehen, dass damals alles völlig klar zu sein schien. Der Fall des Nachtwächters kam mir aber spätestens dann wieder in den Sinn, als Monica Boman, die langjährige Leiterin des Kinderheims, nur drei Jahre später dasselbe Schicksal ereilte. Stellen Sie sich das vor: Eine weitere Person, die auf der Gehaltsliste des Kinderheims stand, wurde bei Tagesanbruch tot im Uferwasser gefunden, voll bekleidet. Die Fälle waren identisch, bis hin zur Fundstelle der Leichen: neben dem Anleger, Gesicht und Atemwege knapp unter Wasser, auf den Uferfelsen«, berichtet Anna Berg, und Jessica denkt an Elisabeth, an deren kleine Leiche im Uferwasser.

»Gerade wegen dieser Übereinstimmungen wurde die Todesursache bei Boman erheblich genauer untersucht als bei Hedblom. Und diesmal stieß man auf einen Hinweis darauf, dass tatsächlich etwas Seltsames dahintersteckte. In Bomans Organismus wurde ein ausgesprochen hoher Gehalt an Beruhigungsmitteln gefunden.«

»Aber auch in diesem Fall war die Todesursache Ertrinken?«, fragt Steiner, und Berg nickt kaum merklich.

»Die Leiterin hatte bis zum Abend im Kinderheim Schreibtischarbeiten erledigt. Sie wollte in ihrem Dienstzimmer übernachten – was ab und zu vorkam – und gleich am nächsten Morgen weitermachen. Nach Aussage des Nachtwächters, dessen Schicht gerade begonnen hatte, hatte sie jedoch gegen acht Uhr abends ihr Büro und das Gebäude verlassen und war nicht zurückgekommen. Als der Nachtwächter dann vor dem Ende seiner Schicht darauf aufmerksam wurde – also darauf, dass die Leiterin nicht in ihrem Zimmer war –, drehte er eine Runde um das Gebäude und bemerkte die leblose Gestalt am Ufer.«

»War die Aussage des Nachtwächters glaubwürdig?«

»Die Kinder haben sie bestätigt. Viele hatten gesehen, dass

Boman gegen acht Uhr das Gebäude verließ, und andererseits sagten viele, der Nachtwächter hätte die ganze Zeit an seinem Platz gesessen. Wir waren in einer Situation, in der nur die Ähnlichkeit mit dem Fall Hedblom den Todesfall verdächtig erscheinen ließ. So wie man bei einer Versicherungsgesellschaft erst dann Verdacht auf Betrug schöpft, wenn der Stall eines Bauern zum zweiten Mal abbrennt.«

»Wurde der Nachtwächter verdächtigt?«, fragt Pernilla.

»Natürlich wurde auch diese Möglichkeit berücksichtigt, aber es gab keinerlei Beweise. Außerdem war der Wächter, der in der Nacht von Bomans Tod Dienst hatte, im Jahr 1982 noch gar nicht auf der Insel. Die Ähnlichkeit der Taten – wenn es sich tatsächlich um Morde handelte – bedeutete unserer Meinung nach, dass es beide Male derselbe Täter war.«

»Und die Leiterin hat dem Wächter nicht gesagt, warum sie das Kinderheim um acht Uhr abends verließ oder wohin sie wollte?«

Anna Berg schüttelt den Kopf.

Eine Weile sitzen alle fünf schweigend da und trinken ihren Kaffee. Der Wind heult um das alte Haus und lässt das Fenster klirren. Plötzlich klingelt das Festnetztelefon, das auf einer Kommode neben der Türöffnung zur Küche steht. Anna Berg steht einigermaßen mühsam auf und geht mit unsicheren Schritten hin.

Berg. Hallo. Ja. Genau. Wir haben Besuch. Heute gehen wir nicht mehr aus dem Haus. Reden wir später weiter.

Jessica beobachtet die Frau, die den Plastikhörer auflegt, und denkt bei sich, dass sie seit fast einem Jahrzehnt keinen mehr gesehen hat, der mit so einem Ding telefoniert. Als sie den Blick auf die anderen am Tisch richtet, sticht ihr Pernilla Steiners Wachsamkeit in die Augen, vielleicht deshalb, weil Pernilla mit gerunzelter Stirn auf das Telefon starrt. Womöglich ist ein Festnetztelefon für sie eine noch größere Rarität.

»Das war nur Emma ... Meine Schwester. Wo waren wir stehengeblieben?«, fragt Anna Berg, setzt sich wieder hin und verschränkt die Hände auf dem Tisch.

»Bei Monica Bomans Tod«, sagt Niklas Steiner. Er feuchtet einen Finger an und schlägt eine neue Seite in seinem Notizbuch auf, in dem er alles, was Berg bisher berichtet hat, sorgfältig aufgeschrieben hat. Pernilla dagegen starrt immer noch das altmodische Telefon an.

»Hat in der Nacht irgendwer Maija gesehen?«, fragt Jessica. Anna Berg sieht sie an, als fände sie es haarsträubend, dass die Fotografin sich unerlaubt in das Gespräch einmischt.

»Nein«, sagt sie dennoch und hebt bedeutsam den Finger. »Zu beachten ist auch, dass seit 1982 fast die ganze Bewohnerschaft des Kinderheims gewechselt hatte.«

»Fast?«, hakt Jessica nach, doch bevor Anna Berg antworten kann, steht Åke auf. Seine Hände zittern, und seine Wangen sind blass geworden. Er geht nervös ans Fenster und bleibt dort stehen, das Gesicht zum Meer gerichtet.

»Åke, ist alles in Ordnung?«, erkundigt sich Jessica. Er antwortet nicht, sondern schüttelt nur den Kopf.

»Ich hätte es euch erzählen müssen«, sagt er dann leise. »Aber ich hatte Johan versprochen ...«

»Was haben Sie ihm versprochen?«, fragt Jessica.

»Ich brauche frische Luft«, sagt Åke, greift mit zitternden Händen nach der Klinke, zieht die große Schiebetür zur Seite und tritt auf den Balkon.

»Was zum Teufel geht hier vor?«, fragt Niklas Steiner und versucht sich zu entscheiden, wen er in der Hoffnung auf Antwort ansehen soll.

Auf dem Balkon lehnt Åke sich an das Geländer, der Wind fährt durch seine Locken und seinen langen Bart.

Anna Berg greift nach der Kanne und gießt sich Kaffee nach.

»Wie ich gerade sagen wollte«, fährt sie ruhig fort, »hatte *fast* die ganze Bewohnerschaft gewechselt. Aber ein Junge hat zur Zeit beider Todesfälle im Kinderheim gewohnt.«

Jessica wendet den Blick von Åke zurück zu Anna Berg, die ihre prallen Finger um die Kaffeetasse legt.

»Es war jemand, mit dem Åke Freundschaft geschlossen hatte.«

62

Jessica spürt, wie das Adrenalin in ihre Adern schießt und ihr Herz jagen lässt. Sie betrachtet Anna Bergs breite Wangen, das pechschwarze Muttermal unter dem rechten Auge und die schiefen Zähne, die zwischen den schmalen Lippen hervorlugen. Die Frau hat gerade etwas ausgesprochen, was Jessica noch nie in den Sinn gekommen ist und was Åke, der sich auf dem Balkon den Kopf durchpusten lässt, aus dem einen oder anderen Grund für sich behalten wollte. Die plötzliche Erkenntnis pocht in Jessicas Schläfen. Johan Karlsson war nicht nur auf der Insel, als Martin Hedblom und Monica Boman ums Leben kamen, sondern auch zur Zeit von Elisabeths Tod. Er ist der mysteriöse siebte Gast, der Bewohner des Zimmers 21, und deshalb wollte er allein in Astrids Büro gehen und hat Jessica versichert, dass in dem Zimmer im Obergeschoss niemand wohnt. Verdammt, wie dumm war sie doch gewesen. Und Astrid und Åke haben Karlsson geschützt und gedeckt, weil sie ihn seit seiner Kindheit kennen.

»Was hat das … Ich meine, wurde Johan Karlsson irgendwann als Täter verdächtigt?«, fragt Jessica. Anna Berg scheint sich über die Frage zu amüsieren.

»Erstens war Johan bei Hedbloms Tod erst zehn und um die Zeit, als Boman starb, dreizehn. Zweitens hätte der Nachtwächter es gemerkt, wenn Johan sich aus dem Haus geschlichen hätte und …«

Nun ist Jessica an der Reihe, ungläubig zu schnauben.

»Ist das Ihr Ernst? Johan wäre nicht das erste Kind gewesen, das nachts aus dem Fenster steigt, ohne dass der Nachtwächter es merkt.«

»Trotzdem«, erwidert Anna Berg kühl. Sie wirft den Steiners einen fragenden Blick zu und wartet, bis Niklas Steiner nickt, bevor sie fortfährt: »Johan Karlsson war noch ein Kind, und dass er zur Zeit beider Todesfälle im Kinderheim gewohnt hat, hat ganz einfach nicht gereicht, um ihn zu verdächtigen. Ebenso gut – nach derselben Logik – hätte man vermuten können, dass einer der auf der Insel lebenden Nordins der Täter war. Sie waren ja auch alle dort, als es passiert ist.« Berg verschränkt die Arme vor der Brust und nickt zum Balkon hin. »Wie diesmal auch.«

»Johan war zur Zeit von Elisabeths Tod auf der Insel«, erklärt Jessica, und diesmal wirken sowohl Anna Berg als auch die Steiners verblüfft.

»Was reden Sie denn da? Karlsson ist erst heute früh mit dem Polizeiboot angekommen«, widerspricht Niklas Steiner, doch Jessica schüttelt den Kopf.

»Nein, er ist schon viel früher gekommen.« Sie steht auf und marschiert auf den Balkon, während die Blicke der anderen ihr folgen. Sie zieht die Tür so kraftvoll hinter sich zu, dass Åke erschrocken zusammenzuckt.

Åke wischt sich über die Augen, bevor er es wagt, Jessica sein trauriges Gesicht zuzuwenden. Der Wind, der den Sturm ankündigt, trägt den Geruch der Rauchsauna herbei. Das Windspiel, das über dem Tisch wild tanzt, klirrt gespenstisch.

»Was geht hier vor, Åke?«, fragt Jessica so ruhig, wie sie nur kann. Von der anderen Hausseite her ist das dumpfe Geräusch von Pelles Hochdruckreiniger zu hören.

»Es tut mir leid, Jessica«, sagt Åke. »Johan ist wie ein Bruder für mich, und …«

»Hat Johan es getan? Hat er den Nachtwächter und die Leiterin des Kinderheims umgebracht? Und Elisabeth?«

Åke schüttelt den Kopf.

»Ich weiß es nicht. Aber ein Teil von mir fürchtet, dass er es getan hat.«

»Aber warum, Johan war damals noch ein Kind …«

»Ich dachte lange, dass es nicht möglich wäre«, seufzt Åke. »In der Nacht im September 1982, als Martin Hedblom beim Anleger des Kinderheims ertrunken ist, war Johan bei uns in der Villa Smörregård. Die Leiterin hat ihm manchmal erlaubt, bei uns zu übernachten, weil wir gute Freunde geworden waren und weil es Johan guttat, ab und zu in einer anderen Umgebung zu sein. Wir waren beinahe gleichaltrig, und außerdem war er für Astrid wie ein eigener Sohn … Sie hat sogar überlegt, dass Vater und sie ihn adoptieren könnten. Und das hätten sie wohl auch getan, wenn nicht …«

»Wenn nicht was?«

Åke hält inne und überlegt, es scheint, als wäre ihm etwas entschlüpft, was er eigentlich für sich behalten wollte.

»Er war einfach ein verdammt seltsames Kind. Das ist alles«, sagt er schließlich und beißt sich auf die Lippen.

»Aber wenn Johan in der fraglichen Nacht bei Ihnen war, kann er doch nicht …«

»Genau. Das ergibt keinen Sinn. Außerdem, wie wäre ein zehnjähriger Junge überhaupt fähig, einen stämmigen Kerl wie Martin Hedblom zu töten? Er war ein unberechenbarer, starker Mann, ein gehässiger Typ, das hat Johan immer gesagt.«

»Warum fürchten Sie dann, dass er es getan hat?«

Die Art, wie Åke den grauen Himmel und die dunkelblaue Wolkendecke betrachtet, verändert sich irgendwie.

»Weil es erneut passiert ist, ausgerechnet jetzt, wo Johan nach all den Jahren wieder zurückgekommen ist. Sie müssen verstehen, dass Johan immer schon sehr eigenartig war, und das ist wahrscheinlich der Grund, weshalb man nie eine Adoptivfamilie für ihn gefunden hat. Allmählich hat er eine Art Zwangsvorstellung gegenüber Smörregård entwickelt. Gegenüber Astrid und mir ... Irgendwann wirkte es geradezu beängstigend. Es kam vor, dass er die Nacht bei uns verbrachte und danach wie vereinbart ins Kinderheim zurückkehrte. Aber dann stand er plötzlich wieder bei uns vor der Tür. Er sagte, er wäre nach Hause gekommen, obwohl es ja gar nicht sein Zuhause war.«

»Warum haben Sie mich belogen?«

»Wie meinen Sie das?«

»Johan ist nicht heute früh mit dem Polizeiboot auf die Insel gekommen. Er hat sich schon am Montag als Gast eingeschrieben, nur wenige Stunden vor mir.«

Åke senkt den Kopf, die Reue scheint ihn zu überrollen wie eine Sturzwelle.

»Johan hatte zu Astrid gesagt, er müsse die Zugvögel beschützen. Jemand wolle ihnen etwas antun, und nur er könne es verhindern.«

»Er hat also im Obergeschoss gewohnt, vor den anderen Gästen verborgen, um die Sicherheit der Zugvögel zu gewährleisten? Und letzten Endes konnte er Elisabeth nicht beschützen, obwohl er einzig und allein deshalb gekommen war.«

»Wie gesagt, Johan ist ein spezieller Fall ... Dass er jemanden beschützen will, kann genau das Gegenteil bedeuten. Außerdem ...«

»Was?«

»Er wurde schon vor einigen Jahren aus dem Polizeidienst entlassen.«

Jessica schlägt die Hand so fest auf das Geländer, dass ihr der Daumenansatz wehtut. Die drei im Wohnzimmer blicken zu ihr hin.

»Verdammt!«, ruft sie so laut, dass selbst Pelle es über den Sturm, das Windspiel und den Hochdruckreiniger hinweg hören muss. Åke reibt sich mit seinen rauen Fingern den rötlichen Bart, seine kleinen Lippen zittern, während er nach Worten sucht.

»Sie müssen verstehen, Jessica, wenn man mit so einem Menschen aufgewachsen ist ... Es ist schwierig, objektiv zu sein.«

Jessica schließt kurz die Augen und lässt den Wind über ihr Gesicht fahren. Dann kommt ihr eine neue Frage in den Sinn.

»Aber wenn Johan kein Polizist ist, wer untersucht dann Elisabeths Tod?«

»Die Männer vom Rettungsdienst meinten am Morgen, Elisabeth wäre ertrunken, sie haben ihren Tod wohl nicht gleich mit den früheren Fällen in Verbindung gebracht, und das ist ja auch kein Wunder, sie waren damals wahrscheinlich noch gar nicht geboren. Meine Mutter und ich wollten ihnen keine wilden Theorien auftischen, die Menschen waren sowieso schon erschüttert. Aber kurz darauf wurde Astrid gebeten, der Polizei die Angaben über alle Gäste zu schicken, also wird in der Stadt doch eine Obduktion durchgeführt und man prüft alle Alternativen. Das passiert wohl frühestens morgen«, erklärt Åke, und Jessica muss sich eingestehen, dass seine Worte vernünftig klingen. Im Nachhinein betrachtet, wäre es tatsächlich seltsam gewesen, wenn schon im ersten Polizeiboot ein Kriminalermittler mitgefahren wäre. Auch wenn es auf der Insel schon früher rätselhafte Ertrinkungsfälle gegeben hat.

»Sie haben Ihrem alten Freund also erlaubt, den Kommissar zu spielen wie in *Shutter Island*? Mir und den anderen Gästen mit seinen aufdringlichen Fragen und naseweisen Bemerkungen zuzusetzen? Der Kerl hat mich ja den ganzen Vormittag angepflaumt. Wenn ich gewusst hätte, dass er kein Polizist mehr ist ...«

»Es tut mir leid. Wir haben versucht, ihn zu stoppen. Ich habe zu Astrid gesagt, wir sollten die Polizei verständigen, aber sie hat mir verboten, mich einzumischen. Sie meinte, Johan würde keinem wehtun. Er würde sich bald beruhigen und verschwinden, was er zweifellos irgendwann auch tut. So wie früher.«

Jessica schließt die Augen und denkt an Johan Karlsson, an dessen theatralischen Schmerzanfall, an die überraschend glaubhafte Geschichte von dem Hirntumor, an den Anleger am Westufer und an das Boot, mit dem Karlsson gekommen und früher am Tag weggefahren ist …

»Hat Johan Karlsson einen Gehirntumor?«

Åke sieht aus, als wolle er lachen, begnügt sich aber mit einem schiefen Lächeln.

»Er hat schon seit seiner Kindheit alle denkbaren Tumore und Krankheiten gehabt«, sagt er widerstrebend.

»Åke, gibt es im Westteil der Insel einen Anleger?«

Jessica betrachtet Åke, seine freundlichen Augen und seinen dichten Bart. Sein rechtes Augenlid zuckt ein paarmal, dann wird seine Miene besorgt.

»Johan Karlsson ist nicht mit seinem eigenen Boot auf die Insel gekommen, oder?«, fragt Jessica. Ihr Herz setzt einen Schlag aus.

»Nein, sondern am Montag mit einem Wassertaxi. Genau wie Sie.«

»Er ist also auch jetzt mit Astrid und den Zugvögeln auf Smörregård?«

Åke braucht einen Moment, um zu begreifen, worauf Jessica hinauswill.

»Er ist auf die Insel gekommen, um sie zu beschützen …«

»Was haben Sie vorhin gesagt, Åke? In Johans Welt kann Beschützen etwas ganz anderes bedeuten. Glauben Sie, dass Armas und Eila in Sicherheit sind? Wenn Johan Elisabeth wirklich getötet hat …«

Åke schlägt eine Hand vor den Mund, atmet eine Weile durch die Finger und wägt vermutlich den Ernst der Lage ab. Dann rennt er an Jessica vorbei und reißt die Balkontür auf.

»Wir müssen sofort los.«

63

Während des Interviews mit Anna Berg ist der Seegang so heftig geworden, dass Åke, der sich das Handy ans Ohr hält, zu zaudern scheint, ob die Fahrt mit dem kleinen Gummiboot noch gefahrlos ist. Er unterbricht die Verbindung, wischt sich über die vom waagerecht fallenden Regen nasse Stirn und dreht sich zu Jessica um.

»Hören Sie«, beginnt er mit lauter Stimme, auch an die hinter Jessica stehenden Steiners gewandt. »Ich habe weder Astrid noch Johan erreicht. Aber Sie brauchen nicht mitzukommen. Wir können dieses Chaos selbst klären. Astrid, ich und Johan.«

»Was soll das heißen?«, fragt Jessica und betritt den Anleger.

»Bei diesem Wetter ist es nicht sicher, über das Meer zu fahren. Jedenfalls nicht zu viert ... Der Sturm ist schneller gekommen, als ich dachte.«

»Wir müssen die Polizei hinschicken. Die echte Polizei«, sagt Jessica, und Niklas Steiner nickt bestätigend. Åke scheint jedoch nicht zuzuhören, sondern löst die Leinen von den beiden Kreuzpollern am Ende des Anlegers.

»Haben Sie mich gehört, Åke?«

»Nein, keine Polizei«, erwidert Åke bestimmt und wickelt sich die Leine um die Hand. Sein nasser Bart glitzert im Licht der Laternenpfähle am Anleger. »Wenn Johan wirklich dahintersteckt, will ich die Sache selbst klären.«

»Ist es nicht schon einigermaßen klar, dass Johan ...«, versucht Niklas Steiner einzuwenden, doch Åke stampft mit dem Fuß gegen den Anleger, sodass auch Jessica zusammenzuckt. Der bedächtige Mann hat gerade zum ersten Mal Nerven gezeigt.

»Johan ist wie ein Bruder für mich und … Ich sorge dafür, dass nichts Schlimmes mehr passiert. Und falls Johan falsch gehandelt hat, liefere ich ihn der Polizei aus. Okay?«

Nachdem Åke geendet hat, holt er tief Luft und schüttelt den Kopf. Vom Anleger des Nachbargrundstücks fliegt ein Schwarm Möwen auf. »Das alles tut mir wirklich leid«, sagt er dann ruhiger und steigt in das Boot, das unter seinem Gewicht schaukelt. »Ich kann Ihnen ein Taxi nach Mariehamn bestellen, im Savoy in der Nygatan sind meistens Zimmer frei. Die Rechnung können Sie uns schicken, und Ihr Gepäck bekommen Sie gleich morgen früh.«

Jessica blickt über die Schulter zu den Steiners, die offenbar über das Angebot beratschlagen. Kurz darauf erscheint Niklas Steiner neben ihr.

»Also gut. Pernilla fährt mit dem Taxi nach Mariehamn.«

»Damit das Boot leichter ist«, ruft Pernilla.

Åke nickt und zieht das Handy wieder aus der Tasche.

»In Ordnung. Ich rufe …«

»Nicht nötig, danke. Ich bestelle es selbst«, sagt Pernilla. Åke zuckt die Schultern.

»Sind Sie sicher?«

»Ja, das ist sie«, versetzt Niklas Steiner und steigt in das bedrohlich schaukelnde Boot. »Wir haben es jetzt eilig.«

»Ich will nicht ins Savoy«, erklärt Jessica.

Åke lächelt schüchtern, als hätte er insgeheim gehofft, dass mindestens Jessica das Angebot ausschlagen würde. Er streckt ihr die Hand hin, aber sie klettert aus eigener Kraft ins Boot. Als Åke den Schlüssel umdreht, ist ein hoher Signalton zu hören, dann läuft der Außenbordmotor brummend an.

Jessica setzt sich in den vorderen Teil des Bootes und hält sich mit beiden Händen an den Plastikgriffen fest, um nicht von der ersten Welle über Bord geworfen zu werden. Åke steuert das Boot ruhig durch die wild wogende Brandung, und Jessica wirft einen letzten Blick auf Pernilla Steiner, die am Anleger steht, wo sich ihre Gestalt als schwarze Silhouette gegen das Licht der hellen Lampen abzeichnet. Die Mantelschöße und die unter der Mütze hervorlugenden Haare flattern im Wind. Wie sie dort am Anleger steht, wirkt Pernilla wie das leibhaftige Ebenbild des Mädchens im blauen Mantel, der Kriegswaise Maija Ruusunen, die diesmal von ihrem Bruder Abschied nimmt. Vielleicht nur für eine Nacht, oder womöglich für immer, falls aus irgendeinem Grund alles schiefläuft. Als das Boot sich allmählich vom Ufer entfernt, richtet Jessica den Blick auf Niklas Steiner, dessen Miene in Anbetracht der Umstände eigentümlich gelassen ist. Unerklärlicherweise überkommt Jessica das Gefühl, dass die ganze Situation etwas Vorherbestimmtes hat, dass die scheinbaren Ähnlichkeiten in Wirklichkeit eine kontrollierte Gesamtheit sind, die sie jedoch noch nicht erkennen kann.

64

Anna Berg stellt das Holztablett mit dem benutzten Geschirr auf die Spüle. Von draußen dringen das Heulen des Windes und das dumpfe Krachen des Blechdaches herein, das sich anhört, als würde ein Riese auf dem Haus herumspringen. Anna Berg hofft, dass der Sturm diesmal keinen Baum auf der Waldparzelle fällt, die schon seit einigen Jahren zu ihrem Grundstück gehört. Bei dem Sturm im letzten Herbst ist außer einer alten Eiche auch eine zwanzig Meter hohe Kiefer umgestürzt, deren Wipfel am nächsten Tag in dem restlos zerstörten Gewächshaus zersägt wurde.

Anna Berg räumt das Geschirr in die Spülmaschine und spürt einen stechenden Schmerz im Rücken, als sie sich aufrichtet. Sie hat unbestreitbar ihre besten Jahre hinter sich, wie der restlos abgenutzte Motor eines Traktors, der sofort nach ihrer Pensionierung endgültig gestreikt hat. Übergewicht und Belastungsasthma haben sie noch nicht geplagt, als sie im Polizeidienst war. Bestimmt hätte Pelle keine Lust gehabt, eine derartige fette Sau zu heiraten, an deren beachtliche Karriere nur noch die Diplome an der Wohnzimmerwand und der silberne Verdienstorden erinnern.

Als ihre erste Ehe endete, war Anna Berg eine schlanke Vierzigjährige, die noch nicht in Konflikt mit ihrem langsamer werdenden Stoffwechsel geraten war. Pelle, damals Hausmeister des Polizeigebäudes, hatte kaum beruflichen Ehrgeiz, liebte aber alles Schöne. Ihn hatte wohl nicht nur ihr Äußeres entzückt, sondern auch ihre erfolgreiche Laufbahn als Polizistin. Vielleicht wäscht er gerade deshalb seinen beigen Nissan Pathfinder an einem Abend, an dem es so überflüssig erscheint, als würde man Sand in die Wüste tragen: Vielleicht ist das Auto das Einzige, auf dessen Aussehen er noch Einfluss nehmen kann.

Anna Berg gähnt und blickt auf die Uhr. Ja, ihre Laufbahn bei der Polizei war erfolgreich, aber das Mysterium von Smörregård hat sie nicht lösen können. Der Besuch der Reporter und des Nordin-Sohnes haben die alten Wunden aufgerissen, und sie weiß nicht recht, ob die Zustimmung zu dem Interview nicht doch ein Fehler war. Das hat ja auch Pelle gesagt: *Lass die bloß nicht diese alte Geschichte ausgraben.*

Anna Berg wählt das wassersparende Programm und schließt die Spülmaschine. Sie sieht Regentropfen an der Fensterscheibe herunterrollen und merkt plötzlich, dass das monotone Brummen des Hochdruckreinigers schon vor einer Weile verstummt ist. Wo bleibt Pelle? Bei dem Wetter wird er wohl nicht im Garten arbeiten.

In dem Moment klopft es an der Tür im Erdgeschoss.

Stirnrunzelnd geht Anna Berg zum Wohnzimmerbalkon und blickt nach draußen. Åke Nordins Boot hat schon vor einer Weile abgelegt und schaukelt nun ein paar hundert Meter vom Ufer durch die Brandung zur Fahrrinne.

Es klopft wieder. Im Schlafzimmer miaut die Katze.

»Pelle?«, ruft Anna Berg, obwohl sie weiß, dass es unsinnig ist. Ihr Mann ist ja draußen. Aber warum ist er auf einmal um das Haus gegangen und hämmert an die Hintertür im Erdgeschoss, obwohl die Vordertür nicht mal abgeschlossen ist?

Als Anna Berg über die hölzerne Wendeltreppe nach unten geht, hört sie, dass erneut geklopft wird. Immer dringlicher.

Was treibst du denn da, Pelle?

Anna Berg ächzt. Der Hexenschuss macht sich bei jedem Schritt bemerkbar.

Leise fluchend geht sie an der Statue des sitzenden Hundes vorbei zur Tür und reißt sie auf.

Draußen im Regen steht jedoch nicht Pelle, sondern eine klitschnasse Frau, deren Augen schwarz funkeln.

»Haben Sie etwas vergessen?«, fragt Anna Berg unsicher und überlegt gleichzeitig, warum die Frau nicht in dem Boot sitzt, das sie gerade auf dem Wasser gesehen hat.

»Ja, das habe ich«, antwortet Pernilla Steiner und lächelt.

65

Jessica umklammert die Plastikgriffe immer fester und stellt sich vor, wie das Blut aus den Fingerknöcheln in die Finger flieht. Als das Gummiboot von einer Welle in die Höhe gehoben wird, drückt die Schwerkraft sie nach hinten zu der Windschutzscheibe hin, hinter der Åke das Steuerrad dreht. Im Gesicht spürt sie den Regen, in den sich Seewasser mischt. Das unter dem Boot hervorspritzende Wasser ist kälter als der Regen und schmeckt salzig. Jessica erinnert sich, wie Erne sie vor Jahren in seine Heimat mitgenommen hat. Sie denkt an den Geruch der gefangenen Fische, an die Fahrt durch den endlosen Nadelwald zum Hafen von Papissaari, an die verlassenen, vor sich hin modernden Lagerschuppen aus der Sowjetzeit und an die ehemalige Fabrik, in der Ernes Eltern gearbeitet hatten. Sie erinnert sich an die Wurstbude, in der Saku-Bier verkauft wurde, an den Anleger, unter dessen rissigem Beton Eisenbeschläge hervorschauten, die an abgenagte Menschenknochen denken ließen. An das Moos auf der Betonfläche und an die hölzernen Pfosten des Anlegers, die oben abgebrochen waren und über die das Meer im Lauf der Zeit schleimige grüne Umhänge gelegt hatte. Dort hatte Erne als Kind gesessen und das Abendessen für seine Familie geangelt.

Jessica hört ein Feuerzeug zuschnappen, dann breitet sich um sie herum Ernes Eigengeruch aus.

Wie gefällt es dir?, fragt Erne. Sein langer Schatten fällt in der Nachmittagssonne über sie hinweg bis auf das Wasser.

Der Ort ist karg und schmeckt nach einem harten Leben, nach erstickter Kreativität, Angst und der Anwesenheit einer fremden Macht. Die Wellen, die den Anleger umspülen, scheinen von weit her zu kommen. Sie erzählen Geschichten aus einer anderen Welt, in der man frei sprechen und denken darf. So sein, wie man ist.

Jessica überlegt, was sie Erne antworten soll, ohne taktlos zu sein.

Alles an diesem Ufer ist nämlich trostlos und hässlich. Es erklärt, warum Erne alles hinter sich gelassen hat und auf der Suche nach einem besseren Leben ans andere Ufer des Finnischen Meerbusens gezogen ist. Und deshalb mag Jessica den Ort trotz allem, weil er ein Teil der Lebensgeschichte des Mannes ist, den sie liebt.

Es gefällt mir, antwortet sie, aber Erne glaubt ihr nicht. Der Zigarettenrauch stiebt aus seinem Mund wie Staub aus einem Teppich beim Ausklopfen. Jessica fällt in sein Lachen ein.

Komm, gehen wir essen, sagt Erne. *Nicht weit von hier ist ein Lokal, in dem es Tischtücher gibt.*

Jessica schrickt aus ihren Erinnerungen auf, als eine große Welle gegen den Boden des Bootes schlägt.

Sie sieht, wie die Wellen ein Stück vor ihnen Kraft sammeln: Sie bereiten sich auf den Angriff vor. Åke lässt den Motor schneller laufen. Jessica denkt unwillkürlich, dass sie, wenn sie die Griffe loslassen, ihr Leben in die Hand des Schicksals legen und sich der Situation ausliefern würde, im eiskalten Wasser landen würde, sobald das Boot sich auf diese meterhohen Wellen hebt. *Hör auf, Jessica, denk nicht mal daran.*

Die Wasserspritzer zwingen Jessica, die Augen wieder zu schließen, und sie hört erneut Ernes heisere Stimme.

Der Wecker, Jessi. Der Junge hat in der Nacht den Wecker gehört. Und Maija gesehen. Glaubst du, was er gesagt hat?

Ich weiß es nicht.

Was, wenn derjenige, der drei Menschen getötet hat, gar nicht mehr auf Smörregård ist?
Wie meinst du das?
Ich glaube, du weißt es. Es ist dir bestimmt schon durch den Kopf gegangen.
Unmittelbar bevor das Boot gegen eine riesige Welle schlägt, öffnet Jessica die Augen und umklammert die Haltegriffe noch fester. Als sie ihr nasses Gesicht am Jackenärmel abwischt und feststellt, dass sie immer noch sicher am Bug sitzt, wird ihr klar, dass irgendetwas ganz und gar nicht stimmt.

66

Åke lenkt das Boot an den Anleger, und Jessica springt als Erste an Land. Tief im Magen wühlt Übelkeit, und sie fühlt sich schwach. Hinter den Fenstern des Hauptgebäudes brennt Licht, und im Speisesaal bewegt sich jemand. Jessica ist sich immer noch nicht sicher, wozu Johan Karlsson fähig und ob er womöglich bewaffnet ist. Sie wird den Gedanken nicht los, dass sie in der letzten halben Stunde zwei Fehler gemacht hat. Erstens hätte sie schon vom Boot aus die Polizei anrufen sollen, ganz egal, was Åke davon hält. Åke hat zwar überzeugend versichert, er werde sich selbst um Johan kümmern. Aber wenn Johan tatsächlich drei Menschen getötet hat, müssen sie die Polizei auf jeden Fall früher oder später hinzuziehen. Warum also ein unnötiges Risiko eingehen und das Unausweichliche hinauszögern? Zweitens hätte sie Pernilla Steiner nicht allein in Lövö zurücklassen sollen. Jessica kann nicht genau benennen, was ihr daran seltsam vorkommt, aber im Nachhinein wirkt die Situation merkwürdig. Warum ist die Frau aus Kalmar nach Åland gereist, um ausgerechnet dann abzuspringen, als das Abenteuer beginnt?

Jessica wartet einen Moment auf die Männer, bevor sie zur Tür des Hauptgebäudes geht. Der Sturm hat zwei mittelgroße Fichten am Waldrand umgeworfen; ihre Stämme liegen zum Teil auf dem Sandweg, und die Zweige scheinen ihnen grüßend zuzuwinken.

»Wir hätten die Polizei alarmieren sollen«, sagt Jessica, als Åke neben ihr auftaucht.

»Vertrauen Sie mir«, antwortet er. »Johan würde mir oder Astrid nie etwas antun. Ich erledige die Sache.«

Jessica, Åke und Niklas Steiner nähern sich der Haustür. Jessica schleicht vorsichtig an das Fenster des Speisesaals und sieht Astrid, Armas und Eila an einem Tisch sitzen. Auf dem Tisch steht kein Essen, und irgendetwas an der Körpersprache und den Mienen der drei verrät, dass nicht alles so ist, wie es sein sollte. Keiner von ihnen isst, trinkt oder spricht. Als säßen sie nur dort, weil sie keine andere Wahl haben.

»Im Speisesaal«, flüstert Jessica. »Astrid und die Zugvögel. Johan ist nicht zu sehen.«

Åke wischt sich mit dem Ärmel über das Gesicht.

»Okay«, sagt er. »Ich gehe rein.«

»Sind Sie sicher?«

»Warten Sie hier«, erwidert Åke und steigt die Treppe hinauf.

Jessica drückt sich gegen die Wand und bedeutet Niklas Steiner, es ihr gleichzutun. Sie ist es nicht gewöhnt, sich aus dem aktiven Geschehen herauszuhalten, aber jetzt ist es besser, auf Åke zu vertrauen und sich darauf zu verlassen, dass er die Situation durch Reden entschärft.

»Hallo?«, ruft Åke, dann fällt die Tür hinter ihm zu und Jessica hört nur noch das Rauschen des Windes.

Sie wirft einen Blick auf Niklas Steiner, der merkwürdig ruhig wirkt. Sogar eifrig. Vielleicht ist Action für den Reporter eine willkommene Abwechslung.

Plötzlich dringt ein Schrei durch das Tosen des Windes. Jessica rennt ans Fenster und sieht, wie Johan zu dem Tisch zurückweicht, an dem die alten Leute sitzen. Åke steht an der Tür zum Speisesaal und sagt etwas. Dann hebt Johan den Arm, und Jessica merkt, dass er ein großes Küchenmesser in der Hand hält.

»Verdammt noch mal!«, flüstert sie. »Wir hätten doch die Polizei rufen sollen.«

»Was passiert da drinnen?«, fragt Steiner und sieht Jessica beunruhigt an.

»Alarmieren Sie den Notruf. Sofort!«

Jessica erinnert sich an die Seitentür, die in den Speisesaal führt. Sie hat gesehen, wie Astrid sie benutzt hat, um die Fische, die Åke mit der Reuse gefangen hat, auf direktem Weg in die Küche zu bringen. Jessica läuft gebückt zur Hausecke und wirft einen kurzen Blick auf die Schwelle der Werkstatt, auf der nasse Sägespäne kleben. Das Metallgeländer fühlt sich eiskalt an, als sie die kurze Treppe zum Hauptgebäude hochsteigt. Sie drückt die Klinke herunter. Die Tür ist nicht abgeschlossen.

Jessica geht hinein und hört nun die Worte der Männer.

Leg das Messer weg, Johan.

Du hast mir nichts zu befehlen! Ich bin Polizist.

Jessica achtet darauf, dass die Tür sich geräuschlos hinter ihr schließt. Sie schüttelt die nassen Stiefel von den Füßen und geht auf Strümpfen durch den kleinen Vorraum zum Speisesaal. Sie hofft, dass Åkes Blick sie nicht verrät und dass es ihr gelingt, sich unbemerkt hinter Johan zu schleichen. Es besteht auch die Gefahr, dass einer der am Tisch sitzenden alten Leute bei Jessicas Anblick etwas sagt. Falls Johan Karlsson sie zu früh bemerkt und sie mit dem Messer angreift, stehen ihre Chancen, den Kampf zu gewinnen, äußerst schlecht.

»Du bist kein Polizist mehr, Johan. Alles kann noch gut ausgehen«, sagt Åke.

»Glaub Åke«, bittet Astrid, und Jessica hört, wie Johan trostlos schluchzt.

»Misch dich nicht ein, Astrid, sei so lieb. Bei Elisabeth bin ich gescheitert, aber ich werde kein zweites Mal scheitern. Es geschieht noch heute … Das weiß ich.«

Jessica nähert sich der Türöffnung, sie sieht Johan Karlssons

Rücken, seine unruhigen Bewegungen und das durch die Luft fahrende Messer.

»Du weißt nicht, was im Keller passiert ist!«, brüllt Johan Karlsson Astrid an.

»Wovon sprichst du denn bloß?«, fragt Astrid. Im selben Moment sieht sie Jessica, wendet den Blick aber schnell wieder auf Johan. Zum Glück.

»Johan, lieber Freund«, sagt Åke versöhnlich und tritt einen Schritt zurück. »Wir glauben dir.«

Jessica greift nach dem Besenstiel, der an der Wand lehnt, und hebt ihn hoch. Sie schiebt sich langsam über die Schwelle, doch als sie die Ferse aufsetzt, knarrt die Bodendiele unangenehm laut.

Johan Karlsson dreht den Kopf und stößt einen tierischen Schrei aus, als der Besenstiel sein Handgelenk trifft. Der Schlag kommt überraschend und ist fest genug, das Messer fällt ihm aus der Hand. Åke wirft sich auf ihn und bändigt ihn mühelos. Jessica stößt einen langen Seufzer aus und betrachtet Johan Karlsson, der in Åkes Armen auf dem Boden liegt.

Astrid weint haltlos.

67

Jessica setzt sich in den Sessel und starrt in das knisternde Kaminfeuer. Gerade eben noch haben sie vor dem Gasthof gestanden und beobachtet, wie das Polizeiboot, das Johan Karlsson geholt hat, allmählich in der Dunkelheit verschwand. Danach hat Astrid sich wortlos irgendwo im Hauptgebäude verdrückt, und Åke hat sich still und leise in sein Zimmer zurückgezogen.

Der Fußboden knarrt unter den sich nähernden Schritten. Jessica hat im Lauf der letzten Woche gelernt, am Geräusch zu erkennen, ob der Ankömmling Åke oder Astrid oder jemand anderes ist. Astrids Schritte sind leicht und gleichmäßig, während Åke den Fußboden heftiger knirschen lässt.

Diesmal ist es Astrid, die sich mit einem Glas in der Hand in den zweiten Sessel setzt, dahin, wo Åke gestern Abend gesessen und Jessica die Geschichte von dem Mädchen im blauen Mantel erzählt hat. Jetzt, nur vierundzwanzig Stunden später, scheint sich der Kreis geschlossen zu haben: Der Mörder wurde gefasst, auch wenn man über das Motiv nur spekulieren kann. Jessica weiß, dass der Ausgang nicht ihr Verdienst ist: Die Ereignisse haben sich verselbstständigt, ohne ihr Zutun. Wenn sich die Verbrechen doch auch in Helsinki von selbst aufklären würden.

»Sind Sie religiös, Jessica?«, fragt Astrid und lässt den kleinen Schluck Whisky in ihrem Glas kreisen.

»Nein. Überhaupt nicht.«

»Ich auch nicht. Es wäre also scheinheilig, für Johan zu beten.«

»Vermutlich«, sagt Jessica und betrachtet das Profil der Frau im Licht des Kaminfeuers. Das Narbengewebe, das im Ausschnitt der Bluse sichtbar wird und bis ans Kinn reicht, wirkt im Glanz der warmen Flammen schmerzhaft, als würde die alte Wunde in der Wärme brennen. Vielleicht ist es tatsächlich eine Brandwunde.

»Es tut mir leid, dass wir es nicht verhindert haben«, sagt Astrid.

»Was?«

»Elisabeths Tod. Das, was Johan im Speisesaal tun wollte, was auch immer es war. Dass er Sie belästigt hat. Er hat unsere Gäste in Gefahr gebracht.«

»Sie hatten nicht geglaubt, dass Johan dazu fähig wäre?«

»Natürlich nicht.«

Astrid kostet von ihrem Whisky und starrt eine Weile aus nächster Nähe darauf, als würde sie die vom Glas verzerrten Flammen mit dem Blick messen. Dann leert sie das Glas mit einem Schluck.

»Johan war immer ein besonderes Kind. Wir hatten uns lange nicht gesehen, als er Anfang der Woche auf der Insel erschien. Er hatte gehört, dass die Zugvögel hier ihr möglicherweise letztes Treffen veranstalten, und wollte herkommen. Um sie zu beschützen, seinen Worten nach.«

»Das hat Åke mir erzählt«, sagt Jessica. »Aber ich verstehe nicht ganz, was das bedeutet. Das Beschützen, meine ich.«

Astrid zuckt die Schultern und starrt konzentriert ins Feuer. Jessica würde sich zu gern erkundigen, ob ein Feuer ihre Haut gezeichnet, ein unvergängliches Mal in sie eingebrannt hat, wagt es aber nicht.

»Was hat Johan mit dieser Kellergeschichte gemeint?«, fragt sie stattdessen.

Zum ersten Mal seit Beginn des Gesprächs wendet Astrid den Blick von den Flammen.

»Wie bitte?«

»Der Keller«, sagt Jessica und verspürt plötzlich den Wunsch, Astrids Blick auszuweichen, der seltsam stechend geworden ist. »Johan hat gesagt, Sie wüssten nicht, was im Keller passiert ist.«

»Keine Ahnung.«

»Hat es irgendetwas mit Smörregård zu tun?«

»Hier gibt es keinen Keller«, erwidert Astrid und stellt das Glas auf den hohen Tisch zwischen den Sesseln. »Johan halluziniert, liebe Jessica.«

Astrid steht überraschend geschmeidig auf, tritt neben Jessica und legt ihr eine Hand auf die Schulter, wie schon so oft.

»Ich gehe jetzt schlafen. Die Lachssuppe steht noch auf dem Tisch, essen Sie sie, wenn Sie mögen.«

»Danke«, sagt Jessica und hört, wie Astrids leichte Schritte sich mit dem Prasseln des Feuers mischen. Der Fall scheint klar, aber das nagende Gefühl im Bauch lässt ihr keine Ruhe. Astrid schaltet in der Küche das Licht aus, schließt die Tür zu ihrem Büro und geht ins Obergeschoss. Dann senkt sich drückende Stille über den Gasthof.

68

Der Donner kracht jetzt direkt über ihr. Als Jessica über die Schulter blickt, ist das Waisenhaus verschwunden. Wo früher das massive weiße Gebäude stand, gibt es lediglich ein unbebautes Fleckchen Erde und eine in den Sand gestoßene Schaufel. Jessica richtet den Blick wieder auf das Meer, sieht aber nur die endlosen Reihen der ans Ufer rollenden Wellen, die unablässig gegen die Felsen schlagen.

Nicht heute Nacht, wispert Jessica.

Der Wind, der vom Meer her weht, trägt ein leises Lied aus einer anderen Zeit und einer anderen Welt mit sich.

Beim Aufbruch im Herbst blick kurz zurück, Zugvöglein.
Auf dass du sie nicht vergisst, die Heimat dein.
Dein Weg ist lang und vielleicht verirrst du dich.
Doch im Frühling wartet am nördlichen Himmel die Sonne auf dich.

Der lange Anleger unter ihren nackten Füßen schaukelt nicht. Bald spürt Jessica unter ihren Zehen groben Kies und nasses Gras. Erst jetzt erkennt sie, dass der Ort auch ohne das abweisende Gebäude erstaunlich karg ist. Und der pechschwarze Wald hinter der Lichtung ist wie das Tor zu einer anderen Welt, er markiert die Grenze zwischen dem Tod und dem Leben.

Plötzlich taucht aus dem Wald jemand auf. Eine dunkle

Gestalt, deren Schritte irgendwie gezwungen und unnatürlich schnell sind. Die Gestalt gleicht einer in ungeübten Händen zuckenden Marionette und nähert sich Jessica verblüffend rasch. Vom Himmel ist der verzweifelte Schrei einer Möwe zu hören.

Die Gestalt scheint etwas zu flüstern. Ihr Kopf sitzt schief, ihre Arme fliegen hin und her, und ihre Finger bewegen sich wie beim Stenografieren.

Jessica fürchtet sich jedoch nicht.

»Was willst du?«

Die Gestalt bleibt abrupt vor Jessica stehen und schiebt ihr unförmiges Gesicht ganz nah heran. Es ist kein Menschengesicht. Und auch das Flüstern kommt nicht aus dem Mund eines Menschen.

Anna Berg weiß, was im Keller passiert ist, sagt das Wesen. Anstelle der Augen hat es zwei schwarze Löcher.

»Was?«

Nun sieht Jessica weitere Gestalten aus dem Wald kommen. Die schwarzen Wesen stürmen auf sie zu, alle laufen auf die gleiche Art. Und die Lichtung ist nicht mehr ganz unbebaut, sondern in der Mitte ragt ein kleines Gebäude auf. Eine rote Holzwerkstatt.

Die Gestalten kreischen immer lauter, sie nähern sich Jessica und füllen bald ihr ganzes Blickfeld. Jessica hört einen grellen Schrei und spürt nasse Hände auf ihrem Gesicht. Dann wird plötzlich alles schwarz, und das Schreien verstummt.

Jessica schlägt die Augen auf.

Sie liegt voll bekleidet auf dem Bett. Die Wanduhr zeigt Mitternacht.

Einen Augenblick lang versucht das dunkle Zimmer ihre Fantasie zu speisen, unangenehme Wesen zu bilden, wo keine sind. Die Schatten scheinen zu leben, die Zimmerecken flüstern weiter. Der schrille Schrei hallt Jessica immer noch in den Ohren.

Anna Berg weiß, was im Keller passiert ist.

Jessica legt die Hände auf den Bauch und versucht, das in ihr wachsende Leben zu spüren.

Sie hätte sich schon früher vergewissern müssen.

Sie nimmt das Handy vom Nachttisch. Anna Berg und ihr Mann sind bestimmt wütend, wenn sie mitten in der Nacht vom Klingeln geweckt werden, aber Jessica wird den Gedanken nicht los, dass Pernilla Steiner in Lövö mit ihnen in Åkes Boot hätte steigen sollen.

Jessica wählt Anna Bergs Nummer und hält das Handy ans Ohr. Es klingelt einmal, dann ein zweites Mal. Die Bergs werden sich melden, wenn sie unversehrt sind. Jeder meldet sich, wenn das Telefon nachts klingelt. Das dritte Klingeln, das vierte. Jessica erwartet, Annas verärgerte Stimme zu hören. Oder vielleicht meldet sich Pelle, der am Fernseher eingeschlafen ist. Das fünfte, das sechste. Nichts passiert. Jessica lauscht dem Tuten des Telefons so lange, bis kein Zweifel mehr besteht.

Dann legt sie auf und drückt das Handy ans Kinn.

Verdammt. Wenn Pernilla den Bergs etwas angetan hat, wieso ist dann Niklas Steiner immer noch hier?

Die Werkstatt.

Johan Karlsson war in der Werkstatt.

Sie muss irgendetwas mit dem Ganzen zu tun haben.

Jessica steht auf, schaut durch das Fenster und sieht, dass im Hauptgebäude kein Licht brennt.

69

Aus dem heftigen Regen, der die Insel am Abend gepeitscht hat, ist leichtes Nieseln geworden. Der Halbmond scheint durch einen Riss in der Wolkendecke und macht es leichter, sich im Dunkeln zu bewegen.

Jessica erreicht die Ecke des Hauptgebäudes, von wo es nur einige Schritte bis zur Werkstatt sind. Über sich sieht sie den Bewegungsmelder, den sie früher am Tag deaktiviert hat und der andernfalls wohl schon das Licht vor dem Haus eingeschaltet hätte. So aber gelingt es ihr, von einem Gebäude zum anderen zu schleichen, ohne dass man sie im Hauptgebäude bemerkt. Sie tritt unter die Traufe der Werkstatt und wirft einen Blick über die Schulter. Die Giebelfenster des Gasthauses, hinter denen sich Astrids und Åkes Schlafzimmer befinden, sind dunkel, ebenso das ovale Fenster im Obergeschoss. Jessica senkt den Blick auf ihre Schuhe, an deren Sohlen sich feuchtes Sägemehl geheftet hat.

Dann tastet sie auf dem Türrahmen nach dem Schlüssel. Ihre Finger stoßen jedoch nicht darauf, und sie flucht leise, weil Karlsson ihn offenbar mitgenommen hat. Aber in dem Moment fällt er ihr vor die Füße. Sie schaltet ihre Stirnlampe ein und hebt den Schlüssel aus dem Schlamm.

Jessica schiebt den Schlüssel ins Schloss und dreht ihn. Die Tür scheint fast aus den Angeln zu rutschen, als sie sie aufzieht. Dahinter schwebt ein nostalgischer Geruch: Das mit Teeröl behandelte Holz und der Schimmel auf dem steinernen Sockel wecken Kindheitserinnerungen an die Sommerhütte in den Schären von Turku. Jessica schiebt den Kopf durch die Tür und vergewissert sich mit einem raschen Blick, dass sich in der Werkstatt nichts Bedrohliches oder Überraschendes befindet. Wie schon von außen zu vermuten war, sind beide Fenster mit grünen Planen abgedeckt. Die Regale an den Wänden sind voll, auf dem Fußboden liegt eine große schwarze Gummimatte. In der Werkstatt wäre wohl Platz genug für ein kleines Auto oder einen Traktor, aber die Tür ist zu schmal, und vor dem Gebäude gibt es keine Rampe.

Jessica tritt vorsichtig ein und schließt die Tür hinter sich. Sie nimmt die Lampe von der Stirn und hält sie in der Hand. Das Licht dringt wohl nicht durch die dicken Planen. *Keine Panik. Bestimmt sieht jetzt niemand zur Werkstatt hin.*

Jessica lässt den Lichtstrahl über die Regale gleiten. Sie sieht Werkzeuge und mit Etiketten beklebte Gläser, die Schrauben und Muttern verschiedener Größe enthalten. Meißel, Stemmeisen und Brechstangen. Malerbedarf: Pinsel, Terpentin und Farbdosen. Köder, Schwimmer, Angelruten, Spinnangeln, eine Reuse und Netze. An langen Nägeln hängende, schmale Gummireifen, deren oberster so hoch angebracht ist, dass man die auf dem Boden liegende Leiter aufstellen müsste, um heranzureichen. Aber je mehr und gründlicher Jessica die Werkstatt mustert, desto stärker wird der Eindruck, dass sie genau das ist: eine normale Werkstatt, in der es nichts Besonderes zu finden gibt.

Sie richtet die Lampe auf den braunen Karton auf dem Tisch. Der Boden des Kartons ist mit einer dichten Schicht Sägemehl bedeckt, auf der zwei Teller stehen, der eine mit Wasser, der andere mit Körnern. Auf dem Fußboden vor dem Tisch liegen blutige Federn.

Jessica blickt auf ihre Füße. Und auf die Matte, auf der sie steht. *Der Keller.*

Sie zieht die Gummimatte beiseite und stellt enttäuscht fest, dass darunter keine Luke zum Vorschein kommt. Doch als sie die Stirnlampe dicht an die von der Zeit patinierten Bodenbretter hält, sieht sie darunter leeren Raum. Sie lässt das Licht zur Wand streifen und erkennt, dass unter dem Boden eine Art Stützgitter angebracht worden ist, das in der Mitte des Schuppens jedoch zu fehlen scheint.

Die Bodenbretter sind mit Schrauben an der Verschalung befestigt. Jessica holt einen Kreuzschraubenzieher aus dem Regal und beginnt die Schrauben zu lösen.

Da glaubt sie, ein Knarren zu hören, und unterbricht ihre Arbeit. Sie hält den Atem an und lauscht. Der Wind lässt das Dach des Gasthofs klappern. Es geschieht jedoch nichts, und Jessica schraubt weiter.

Schließlich kann sie zwei breite Bretter lösen. Sie entfernt sie vorsichtig.

Dann richtet sie das Licht in die freigelegte Öffnung und sieht eine kurze Holzleiter, die ungefähr zwei Meter nach unten reicht. Sie überlegt kurz, ob es sinnvoll ist, die Leiter hinunterzusteigen und in den klaustrophoben Albtraum zu kriechen. Sie erinnert sich immer noch lebhaft an das, was im vergangenen Herbst passiert ist: Sie sieht sich selbst, wie sie mit einem großen Vorschlaghammer eine frisch gemauerte Wand in einer Waschküche aufbricht. Wie sie dahinter die verwesenden Leichen einer jungen Frau und eines Mannes entdeckt. Sie erinnert sich an den Moment, als sie begriff, dass sie eine komplette Fehleinschätzung getroffen hat. Und diese Fehleinschätzung hätte sie beinahe das Leben gekostet. Nie mehr wird sie sich von irgendwem überraschen lassen. Erst recht nicht jetzt, wo sich der Einsatz vervielfacht hat.

Jessica steht auf und geht ans Fenster. Sie schaltet die Lampe aus, lässt ihren Augen Zeit, sich an die Dunkelheit zu gewöhnen, und schiebt dann die Plane, die mit Nietnägeln am Fensterrahmen befestigt ist, einen kleinen Spalt beiseite. Dann betrachtet sie das in der nächtlichen Dunkelheit ruhende Hauptgebäude: An keinem Fenster ist das Licht angegangen, nirgendwo rührt sich etwas. Sie nimmt ein Fahrradschloss aus dem Regal und bindet die Klinke an den Haken am Türrahmen. So bleibt ihr wenigstens eine kurze Warnfrist, falls jemand die Werkstatt betreten will.

Dann kehrt sie zur Leiter zurück und steigt langsam hinunter. Sie spürt die zunehmende Feuchtigkeit und den immer stärker werdenden Geruch nach Schimmel und Kreosot. Schließlich trifft ihr Fuß auf festen Boden. Nun sieht Jessica, dass der Raum, der von oben eng aussah, nur der Eingang zum benachbarten größeren Raum ist.

Am Rand der verputzten Betonwand ist ein Lichtschalter zu sehen, den sie heruntendrückt. Die Lampe unter dem Metallschirm geht flackernd an, und Jessicas Herz setzt einen Schlag aus.

Da ist sie. Maija. Das Mädchen steht mitten im Raum, im blauen Mantel, den Kopf leicht nach rechts geneigt, gelbliche Haare auf der Stirn.

70

Jessicas Herz hämmert. Sie macht einen Schritt nach vorn. Die Situation erscheint unwirklich, doch gleichzeitig begreift sie, dass die Gestalt, die sie gerade sieht, keine Halluzination ist, sondern tatsächlich existiert.

»Maija«, flüstert Jessica leise, und als das Mädchen nicht reagiert, fügt sie zu ihrer eigenen Überraschung hinzu: »Keine Angst, Liebling.«

Jessica hört ihre eigenen Schritte und das Rascheln kleiner Steine unter ihren Schuhsohlen. Der Keller ist von der Fläche her so groß wie die Werkstatt, aber deutlich niedriger. Jessica schleicht gebückt zu dem Mädchen, dessen Gesicht immer noch im Schatten liegt. Dabei streift ihr Kopf den Schirm der Deckenlampe, worauf das fahle Licht von einer Wand zur anderen schaukelt, als wäre es aufgewacht und suche nun fieberhaft nach einem Ausweg aus dem schaurigen, albtraumartigen Keller.

»Maija«, sagt Jessica, als sie unmittelbar vor dem Mädchen steht. Und nun sieht sie, dass unter den Haaren kein unschuldiges Kindergesicht hervorschaut, sondern etwas Kaltes und Ausdrucksloses.

Als Jessica das Mädchen an der Schulter berührt, spürt sie an den Fingerspitzen etwas, das an dünne Knochen erinnert. Sie hält den Atem an und geht vor dem Mädchen in die Hocke, hebt dessen Kinn an und spürt statt Knochen, Muskeln und Haut etwas anderes. Das Gesicht ist aus Stoff. Unregelmäßige

Nähte laufen über das ovale, mit Watte oder Schafswolle ausgestopfte Antlitz. Jessica öffnet den Mantel einen Spaltbreit und sieht, dass der Oberkörper der Gestalt aus zwei über Kreuz zusammengenagelten Brettern besteht, über denen ein Geflecht aus dünnen Zweigen menschliche Formen nachahmt. Aus den Hosenbeinen ragen zwei dicke Stöcke, die fest in den Stiefeln verankert sind. Nun begreift Jessica, dass die Gestalt, die im Lauf der Jahre so viele für Maija gehalten haben, kein Kind und auch kein kleinwüchsiger Erwachsener war. Es hat sich von Anfang an um einen billigen Betrug gehandelt: um eine Vogelscheuche, die aus der Entfernung gesehen zweifellos Verwunderung und Angst hervorrufen kann, vor allem wenn der Betrachter Maijas Geschichte kennt. Dennoch hat Johan Karlsson einige Mühe auf sich genommen, indem er die Vogelscheuche auf der Insel hin und her getragen hat, auf die Gefahr hin, dabei überrascht zu werden.

Jessica blickt sich um. Der Raum mit den weißgetünchten Wänden ist asketisch und ganz offensichtlich nicht nur als Vorratslager gedacht. An der Wand steht ein kleiner Stuhl, vor dem ein dickes Seil auf dem Boden liegt. An den Wänden sind nur einige Regalbretter befestigt, und auf einem von ihnen steht eine Kassette aus Metall.

Jessica nimmt die Kassette in die Hand und betrachtet den Deckel. In die Messingplatte ist ein Name eingraviert: Maija Ruusunen. Jessica zögert kurz, als wäre sie im Begriff, die Grenze des Erlaubten zu überschreiten, sich auf ein Risiko einzulassen. Doch jetzt ist es zu spät, kehrtzumachen. Sie muss erfahren, worum es geht, denn Maija hat bestimmt gewollt, dass die Wahrheit bekannt wird. Jessica öffnet die Kassette, deren kleine, verrostete Scharniere Widerstand leisten. Sie entdeckt einen Stapel handschriftlicher Briefe. Es sind Dutzende. Jessica betrachtet die Daten. *1944 … wenn der Krieg zu Ende ist, Pandabär. Grüße von hier irgendwo.* Auf einige Briefbögen sind Glanzbilder oder getrocknete Blumen geklebt. *März 1945: bald sehen wir uns wieder. Hoffentlich geht es dir dort gut. Deine Mutter wäre so stolz auf dich, und ich weiß, dass sie dich sieht.* Alle Briefe tragen dieselbe Unterschrift: *Vater.* Jessica spürt Rührung aufsteigen: Die Briefe sind so erfüllt von Liebe und Wärme, dass sie nur allzu gut versteht, wieso sie Maijas größter Schatz waren. Maija hat offenbar sämtliche Briefe aufgehoben, die sie von ihrem Vater bekommen hat, und in der kleinen Kassette verwahrt. Aber als sie in jener traurigen Nacht aus dem Kinderheim verschwand, hat sie die Kassette aus irgendeinem Grund nicht mitgenommen. Sie hat sie neben dem eiförmigen Felsen vergraben, wo Johan Karlsson sie später gefunden hat. Maija muss also überzeugt gewesen sein, dass sie die Briefe nicht mitnehmen konnte. Andererseits hatte sie gehofft, dass die Briefe nicht für immer in Vergessenheit geraten würden. Deshalb hat sie wohl den Hinweis in Geheimschrift unter ihr Bett geschrieben, in der Hoffnung, dass ihn irgendwann jemand finden würde.

Jessica hält die Briefe eine Weile in der Hand. Ihr Gewicht ist eine konkrete Erinnerung daran, wie viel gelebtes Leben sie dokumentieren. Als sie einen Blick auf die krumme Vogelscheuche wirft, spürt sie, wie die Trauer ihren ganzen Körper erfasst. Sie weiß, dass sie nicht Maija ansieht, dass das Mädchen weit weg, schon seit langer Zeit in einer anderen Welt ist. Aber das in den blauen Mantel gehüllte Machwerk symbolisiert gerade jetzt die Qual des kleinen Mädchens, das unermessliche Gefühl, Außenseiterin zu sein, mit dem sich Jessica voll und ganz identifizieren kann.

Jetzt sieht Jessica irgendetwas bei den Füßen der hölzernen Maija. Vorsichtig nähert sie sich der Vogelscheuche. Hinter den Stiefeln liegt etwas auf dem Boden, das in der schwachen Beleuchtung schwer zu erkennen ist. Jessica weiß, dass es das Vernünftigste wäre, den Keller und die Werkstatt schleunigst zu verlassen. Sie könnte gleich die Polizei anrufen und ihren Fund melden. Ihr neugieriges Wesen hält sie jedoch davon ab. Sie geht neben der Vogelscheuche in die Hocke, fasst sie an den hölzernen Knöcheln und schiebt sie vorsichtig beiseite.

Auf dem Boden liegt ein Gegenstand aus Metall. Ein Wecker, mit einer Gravur an der Rückseite.

Für das Pandabärchen
24.12.1940

Sie erinnert sich an Anna Bergs Bericht über den Jungen, der in der Nacht von Martin Hedbloms Tod vom Klingeln eines Weckers wach wurde. *Der Wecker hatte irgendwann Maija Ruusunen gehört.*

Jessica stellt den Wecker auf den Boden und greift nach dem Buch, auf dem er gelegen hat. *Mein Tagebuch, Maija Ruusunen.* Anders als man vermuten könnte, ist es nicht von einer Staubschicht bedeckt. Offenbar hat Karlsson erst kürzlich darin gelesen.

Vorsichtig schlägt Jessica das Buch auf, dessen Bindung bedrohlich knistert: Die Seiten sind vergilbt und trocken und drohen sich aus dem alten Einband zu lösen. Jessica blickt auf, denn es kommt ihr vor, als hätte sie nicht das Recht, in dem Tagebuch zu lesen.

Aber sie muss es tun.

Die ersten Eintragungen stammen vom März 1942, die Handschrift ist die eines sehr jungen Mädchens, das vielleicht gerade erst schreiben gelernt hat. Jessica blättert die Seiten um: Mit der Zeit finden die Buchstaben ihre Form, bilden ordentliche Zeilen, und zwischen den Wörtern erscheinen Punkte und Kommas. Jessica blättert immer weiter, Mai 1945, September 1946 ... Schließlich folgen Dutzende leere Seiten. Und dann fällt zwischen den Seiten etwas zu Boden. Jessica hebt es auf und sieht, dass es ein weiterer Brief ist. Er ist an das Pandabärchen gerichtet, die Unterschrift lautet »Vater«. Aber aus irgendeinem Grund wurde dieser Brief mit der Schreibmaschine geschrieben und ist nicht bei den anderen Briefen in der Kassette gelandet. Jessica hält sich den Brief nah ans Gesicht, um den kleinformatigen Text entziffern zu können. Sie lässt den Blick von einer Zeile zur anderen wandern und spürt, wie es ihr kalt den Rücken herunterläuft.

Liebes Pandabärchen

Es tut mir leid, dass ich dich nicht in Mariehamn abgeholt habe, wie ich es versprochen hatte. Ich wollte hinkommen, wirklich. Aber es ging nicht. Weißt du, man glaubt zwar allgemein, der Krieg wäre schon vorbei, aber das stimmt nicht.
Ich stecke immer noch mitten in einem Kampf, allerdings in einem, bei dem ich mich nicht mehr vor feindlichen Kugeln oder Granaten zu fürchten brauche. Es geht um etwas Geheimeres, deshalb kann ich dir nicht einmal mit der Hand schreiben wie bisher.
Das wäre zu gefährlich.
In den Augen des Feindes bin ich tot.
Ich musste die Gegner in dem Glauben lassen, dass ich tot bin.
Selbst du durftest die Wahrheit nicht erfahren, denn sie hätte dich in Gefahr gebracht.
Aber jetzt bist du schon so groß, dass ich es wage, dir das alles zu erzählen.
Ich komme dich holen.
Sei um Punkt zwei Uhr nachts am Anleger.
Wenn ich es in der ersten Nacht aus irgendeinem Grund nicht schaffe, komme ich in der nächsten.
Beim Warten kann einem die Zeit lang werden, aber es wird belohnt.
Warte auf mich, Pandabärchen. Gib nie auf.

Vater

Jessica schluckt. Sie erinnert sich daran, was Åke ihr am Kaminfeuer erzählt hat. *Irgendwann hat man nicht mehr versucht, Maija an ihrem seltsamen Ritual zu hindern. So sicher, wie morgens die Sonne aufgeht, stand das Mädchen nachts auf dem Anleger und starrte auf das Meer. So vergingen Wochen und Monate.*

Es ist klar, dass Maijas Vater tatsächlich im August 1946 starb, als das Schiff, auf dem er und die anderen Eltern unterwegs waren, im Sturm kenterte. Der maschinenschriftliche Brief ist auf den September datiert. Elisabeth und die anderen haben mit ihrem entsetzlichen Streich zweifellos dazu beigetragen, dass Maija den Verstand verlor. Sie haben ein schweres Unrecht begangen, indem sie dem Mädchen falsche Hoffnung machten. Ein um das andere Mal haben sie Maija in die finstere, kalte Nacht getrieben und sie vergebens warten lassen. Jessica ist vor Wut außer sich, sie brennt darauf, den Brief zu zerknüllen, beherrscht sich aber. Vielleicht erweist er sich noch als nützlich, wenn die Sache endlich in allen Einzelheiten geklärt wird.

Jessica greift wieder zu dem Tagebuch und blättert zur letzten Eintragung.

Anfangs dachte ich, es wäre Schmerz. Dass die Qual, die ich spürte, daher kam, dass du es doch nicht warst. Dass du doch nicht mehr lebst. Und zu mir kommst.

Aber in Wahrheit war es etwas anderes. Der Schmerz kam von dem Betrug. Was sie getan haben, ist falsch, und es ist furchtbar schwer, ihnen zu verzeihen. Aber das muss ich wohl tun, so hast du es mir beigebracht. Vielleicht liest jemand eines Tages, was ich hier schreibe, und weiß dann, wem man nicht vertrauen darf. Ihr habt etwas Böses getan, aber ich verzeihe euch, Fräulein Boman, Martin, Beth, Haxe & Armas.

Maija, 24.11.1946.

Armas? Was hat Armas mit der Sache zu tun? Er hat doch gesagt, er hätte Maija gewarnt …

Ganz unten an den Rand der Seite hat Maija ein wenig flüchtiger, vielleicht mit zitternden Händen geschrieben:

Wirf mich zu den Wölfen und ich werde zurückkehren und das Rudel anführen.

In dem Moment hört Jessica etwas. *Verdammt.* Jemand hat sie entdeckt. Ihr Herz hämmert wie wild, und es kommt ihr plötzlich vor, als wäre gerade der gesamte Sauerstoff aus dem unterirdischen Raum gesaugt worden. Sie blickt sich um, doch es gibt natürlich keinen zweiten Ausgang.

Sie schleicht zum Schalter und löscht das Licht, obwohl sie weiß, dass sie damit vielleicht zu spät dran ist. Einen Augenblick lang steht sie reglos in dem stockdunklen Keller und wagt nicht einmal, das Licht ihres Handys einzuschalten.

In dem kahlen Raum ist jedoch nur das gleichmäßige Trommeln der von der Decke fallenden Wassertropfen zu hören. Die Lampe schaukelt nicht mehr, und als Jessica jetzt genau hinhört, merkt sie, dass sie leise zischt. Jessica faltet den Brief zusammen und steckt ihn vorsichtig in die Jackentasche. Im Moment braucht sie nichts anderes mehr, die hiesige Polizei kann alle weiteren Durchsuchungen und Ermittlungen übernehmen. Johan Karlsson, der wohl unter dem begründeten Verdacht steht, mindestens drei Morde begangen zu haben, hat wahrhaftig allen Grund, in dieser Nacht schlecht zu schlafen.

Der Wind weht immer noch heftig genug, um die Werkstatt bedrohlich knarren zu lassen. Jessica schließt die Augen und versucht, aus der Geräuschkulisse etwas herauszuhören. Egal was. Stiefelschritte, das Quietschen einer Tür. Stimmen. In der Dunkelheit ist es unmöglich, etwas zu sehen, aber die anderen Sinne werden umso schärfer. Der Kellergeruch scheint intensiver geworden zu sein, ebenso die Geräusche, die der Wind draußen verursacht: das Plätschern des aus der Traufe rinnenden Wassers und das Kratzen der Äste auf dem Dach. Und dann hört sie etwas, das klingt, als würde der Hahn einer Waffe gespannt. Nicht oben über dem Keller, sondern hinter ihr.

Jessica spürt etwas.

Eine Berührung an ihrer Schulter.

Wie von ihrer Mutter, doch die Finger sind kleiner und der Druck ist schwächer.

Mama, sagt eine Mädchenstimme.

Jessica bekommt eine Gänsehaut. Sie dreht sich langsam um, und trotz der völligen Dunkelheit nimmt sie das blasse Gesicht des Mädchens und die bläulichen Lippen wahr, die Worte bilden.

»Was ist, Schatz?«

Du musst mich hier rausholen, sagt das Mädchen. Sein Kopf ist immer noch leicht nach rechts geneigt. Die gerstenfarbenen Haare sind nass, von ihnen tropft Wasser auf den Boden.

»Aber...«

Hier ist es dunkel. Und Papa kommt nicht. Nie.

Jessica will etwas sagen, das Mädchen trösten, doch sie darf nicht in ihren Halluzinationen versinken, nicht ausgerechnet jetzt, da sie sicher ist, gerade eben von oben, außerhalb der Werkstatt, etwas gehört zu haben. Andererseits – was macht das schon? Johan Karlsson ist nicht mehr auf der Insel. Niemand kann etwas gegen sie im Schilde führen. Sie könnte einfach die Leiter hochsteigen und ...

Ich habe ihn nicht benutzt.

»Was?«

Den Wecker. Das Mädchen hebt die Hand, auf der der Wecker liegt. Die Worte kommen ein wenig stockend, als würde das Mädchen zum ersten Mal seit langer Zeit sprechen. In den finnischen Worten schwingt ein schwedischer Akzent mit.

Jessica hört den Sekundenzeiger der alten Uhr ticken. Das an eine Waffe erinnernde Geräusch ist wohl entstanden, als Maija ihre alte mechanische Uhr aufgezogen hat.

»Ich verstehe nicht«, flüstert Jessica.

Der Junge, von dem man dir erzählt hat ...

»Ja?«

Er hat gelogen. Er kann den Wecker nicht gehört haben, weil er kaputt ist. Beth hat ihn kaputtgemacht, sagt das Mädchen und dreht sich um. Und dann geht es langsam zur Rückwand des Kellers und verschwindet in der Dunkelheit, die alles andere verhüllt.

71

Jessica klettert die kurze Leiter hoch und schiebt vorsichtig den Kopf durch die Luke, um sich zu vergewissern, dass niemand in der Werkstatt ist. Alles sieht so aus wie vorhin. Sie kriecht durch die Öffnung und klopft Sägespäne und Staub von ihrer Kleidung.

Der Wind rauscht auf dem Dach der Werkstatt und in den Baumwipfeln. Jessica lauscht, doch nur das Prasseln des Regens durchbricht die Stille. Sie geht ans Fenster, schiebt die Plane einen Spaltbreit zur Seite und stellt fest, dass an keinem einzigen Fenster des Hauptgebäudes Licht brennt.

Aber gerade da huscht jemand an dem ovalen Fenster im Obergeschoss vorbei. Die verschwommene dunkle Gestalt hält nur kurz inne und verschwindet dann so schnell, wie sie aufgetaucht war. Jessica denkt unwillkürlich, dass gerade jemand aus dem Fenster gespäht hat, um zur Werkstatt zu schauen. Hat dieser Jemand womöglich gesehen, dass sie die Plane beiseitegeschoben hat? Jessica zieht die Plane wieder zurecht und blickt dann auf die Uhr ihres Handys. Es ist zwanzig nach eins.

Sie entfernt das Fahrradschloss und öffnet die Tür. Ein kalter Luftstrom trifft die Tür; Jessica bekommt sie gerade noch zu fassen, bevor sie gegen die Wand knallt, und schließt sie hinter sich. Sie wirft einen Blick nach oben, doch das ovale Fenster spiegelt nur noch den nächtlichen Himmel wider.

Vorsichtig macht Jessica sich auf den Weg zum Hauptgebäude. Der Wind, der die Haare um ihre Ohren tanzen lässt, wispert unheilverkündend, und die wild hin und her schwankenden Zweige des Apfelbaums kratzen über ihr Gesicht, als wollten sie sie aufhalten.

Als sie unter der Dachtraufe angelangt ist, wäre Jessica im Dunkeln fast über ihre eigenen Füße gestolpert und muss sich an der Wand abstützen. Aus irgendeinem Grund erscheint ihr jeder Schritt gefährlich, als würden sie und ihr ungeborenes Kind sich unausweichlich dem Untergang nähern. Warum ist sie nicht einfach in ihr Zimmer zurückgegangen und hat die Polizei angerufen?

Als der Mond kurz hinter der Wolkendecke auftaucht, sieht Jessica, dass aus dem Stallgebäude an der anderen Seite des Rasens jemand herauskommt, der etwas auf dem Arm trägt. Sie duckt sich hinter die Regentonne. In der Dunkelheit kann sie sich nicht sicher sein, aber in Anbetracht der Umstände muss es sich bei der Gestalt um Niklas Steiner handeln. Der Mann schaut sich um, dann starrt er eine Weile zum Hauptgebäude hin, und für den Bruchteil einer Sekunde ist Jessica überzeugt, dass er sie hinter der Tonne entdeckt hat. Doch im selben Moment geht er mit schnellen Schritten zu dem Sandweg, der durch den Wald führt.

Was zum Teufel passiert hier eigentlich?

Zuerst hat Jessica gesehen, dass jemand mitten in der Nacht im Obergeschoss des Gasthofs herumwandert, und jetzt ist der schwedische Reporter, der seine letzte Nacht im Nachbarzimmer verbringt, bei strömendem Regen in den Wald gelaufen und trägt etwas bei sich.

Jessica rennt los, sie lässt das Gasthaus möglichst geräuschlos hinter sich und läuft dann durch den Wald, bis sie den Sandweg zwischen den dichten Bäumen erreicht. Hundert Meter vor sich sieht sie Niklas Steiner, der zügig zum Nordufer geht, eine Sporttasche unter den Arm geklemmt.

Steiner hält sich kurz das Handy ans Ohr, aber Jessica hat keine Ahnung, mit wem er spricht oder ob er nur vergeblich versucht hat, jemanden anzurufen. Als sie jetzt am Waldrand entlangschleicht, drängt sich Jessica der Gedanke auf, dass der Blick, den die Geschwister an Anna Bergs Anleger gewechselt haben, irgendwie merkwürdig war. Dass in den Augen der zurückhaltenden und sich im Schatten ihres Bruders verbergenden Frau ein seltsamer Glanz aufgeflammt ist. Ist Pernilla Steiner zurückgeblieben, weil sie Anna Berg etwas mitzuteilen hatte? Etwas, was die anderen nicht hören sollten? Vielleicht handelt es sich auch um etwas viel Schlimmeres, denkt Jessica und hört in Gedanken wieder das monotone Freizeichen von vorhin, als Anna Berg nicht ans Telefon gegangen ist. *Verdammt noch mal*, flucht Jessica innerlich. Hat sie die Kommissarin womöglich auf dem Silbertablett zwei Menschen serviert, über die sie eigentlich nichts weiß?

72

Niklas Steiner steht im Mondlicht mitten auf dem Sandplatz und betrachtet das Gebäude, das früher einmal das Kinderheim Smörregård war. Gerade jetzt wirkt das leere, verfallene Haus tatsächlich wie eine Bühne für Gespenstergeschichten. Im Schutz eines umgestürzten Baums beobachtet Jessica, wie Niklas Steiner zum Anleger weitergeht. Sie wartet einen Moment, dann überquert sie den Sandplatz, doch gerade da dreht Steiner sich plötzlich um. *Verflucht*. Sie ist dem Mann über die ganze Insel gefolgt, nur um im kritischsten Moment entdeckt zu werden.

»Wer da?«, ruft Steiner und tritt einen Schritt zurück. Sein Fuß senkt sich auf den wackligen Anleger.

Jessica verflucht ihr Pech und erwägt kurz, in den Wald zu laufen und vorläufig unerkannt zu bleiben. Doch sie ist ja ans Nordufer gekommen, um zu sehen, was Niklas Steiner im Schilde führt, und will keinen Rückzug machen, obwohl sie gerade wie eine Amateurin von dem Mann, den sie beschattet, erwischt worden ist.

An einem Gestell an der Hausecke hängt an einem dicken Seil eine rostige Gartenschere. Jessica schnappt sie sich, steckt sie hinten in ihren Hosenbund und tritt hervor.

»Ich«, ruft sie. »Jessica.«

Steiner weicht langsam auf dem Anleger zurück.

»Kommen Sie nicht näher«, sagt er und scheint sich nach etwas umzusehen, womit er sich verteidigen könnte. Seine unsicher wirkende Körpersprache verrät, dass er unbewaffnet ist. Er gleicht eher einer in die Ecke getriebenen Gazelle als einem hungrigen Löwen.

»Was machen Sie hier mitten in der Nacht?«, fragt Jessica und geht auf den Anleger zu.

»Ich war vorhin an Ihrer Tür«, sagt Niklas Steiner. »Ich wollte Sie warnen. Sie mitnehmen.«

Jessica mustert ihn aufmerksam. Sie kann sich nicht sicher sein, ob er die Wahrheit sagt. Ihr Zimmer war allerdings in der letzten halben Stunde leer, es ist also durchaus möglich, dass Steiner an ihre Tür geklopft hat.

»Was ist denn los?«

Niklas Steiner antwortet nicht, sondern blickt auf das Meer, und nun sieht Jessica in der Dunkelheit einen kleinen Lichtpunkt, der allmählich deutlicher wird. Es ist ein Boot, das sich dem Ufer nähert.

»Wollen Sie irgendwo hin?«

»Nur weg von hier«, sagt Niklas Steiner.

»Wovor laufen Sie weg?«

»Diese Insel ist krank. Die Leute hier haben einen Stich«, ruft Steiner, wobei er immer wieder über die Schulter blickt, als könnte er die Ankunft des Bootes dadurch beschleunigen. Jessica bleibt am Fuß des Anlegers stehen, in ausreichender Entfernung von dem Mann, für den Fall, dass er sich zu einer unüberlegten Tat hinreißen lässt. Sie wird den Gedanken nicht los, dass seine Schwester aus irgendeinem Grund Anna Berg etwas angetan hat und dass die beiden nun gemeinsam verschwinden wollen. Bruder und Schwester, zwischen denen von Anfang an eine seltsame Dynamik geherrscht hat.

»Wovon reden Sie?«, fragt Jessica schließlich. »Johan Karlsson wurde doch verhaftet.«

»Das hilft nichts«, sagt Niklas Steiner, und jetzt merkt Jessica, dass er Angst hat. »Ich bleibe keine einzige Nacht mehr hier.«

»Wieso hilft das nichts?«, hakt Jessica nach. Als Steiner nicht antwortet, fährt sie fort: »Bei Anna Berg geht niemand ans Telefon. Ist ihr etwas zugestoßen?«

Niklas Steiner wirkt verdattert.

»Was zum Teufel wollen Sie andeuten?«

»Ihre Schwester ist in Lövö geblieben, als wir nach Smörregård zurückgefahren sind.«

Steiners Miene wirkt nun nicht mehr ängstlich, sondern belustigt. Er lacht und tritt dann zum ersten Mal näher auf Jessica zu. Der Anleger schwankt unter seinen Schritten, und einen Augenblick lang befürchtet Jessica, dass der Mann in das eiskalte Wasser stürzt.

»Glauben Sie, Pernilla wäre dort geblieben, um Frau Berg etwas anzutun?«

»Die Bergs gehen nicht ans Telefon, obwohl sie den ganzen Abend zu Hause sein sollten.«

»Sie verstehen nicht, Jessica. Aber Sie können trotzdem mit mir in das Boot steigen und von hier verschwinden.«

»Was verstehe ich nicht?«

Niklas Steiner blickt wieder zu dem Boot, als wollte er abschätzen, wie viel Zeit ihm noch bleibt. Dann kommt er erneut einen Schritt näher, woraufhin Jessica vorsichtig zurückweicht.

»Sehen Sie?« Steiner lacht auf. »Diese Insel macht uns alle paranoid.«

»Ich bin über die Vergangenheit Ihrer Schwester informiert.«

Niklas Steiners Miene verfinstert sich.

»Hören Sie mal, Sie Schnüfflerin«, sagt er und wischt sich über den Mund. Er macht einen weiteren Schritt auf Jessica zu, nun liegen zwischen ihnen nur noch zwei Meter. Jessica legt die Hand instinktiv um den Griff der Gartenschere an ihrem Rücken. »Ich frage noch einmal. Was zum Teufel wollen Sie andeuten?«

Jessica setzt zu einer Antwort an, weiß aber nicht, was sie

sagen soll. Zum ersten Mal in ihrer Laufbahn ist sie zu müde und zu verwirrt, um zu verstehen, was um sie herum passiert. Vielleicht hat Pernilla tatsächlich Anna Berg und deren Mann getötet. Womöglich auch Bergs Schwester, die zu Besuch kommen wollte. Aber Jessica hat keinen blassen Schimmer, warum Pernilla das getan hätte und was das alles mit Smörregård und dem Mädchen im blauen Mantel zu tun hat.

Von dem Boot, das sich dem Anleger nähert, ist nun schon mehr zu erkennen als der Scheinwerfer. Das Stampfen des Motors wird lauter.

»Anna Berg gilt als gute Kriminalermittlerin«, sagt Steiner überraschend. »Für die Untersuchung der Todesfälle auf Smörregård hat sie unglaublich viel Zeit und Ressourcen aufgewendet, ist aber nicht weit gekommen. Dabei hätte sie das Rätsel lösen können, wenn sie nur eine konkrete Frage an den einzigen Menschen gerichtet hätte, der in der Nacht, als Martin Hedblom da ermordet wurde, etwas gesehen und gehört hat.« Steiner zeigt auf das Ufer. In Gedanken sieht Jessica Martin Hedbloms Leiche im Uferwasser liegen.

»Sie erinnern sich doch, was Anna Berg heute berichtet hat. Eins der Kinder habe den Wecker klingeln gehört. Es sei davon wach geworden.«

»Ja?«

»Die Frage ist: Was, wenn das Geräusch gar nicht vom Wecker kam?«

Jessica betrachtet den Mann, auf dessen Hosenbeine Licht fällt. Das Boot ist näher gekommen.

»Springen wir drei Jahre weiter. Pernilla hat sich überlegt, dass Monica Boman sich am Abend ihres Todes vielleicht nicht spontan die Beine vertreten wollte, sondern einen Grund für ihren Spaziergang hatte.«

»Und?«

»Pernilla ist auf die Idee gekommen, als Anna Bergs Festnetztelefon geklingelt hat. Also auf die Idee, dass dem Tod eventuell ein Telefonat vorangegangen war. Vielleicht hatte an dem Abend jemand die Leiterin des Kinderheims angerufen und um ein Treffen gebeten. Sie bedroht oder sie angewiesen, zu einer bestimmten Zeit an einen bestimmten Ort zu kommen. Vielleicht hat ihr jemand eine Falle gestellt.«

»Aber das war ja lange vor der Zeit der Handys. Dieser Jemand hätte also …«

»Genau«, sagt Niklas Steiner und seine Miene, die sich kurz aufgehellt hatte, verdüstert sich rasch wieder. »Der Anruf muss frühzeitig gekommen sein oder alternativ aus der Nähe, sodass der Täter es rechtzeitig zum Tatort geschafft hat. Pernilla ist nach unserer Abfahrt noch einmal zu Anna Berg gegangen, um sie zu fragen, ob die Verbindungen des Kinderheims für den fraglichen Abend überprüft worden waren.«

»Und was war die Antwort?«

»Natürlich wurden sie überprüft. Da der Fall Boman eine so gespenstische Ähnlichkeit mit dem Tod des Nachtwächters hatte, wurde er von Anfang an als Verbrechen untersucht. Und bei Mordverdacht schreibt das Protokoll der Polizei automatisch eine Überprüfung der getätigten Verbindungen vor. Tatsächlich hatte das Kinderheim nur eine Nummer und zwei Telefone, das eine auf dem Tisch des Nachtwächters und das andere im Büro der Leiterin«, erklärt Steiner, und Jessica wartet schweigend darauf, dass er weiterspricht und endlich verrät, worum zum Teufel es geht.

»Aber aus der Liste ging nichts Verdächtiges hervor«, fährt Steiner fort. »Pernilla hatte jedoch eine Idee, die dazu geführt hat, dass sie sofort zum Polizeipräsidium nach Mariehamn gefahren sind. Bergs Mann hat sich ans Steuer gesetzt, weil seine Frau es hasst, selbst Auto zu fahren. Deshalb geht bei den Bergs im Moment niemand ans Telefon. Sie sind immer noch in Mariehamn.«

Jessica betrachtet das furchterfüllte Gesicht des Mannes und lässt die Schere langsam los. Jetzt begreift sie, wie die Geschichte weitergeht.

»Martin Hedbloms Tod wurde nie so gründlich untersucht wie Bomans«, sagt sie leise. Steiner nickt.

»Berg hatte ihre Zweifel. Aber der Fall wurde schnell abgeschlossen und als Unfall – genauer gesagt als Tod durch Ertrinken – registriert, weil es keinerlei Hinweise auf Fremdeinwirkung gab. Nur die unzuverlässige Aussage eines verängstigten Kindes über das nächtliche Klingeln eines Weckers und ein kleines Mädchen, das am Anleger stand.«

»Mit anderen Worten, 1982 hat niemand die Verbindungen überprüft.«

Niklas Steiner nickt.

»Und auch 1985 kam man nicht darauf zurück.«

»Und falls, wie Sie vorhin gesagt haben, das Geräusch doch nicht von einem Wecker stammte …«

»… muss es vom Telefon gekommen sein. Jemand hat in der Nacht den Festanschluss des Kinderheims angerufen. Und darüber wollte Anna Berg sich sofort Gewissheit verschaffen, noch heute Abend.«

Über das Heulen des Windes hinweg hört Jessica, wie der Kapitän des holzverkleideten Motorboots den Gashebel zurückschiebt. Das Boot gleitet langsam auf den Anleger zu. Dieselgeruch wabert durch die Luft.

Niklas Steiner lässt seine Sporttasche auf den Anleger fallen, steckt die Hände tief in die Jackentaschen und baut sich vor Jessica auf.

»Pernilla hat mich vor einer halben Stunde angerufen«, sagt er. »Anna Berg konnte einen ehemaligen Kollegen alarmieren, der nach wie vor im Dienst ist. Und sie haben es tatsächlich geschafft, an die fast vierzig Jahre alten Verbindungsdaten zu kommen.«

Das Boot legt längsseits an, und der Mann an Deck streckt zur Unterstützung der Fender ein Bein aus, damit das Boot nicht gegen den Anleger prallt. Er ruft etwas auf Schwedisch, doch seine Worte gehen im Dröhnen des Motors unter.

»Ich hau jetzt ab, Jessica. Die Polizei wird bald hier sein«, sagt Steiner, als wollte er den Rest der Geschichte für sich behalten.

»Was haben die Daten denn ergeben?«

»Dass tatsächlich jemand am 29. September um 01.58 Uhr im Kinderheim angerufen hat. Und zwar von einem Anschluss auf der Insel«, erwidert Steiner, und Jessicas Herzschlag beschleunigt sich, noch ehe er ausgeredet hat. »Der Anruf kam aus der Villa Smörregård.«

»Aber ... Anna Berg hat doch gesagt, dass Johan in der Nacht in der Villa Smörregård war.«

»Eben. Wenn wir annehmen, dass der Mord exakt um zwei Uhr geschah ...«

»Und der Anruf vom anderen Ende der Insel nur zwei Minuten vorher kam ...«

Niklas Steiner nickt.

»Wenn es tatsächlich Johan Karlsson war, der angerufen hat, muss jemand anders Martin Hedblom ertränkt haben.«

73

Armas Pohjanpalo dreht den Verschluss der Whiskyflasche auf und trinkt einen großen Schluck. Der schlimmste Sturm ist vorbei, doch der erstaunlich hartnäckige Regen schlägt immer noch gegen die Fenster und lässt das Zimmer wie ein riesiges Aquarium wirken. Armas spürt das Vibrieren des Flaschenhalses an seinen Lippen und weiß, dass seine zitternden Hände die Ursache sind. Er wirft einen Blick auf die Uhr, es ist Viertel vor zwei Uhr nachts. Er hat seinen Schlafanzug nicht angezogen, sondern sitzt in der Baumwollhose und dem Hemd auf dem alten Ledersessel, die er schon seit dem frühen Morgen trägt. Wenn er geahnt hätte, dass es das letzte Treffen der Zugvögel sein würde, hätte er auf die Reise verzichtet. Andererseits weiß Armas, dass Elisabeth den Tod verdient hat, dass das, was sie vor langer Zeit getan haben, durch und durch falsch war und dass selbst lebenslange Reue ihre Schuld an Maijas Verschwinden nicht aus der Welt schafft. Mit ihrer Tat haben sie das arme Mädchen an den Rand des Wahnsinns und zu seiner radikalen Entscheidung getrieben. Armas war immer ein rational denkender Mann, er glaubt nicht an Gott und schon gar nicht an irgendetwas anderes Übernatürliches. Aber seinen eigenen Augen traut er: In der Nacht hat er auf dem Hof Maija Ruusunen gesehen, das kleine Mädchen in seinem blauen Mantel. Die Legende vom Mädchen im blauen Mantel ist vollkommen wahr, so unglaublich sie auch klingt. Maijas Gespenst ist zurückgekehrt, um sich zu rächen, zuerst an dem Nachtwächter und der Leiterin. Dann an Haxe. Jetzt war Elisabeth an der Reihe. Und als Nächster …

Wieder hört Armas, wie jemand über den Flur geht. Mit langsamen, schleppenden Schritten. Er hat seine Zimmertür sorgfältig abgeschlossen. Am Morgen wird sich der Sturm gelegt haben, und sie werden am Anleger der Villa Smörregård abgeholt. Aber er ist sich keineswegs sicher, dass er den Morgen erleben wird.

Armas hat Jessica Niemi eine Geschichte erzählt, die nur zur Hälfte wahr ist. Er hat ihr verschwiegen, dass er derjenige war, der in Maijas Abwesenheit ihr Zimmer durchsucht und die Briefe gefunden hat. In ihrem Tagebuch gelesen hat. Armas war bis über beide Ohren in Elisabeth verliebt gewesen, und dieses Gefühl hält bis heute an. Er hatte alles, was er herausgefunden hatte, an Beth weitergegeben, hatte ihr von Maijas Vater, von dem Panda und von Kakskerta erzählt. Von allem. Aber trotz all seiner Loyalität hatte Beth Armas keinerlei Aufmerksamkeit geschenkt, sondern mit dem Nachtwächter herumgemacht. In den letzten Wochen im Kinderheim hatte Armas sich mit seinem Herzensleid herumgeschlagen und die Augen vor dem verschlossen, was um ihn herum geschah. Außerdem konnte Martin Hedblom furchterregend und jähzornig sein, und Armas wollte sich nicht mit ihm anlegen. Erst an dem Morgen, als er zu seinem neuen Leben in Finnland aufbrechen sollte, als er nichts mehr zu verlieren hatte, war ihm bewusst geworden, worum es bei all dem ging, und er war losgerannt, um Maija die Wahrheit zu sagen. Er hatte es jedenfalls versucht. Aber Armas hatte nie erfahren, ob seine Botschaft angekommen war. Nach dem, was er später gehört hatte, war Maija noch einige Wochen lang nachts an den Anleger gegangen, bis sie verschwand und das Ruderboot mitnahm. Die Leiterin Boman hatte dagegen nichts unternommen. Obwohl es für sie eine Leichtigkeit gewesen wäre, die ganze Wahrheit aufzudecken und die Schuldigen zur

Verantwortung zu ziehen. Nein, Monica Boman hatte die Sache unter den Teppich gekehrt, um ihr Waisenhaus vor einem Skandal zu schützen. Sie war also ebenso schuldig wie die anderen.

Alles passte zusammen.

Sie alle mussten auf dieselbe Art sterben.

Armas hört einen Knall und schreckt auf. Irgendetwas ist gerade gegen sein Zimmerfenster geprallt. Er kippt sich den kleinen Rest aus der Whiskyflasche in die Kehle und steht langsam auf. Ein zweiter Knall, offenbar ist ein Stein gegen das Fenster geflogen. Seine Hände zittern, er fühlt sich wacklig auf den Beinen. Die Erinnerungen drehen sich wie eine Spirale in seinem Kopf, er nimmt den Geruch der frisch gestrichenen Zimmer des Kinderheims wahr, den modrigen Gestank der von den Bäumen gefallenen Äpfel, die wochenlang auf dem Rasen gelegen haben. Den geschliffenen Dielenbelag unter den nackten Füßen. Er fühlt die Tropfen des Meerwassers auf der Haut, die der von Tag zu Tag abnehmende Sonnenschein trocknet. Hört die Töne des Harmoniums, Martins laute Rufe im Flur. Spürt die Kopfnüsse, das Ziepen an den Haaren und die Schläge. Beths Lachen, das seine Hormone in Wallung bringt.

Armas stößt einen bebenden Seufzer aus und öffnet den Vorhang einen Spaltbreit. Als er den Blick auf den Hof richtet, sieht er dasselbe wie gestern Abend. Da ist sie: Maija Ruusunen in ihrem blauen Mantel. Eine Träne läuft Armas über die Wange, denn er weiß, dass diese Nacht speziell ist. Heute Nacht ist Maija einzig und allein für ihn zurückgekehrt.

74

Es ist fast zwei Uhr nachts, die Luft im Vernehmungsraum ist heiß und feucht. Maria Forsius, die Hauptkommissarin der *Polismyndighet*, schiebt das Gummiband zurecht, das ihren straffen Dutt zusammenhält, und steckt sich ein kleines Stück Kautabak mit Mentholgeschmack in den Mund.

»Du kannst ruhig alles erzählen, Johan. Wir kennen schon fast die ganze Geschichte«, sagt sie und betrachtet den Mann, der an der anderen Tischseite sitzt. Er ist an den Handgelenken und Fußknöcheln gefesselt, wirkt aber erstaunlich gelassen.

»Ich wusste, dass etwas Schlimmes passieren wird«, sagt Johan Karlsson. Die dichten Haare kleben an seiner schweißnassen Stirn. An der Wange hat er eine breite Schramme, die entstanden ist, als Åke Nordin ihn in der Villa Smörregård auf den Holzboden gedrückt und festgehalten hat.

»Sprich weiter«, fordert Maria Forsius ihn auf und wirft einen Blick auf die Uhr. Nachdem Johan Karlsson festgenommen worden war, wurde sie von der Feier zum 18. Geburtstag ihrer Tochter zum Dienst gerufen, was die Tochter allerdings kaum zu stören schien. Es war ohnehin schon so spät gewesen, dass Gäste mittleren Alters auf dem Tanzboden nur noch im Weg waren. Im Lauf des Abends hat sie allerdings mehrere Gläser Wein geleert, und ihr Kopf ist nicht so klar, wie er in dieser Situation sein sollte.

»Ich habe Elisabeth Salmi nicht getötet. Und die anderen auch nicht.«

»Aber du warst zur Zeit aller drei Morde vor Ort.«

»Das gilt auch für einige andere.«

»Nimmst du Medikamente, Johan?«, fragt Maria Forsius, obwohl sie die Krankengeschichte des Mannes und eine Liste seiner rezeptpflichtigen Medikamente bekommen hat. Sie kennt Karlsson beruflich schon seit Langem, wusste bisher aber nicht, dass er sowohl an einer bipolaren Störung als auch an psychischer Labilität leidet. Für beides wurden ihm Arzneimittel verschrieben. Bisher war ihr nur bekannt, dass man bei der Polizei lange versucht hat, gegen sein Alkoholproblem anzugehen, das vor ein paar Jahren schließlich zu seiner Entlassung führte.

»Ja«, antwortet Johan Karlsson ruhig.

»Warum hast du die alten Leute heute Abend in die Küche gezwungen und mit dem Messer bedroht?«

»Ich habe sie nicht bedroht, sondern versucht, die Lage unter Kontrolle zu bringen.«

Maria Forsius mustert den müde aussehenden Mann.

»Du hast mehrmals einen Keller erwähnt.«

»Der Keller ist die Hölle«, sagt Johan, und eine Träne rollt ihm über die Wange.

»Wo ist dieser Keller denn?«

Johan blickt sich ängstlich um.

»Wir sind beide unter den Augen eines Monsters aufgewachsen. Åke und ich.«

»Wer war das Monster?«

»Ich hätte ihn verhaften sollen«, sagt Johan Karlsson. Seine Unterlippe zittert.

Maria Forsius seufzt. Sie strafft den Rücken, dehnt ihren schmerzenden Nacken, spürt immer noch die betäubende Wirkung des Schaumweins.

»Wieso wurde in deinem Blut eine hohe Dosis Schlafmittel festgestellt?«

»Das weiß ich nicht.«

»Warum hast du Elisabeth Salmi und die anderen getötet?«

»Ich war es nicht. Das habe ich schon hundertmal gesagt, zum Teufel.«

»Warum hast du Martin Hedblom 1982 mitten in der Nacht angerufen?«

»Ich wusste nicht, wozu der Anruf führen würde.«

Maria Forsius hat die Geschichte schon zweimal gehört. Der Mann erzählt sie glaubhaft und folgerichtig. Und doch fällt es ihr schwer, die Worte ernst zu nehmen, die er immer wieder sagt:

»Ich dachte, es wäre nur ein dummer Streich.«

75

Einen Augenblick lang steht alles um Jessica herum still. Das Rauschen des Schilfs und das Brausen des Windes weichen völliger Stille. Die Umgebung verliert ihr spärliches Licht und wird schwarz. Jessica kommt es vor, als würde sie in lauwarmes Wasser sinken, tiefer und tiefer, bis der Druck, der sich um sie bildet, sie langsam in ewigen Schlaf lullt. Plötzlich bekommt alles eine Bedeutung: Die kleinen Einzelheiten, die in ihrem Kopf bisher nur ein störendes Hintergrundgeräusch erzeugt haben, verbinden sich nun zu einer logischen Erklärung.

Wirf mich zu den Wölfen und ich werde zurückkehren und das Rudel anführen.

Jessica hätte es schon früher begreifen müssen, die Lösung lag die ganze Zeit vor ihr.

»Haben Sie mich gehört?«, fragt Niklas Steiner und steigt in das Boot. »Soweit ich weiß, ist die Polizei schon unterwegs. Hier ist es gefährlich.«

Jessica nickt. Sie ordnet ihre Gedanken und wirft einen Blick auf ihre Armbanduhr. Es ist Viertel vor zwei. Ihre Gedanken eilen von den Wölfen und dem Rudel zu der letzten datierten Eintragung im Tagebuch, an deren Ende fünf Personen aufgezählt werden: *Fräulein Boman, Martin, Beth, Haxe und Armas.*

Es geschieht heute. Es muss heute geschehen, denn morgen verlassen die letzten Zugvögel die Insel, um vielleicht nie mehr zurückzukehren. Heute Nacht ist Armas an der Reihe zu sterben. Und es soll ganz offensichtlich genau um zwei Uhr nachts passieren. Armas ist nicht in Sicherheit, weil die Person, die an Maijas Stelle Rache übt, nicht Johan Karlsson ist, sondern jemand, den Johan seit seiner Kindheit kennt. Jemand, dem er vertraut hat.

»Ich muss ans Südufer«, ruft Jessica dem Fährmann zu. »Jetzt gleich. Wie lange dauert es, wenn …«

»Am Bootssteg der Villa kann ein so großes Boot nicht anlegen«, fällt ihr der Mann ins Wort, während Niklas Steiner sich auf dem Boot einen Platz sucht.

»Warum nicht?«

»Zu flach«, antwortet der Mann.

Jessica funkelt ihn aufgebracht an, weiß aber, dass es sinnlos ist, sich auf eine Diskussion einzulassen.

»Niklas!«, ruft sie scharf, doch Steiner macht keine Anstalten auszusteigen. »Es passiert in einer Viertelstunde!« Steiner zeigt kein Interesse. Jessica blickt erneut auf die Uhr, es ist dreizehn vor. Selbst wenn sie so schnell rennt wie sie nur kann, wird sie es nicht zum Gasthaus schaffen, bevor die volle Stunde schlägt. Sie weiß jetzt, wer hinter allem steckt. Wenn sie schnell handelt, kann sie die Tat vielleicht noch verhindern.

»Fahren Sie nun mit?«, fragt der Kapitän.

»Wie lange fährt man von hier zur Villa Smörregård?«

»Ich habe doch gesagt, dass man nicht an den Anleger …«

»Wie lange? Sie brauchen nicht bis zum Anleger zu fahren.« Der Schiffer blickt zur südlichen Küstenlinie.

»Höchstens zehn Minuten.«

76

Armas schließt für ein paar Sekunden die Augen und hofft, dass das Mädchen dort unten im Regen verschwunden ist, wenn er sie wieder aufschlägt. Doch es steht immer noch da, mitten auf dem Hof. Armas schluckt, um seine trockene Kehle anzufeuchten, und schmeckt seine salzigen Tränen an den Mundwinkeln. *Verzeih mir, Maija. Ich habe den Brief nicht geschrieben. Auch ich war noch klein, ein schüchterner kleiner Junge, der…*

Doch da sieht Armas plötzlich noch etwas anderes: Direkt unter seinen Augen tritt eine Frau in straffer Haltung aus der Tür des Gasthofs und geht langsam auf Maija zu. Ihre Schritte sind seltsam eckig und mechanisch. Die Hofbeleuchtung brennt nicht, alles ist dämmerig. Armas betrachtet die über den Rasen gehende Frau, deren Bewegungen mit jedem Schritt langsamer zu werden scheinen.

»Astrid«, flüstert er. Sein Herzschlag dröhnt ihm in den Ohren.

Er schrickt auf, als an die Tür geklopft wird.

»Wer ist da?« Seine Hände zittern wieder.

»Machen Sie auf, Armas!«

Es ist Åkes Stimme. Armas sieht, wie Astrid zum Fenster aufblickt, und lässt den Vorhang los.

Er geht zur Tür, drückt die Stirn dagegen und wartet.

»Was ist?«, wispert er.

»Etwas Schlimmes passiert«, sagt Åke.

Dann hört Armas Schlüssel klirren, und die Tür geht plötzlich auf. Auf dem Flur steht der beunruhigt aussehende Åke, der sich hastig umblickt, als vermute er etwas Gefährliches im Zimmer.

»Aber …«

»Es tut mir leid … Aber wir dürfen keine Zeit verlieren, Armas. Wir müssen hier raus«, sagt Åke. »Schnell.«

Armas denkt an Maija, die auf dem Hof steht, und an Astrid, die sich dem Gespenst genähert hat, als wäre sie verhext.

»Aber Ihre Mutter … Astrid … Sie ist in Gefahr.«

Åke hält in seinen nervösen Bewegungen inne, seine Gesichtsmuskeln erstarren zu einer trostlosen Miene.

»Nein, Armas. Meine Mutter *ist* die Gefahr.«

77

Jessica hält den Blick auf die Uferlinie geheftet, die rechts am Boot vorbeizieht, sie starrt unablässig auf die Buchten, die sich zwischen den bewaldeten Landzungen auftun, doch das rote Gasthaus will nicht auftauchen. Sie dreht sich um, sieht Niklas Steiner ratlos auf der Bank hocken und packt den Fährmann an der Schulter.

»Schneller! Können Sie nicht schneller fahren?«

»Verdammt, wir sind doch fast am Ziel.«

»Vollgas!«, ruft Jessica, und der Mann gehorcht widerstrebend.

Kurz darauf sieht sie den Anleger, die Bootsschuppen, die hohe Fahnenstange und dahinter die roten Holzhäuser. Und eine Bewegung auf dem Rasen: als stünden dort zwei Menschen, die sich unterhalten.

Der Schiffer geht vom Gas.

»Fahren Sie aufs Ufer zu«, kommandiert Jessica.

»Aber ich habe doch gesagt, dass wir nicht zum Anleger …«

»Verdammt noch mal, dann eben nicht bis zum Anleger«, knurrt Jessica und wirft einen raschen Blick aufs Meer, sieht aber nur den dunkelblauen Horizont und die schwarzen Inseln in der Mitte. Wenn die Polizei tatsächlich unterwegs ist, wird sie mit Sicherheit mindestens noch eine Viertelstunde brauchen.

»Wollen Sie ans Ufer schwimmen?«, fragt Niklas Steiner.

Jessica schätzt die Entfernung vom Anleger ab, die sich nach und nach verringert. Sie überlegt kurz, ob ein Sprung ins eiskalte Wasser ihrem Kind schaden kann, begreift dann aber, dass sie keine Zeit verlieren darf.

»Ja«, erwidert sie. »Fahren Sie so nah wie möglich ans Ufer.«

Die Brandung ist immer noch stark, und Jessica balanciert auf dem Deck, um nicht vorzeitig ins Wasser zu fallen. Der Fährmann drosselt das Tempo, indem er den Rückwärtsgang einlegt, und schließlich hält das Boot ungefähr zehn Meter vor dem Anleger. Jessica wirft einen Blick auf das dunkel brausende Wasser und ahnt, wie kalt es ist. Sie sieht zu den Bootsschuppen hin; auf dem Rasen davor hat die eine Person sich umgedreht und geht auf den Gasthof zu. Es ist Astrid. Und bei genauerem Hinsehen hat die zurückgebliebene Gestalt die Größe eines Kindes und wirkt erschreckend bekannt. *Verdammt. Es passiert wirklich.*

Jessica zieht ihre Steppjacke aus und lässt sie auf das Deck fallen. Dann nimmt sie Anlauf und springt mit den Füßen voran in das eisige Wasser. Einen Augenblick lang sinkt sie unter die Oberfläche, spürt die überwältigende Kälte des Wassers um sich herum. Ihr Herz hämmert wie wild und das Salzwasser dringt ihr in die Nase und die Ohren. Dann taucht ihr Kopf aus dem Wasser auf, sie holt Luft und schwimmt zum Anleger.

78

Jessica greift nach der Badeleiter und klettert auf den Bootssteg. Ihre durchnässte Kleidung ist schwer und scheint im kalten Wind vom Meer an ihrer Haut festzufrieren. Sie sieht, wie Astrid die Tür öffnet und im Haus verschwindet. Jessica wirft einen Blick zurück: Sowohl der Fährmann als auch Niklas Steiner stehen an Deck und verfolgen das seltsame Schauspiel. Dann läuft sie über den Steg ans Ufer und zum Hauptgebäude. Sie passiert die hölzerne Maija und rennt, ohne zu zögern, weiter zum Haupteingang, durch den Astrid gerade gegangen ist.

»Astrid!«, ruft sie, als sie die Tür aufreißt, doch drinnen ist alles still. Nur die Wände des alten Holzhauses knarren und im Kamin glimmt das Feuer. Alle Winkel des vom Wind gebeutelten Hauses scheinen zu wispern, als wollte jedes Brett und jeder Nagel Jessica sein düsteres Geheimnis enthüllen.

»Hallo?«, sagt Jessica und tastet nach der Gartenschere, die wie durch ein Wunder immer noch im Hosenbund steckt und deren Spitze schmerzhaft an der Haut scheuert. Aus Jessicas Kleidern tropft Wasser, und sie zittert vor Kälte. Aber jetzt ist keine Zeit, sich abzutrocknen.

Sie betrachtet die Schere und stellt fest, dass sie allenfalls eine mittelprächtige Waffe abgibt.

Die Standuhr in der Diele zeigt vier Minuten vor zwei. Falls Jessica die Situation richtig gedeutet hat, bleiben ihr nur noch wenige Minuten, um eine neuerliche Bluttat zu verhindern und

Armas das Leben zu retten. Die Polizisten, die Niklas Steiner alarmiert hat, werden nicht so schnell hier sein, also muss Jessica auf eigene Faust handeln. Solche Situationen hat sie schon oft erlebt: Sie ist allein in den letzten Kampf gezogen und war nahe daran, ihr Leben zu verlieren. Aber jetzt setzt sie nicht mehr nur ihr eigenes Leben aufs Spiel.

Jessica wirft einen schnellen Blick in den Speisesaal und in Astrids Büro, doch nirgendwo ist eine Menschenseele zu sehen. Dann hört sie Schritte im Obergeschoss, gefolgt von einem herzzerreißenden Schrei. Sie weiß, dass ihr Zögern vielleicht gerade ein Menschenleben gekostet hat. Jetzt muss sie endlich handeln. Sie rennt zur Treppe und stürmt hinauf, die Schere in der Hand, kampfbereit.

79

Armas spürt, wie seine schwachen Knöchel auf dem Sandweg einknicken, als Åke ihn drängt weiterzugehen. Åke hat ihm auf der Treppe geholfen, hat ihn Arm in Arm zur Hintertür, zwischen den kahlen Apfelbäumen in den Wald und weiter zu dem Sandweg bugsiert, der durch das Dickicht führt. Von irgendwoher – wohl aus dem Haus – hört Armas einen grauenvollen Schrei und blickt zurück, sieht aber nichts.

»Kommen Sie schon, wir müssen weiter«, sagt Åke, als der feste Boden in weiches Moos übergeht und Armas sich auf seinen Spazierstock stützen muss.

»Aber ... wohin?«

Der alte Mann kommt ins Straucheln, das Tempo ist viel zu schnell für ihn. Åke kann ihn gerade noch aufrecht halten.

»Weg von Astrid«, sagt Åke und blickt zurück. »Irgendwohin, wo sie uns nicht findet.«

80

Jessica spürt ihr Herz hämmern. Sie rennt die Treppe hoch, ihre nassen Schuhe knatschen bei jedem Schritt. Aus den Augenwinkeln sieht sie die Schwarzweißfotos, die über hundert Jahre alte Villa Smörregård und die Nordins, die vor dem Haus stehen. Hans-Peter und Astrid. Ihr Sohn Åke und das Waisenkind Johan. Weiter oben an der Treppe hängen noch ältere Bilder, auf denen die junge Astrid mit ihren eigenen Eltern steht. *Waisenhaus. Adoption. Maija.*

Als Jessica die letzte Stufe erreicht, lässt die an der Haut klebende nasse Kleidung ihr kalte Schauder über den Rücken laufen. Der Flur liegt im Halbdunkel, doch sie sieht, dass die Tür zu Armas' Zimmer offen steht.

»Astrid?«, sagt sie und nimmt instinktiv eine festere Haltung ein, die Beine leicht gespreizt, der linke Arm hebt sich abwehrbereit, und die rechte Hand mit der Schere legt sich schräg nach hinten, bereit zurückzuschlagen.

Jessica hat oft um ihr Leben gebangt, aber noch nie so sehr wie jetzt. Diesmal kann ihr Alleingang katastrophale Folgen haben. Und wenn etwas Unwiderrufliches passiert, wenn sie jetzt ihr Kind verliert, wird sie es sich nie verzeihen. Dann würde sie tatsächlich lieber sterben.

»Ist da jemand?«, ruft Jessica, obwohl sie weiß, dass die Frage sich erübrigt, denn im Zimmer ist tiefes Seufzen zu hören.

Plötzlich öffnet sich die Tür neben Jessica, und sie richtet die

Schere darauf. Im Halbdunkel erkennt sie Eila Kantelinens entsetztes Gesicht.

»Was … Was ist hier los …«

»Sind Sie allein?«, fragt Jessica, und als die alte Frau nickt, fährt sie fort: »Machen Sie die Tür zu, und öffnen Sie keinem.«

Jessica hört, wie die Tür ins Schloss fällt, und nähert sich langsam Armas' Zimmer. Sie könnte laufen, in das Zimmer stürmen, doch das, was geschehen soll, ist wohl schon passiert.

Jessica tritt auf die Schwelle.

Sie sieht Astrid, die am Fenster steht, das Gesicht zum Meer gerichtet.

Die alte Frau zuckt merkwürdig, als würde sie von irgendeiner mystischen Kraft gerüttelt.

»Astrid?«, fragt Jessica ruhig. »Wo ist Armas?«

Nun dreht Astrid sich um. Ihr Gesicht ist von verzweifeltem Weinen verzerrt.

»Sie kommen zu spät, Jessica.«

81

»Ich habe sie gesehen«, sagt Armas. Seine müden Beine versagen, und er setzt sich hinter einen Felsen. »Maija. Es klingt unglaublich, aber sie stand da, am Ufer.«

Åke antwortet nicht gleich, er blickt zurück zu dem Sandweg, auf dem Astrid vermutlich bald erscheinen wird, auf der Suche nach ihnen.

»Eigentlich nicht«, sagt er dann und geht vor Armas in die Hocke.

Armas blickt von seinen Schuhspitzen auf und spürt, wie sein Atem bebt.

»Wie bitte?«

»Es klingt nicht unglaublich«, erklärt Åke. Seine rötlichen Barthaare vibrieren im Wind, doch sonst rührt sich nichts in seinem Gesicht. Es ist wie aus Stein gehauen, die starre Miene ist kalt und berechnend.

»Sind Sie krank, Armas?«

»Ich verstehe nicht.«

»Krebs? Herzprobleme? Haben Sie Grund zu der Annahme, dass Sie nicht mehr viele Jahre zu leben haben?«

»Wovon reden Sie, Åke …«

»Beantworten Sie meine Frage«, sagt Åke, hebt einen dicken Ast von der Erde auf und zerbricht ihn mühelos auf seinem Knie, als wollte er Armas seine Kraft demonstrieren.

»Nichts dergleichen …«

»Aber Sie sind alt. Fünfundachtzig? Zwei Jahre jünger als Beth.«

»Ja, aber ...«

»Schauen Sie, ich habe immer versucht, mich an gewisse Lehren zu halten. Auch wenn ich mit der Frömmigkeit nie so richtig warm geworden bin ... Anders als Maija, der ihr Glaube an Gott Kraft gab.«

Armas sieht Åke verwundert an, seine Finger klammern sich fester um den Spazierstock. Er spürt, wie das feuchte Moos seine Hose durchnässt.

»Woher wollen Sie das wissen? Wir haben nie mit irgendwem über Maija gesprochen«, sagt er. »Wir hatten abgemacht, nicht über Maija zu reden.«

Åke räuspert sich und blickt dann zum Himmel auf, an dem die Wolkendecke aufgerissen ist.

»Ich weiß einiges über Maija. Wahrscheinlich sogar mehr als Sie. Oder als die anderen, die ihr damals das Leben zur Hölle gemacht haben.«

Armas spürt, wie die Panik allmählich seinen ganzen Körper erfasst. Plötzlich begreift er, dass es ein schwerer Fehler war, mit Åke mitzugehen, ihm zu glauben.

»Kennen Sie die römische Philosophie, Armas?«, fragt Åke ruhig, als wäre die Frage eine völlig logische Fortsetzung des Gesprächs. Armas bringt kein Wort über die Lippen.

»Seneca hat seinem Schwiegervater einmal einen Brief geschrieben, in dem er sich sehr klug über die Zeit äußert, oder eher darüber, wie um Zeit gebeten und wie sie verschwendet wird. Er schrieb, dass die Menschen nur auf den Zweck achten, für den sie um Zeit bitten oder gebeten werden, nicht auf die Zeit an sich. *Man bittet um sie, als wäre sie nichts; man gewährt sie, als wäre sie nichts.* Man spielt mit der Zeit, obwohl sie unbestreitbar wertvoller ist als alles andere auf der Welt.«

Armas spürt, dass der warme Urin, den er nicht zurückhalten

kann, durch seine Hose auf den kalten Boden fließt. Er hat vor Angst gezittert, seit er von seinem Zimmerfenster aus Maija gesehen hat, doch jetzt ist er starr vor Entsetzen.

»Aus irgendeinem Grund haben gerade Senecas Gedanken einen bleibenden Eindruck auf mich gemacht. Er war einer derjenigen, die auf ihre Art viele Paradoxe des Lebens gelöst haben, mehr als ein Jahrtausend vor den Männern, die dem breiten Publikum bekannter sind … Kant, Nietzsche, Rousseau, Sartre. Seneca hat nämlich begriffen, dass es die schlimmste Strafe für einen Menschen ist, ihm die Zeit zu rauben. Nicht das Leben, sondern die Zeit. Und damit meine ich nicht das Gefängnis, denn das ist in zivilisierten Gesellschaften beinahe ein Synonym für Müßiggang. Nein, man muss den Menschen die Zeit wegnehmen. Verstehen Sie, Armas? Ich habe Elisabeth ihre letzten Monate auf dieser Welt genommen. Wenn ein Mensch weiß, dass sein Ende nahe ist, aber trotzdem leben will, ist es dann nicht die allerschlimmste Strafe, ihm diese letzten Sekunden, Stunden, Tage und Wochen zu rauben?«

Und als Armas nicht zu begreifen scheint, lacht Åke leise auf und schüttelt den Kopf.

»Sie wussten also nicht, dass Elisabeth todkrank war. Mein Timing war perfekt, denn in ein oder zwei Monaten wäre sie wohl schon so hinfällig gewesen, dass sie um einen Gnadenschuss gefleht hätte. Aber jetzt lag ihr noch so viel an ihrem armseligen Leben, dass sie mich angefleht hat, es zu schonen. Und vorher hat sie ihre Bewährungsstrafe absolviert, ihre siebzigjährige Strafe.«

»Bringen Sie mich zurück, Åke«, sagt Armas und legt die Hände auf die Erde, um sich hochzustemmen. Er schafft es jedoch nicht ohne Hilfe. Eine Hilfe, die er von dem vor ihm hockenden Mann wohl nicht bekommen wird. »Bitte.«

»Wie kann man mit so etwas leben, Armas? Wie führt man ein gutes Leben in dem Wissen, dass man einen kleinen Menschen vernichtet hat? Ihr habt das Mädchen in den Selbstmord getrieben. Ihr habt Maijas Zeit vergeudet, Armas.«

»Es ist kein Tag vergangen, an dem ich nicht …«

»Quatsch. Das hat Haxe auch gesagt.«

»Haben Sie … Haben Sie Elsa umgebracht?«

Åke lacht freudlos auf.

»Wovon reden Sie, lieber Armas? Elsa ist doch schon in den 1990ern am Strand ihres Hotels in Nizza ertrunken. Ich habe zufällig im selben Hotel gewohnt, aber das gilt auch für viele andere Touristen.«

»Åke …«

»Ich war vor sechsundzwanzig Jahren hier, als ihr euch zum ersten Mal im Gasthof versammelt habt. Wart ihr damals nicht sogar noch zu acht? Bis dahin hatte ich gedacht, dass ihr alle zu eurer Zeit im Kinderheim noch klein wart und dass man ein Kind nicht so bestrafen darf wie die Erwachsenen, die zugelassen haben, was der kleinen Maija angetan wurde. Dass meine Aufgabe erledigt war, als ich mich an Hedblom und Boman gerächt hatte. Aber ihr habt im Gasthaus meines Vaters am Esstisch gesessen, gelacht, gesungen, eure Geschichten erzählt, als wärt ihr derjenigen, die in der Schar fehlte, nichts schuldig … Mir wurde speiübel. Und da beschloss ich, dass keiner der drei, die Maija in ihrem Tagebuch genannt hatte, eines friedlichen Todes sterben darf. An jenem Abend im März 1994 saß ich mit Elsa – pardon, mit Haxe – am Kamin, schenkte ihr ein Glas Whisky ein und machte Bestandsaufnahme. Ich hatte bemerkt, dass sie eine Perücke trug, und sie erzählte mir von ihrer schweren Krankheit. Aber sie sagte, sie sei trotz allem optimistisch und wolle noch lange leben. Haxe erzählte mir auch, dass sie ihren Golfurlaub in Frankreich nicht stornieren wolle. Das sei garantiert ein tolles Erlebnis, und das mediterrane Klima würde ihre Genesung bestimmt beschleunigen.

Sie verstehen wohl, Armas, dass ich nicht gründlich vorbereitet war. Es gab viele Gäste, und der Gedanke, zu töten, war mir ziemlich spontan gekommen. Das vorige Mal lag schon neun Jahre zurück, daher war ich aus der Übung. Astrids Berufstätigkeit näherte sich dem Ende, und im Medizinschrank gab es nicht mehr die Arzneien und Spritzen, mit denen ich meine früheren Opfer betäubt hatte. Es gelang mir zwar, Haxe Angst einzujagen, ich weiß, dass sie Maija gesehen hat, die ich nach all den Jahren aus dem Keller der Werkstatt geholt hatte. Aber ich konnte sie nicht nach draußen locken … Und als ich sie schließlich mit Gewalt holen wollte, kam mir Astrid auf der Treppe entgegen und ich musste meinen Plan aufgeben. Ich bin mir sicher, dass meine Mutter schon damals begriff, dass sich irgendetwas Seltsames abspielte. Also ging diejenige, die als Dritte verurteilt werden sollte, vorläufig straflos aus. Ich betrachtete Haxes Krankheit gleichzeitig als Chance und als Bedrohung – es bestand ja die Gefahr, dass Haxe vor dem nächsten Treffen der Zugvögel sterben würde oder, noch schlimmer: dass ich ihr letzten Endes einen Dienst erweisen würde, indem ich sie töte. Ich durfte folglich nicht zu lange warten, also reiste ich im Juni 1994 nach Nizza, um dafür zu sorgen, dass die fette Teufelin ihre letzten schmerzlosen Tage so verlor wie ihr anderen auch. Durch Ertrinken. So wie Maija vor langer Zeit ertrunken war.«

»Woher …«, stammelt Armas unter Tränen, »woher wissen Sie, dass Maija ertrunken ist?«

»Wie gesagt, ich kenne Maija besser als irgendwer auf der Welt. Obwohl wir uns nie begegnet sind.«

»Aber … wieso?«

»Begreifen Sie nicht, Armas? Ich habe ihre Briefe und ihr Tagebuch schon als Kind gefunden. Maija hatte sogar das groteske Geschreibsel aufbewahrt, das sie aus der Bahn warf und letztlich dazu brachte, sich das Leben zu nehmen. Ich habe die Briefe immer wieder gelesen, ich war gerührt und beeindruckt von der herzlichen, liebevollen Beziehung zwischen Maija und ihrem

Vater, die so ganz anders war als meine Beziehung zu meinem Vater, diesem schrecklichen Monster. Trotzdem war ich nicht neidisch auf Maija, im Gegenteil, ich war froh, dass es in ihrem Leben wenigstens etwas Gutes gab. Maija war immer ein Opfer. Ein Opfer des Krieges, der schlechten Behandlung, des Sturms, das Opfer von euch verfluchten Quälgeistern. Und zuletzt ihr eigenes Opfer. Dass es trotz Trauer und Tod in der Familie Ruusunen immer so viel Liebe gab, hat einen unauslöschlichen Eindruck auf mich gemacht.«

82

In Armas' Zimmer scheint die Zeit stehen geblieben zu sein. In der Luft schwebt immer noch der Geruch des alten Mannes, obwohl er selbst spurlos verschwunden ist.

Jessica blickt an Astrid vorbei auf den Hof, sieht aber nur die starr dastehende Vogelscheuche. Sie packt Astrid fest an der Schulter.

»Wohin sind sie gegangen?«

»Es ist Åke«, schluchzt Astrid. »Es war die ganze Zeit Åke.«

»Ich weiß«, sagt Jessica und späht zum Ufer, entdeckt aber keine Spur von dem Polizeiboot, auf dessen Ankunft sie so dringlich wartet.

»Woher ...«

»Jetzt ist keine Zeit für Erklärungen, Astrid. Wissen Sie, wohin Åke Armas gebracht hat?«

»Ich fürchte, sie sind auf dem Weg zum Anleger des Kinderheims.«

Jessica spürt, wie ein kalter Schmerz durch ihre Brust fährt und ihr Herz immer heftiger schlagen lässt. Natürlich, wie konnte sie nur so dumm sein. Åke hat offenbar beschlossen, Armas dahin zu bringen, von wo sie selbst in aller Eile aufgebrochen ist. Sie hätte begreifen müssen, dass Åke Armas schon viel früher aus seinem Zimmer holen musste, damit das Verbrechen um Punkt zwei Uhr geschehen kann. Mit dem alten Mann kommt er nur mühselig und langsam voran, unabhängig davon, ob Armas aus eigener Kraft geht oder ob Åke ihn auf dem Rücken trägt. Vielleicht holt Jessica die beiden noch ein, wenn sie sofort aufbricht.

»Astrid, gibt es Waffen im Haus?«

Astrid sieht Jessica erschüttert an, dann verlässt sie den Raum. Jessica folgt ihr in ein großes Schlafzimmer. Astrid öffnet den Kleiderschrank und schiebt die Männersakkos beiseite, hinter denen eine Jagdflinte mit zwei nebeneinanderliegenden Läufen zum Vorschein kommt. Sie reicht Jessica die Waffe, doch als Jessica danach greift, lässt sie das Gewehr nicht gleich los, sondern blickt Jessica in die Augen und sagt mit zitternden Lippen:

»Åke ist mein Sohn.«

»Ist die Waffe geladen?«

»Was würde sie sonst nützen?«

Jessica nickt in stillem Einverständnis und rennt mit der Flinte aus dem Haus.

83

Åke Nordin setzt sich neben Armas, so nah, dass ihre Schultern sich berühren. Der Regen ist in ein schwaches Nieseln übergegangen, das den Wald mit beruhigendem Säuseln erfüllt.

»Sind Sie wach, Armas?«, fragt Åke. Der alte Mann nickt.

»Eigentlich ist alles gerade so gelaufen, wie es sollte. Euer famoser Nachtwächter Martin Hedblom war schon auf dem Weg zu seinem Tod. Ein Quartalssäufer Mitte fünfzig, der bestimmt wusste, dass sein wertloses Leben sich dem Ende näherte. Ich war an dem Abend noch jung und unerfahren, ein kleiner Junge, und alles passierte so schnell, dass er keine Chance hatte, zu erkennen, was ihm geschah. Ebenso erging es drei Jahre später der Heimleiterin, auch sie stand kurz vor dem Rentenalter.«

»Åke, ich weiß nicht, warum Sie es sich zur Aufgabe gemacht haben …«

»Weil es sonst niemand übernommen hat. Weil diejenigen, die anderen Böses tun, sich zuletzt dem Willen des Gequälten fügen müssen.«

In dem Moment hört Åke etwas: Auf dem Sandweg nähern sich schnelle Schritte.

84

Jessica hat die Strecke schon oft zurückgelegt und gelernt, die Landmarken am Sandweg zu erkennen. Gerade eben ist sie an der umgestürzten Birke auf dem Felsen vorbeigekommen, in deren Nähe sie vorgestern einen Storch gesehen hat. Beim Laufen im Dunkeln sieht jedoch alles anders aus. Jessica spürt, dass sie außer Atem gerät, die Flinte liegt schwer auf ihren Armen. Die Bewegung hält sie warm, obwohl der eiskalte Wind durch die nasse Kleidung bis auf die Haut dringt. Wenn sie schnell genug ist, gelingt es ihr vielleicht, Armas das Leben zu retten …

»Hier«, sagt jemand, und Jessicas Herz setzt einen Schlag aus. Sie bleibt stehen und zielt mit der Flinte in die Richtung, aus der die Stimme kommt. Da sieht sie zwei Männer langsam aus dem Wald treten: den vor Angst schlotternden Armas und Åke, der den alten Mann als Schutzschild vor sich hält.

»Es ist vorbei, Åke«, sagt Jessica. »Lassen Sie Armas frei.«
»Hat meine Mutter Ihnen die Waffe gegeben?«, fragt Åke. »Damit Sie mich erschießen können, ihren einzigen Sohn?«
»Niemand braucht zu sterben, Åke«, erwidert Jessica.
Åkes Mund verzieht sich zu einem traurigen Lächeln.
»Woher wussten Sie, dass ich es bin?«
»Ich habe den Keller gefunden, den Johan erwähnt hat.«
Åke wirkt beeindruckt.
»Sie haben also in Maijas Tagebuch gelesen?«
»Ja.«

Åke lächelt und zieht Armas fester an sich.

»Armas ist nicht besser als die anderen, Jessica.«

»Armas hat Maija erzählt, was passiert war, er hat versucht, Maija zu warnen. Er trägt keine Schuld …«

Åke lacht auf.

»Lassen Sie sich von dem sympathischen Auftreten des alten Mannes nicht täuschen, Jessica. Dieser Mann ist ein pathologischer Lügner. Wenn Sie das ganze Tagebuch gelesen hätten, würden Sie verstehen, wieso Armas ebenso schuldig ist wie die anderen.«

»Åke, Sie sind kein Richter.«

»Da irren Sie sich. Ich bin ein Richter, seit ich 1980 Maijas Schatz ausgegraben habe. Irgendwer musste diese Arschlöcher zur Verantwortung ziehen. Aber erst, nachdem sie in der letzten Phase ihres elenden Lebens angelangt waren und reichlich Zeit gehabt hatten, ihre Taten zu bereuen.«

Jessica hebt die Flinte an, sodass sie Åke aufs Korn nehmen kann. Die Entfernung ist jedoch so groß, dass ein Schuss auch Armas verletzen würde. Außerdem ist Jessica nicht im Dienst, hat also nicht das Recht, von der Waffe Gebrauch zu machen. Sie muss die Situation anders lösen.

»Okay«, sagt sie. »Erklären Sie es mir. Was hat Armas getan?«

»Er war derjenige, der die Briefe von Maijas Vater gelesen hat. Und er hat Elisabeth von ihnen erzählt.«

Jessica betrachtet den weinenden alten Mann, den Åke fest umklammert hält. Es fällt ihr schwer, Sympathie für Armas zu empfinden, aber sie muss ihn trotzdem aus Åkes Fängen retten. Ob er an Maija falsch gehandelt hat oder nicht. Das ist im Moment nicht wesentlich.

»Ich hatte ein bestimmtes System, Jessica«, sagt Åke. »Nur war ich darin nie besonders gut. Obwohl ich unter den Augen eines Monsters aufgewachsen bin.«

»Wovon reden Sie?«

»Andererseits ist es die Hauptsache, dass die Aufgabe erledigt wird. Der Stil ist nicht so wichtig.«

Jessica will gerade etwas sagen, als Armas' Gesicht sich qualvoll verzerrt. Sie umklammert die Flinte fester, ohne zu begreifen, was gerade geschieht. Armas röchelt leise, Jessica tritt einen Schritt näher. Sie ist bereit zu schießen, trotz der Risiken. Da lässt Åke den alten Mann los, und Armas fällt bäuchlings auf die Erde.

»Nein!«, schreit Jessica, legt den Finger um den Abzug, erkennt aber im selben Moment, dass es nichts mehr nützt, auf Åke zu schießen. Armas liegt tot im Sand, zwischen seinen Schulterblättern steckt ein langes Küchenmesser, das zweifellos bis ins Herz reicht. Weiter weg auf dem Weg sind Stimmen zu hören, und in einigen hundert Metern Entfernung flackern die Lichtkegel von Taschenlampen.

Im Visier betrachtet Jessica Åke, der mit hängenden Armen und stumpfer Miene am Waldrand steht.

»Jetzt ist es vorbei«, sagt Åke. »Jetzt ist Maija endlich frei.«

85

Hauptkommissarin Maria Forsius ist eine kleine Frau mit pechschwarzen, zu einem festen Knoten gebundenen Haaren und ebenso schwarzen, buschigen Augenbrauen, die sie beim Sprechen hochzieht, als wäre die Bewegung ein wesentlicher Teil ihrer vorwiegend kryptischen Äußerungen. Die Klimaanlage in dem mit Glaswänden versehenen Raum an der Strandgatan in Mariehamn ist so hoch aufgedreht, dass Jessica in ihrem T-Shirt friert.

»Eins ist mir noch nicht klar«, sagt Forsius und verschränkt zum x-ten Mal die Finger. Den linken Ringfinger schmückt ein beinahe geschmacklos großer Diamantring, bei dessen Anblick Jessica eine gewisse Seelenverwandtschaft mit der Frau verspürt. Nach der Größe des Diamanten zu schließen, hätte auch Maria Forsius es nicht nötig, als Polizistin zu arbeiten, doch sie tut es trotzdem.

»Was denn?«, fragt Jessica und greift nach ihrem Wasserglas, nur um festzustellen, dass es schon wieder leer ist.

»Als Steiner Ihnen von dem Anruf bei Martin Hedblom erzählt hat, woher wussten Sie, dass Åke der Täter war?«

»Wer hätte es denn sonst sein sollen? Etwa Astrid?«

»In vielerlei Hinsicht wäre sie sogar die wahrscheinlichere Person gewesen. Jetzt mag das hohe Alter allmählich gegen ihre Schuld sprechen, aber vor allem bei den Fällen in den 1980er Jahren wäre es irgendwie logischer gewesen, sie zu verdächtigen.«

»Es ist ziemlich einfach«, erklärt Jessica. »Åkes Interesse für die Philosophie und speziell für Seneca geht auf ein Zitat zurück, das Maija als Letztes in ihr Tagebuch geschrieben hat. Åke hat es für sein weiteres Leben adoptiert.«

»Das ganze Tagebuch oder dieses Zitat?«

»Beides«, sagt Jessica. »*Wirf mich zu den Wölfen und ich werde zurückkehren und das Rudel anführen*«, zitiert sie. »Diesen Satz habe ich in einem Buch gelesen, das ich mir im Gasthof geliehen habe.«

Maria Forsius wirkt skeptisch.

»Das war nicht besonders schlau von Åke, so ein Buch frei zugänglich im Gasthof herumliegen zu lassen.«

»Er konnte ja nicht wissen, dass ich Maijas Tagebuch finden würde«, erwidert Jessica.

»Stimmt«, räumt Forsius ein und richtet ihre Aufmerksamkeit auf die vor ihr liegenden Papiere. Sie ist vielleicht ein paar Jahre älter als Jessica, wirkt aber ziemlich jugendlich, und falls sie Kinder hat (wie Jessica aus irgendeinem Nebensatz geschlossen hat), scheint ihr Körper die Schwangerschaft glänzend überstanden zu haben.

»Ist das alles?«, fragt sie und sieht Jessica bewundernd an.

»Ich habe gestern erfahren, dass Åke einen Reporter herbeigelockt hatte, um sein Anliegen an die Öffentlichkeit zu bringen. Zu dem Zeitpunkt dachte ich, es ginge ihm um die Villa Smörregård. Aber in Wahrheit wollte Åke der ganzen Welt Maijas Geschichte erzählen.«

»Eine edle Mission. Aber gleichzeitig verdammt abartig«, sagt Maria Forsius. »Letzten Endes ist der Fall Åke Nordin einfach nur wahnsinnig traurig.«

Jessica trommelt mit den Fingern auf den Tisch. *Traurig?*

»Das war alles von meiner Seite. Ich möchte mich für Ihre Wachsamkeit und Ihr vorbildliches Handeln bedanken. Sie hätten nicht verhindern können, was Armas Pohjanpalo zugestoßen ist. Aber möglicherweise haben Sie anderen Menschen das Leben gerettet. Vielleicht hätte Åke Nordin nicht bei Armas aufgehört.«

»Danke«, sagt Jessica, schließt die Augen und überlegt, ob es bei der Gleichung irgendetwas gibt, das sie noch nicht versteht.

Maria Forsius faltet die Hände und beugt sich vor.

»Der Dank gebührt Ihnen. Jetzt darf das Mädchen im blauen Mantel, das die Bootsfahrer schon seit bald achtzig Jahren am Ufer von Smörregård gesehen haben, endlich in den verdienten Ruhestand gehen. Vielleicht kann man es verbrennen wie den Gävlebocken.«

Jessica lächelt, obwohl ihr der Gedanke geschmacklos vorkommt. Natürlich handelt es sich nur um eine aus Brettern gezimmerte Menschengestalt, aber sie hat dennoch irgendwie die kleine Maija dargestellt. Die Vogelscheuche hätte wohl eher ein echtes Begräbnis verdient, wie Maija selbst es nie bekommen hat.

»Was wird aus Johan Karlsson?«

»Das ist eine komplizierte Sache. Karlsson ist ein problematischer Typ – viele meinen, er wäre von Anfang an zu seltsam und labil für den Polizeidienst gewesen. Aber letzten Endes kann man ihm höchstens Beihilfe vorwerfen.«

»Weil er auf Åkes Bitte Martin Hedblom angerufen hat?«, fragt Jessica.

»Nein, sondern deshalb, weil er Åke all die Jahre gedeckt hat«, erklärt Maria Forsius. »Er war seinem Jugendfreund gegenüber loyal, wollte Åke aber wirklich daran hindern, weitere Morde zu begehen. Johan Karlsson hat erzählt, er sei entsetzt gewesen, als er von Åkes Rückkehr erfuhr. Er hat sofort begriffen, dass einer der Zugvögel in Gefahr war.«

»Verstehe.«

»Åke hat Johan am Freitagabend eine große Dosis Schlafmittel ins Essen gemischt, um ungestört vorgehen zu können.«

»Allerhand.«

Forsius' Lächeln wird breiter, offenbar ist ihr gerade etwas eingefallen.

»Diese Helena Lappi, die Leiterin Ihrer Einheit ... Hat sie etwas gegen Sie?«

»Klang sie am Telefon danach?«

»Sagen wir so, sie war einigermaßen überrascht von dem Lob, das Sie von der *polismyndighet* bekommen haben. Als hätte sie eher das Gegenteil erwartet.«

»Das hat sie bestimmt.«

»Big city life?«

»Etwas in der Art«, sagt Jessica, während Maria Forsius die Papiere in eine Mappe legt und aufsteht.

Jessica will sich gerade verabschieden, als ihr etwas in den Sinn kommt, was Forsius vorhin erwähnt hat. *Die Bootsfahrer haben am Ufer von Smörregård ...*

»Entschuldigung, aber ich hätte noch eine Frage«, sagt Jessica.

Forsius hält inne, strafft sich und zieht die Augenbrauen hoch.

»Na?«

»Sie haben gesagt, dass die Puppe schon acht Jahrzehnte lang am Ufer gesehen wurde. Aber wenn ich es richtig verstehe, hat Åke sie erst gebastelt, nachdem er 1980 Maijas Tagebuch gelesen hatte.«

»Ich weiß nicht recht, wie weit ich in die Einzelheiten gehen darf, aber so viel kann ich wohl verraten, dass nicht Åke die Puppe gebaut hat, sondern sein Vater Hans-Peter.«

»Aber ... warum?«

»Hans-Peter Nordin hat Astrid 1956 geheiratet, und er hatte schon damals die Vision, dass das Gutshaus, das seine Schwiegereltern gebaut hatten, ein großartiges Hotel abgeben würde. Er war ein allseits bekannter Opportunist und Glücksjäger, aber auch einfallsreich. Indem er der Legende von dem Mädchen im blauen Mantel Nahrung gab, machte er die Insel zu einem beliebten Touristenziel, und schon bald florierte der Gasthof. Um die Geschichten zu untermauern, brauchte er nur Maijas Gestalt, die die Seeleute im Vorbeifahren sahen.«

»Aber wie hat Åke ...«

»Er hat sie im Keller gefunden«, erklärt Forsius. »Der Fund der Puppe hat ihn dazu inspiriert, die Sache genauer zu untersuchen. Und genau wie Sie auch hat er die Koordinaten entdeckt, die Maija im Zimmer sechs des Kinderheims hinterlassen hatte. Maijas Tagebuch wurde für Åke eine Art Bibel. Und dann hat er allmählich begonnen, Senecas Philosophie gewissermaßen seinen eigenen Zwecken anzupassen. So ist es auch anderen Philosophen ergangen, zum Beispiel Nietzsche, auch wenn die Menschen, die seine Lehren eigenmächtig interpretiert haben, noch viel schlimmer waren als Åke Nordin.«

Jessica verspürt plötzlich eine unsägliche Müdigkeit. Alles ist völlig klar, und doch passt irgendetwas nicht ins Bild.

»Wie ist es möglich, dass Astrid Nordin nichts von dem Keller unter der Werkstatt wusste, obwohl sie von Kind an auf dem Hof gewohnt hat? Obwohl ihr Mann dort eine Vogelscheuche mit einem blauen Mantel verborgen hielt?«

Maria Forsius sieht Jessica an wie ein Kleinkind, das gerade eine erzdumme Frage gestellt hat. Oder eine zu schwierige. Ihre Miene lässt sich nicht recht deuten.

»Ich fürchte, jetzt nähern wir uns der Grauzone. Diese Sache hat mit dem Fall nichts zu tun.«

»Was? Wieso hat sie nichts damit zu tun?«

»Astrid Nordin wusste nichts von der Existenz des Kellers. Das kann ich Ihnen bestätigen. Aber mehr kann und will ich dazu nicht sagen.«

»Aber ...«

»Ein Taxi bringt Sie zur Fähre am Lövövägen, sodass Sie Ihre Sachen aus Smörregård holen können«, sagt Maria Forsius und streckt ihre Hand aus, die Jessica widerstrebend ergreift. Dann geht sie hinaus.

86

Jessica bittet den Fahrer des Taxis, das vor der Polizeistation hält, einen Moment zu warten, weil ihr plötzlich schlecht geworden sei. Die Begründung ist nur teilweise erfunden. Jessica spürt tatsächlich ein seltsames, nagendes Gefühl im Magen, das diesmal wohl nicht von der Schwangerschaft herrührt. Sie wird den Gedanken nicht los, dass sie etwas ganz Wesentliches übersehen hat. Etwas, das Maria Forsius und die anderen Ortsansässigen bereits wissen. Sie schließt die Augen und versucht, die verstreuten Puzzleteile miteinander zu verbinden, sie zu einem klaren Bild zusammenzufügen, das ihr verrät, worum es sich handelt. Was hat Åke am Abend auf Anna Bergs Balkon gesagt, überlegt sie und sieht den jovialen Mann vor sich, dessen rötlicher Bart im Wind flattert.

Johan war für Astrid wie ein eigener Sohn ... Sie war sehr freundlich zu Waisenkindern und hat sogar überlegt, dass Vater und sie Johan adoptieren könnten. Und das hätten sie wohl auch getan, wenn nicht ...

Wenn nicht was? Was ist um die Zeit von Hedbloms Tod in Smörregård sonst noch passiert? Zumindest gab es eine grundlegende Veränderung im Leben von Åkes Vater Hans-Peter, der sich im März 1983 mit gerade erst 46 Jahren aus allen seinen Geschäften zurückzog. Hatte das etwas mit dem zu tun, was den auf den Fotos noch so fröhlich lächelnden kleinen Åke dazu getrieben hat, sich in seine eigene Welt zurückzuziehen und ein zwanghaftes Interesse an Maijas Geschichte zu entwickeln, sich an Menschen zu rächen, die er gar nicht kannte? All das für jemanden zu tun, der schon viele Jahre vor Åkes Geburt gestorben war? Außerdem ist es doch irgendwie seltsam, dass Åke nach Schweden zog, sobald er volljährig war, und erst nach dem Tod seines Vaters nach Smörregård zurückkehrte. Bei genauerem Nachdenken erinnert Jessica sich, dass Åke erzählt hat, zur Zeit des ersten Besuchs der Zugvögel 1994 sei Hans-Peter nicht in Smörregård gewesen. Åke und Hans-Peter Nordin sind sich also nach 1990 vielleicht nie mehr begegnet.

Jessica wirft einen Blick auf das Taxi, in dem der Fahrer wartend sitzt.

Åke hat in der Nacht, unmittelbar bevor er Armas erstochen hat, gesagt, er sei unter den Augen eines Monsters aufgewachsen. Aber damit hat er weder Martin Hedblom noch Monica Boman gemeint. Das hätte sie sofort begreifen müssen.

Verdammt! Jessica geht rasch zum Taxi und öffnet die Tür zum Rücksitz.

»Zur Fähre am Lövövägen?«

»Nein, aber in die Richtung«, sagt Jessica und zieht die Tür zu.

Möglicherweise gibt es auf Åland eine Person, von der sie die Wahrheit erfahren kann.

87

Von der Straße aus wirkt Anna und Pelle Bergs Haus weniger beeindruckend als vom Anleger her. Während die zum Meer gelegene Fassade der an einem Hügel errichteten Villa dreistöckig ist, sind auf der anderen Seite nur zwei Etagen zu sehen. Unter dem Wetterdach, das die Garage ersetzt, steht der frisch gewachste Nissan Pathfinder.

Jessica klingelt, und kurz darauf öffnet ein breitschultriger, etwa sechzigjähriger Mann mit verblüffend buschigen, in der Mitte zusammengewachsenen Augenbrauen die Tür.

»Hallo, ich bin …«, beginnt Jessica, wird aber von einer Stimme aus dem Wohnzimmer unterbrochen.

»Kommen Sie nur rein«, ruft Anna Berg, und Jessica geht höflich lächelnd an dem Mann vorbei.

»Möchten Sie einen Kaffee?«, fragt die pensionierte Polizistin. Sie sitzt an demselben Tisch, an dem sie sich am vorigen Abend unterhalten haben. Bei Tageslicht sieht das Wohnzimmer irgendwie kleiner aus.

»Nein, danke. Ich bleibe nicht lange«, antwortet Jessica und nimmt neben Anna Berg Platz. Sie wirft einen Blick in die Diele, wo Pelle gerade in eine dunkelgrüne Jagdjacke schlüpft. Dann verlässt er das Haus.

»Ihr Mann ist taktvoll.«

»Nein, nur gleichgültig«, erwidert Anna Berg lächelnd. Sie lässt zwei Süßstofftabletten in ihre Tasse fallen und gibt noch etwas Milch hinzu. Dann rührt sie um und sieht Jessica bedeutsam an.

»Wo ist Ihre Kamera?«

»Ich bin keine Fotografin.«

»Das weiß ich. Wir haben hier Internet«, sagt Anna Berg und kostet von ihrem Kaffee. »Sie treten fest zu. Karate?«

»Savate«, erwidert Jessica und hebt die auf dem Tisch bereitstehende Tasse hoch. »Vielleicht nehme ich doch einen kleinen Schluck.«

»Was hat der Mann Ihnen getan?«, fragt Anna Berg, während sie den Kaffee eingießt.

»Er ist handgreiflich geworden. Nur ein wenig. Aber genügend.«

»Dann ist ihm ganz recht geschehen. Verdammt.«

Sie stoßen mit den Kaffeetassen an.

»Was möchten Sie wissen?«

Jessica stellt die Tasse auf den Tisch und lehnt sich zurück. Der Stuhl ist so unbequem wie gestern Abend, und sie überlegt kurz, ob sie vorschlagen könnte, das Gespräch auf dem bequemer aussehenden Sofa fortzusetzen.

»Allem Anschein nach war Smörregård nie eine heile Welt«, sagt sie stattdessen. »Aber ich wusste nicht, dass der größte Schurke am Südufer gewohnt hat.«

»Åke?«

»Nein, sondern der, der ihn erzogen hat«, antwortet Jessica. Anna Bergs Miene verändert sich schlagartig. Sie wirkt beeindruckt und zugleich erschrocken. »Habe ich recht?«

»Ja. Hans-Peter Nordin war kein guter Mann.«

»Können Sie mir etwas über ihn erzählen?«

»Was möchten Sie wissen? Der Mann ist tot und begraben. Die Fehler der Vergangenheit folgen einem Menschen sein Leben lang, aber Astrid braucht nicht von ihnen zu erfahren. Das hat auch Åke nicht gewollt. Deshalb ist er einfach weggegangen, statt seiner Mutter alles zu erzählen und ihr damit das Herz zu brechen.«

»Ich möchte verstehen, was auf der Insel passiert ist.«

Anna Berg rührt beharrlich in ihrem Kaffee und versucht offenbar, ihren ganzen Mut zusammenzukratzen.

»Also gut«, sagt sie schließlich seufzend und fährt fort: »Hans-Peter Nordin war in den 1950er Jahren in Mariehamn als intelligenter, aber mittelloser Stutzer bekannt, der sich an allem Möglichen beteiligte und auch ziemlich weit kam, was er hauptsächlich seiner glänzenden Redegabe zu verdanken hatte. Durch die Ehe mit Astrid erhielt er die Verfügungsgewalt über fast die ganze Insel, und als die beiden nach dem Tod von Astrids Eltern den Hof erbten, kam er auf die Idee, dort ein Hotel zu gründen. Erstaunlicherweise war das Projekt trotz der Abgelegenheit ein Erfolg, zum Teil dank der Legende von dem Mädchen im blauen Mantel. Das Gasthaus lockte viele neugierige Reisende an. Hans-Peter entpuppte sich als gewiefter Marketing-Experte, der sich darauf verstand, Sand in die Sahara und Bazookas an Pazifisten zu verkaufen. Sein Ruf machte die Runde und verschaffte ihm Zugang zu den verschiedensten Projekten.«

»Bis irgendwas passierte …«

»Mein Vater pflegte zu sagen, Hans-Peter Nordin sei der netteste Mensch, den er kenne, aber er traue ihm kein Stück über den Weg. Hinter seiner jovialen Schale verberge sich etwas Kaltes und Seelenloses. Bei Ihrer Arbeit sind Sie sicher Verbrechern begegnet, auf die diese Beschreibung passt wie die Faust aufs Auge.«

»Psychopathen«, sagt Jessica, und Anna Berg nickt.

»Ich glaube nicht, dass Astrid die dunkle Seite ihres Mannes je gesehen hat. Sie ist so in ihrem Beruf aufgegangen, dass sie einfach keine Zeit hatte, innezuhalten und genauer hinzuschauen. Aber bei Åke war das ganz anders.«

»Wie meinen Sie das?«

Anna Berg schluckt zweimal, als würde es ihr schwerfallen weiterzusprechen.

»Genaues weiß niemand. Die Polizei hatte einen Verdacht. 1983 ging eine Anzeige bei der Polizei ein, wonach Hans-Peter Kinder aus dem Kinderheim belästigt habe. Er habe sie zu sich nach Hause eingeladen …«

»Er war also pädophil?«

»Die Situation war unklar. Eines der Kinder erwähnte jedoch einen Keller, in den Hans-Peter ihn mehrmals gebracht und seltsames Zeug geredet hätte.«

»Um Himmelswillen«, stöhnt Jessica und denkt unwillkürlich an den Stuhl an der Kellerwand und an die dicken Seile auf dem Boden. Sie hofft, dass sie nichts mit der Geschichte zu tun haben.

»Der Junge, den Nordin wieder und wieder in den Keller gebracht hat, war Johan Karlsson«, sagt Anna Berg. Eine Träne rinnt über ihre Wange. »Aber obwohl der Junge von Tag zu Tag seltsamer wurde, schenkte man seinen Worten keine Beachtung, weil kein Keller gefunden wurde.«

»Hans-Peter wurde also nie offiziell des Missbrauchs von Kindern verdächtigt? Aber er geriet wohl in Verruf?«

»Das wollte man vermeiden. Hinter geschlossenen Türen wurde vereinbart, dass Nordin alle Vertrauensämter niederlegt und die Sache unter den Tisch gekehrt wird. Es war natürlich eine brenzlige Situation, weil Nordin alles abstritt und das Ganze als Justizmord bezeichnete. Aber auch er wollte natürlich nicht, dass der Verdacht an die Öffentlichkeit kam.«

»Warum hat Johan Karlsson keinem erzählt, wo der Keller war?«

»Offenbar hat Hans-Peter ihn mit verbundenen Augen hingebracht.«

Jessica sieht Anna Berg verwundert an.

»Aber wenn Åke von dem Keller wusste und wenn er auch selbst dort war … Warum hat er nie darüber gesprochen?«

»Haben Sie mir überhaupt nicht zugehört? Åke wollte nicht, dass seine Mutter leiden musste. Er war ein junger Philosoph, der unverdientes Leid ablehnte.«

88

Jessica stellt ihren Koffer ab und geht in das Kaminzimmer. Mitten im Raum bleibt sie stehen und betrachtet die am Kaminfeuer sitzende alte Frau, deren zitternde Finger eine Tasse mit einem dampfenden Getränk umklammern.

Erst als Jessica leise hüstelt, scheint Astrid sie zu bemerken. Sie sieht Jessica an, ohne das Gesicht von dem flackernden Feuer abzuwenden.

»Jetzt reisen Sie also ab?«

Jessica nickt und tritt einen Schritt näher.

»Kommen Sie auch bestimmt allein zurecht?«

Astrid gibt einen kurzen Seufzer von sich, der eher wie ein heftiger Atemstoß klingt. Dann steht sie geschmeidig auf. Jessica ist immer noch beeindruckt von der Art, wie die über achtzigjährige Person sich hält: Sie wundert sich über Astrids kerzengerade Haltung, ihre neugierigen Augen und das straffe Kinn. Über die kräftigen Schultern, die sich zu den Schulterblättern drehen wie die Flügel eines auffliegenden Vogels.

»Schau, wir ertragen das Leben auf der elenden Insel, es ist unser Los. Auf hartem Felsgrund, darüber nur karge Erde, Gräser und Moos«, deklamiert Astrid mit wehmütigem Lächeln.

»Ein schöner Vers«, meint Jessica. »Wer hat ihn geschrieben?«

Astrid zuckt die Achseln.

»Simo Hietikko, ein angehender Dichter, der vor Jahren hier im Gasthof gewohnt hat. Ich habe in seinem Zimmer einen Notizzettel gefunden, auf den er die Worte in schöner Handschrift geschrieben hatte. Der Zettel hängt eingerahmt im Schlafzimmer von Hans-Peter und mir«, sagt sie und baut sich vor Jessica auf, die Hände in die Hüften gestemmt. Jessica schaudert innerlich, als sie den Namen des Mannes hört.

»Sie dagegen haben hier keinen Krimi geschrieben, Jessica. Zu keiner Zeit.«

Jessica schüttelt den Kopf.

»Nein.«

Astrid lacht freudlos auf.

»Es war nur so eine Vermutung von Åke«, sagt sie und legt die Hand vor den Mund. »Mein kleiner Åke«, fährt sie kopfschüttelnd fort. »Werde ich ihn wohl jemals wiedersehen? Meinen Sohn?«

»Bestimmt«, sagt Jessica.

Astrid wischt sich eine Träne aus dem Augenwinkel.

»Åke hat nur getan, was er für gerecht hielt«, erklärt sie. »Er hat seine eigenen Moralvorstellungen … Er stand auf Maijas Seite. Er wollte Gerechtigkeit für das kleine Mädchen.«

Jessica blickt zum Fenster hinaus, sie hört, wie die Leine an der Fahnenstange ihre schon vertraute, gespenstische Begleitmusik spielt, die nur aus einer einzigen, wehmütigen Note besteht. Jessica könnte einwenden, dass nichts an Åkes Taten gerecht war. Dass Åke fünf Menschen kaltblütig ermordet hat, nur weil er eine Zwangsvorstellung von einem Mädchen entwickelt hatte, dessen Tod schon mehr als zwei Jahrzehnte zurücklag, als er geboren wurde. Er hatte eine krankhafte Verbindung zu dem Mysterium des Mädchens im blauen Mantel entwickelt und sein Leben dem Ziel gewidmet, dass diese Legende nie sterben würde. Dass die Geschichte von Maija, die einmal auf Smörregård gelebt hatte, niemals in Vergessenheit geriet. Deshalb sollten die Zeitungen darüber schreiben.

In gewisser Weise hatte Åkes moralischer Kompass – falls

ein Serienmörder so etwas besitzt – richtig ausgeschlagen: Die Menschen, die das kleine Mädchen auf unverzeihliche Weise hinters Licht geführt hatten, ganz besonders die Erwachsenen, hätten schon vor langer Zeit zur Verantwortung gezogen werden müssen, aber die Todesstrafe hatten sie keinesfalls verdient. Und was auch immer die gerechte Strafe gewesen wäre, Åke hatte wahrlich nicht das Recht gehabt, sie zu verhängen.

»Vielleicht würde Maija sich darüber freuen, dass jemand auf dieser Insel auf ihrer Seite gestanden hat. Wenn auch erst nach ihrem Tod«, sagt Jessica.

Astrid nickt und versucht sich zu sammeln. Dann sieht sie sich um, betrachtet das Zimmer und die Wände mit den vielen Kunstwerken, die allesamt Leuchttürme zeigen, das Lieblingsmotiv ihres Sohnes.

»Vielleicht sollte ich den Gasthof jetzt endlich schließen«, murmelt sie. »Allein wird mir das alles zu viel.«

»Überlegen Sie es sich in aller Ruhe«, sagt Jessica, holt einen zusammengefalteten Bogen Papier aus der Jackentasche und reicht ihn Astrid. »Nein, warten Sie«, fügt sie hinzu, als Astrid den Bogen auffalten will. »Lesen Sie es erst, wenn ich gegangen bin.«

»Na gut«, antwortet Astrid, legt das Papier auf den Tisch und sieht Jessica an. Ihre Miene ist gleichzeitig traurig und besorgt.

Dann ergreift Jessica die Initiative, tritt einen Schritt vor und umarmt die alte Frau. Sie spürt die dunkelrote Haut an ihrer Wange, und Astrid hat es offenbar bemerkt.

»Fragen Sie ruhig«, sagt Astrid, als sie sich voneinander lösen.

»Was?«

»Sie möchten wissen, warum mein Hals so aussieht.«

Jessica fragt jedoch nicht, es ist ihr peinlich.

»Der sechste Februar 1944«, sagt Astrid. »Um 19.15 Uhr hat die Sowjetunion ihren Gruß an die Ecke der Annankatu in Helsinki geschickt. Meine Eltern lösten sich auf wie Rauch in der Luft.«

»Das tut mir leid«, wispert Jessica.

Eine Weile stehen sie sich wortlos gegenüber. Dann schiebt Astrid Jessica sanft zurück und flüstert:

»Eine Mutter kann nur ihr Bestes tun. Mehr nicht. Und dann muss sie hoffen, dass alles gut geht.«

Die Worte treiben Jessica Tränen in die Augen. Sie ist machtlos gegen den Gedanken, dass Astrids größter Fehler gegenüber Åke ihre Blindheit war. Astrid hat weggeschaut, hat neuem Leben auf die Welt geholfen, während sie ihren Blick auf denjenigen hätte richten müssen, den sie selbst geschaffen hat. Ihn beschützen. Die in seiner Nähe lauernde Gefahr erkennen, die den Jungen forttrieb, sobald er volljährig war.

»Denken Sie daran, dass niemand an Kindern Wunder vollbringen kann. Selbst Sie nicht«, fügt Astrid hinzu.

»Aber …«

Astrid legt einen Finger an die Lippen und zieht einen imaginären Reißverschluss zu, exakt auf die gleiche Art wie vorgestern früh im Speisesaal. Und aus irgendeinem Grund ist Jessica sich sicher, dass die Sache diesmal wirklich unter ihnen bleibt, wenigstens so lange, wie es nötig ist. Bis Jessica irgendwo weit weg ist und das Ganze keine Rolle mehr spielt.

Jessica sieht Astrid in die Augen, nickt und wendet sich ab, um zu gehen. Als sie an der Tür nach ihrem Koffer greift, wirft sie noch einen Blick über die Schulter und sieht, dass Astrid es in der kurzen Zeit geschafft hat, das Feuer zu schüren und sich wieder in ihren Sessel zu setzen. Ihre knochigen Finger streicheln den Kopf des Löwen, sie gleiten in sein offenes Maul, als wollten sie der Verletzlichkeit des Lebens trotzen.

Eine erstaunliche Frau, denkt Jessica und öffnet die Tür. *Hoffentlich darf sie aus dieser Welt gehen, ohne die ganze erschütternde Wahrheit zu erfahren.*

89

Jusuf Pepple kippt sich das restliche Bier in die Kehle und rülpst verstohlen in die Faust. Vor dem Fenster des Restaurants Manala steht ein Krankenwagen, vor einer halben Stunde hat einer der Gäste einen leichten Krankheitsanfall bekommen.

Jusufs langjährige Kollegin Nina Ruska kommt von der Toilette zurück und setzt sich ihm gegenüber hin. Die muskulösen Oberarme, die das T-Shirt freilässt, und die Adern, die sich auf ihnen schlängeln, sind ein immer wieder beeindruckender Anblick.

»Es war offenbar schon alles in Ordnung«, sagt Nina und trinkt einen Schluck aus ihrem fast vollen Longdrink-Glas.

»Gut«, erwidert Jusuf.

Nina wirkt nicht überzeugt.

»Ist bei dir alles okay?«, fragt sie und tippt mit dem Fingernagel gegen Jusufs leeres Glas. »Hast du ganze drei Minuten gebraucht, um dein Bier zu kippen?«

»Ich habe vor, mindestens noch drei zu trinken.«

»Um dich in Partylaune zu bringen?«

»Alles andere als das«, sagt Jusuf. »Ich trinke mir Mut an.«

»Wofür?«

Jusuf lässt den Blick vom Krankenwagen zur Grillbude wandern, zu den über ihr hängenden Ästen und langsam zurück zu Nina.

»Ich treffe mich um sechs mit Tanja.«

Nina sieht Jusuf an und erkennt jetzt offenbar die Qual, die Jusuf kurz zuvor noch verbergen konnte.

»Mensch, Jusuf.«

»Ich habe nachgedacht … Schon lange. Es wird einfach nichts mit uns. Von Anfang an nicht.«

»Eine schwierige Sache«, sagt Nina und legt einen Finger auf Jusufs Hand. »Wirklich schwierig.«

»Wie läuft es mit dir und diesem … Bankier?«

»Tom ist Unternehmensberater. Ganz gut. Bisher.«

Jusuf nickt und blickt wieder nach draußen. Die Nothelfer verlassen das Lokal und steigen in ihr Gefährt. Diesmal ohne einen Patienten, zum Glück.

»Hast du eine andere im Sinn?«, fragt Nina.

Jusuf betrachtet die Stelle, an der die Töölönkatu und die Museokatu sich kreuzen, das schöne, verputzte Haus an der Straßenecke, dessen zwei oberste Etagen seiner besten Freundin gehören. In letzter Zeit hat er oft hier im Manala gesessen, genau an diesem Tisch. Die Aussicht auf das Haus wirkt beruhigend auf ihn.

»Ich weiß nicht«, sagt er. »In gewisser Weise ja. Immer schon.«

»Hast du vor, in der Hinsicht was zu unternehmen?«

Jusuf seufzt und betrachtet sein leeres Glas.

»Dafür ist es wohl zu spät.«

»Woher weißt du das?«

»Die Frau ist ein Rätsel, Nina. Oder war es bisher. Aber jetzt habe ich das Gefühl, endlich zu verstehen, dass sie in all dem Chaos immer einen Plan hatte. Nur war ich nie ein Teil davon.«

90

Jessica geht auf dem Sandweg durch den Wald bis ans Nordufer der Insel. Die Räder an ihrem Koffer sind gerade groß genug, dass sie ihn durch den groben Sand hinter sich her ziehen kann. Meist rollt er wohl nicht, sondern schleift über den Boden, doch das ist nicht so wichtig. Jessica spürt den milden Nordwind im Gesicht und füllt ihre Lunge mit der frischen Luft. Es ist ein schöner Tag, die Sonne scheint am wolkenlosen Himmel, und die Vögel singen im Wald. Ein Eichhörnchenpaar, das noch sein graues Winterfell trägt, springt von Baum zu Baum: Offenbar handelt es sich um ein Balzritual, das letzten Endes neues Leben entstehen lässt. Ein neues, unschuldiges Wesen wird in die Welt von morgen geboren, die entweder schlechter oder besser ist als die heutige. Wahrscheinlich schlechter. Jessica hat im Lauf ihres Lebens zu viel Düsteres gesehen, um optimistisch zu sein, um daran zu glauben, dass es sich in der Welt gut und sicher leben lässt. In letzter Zeit hat sie dank der Therapie jedoch begriffen, dass Glück nicht bedeutet, die Augen vor der elenden Seite des Lebens verschließen zu können. Eine eigene, geschützte und mit allem Komfort ausgestattete Märchenwelt hinter hohen Mauern ist keine Lösung. Aber auch der Tod stellt keine Lösung dar: Jessica weiß jetzt von ganzem Herzen, dass sie leben will. Sie muss leben, weil sie die Verantwortung für etwas trägt, das wichtiger ist als sie selbst. Sie sieht endlich ein Kontinuum, neben dem die Qual, die im Lauf ihres Erwachsenenlebens eskaliert ist, und das Hadern mit ihren eigenen Entscheidungen lächerlich und nichtig erscheinen.

Als sie aus dem Schatten des Waldes tritt, spürt Jessica, wie die Bäume ihre Äste senken und ihre biegsamen Zweige nach ihr ausstrecken. Sie winden sich um ihre Knöchel, klammern sich um ihre Taille und halten sie an den Handgelenken fest. Aber als Jessica ihren Weg zum Anleger entschlossen fortsetzt, lockert der Wald seinen Griff. Er könnte sie vielleicht zum Bleiben zwingen, es zumindest versuchen. Doch er ist klüger. *Jessica muss aufbrechen.*

Am Rand des offenen Platzes steht das verlassene Waisenhaus. Dahinter erstreckt sich, so weit das Auge reicht, das Meer, dessen Wellen zahm gegen die Uferfelsen plätschern. Das Wetter ist wie geschaffen für eine Seereise.

Jessica geht auf den Anleger und auf die Gestalt an dessen Ende zu. Als sie näher kommt, sieht sie zwischen den auf dem Wasser errichteten kleinen Schuppen ein Motorboot, das am Anleger befestigt ist. Der Fahrer des Wassertaxis ist ein kleiner und für die Jahreszeit erstaunlich braungebrannter Mann mittleren Alters mit langem Lockenhaar wie ein Rock-Gitarrist.

»Sie haben ja einen Koffer«, ruft der Mann auf Schwedisch und geht ihr entgegen. »Ich hätte Sie am Anleger der Villa Smörregård abholen können.«

»Nein. So ist es gut«, antwortet Jessica und erhebt keinen Einspruch, als der Mann anbietet, ihren Koffer ins Boot zu tragen.

»Vorsicht, der Bootssteg ist in schlechtem Zustand«, warnt der Mann und macht einen Schritt zur Seite, um das Gleichgewicht zu halten.

»Ich weiß«, murmelt Jessica, obwohl der Mann ihre Antwort vermutlich gar nicht hört. Sie wirft einen letzten Blick auf das verfallene Äußere des Waisenhauses und auf die schwarz klaffenden, teils zerbrochenen Fenster. Auf die steinerne Treppe, die zum Eingang führt, und auf das Fenster am Rand, das keine Vorhänge hat.

Hinter der Fensterscheibe erscheint das Gesicht eines kleinen Mädchens.

Jessica hebt winkend die Hand, und das Mädchen winkt zurück.

Jessica spürt einen Druck im Augenwinkel. Sie legt eine Hand auf ihren Bauch, während das Mädchen am Fenster verschwindet.

Eine Mutter kann nur ihr Bestes tun. Mehr nicht.

Vielleicht hat Jessicas Mutter vor langer Zeit ihr Bestes getan, auch wenn ihre psychische Krankheit einen irreparablen Schaden verursacht hat. Und vielleicht hat Astrid mit ihrem weisen Spruch doch nicht ganz recht gehabt. Vielleicht fordert Elternschaft noch etwas mehr: abzuwägen, ob das eigene Beste auch das Beste für das Kind ist.

Astrid hatte bestimmt ihr Bestes für Åke getan. Und trotzdem ist jetzt alles vorbei. Sie ist allein. Allerdings wird die halbe Million Euro, die Jessica dem Gasthof gespendet hat, ihr ermöglichen, Personal einzustellen oder sich das Leben auf irgendeine andere Art leichter zu machen. Jessica wäre gern dabei gewesen, wenn Astrid den Bogen mit ihrer Nachricht aufschlägt. Aber so ist es stilvoller. Eine Spende ist wohl nie völlig selbstlos, doch die Dankbarkeit der Menschen ist oft so ungeschminkt, so empfindsam und persönlich, dass man sie lieber nicht aus freien Stücken beobachten sollte. Mitunter kann eine finanzielle Unterstützung den Empfänger sogar verärgern. Wer weiß, vielleicht hebt Astrid das Geld nie ab. Vielleicht ist sie zu stolz dazu. Aber auch das geht Jessica nichts mehr an.

»Wohin soll es gehen?«, fragt der Mann und setzt seine rote Fischermütze auf. Jessica wirft einen Blick auf das Boot, das mit zwei großen Außenbordmotoren ausgestattet ist: Es könnte bestimmt bis nach Stockholm fahren, zumindest bei der jetzigen Wetterlage. Von dort könnte sie weiterreisen, wohin sie will, ohne Spuren zu hinterlassen. Sie *beide* könnten weiterreisen. Sie und ihr Baby.

Der Mann löst die Leine vom Kreuzpoller und streckt die Hand aus, um Jessica an Bord zu helfen. Er ist in Ernes Alter und sieht ihm auch ein bisschen ähnlich. Das Leben hat Furchen in sein pockennarbiges Gesicht gezeichnet, und seine Stimme ist von Whisky und Zigaretten gefärbt.

Du kommst bestens zurecht, wohin du auch gehst, Arya. Ich bin so stolz auf dich.

Jessica atmet aus und merkt, dass ihr Atem vibriert: Ein Kapitel ihres Lebens ist unwiderruflich abgeschlossen. Sie ist einsam und wurzellos, doch gleichzeitig erkennt sie den Sinn des Lebens so deutlich wie nie zuvor. Sie wendet der Insel den Rücken zu, in dem Wissen, dass sie nie mehr zurückkehren wird. So, wie es das Mädchen im blauen Mantel vor langer Zeit beschlossen hatte. Das Mädchen, das von seinem Vater über alles geliebt und Pandabär genannt wurde.

»Irgendwo in die Ferne, weg vom Meer«, sagt Jessica, ergreift die Hand des Mannes und geht an Bord.

91

1946

Maija Ruusunen wirft einen letzten Blick auf das massive Gebäude am Waldrand, das in den letzten vier Monaten ihr Zuhause war. Mühevoll schiebt sie das Boot ins Wasser: Einen Augenblick lang scheint es, als hätte sich der Boden auf dem Felsen verhakt, doch dann bewegt sich das Boot und sie klettert in aller Eile hinein. Im Uferwasser dreht sich das Boot seitlich, Maija greift nach den Rudern und lenkt den Bug wieder zum offenen Meer. Der Abend senkt sich über die Schären. Es ist windstill, doch weit draußen am Horizont zeichnet sich die graue Masse der Regenwolken ab. Maija braucht eine Weile, um sich an das Gewicht der Ruder zu gewöhnen und sich in den Rhythmus des Ruderns hineinzufinden, doch bald merkt sie, dass das Boot sich stetig vom Ufer entfernt. Sie betrachtet den allmählich in die Ferne rückenden Bootsschuppen und das felsige Ufer davor, an dem sie im Sommer nach dem Schwimmen zum Trocknen gesessen haben. Diese Momente scheinen eine Ewigkeit zurückzuliegen. Seither ist der Sommer dem düsteren Herbst gewichen, die Trauer hat sich zuerst in Hoffnung verwandelt und dann in bittere Enttäuschung.

Maija rudert entschlossen weiter, sie betrachtet das allmählich immer winziger werdende Kinderheim und die dunklen Fenster der kleinen Zimmer, in denen nun, nach ihrem Aufbruch, niemand mehr wohnt. In diesen Wänden schläft nur noch der Nachtwächter, der den ganzen Freitagabend lang gesoffen hat und am Morgen in einem leeren Haus aufwachen wird. Da hat er dann einiges zu erklären. Vielleicht wird er gefeuert – er hätte es verdient. Zudem gibt es nach Maijas Weggang niemanden mehr, der zu bewachen wäre, also wird der Posten des Nachtwächters überflüssig.

Maijas Schultermuskeln schmerzen, doch sie muss weiterrudern. Müdigkeit ist keine Alternative, nicht an diesem Abend. Noch nicht.

Sie schließt kurz die Augen und hört ihre eigene Stimme, den Satz, den sie sich immer wieder vorgebetet hat.

Vati kommt nicht.

Diesen Gedanken hat sie schon seit einer Woche wiederholt, einfach nur, um sich daran zu gewöhnen. Um sich abzuhärten und auf das vorzubereiten, was unumgänglich ist.

Ihr Vater wollte ganz bestimmt kommen, er hat bestimmt alles versucht. Daran kann kein Zweifel bestehen.

Maija hat geduldig gewartet und gehofft, dass es bald so weit ist.

Aber jetzt steht fest, dass es nie so weit sein wird.

Ihr Vater wäre gekommen, wenn es nur irgendwie möglich gewesen wäre.

Die bösen Menschen haben es nie geschafft, den Vater zu töten, gefangen zu nehmen oder zu bezwingen. Dazu war nur Gott fähig, der seine eigenen Gründe hatte, so zu handeln wie er gehandelt hat. Gegen die Kraft der Natur kommt niemand an, nicht einmal ein starker und guter, gläubiger Mann wie ihr Vater.

Und genau wie ihr Vater ist auch Maija stark genug, um sich nicht von bösen Menschen bezwingen zu lassen.

Ihr Vater würde ihre Entscheidung verstehen, auch wenn der Gedanke daran ihn sicher traurig gemacht hätte. Er würde Maijas Mut und Entschlossenheit zu schätzen wissen.

Er würde verstehen, dass Maija nicht mehr länger warten konnte, auch wenn sie es noch so sehr gewollt hätte. Sie konnte keinen einzigen Tag länger in Smörregård bleiben, sonst wäre ihr Inneres aufgezehrt worden, und es wäre nur noch eine leere Hülle zurückgeblieben, ein blasses Mädchen, das schon längst als verrückt galt. Ein Kind, das kein vernünftiger Erwachsener adoptieren würde. Und das wollte Maija auch gar nicht mehr.

Maija hat beschlossen, ihr Schicksal selbst in die Hand zu nehmen. Und dieses Schicksal ist wahrhaftig ganz anders als das von Beth, Haxe, Eila, Armas und den anderen, die mit ihren neuen Eltern ein Schiff bestiegen haben und weggefahren sind: nach Schweden, Dänemark oder vielleicht zurück in das vom Krieg mitgenommene Finnland.

Solche Karten hat Maija nie bekommen.

Als ihr Vater sich vor vier Jahren am Bahnhof von Maija verabschiedete, standen ihm die Tränen in den Augen. Er hat Maija umarmt, sie auf die Stirn geküsst und gesagt, jeder müsse das Beste aus den Karten machen, die das Leben ihm zuteilt. Das hat er auch danach noch oft gesagt, in einigen der vielen, vielen Briefe, die er Maija nach Uppsala geschickt hat. Leider waren Maijas Karten von Anfang an nicht besonders gut. Sie war nur ein mutterloses Mädchen gewesen, dessen Kindheit das gespenstische Heulen des Fliegeralarms und das dumpfe Dröhnen der Bomber überschattet hatten. Der Krieg hat sie von ihrem Vater getrennt und an einen Ort geführt, wo es ihr von Anfang an nicht gut erging. An einen Ort, wo die Verhältnisse ihr die Kindheit geraubt haben, die trotz allem noch viele Jahre hätte dauern sollen.

Maija denkt an die Briefe ihres Vaters, die im Wald hinter dem Kinderheim unter der Erde ruhen. Vielleicht findet sie irgendwann jemand und sieht, dass auch sie, das verrückte Mädchen im blauen Mantel, geliebt wurde. Und dass ihr schreckliches Leben wunderschön geworden wäre ohne den infamen Sturm, der ihren Vater auf dem Meeresgrund begraben hat. Ein kleiner Zufall kann so vieles verändern!

Maija hebt die Ruder, spürt das Gewicht des Wassers an ihren Schultern und Armen. Eine Viertelstunde vergeht, dann eine weitere. Maija rudert und rudert und weiß irgendwann nicht mehr, wie viel Zeit vergangen ist und wie weit sie sich vom Ufer entfernt hat. Die Wipfel der Bäume von Smörregård treten nur schwach aus der Dunkelheit hervor, wo das nachtschwarze Meer endet. Der Wind hat zugenommen, und die leichten Regentropfen, die er herbeiträgt, wirken auf der verschwitzten Haut erfrischend. Die Müdigkeit ihrer Glieder lenkt Maijas Gedanken von ihrem Vater und vom Tod ab.

Maija schließt die Augen, atmet tief ein und nimmt den Geruch des Meeres wahr. Sie hat einen Krampf in den Fingern und ihre Muskeln sind so müde, dass sie jetzt, nach der kurzen Pause, keinen Meter mehr weiterrudern kann.

Doch das spielt keine Rolle, denn sie ist endlich am Ziel.

Der blassgelbe Mond späht durch die Wolkendecke und zeichnet einen prachtvollen Bogen auf das Meer, an dem Maija ihr Boot halten lässt. Die Stelle ist einfach perfekt.

Als Maija die Ruder ins Boot legt, sieht sie, dass die Gewitterfront, die vorhin weit draußen am Horizont schimmerte, bald über ihr sein wird.

Alles läuft genau wie vorgesehen. Ihr Vater wäre stolz auf die Entschlossenheit, die Maija in dieser Nacht bewiesen hat. In dieser Nacht, die gleich ihre Maske ablegen und ihr wahres Gesicht zeigen wird.

Maija streckt sich ruhig auf dem Boden des Ruderboots aus, zieht eine Wolldecke über sich und legt die Arme auf die Brust. Sie hat diese Szene in Gedanken oft durchgespielt, hat befürchtet, unsicher zu werden, wenn der Moment endlich kommt, ihre Entscheidung zu bereuen. Doch jetzt merkt Maija zu ihrem Glück, dass sie völlig gelassen ist. Keine Angst, keine Reue, kein Zaudern. Nur blaue und gelbe Schmetterlinge im Bauch.

Maija hört einen Vogelschrei, sieht die graue Silhouette einer hoch über dem Boot kreisenden Möwe am immer dunkler werdenden Himmel.

Sie hört das weiche Grollen des Donners über sich, schließt die Augen und lächelt glücklich.

Du kommst mir doch entgegen, Vati.

„*Max Seeck schreibt die besten finnischen Thriller.*" HELSINGIN SANOMAT

Max Seeck
HEXENJÄGER
Thriller
Aus dem Finnischen
von Gabriele
Schrey-Vasara
448 Seiten
ISBN 978-3-7857-2712-6

Das Gesicht der Toten ist zu einer grotesken Grimasse verzerrt. Sie trägt ein elegantes schwarzes Kleid mit tiefem Ausschnitt. Ihre gepflegten Hände liegen auf dem leeren Tisch. Kein Handy, keine Waffe. Nichts. Ein verstörender Anblick für das Team um Kommissarin Jessica Niemi. Es sieht so aus, als hätte der Täter einen Mord aus einer erfolgreichen Thriller-Reihe nachgestellt: der HEXENJAGD-Trilogie des Ehemanns der Toten. Als kurz darauf eine weitere Frau brutal ermordet wird und auch dieser Tatort an eine Szene aus HEXENJAGD erinnert, fürchtet Jessica, dass weitere Morde folgen werden. Ein Wettlauf mit der Zeit beginnt ...

Lübbe

Ein teuflisches Netzwerk, in dem es keinerlei Skrupel mehr gibt ...

Max Seeck
TEUFELSNETZ
Thriller
Aus dem Finnischen
von Gabriele
Schrey-Vasara
512 Seiten
ISBN 978-3-7857-2754-6

Helsinki 2020: Zwei erfolgreiche Blogger sind spurlos verschwunden. Kurz darauf wird deren Tod in den sozialen Medien gemeldet. Ein geschmackloser PR-Gag? Als eine junge Frau, gekleidet wie ein Manga-Mädchen, am Strand tot angespült wird, vermutet die Kriminalpolizei einen Zusammenhang. Jessica Niemi übernimmt die Ermittlungen, und sie kommt schon bald einem skrupellosen Netzwerk auf die Spur, das offenbar Mädchen an Manga-Fetischisten vermittelt ...

Lübbe

»Max Seeck überrascht auch hier wieder mit tollen Twists. Rasant und packend zu lesen!« HELSINGIN SANOMAT

Max Seeck
FEINDESOPFER
Thriller
Aus dem Finnischen
von Gabriele
Schrey-Vasara
496 Seiten
ISBN 978-3-7857-2815-4

Zetterborg, ein erfolgreicher Geschäftsmann, wird in seinem Haus in Helsinki tot aufgefunden. Er hatte zuvor harte Maßnahmen und Entlassungen angekündigt und sich so unzählige Feinde gemacht. Das Mordmotiv scheint klar, als Jusuf die Ermittlungen übernimmt. Der findet jedoch heraus, dass Zetterborg noch ganz andere Feinde hatte. Auf einem Foto, das man in seinem Haus findet, sind neben dem Ermordeten zwei Männer zu sehen, deren Gesichter vom Täter ausgekratzt wurden. Wer sind diese zwei Männer? Sind sie weitere Opfer? Jusufs Kollegin Jessica Niemi, noch geschwächt von ihrem psychischen Zusammenbruch, wird durch dieses Foto gezwungen, sich erneut den Dämonen der Vergangenheit zu stellen ...

Lübbe

Die Community für alle, die Bücher lieben

Das Gefühl, wenn man ein Buch in einer einzigen Nacht verschlingt – teile es mit der Community

In der Lesejury kannst du

★ Bücher lesen und rezensieren, die noch nicht erschienen sind

★ Gemeinsam mit anderen buchbegeisterten Menschen in Leserunden diskutieren

★ Autoren persönlich kennenlernen

★ An exklusiven Gewinnspielen und Aktionen teilnehmen

★ Bonuspunkte sammeln und diese gegen tolle Prämien eintauschen

Jetzt kostenlos registrieren: www.lesejury.de

Folge uns auf Instagram & Facebook:
www.instagram.com/lesejury
www.facebook.com/lesejury